UN ÉTÉ À NANTUCKET

Elin Hilderbrand a grandi à Collegeville en Pennsylvanie avant d'étudier à l'université John Hopkins, puis à l'université de l'Iowa. Grande voyageuse, elle s'est finalement installée à Nantucket – toile de fond de ses derniers romans –, où elle vit avec ses trois enfants.

Paru au Livre de Poche :

L'Entremetteuse
L'Été de la deuxième chance
L'Été sauvage
Pieds nus
La Rumeur
Secret d'été
Un si beau jour

ELIN HILDERBRAND

Un été à Nantucket

TRADUIT DE L'ANGLAIS (ÉTATS-UNIS) PAR OSCAR PERRIN

LES ESCALES

Titre original :
SUMMER OF 69
Publié par Little, Brown and Company, New York.

© Elin Hilderbrand, 2019.
© Éditions Les Escales, un département d'Édi8, 2021,
pour la traduction française.
ISBN : 978-2-253-26290-9 – 1ʳᵉ publication LGF

*Ce livre est dédié aux trois personnes qui étaient
avec moi au petit matin du 17 juillet 1969 :
ma mère, Sally Hilderbrand, dont l'accouchement
a commencé quatre semaines avant le terme ;
ma grand-mère maternelle, Ruth Huling,
qui a grillé tous les feux rouges pour amener
ma mère à la maternité de Boston ;
mon frère jumeau, qui, je l'imagine, s'est tourné
vers moi pour demander : « Alors, prête ? »*

Prologue

Fortunate Son

Quand la lettre du service militaire arrive pour Tiger, le premier instinct de Kate est de la jeter. N'est-ce pas l'instinct de toutes les mères américaines ? Prétendre que la lettre s'est perdue, accorder encore quelques semaines de liberté à Tiger, le temps que l'armée américaine en envoie une autre – et d'ici là, cette horrible guerre au Vietnam aura pris fin. Nixon a promis d'y mettre un terme. Un accord pour la paix est en négociation à Paris. Lê Duẩn succombera aux charmes du capitalisme, ou Thiệu sera assassiné et remplacé par quelqu'un d'un peu plus sensé. Très honnêtement, Kate se fiche que le Vietnam tombe aux mains des communistes. Tout ce qu'elle veut, c'est que son fils soit en sécurité.

Quand Tiger rentre de son travail à l'auto-école, Kate lui dit :

— Il y a une lettre pour toi sur la table de la cuisine.

Tiger ne semble pas s'inquiéter. Il sifflote, dans sa chemise en polyester de l'auto-école Walden Pond, avec son nom brodé sur la poche : *Richard*. Le même que dans la lettre – elle est adressée à Richard Foley – mais tout le monde l'appelle Tiger.

— J'ai eu une élève épatante aujourd'hui, Ma', raconte Tiger. Elle s'appelle Magee, c'est son prénom, ce que je trouve dingue. Elle a dix-neuf ans comme moi et elle fait des études pour devenir assistante dentaire. Je lui ai fait mon plus beau sourire et je l'ai invitée à dîner ce soir, elle a dit oui. Tu l'aimerais bien, j'en suis sûr.

Devant l'évier, Kate met des jonquilles dans un vase, pour s'occuper. *Ses dernières pensées insouciantes...*

Et bien sûr, quelques secondes plus tard, il dit :

— Oh zut, oh bah ça alors... (Il s'éclaircit la voix.) Maman ?

Kate se retourne, serrant contre elle une poignée de jonquilles, comme une croix pour repousser un vampire. Sur le visage de Tiger, un mélange de choc, de fébrilité et de terreur.

— Je suis appelé, annonce-t-il. Je dois me rendre au bureau de recrutement de l'armée de South Boston le 21 avril.

Le 21 avril, c'est l'anniversaire de Kate. Elle aura quarante-huit ans. En quarante-huit ans, elle a été mariée deux fois et a eu quatre enfants, trois filles et un fils. Jamais elle ne dirait qu'elle préfère son fils, seulement qu'elle l'aime différemment. C'est cet amour intense et dévorant que ressentent toutes les mères pour leurs enfants, mais avec un soupçon d'indulgence en plus. Son fils si beau – aussi beau que son père, mais gentil. Et bon.

Kate ouvre son portefeuille et pose vingt dollars sur la table, devant Tiger.

— Pour ton rendez-vous, ce soir, dit-elle. Allez dans un endroit agréable.

Le 21 avril, c'est Kate qui emmène Tiger à South Boston. David a proposé de les y conduire, mais elle a voulu le faire elle. «C'est mon fils», a-t-elle déclaré, et un éclair de chagrin et de surprise a parcouru le visage de David – ils n'utilisent jamais ce mot-là, *mes enfants*, c'est-à-dire pas les siens à lui – et Kate s'en est voulu, tout en se disant qu'il n'avait qu'à essayer d'être à sa place, pour voir un peu ce que c'est que d'avoir mal. Tiger a dit au revoir à David et à ses trois sœurs devant la maison, dans l'allée. Kate avait demandé aux filles de ne pas pleurer. «Il ne faut pas qu'il ait l'impression qu'il ne reviendra jamais», avait-elle dit.

Et c'est pourtant précisément cette peur qui s'est emparée de Kate : que Tiger meure sur un sol étranger. Il mourra d'une balle dans le ventre ou dans la tête ; pris dans l'explosion d'une grenade ; noyé dans une rizière ; il mourra dans un accident d'hélicoptère. Kate le voit tous les soirs à la télévision. De jeunes Américains meurent, et qu'ont fait Kennedy, et Johnson, et maintenant, Nixon ? Ils en envoient d'autres.

Devant le bureau de recrutement, Kate se range dans une file de voitures. Devant eux, des garçons comme Tiger étreignent leurs parents, certains pour la dernière fois. C'est le cas, non ? C'est inévitable, une partie de ces garçons, ici, dans le quartier de South Boston, vont droit vers leur mort.

Kate arrête la voiture. En observant les autres, il est clair qu'ils n'ont pas beaucoup de temps. Tiger attrape son sac à dos sur la banquette arrière, Kate sort de la voiture et se dépêche d'en faire le tour. Elle prend un moment pour regarder Tiger dans les yeux. Il a dix-neuf ans, fait un mètre quatre-vingt-huit pour quatre-vingt-un kilos et ses longs cheveux blonds ont poussé, ils effleurent le col de sa chemise, au grand désespoir d'Exalta, la mère de Kate, mais l'armée américaine aura vite fait de s'occuper de cela. Il a les yeux vert clair, l'un d'eux avec une pupille allongée, comme du miel coulant d'une cuillère ; quelqu'un avait dit que ça ressemblait à l'œil d'un tigre, et c'est ainsi qu'est né son surnom.

Tiger a fini le lycée et suivi un semestre à la fac de Framingham State. Il écoute Led Zeppelin et The Who ; il aime les bolides. Il espère pouvoir un jour participer aux 500 miles d'Indianapolis.

Et d'un coup, sans prévenir, Kate est ramenée dans le passé. Tiger est né une semaine après le terme, il pesait 4,42 kilos. Il a fait ses premiers pas à dix mois, ce qui est précoce, mais il avait très envie de courir après Blair et Kirby. À sept ans, il pouvait nommer chaque joueur sélectionné de l'équipe de baseball des Red Sox ; Ted Williams était son préféré. À douze ans, Tiger a frappé trois *home runs* consécutifs lors de son dernier match en Little League, la ligue de baseball pour les moins de dix-huit ans. Il a été élu délégué des élèves en quatrième, avant de très vite se détourner de la politique (un choix judicieux). Il s'est mis au bowling pendant les journées pluvieuses à Nantucket et a rapidement remporté son premier tournoi. Puis, au lycée, il y a eu le football américain. Tiger Foley détient tous les records de réception de Brookline High School, y compris celui du total de passes décisives, un exploit qui, d'après le coach Bevilacqua, ne sera jamais battu. Il a été recruté pour jouer à la faculté de Penn State, mais il ne voulait pas trop s'éloigner de la maison, et l'équipe de l'université UMass, plus proche, n'était pas très intéressante – ou du moins c'est ce qu'il avait dit. Kate le soupçonne de s'être simplement lassé du sport, d'avoir préféré arrêter tant qu'il était encore champion, ou encore de vraiment, vraiment détester l'idée de passer quatre années supplémentaires à suivre des cours. Kate aurait voulu lui signaler que s'il était allé à l'université, n'importe laquelle, ou s'il était resté à Framingham State à mi-temps, il n'en serait pas là aujourd'hui.

— N'oublie pas, tu m'as promis de prendre des nouvelles de Magee, dit Tiger.

Magee, il s'inquiète pour Magee. Leur premier rendez-vous a eu lieu le jour où il a reçu la lettre et ils sont inséparables depuis. Kate se dit que ce n'était pas une très bonne idée de se lancer dans une relation deux semaines avant de partir à la guerre, mais c'était peut-être la distraction dont il avait besoin. Kate a accepté de prendre des nouvelles de Magee, qui sera selon Tiger bouleversée par son départ, mais il est impossible qu'une petite amie de deux semaines soit aussi affectée que la propre mère d'un soldat.

Le service dure treize mois, ce n'est pas une éternité, mais une partie des mères devant le bureau de recrutement font, sans le savoir, leurs derniers adieux, et Kate sent qu'elle est l'une d'entre elles. Les autres mères n'ont pas fait la chose terrible qu'elle a faite. Elle mérite d'être punie ; elle a profité de chaque jour heureux ces seize dernières années, comme si elle vivait en sursis, et voilà enfin venu le temps de payer pour ce qu'elle a fait. Elle s'était dit que ce serait un cancer, un accident de la route ou un incendie domestique. Elle n'avait jamais imaginé perdre son fils. Mais voilà, elle en est là. C'est sa faute.

— Je t'aime, Ma', dit Tiger.

La réponse évidente est *Moi aussi, je t'aime*, mais à la place Kate répond :

— Je suis désolée.

Elle serre Tiger contre elle, si fort qu'elle sent ses côtes sous sa veste de mi-saison.

— Je suis désolée, mon bébé.

Tiger l'embrasse sur le front et ne lâche sa main qu'au dernier moment. Quand il entre enfin, Kate se dépêche de remonter dans la voiture. Par la fenêtre, elle voit Tiger se diriger vers une porte ouverte. Un homme en uniforme marron lui aboie dessus et Tiger se tient droit et redresse les épaules. Kate fixe ses doigts serrés sur le volant. Elle ne peut pas supporter de le regarder disparaître.

PARTIE 1

Juin 1969

Both Sides Now

Comme chaque année, elles partent pour Nantucket le troisième lundi de juin. La grand-mère maternelle de Jessie, Exalta Nichols, tient à ses traditions, surtout aux petits rituels de l'été.

Le troisième lundi de juin est le jour des treize ans de Jessie, un anniversaire qui va donc passer à la trappe. Jessie s'en fiche. De toute façon, sans Tiger, ce n'est pas une fête.

Jessica Levin (« ça rime avec *heaven*, pour paradis », comme elle le dit) est la dernière des quatre enfants de sa mère. La sœur de Jessie, Blair, a vingt-quatre ans et vit sur Commonwealth Avenue. Blair est mariée à un professeur du MIT, Angus Whalen. Ils attendent leur premier enfant, prévu pour août, ce qui veut dire que la mère de Jessie, Kate, rentrera à Boston pour les aider, la laissant seule à Nantucket avec sa grand-mère. Exalta n'est pas du genre mamie gâteau qui pince les joues. Pour Jessie, chaque interaction avec Exalta, c'est comme tomber tête la première dans des ronces ; la question n'est pas de savoir si elle va être égratignée, mais seulement où et à quel point. Elle a évoqué la possibilité de retourner à Boston avec Kate, mais sa mère lui a répondu :

— Ne gâche pas ton été pour ça.

— Il ne sera pas gâché, a insisté Jessie.

En réalité, il serait plutôt sauvé si elle rentrait plus tôt. Les amies de Jessie, Leslie et Doris, restent à Brookline et vont nager au country club, dont Leslie et sa famille sont membres. L'été dernier, Leslie et Doris se sont rapprochées pendant l'absence de Jessie. Leur lien forme le côté le plus solide du triangle, et Jessie est devenue la base bancale. Des trois filles, c'est Leslie la cheffe, parce qu'elle est blonde, jolie, et que ses parents dînent parfois en compagnie de Teddy et Joan Kennedy. Parfois, Leslie a l'air de penser qu'elles devraient être honorées qu'elle accepte de rester leur amie. Avec sa cote sociale, elle pourrait sans problème fréquenter Pammy Pope et les filles vraiment populaires si elle le voulait. Si Jessie part tout l'été, Leslie pourrait bien disparaître de sa vie pour de bon.

L'autre grande sœur de Jessie, Kirby, est en troisième année à Simmons College. Les disputes entre Kirby et les parents sont à la fois bruyantes et fascinantes. Des années à écouter aux portes les conversations de ses parents ont permis à Jessie de comprendre le problème principal : Kirby est un « esprit libre » qui « ne sait pas ce qui est bon pour elle ». Elle a changé deux fois de cursus à l'université, avant d'essayer de créer son propre parcours, Études de genre et de race, idée rejetée par le doyen. Elle a donc décidé qu'elle serait la première élève à obtenir un diplôme à Simmons sans suivre de cursus. Encore une fois, le doyen a dit non.

— Il a dit qu'être diplômée sans cursus serait comme venir à la cérémonie de remise des diplômes toute nue, avait dit Kirby à Jessie. Et je lui ai répondu qu'il ferait mieux de ne pas me donner des idées.

Jessie n'a aucun mal à imaginer sa sœur traverser la scène nue comme un ver pour aller récupérer son diplôme. Kirby a commencé à participer à des manifestations politiques quand elle était encore au lycée. Elle a défilé avec Martin Luther King depuis Roxbury, traversant les quartiers pauvres et dangereux, jusqu'à Boston Common, où le père de Jessie est venu la chercher pour la ramener à la maison. Cette année, elle a participé à deux manifestations contre la guerre et s'est fait arrêter à chaque fois.

Arrêter !

Les parents de Jessie sont à bout de patience – Jessie a surpris sa mère en train de dire : « Tant que cette fille ne se sera pas rangée, elle ne touchera plus un centime ! » – mais Kirby n'est plus leur principale source d'inquiétude.

Leur plus grande source d'inquiétude, c'est le frère de Jessie, Richard, ou Tiger, comme tout le monde l'appelle, parti en avril rejoindre l'armée américaine. Après ses classes, Tiger a été envoyé dans les Montagnes centrales du Vietnam au sein de la compagnie Charlie, 12e régiment de la 3e brigade, 4e division d'infanterie. Cette situation a ébranlé les certitudes de la famille. Tous croyaient que seuls les garçons des classes populaires partaient faire la guerre, pas les ailiers vedettes du lycée de Brookline.

À l'école, le comportement des camarades de Jessie a changé depuis le départ de Tiger. Pammy Pope l'a invitée à l'annuel pique-nique organisé par sa famille pour Memorial Day, la journée en hommage aux soldats morts au combat – elle a décliné l'invitation par loyauté envers Leslie et Doris, qui n'ont pas été conviées – et la conseillère d'orientation, miss Flowers, l'a sortie de cours un lundi au début du mois de juin, pour savoir comment elle allait. C'était un cours d'arts ménagers et les autres filles, qui se démenaient sur leur machine à coudre pour finir leurs gilets en velours côtelé bleu marine avant la fin du trimestre, étaient vertes de jalousie. Miss Flowers l'a amenée dans son bureau, a fermé la porte et lui a préparé une tasse de thé bien chaude avec sa bouilloire électrique. Jessie ne buvait pas de thé chaud, elle aimait le café – Exalta l'autorisait à boire une tasse de café au lait le dimanche matin, malgré les protestations de Kate qui soutenait que le café allait ralentir sa croissance –, mais elle a apprécié le refuge confortable du bureau de miss Flowers. Celle-ci avait une boîte en bois pleine de thés exotiques – camomille, chicorée, jasmin – et Jessie a choisi le sien avec soin, comme si sa vie en dépendait. Elle s'est décidée pour l'hibiscus. Le liquide, même après plusieurs minutes d'infusion, était orange pâle. Elle a ajouté trois morceaux de sucre, craignant que son thé n'ait pas de goût. Et elle a vu juste : il avait un goût d'eau sucrée orange.

— Bien, a dit miss Flowers. J'ai cru comprendre que ton frère a été mobilisé. Tu as eu de ses nouvelles ?

— Deux lettres, a répondu Jessie.

L'une des lettres était adressée à toute la famille et donnait des détails sur les classes, que Tiger avait trouvées « pas aussi difficiles que ce qu'on lit dans les journaux, pour moi ça a été simple comme bonjour ». L'autre lettre n'était que pour Jessie. Elle ne savait pas si Blair et Kirby avaient aussi eu leur lettre personnelle, mais elle en doutait un peu. Blair, Kirby et Tiger étaient des frère et sœurs biologiques – les enfants de Kate et de son premier mari, le lieutenant Wilder Foley, qui avait servi le long du 38ᵉ parallèle nord en Corée, était rentré et s'était accidentellement tiré une balle dans la tête avec son beretta – mais Tiger était plus proche de sa demi-sœur, Jessie. À vrai dire, ils n'avaient pas le droit d'utiliser des termes comme *demi-sœur*, *demi-frère* ou *beau-père* – Kate l'interdisait formellement – mais qu'ils le disent clairement ou non, une ligne de fracture les séparait. Ils étaient deux familles cousues l'une à l'autre. Pourtant les liens qui unissaient Tiger et Jessie étaient réels, forts, profonds, et ce qu'il avait dit dans sa lettre le prouvait. En lisant cette première phrase, *Chère Jessie-Cracra*, elle avait eu les larmes aux yeux. « Il n'y a que les lettres pour adoucir un peu tout ça », a dit miss Flowers, et à ce moment-là, ses yeux aussi étaient humides.

Le fiancé de miss Flowers, Rex Rothman, a été tué l'année précédente lors de l'offensive du Têt. Elle a pris une semaine complète de congé et Jessie a vu sa photo dans le *Boston Globe*, debout près d'un cercueil recouvert du drapeau américain. Mais au début de la nouvelle année scolaire, en septembre, une relation a semblé naître entre miss Flowers et Eric Barstow, le prof de gym. M. Barstow était aussi costaud que Jack LaLanne. Les garçons le détestaient autant qu'ils le respectaient, et Jessie et les autres filles du collège le craignaient – jusqu'à ce qu'il se mette à fréquenter miss Flowers et devienne soudain un héros romantique. Ce printemps-là, ils l'ont vu apporter à miss Flowers un délicat bouquet de muguets enroulé dans une serviette en papier humide et tous les soirs, après les cours, il portait ses livres et ses dossiers jusqu'au parking. Jessie les avait vus ensemble près de la Coccinelle Volkswagen de miss Flowers, qui a la couleur d'une orange de Floride ; le coude de M. Barstow était appuyé sur le toit, et ils discutaient. Une fois, elle les a vus s'embrasser alors que le bus scolaire s'éloignait.

Certaines personnes – Leslie, par exemple – étaient mécontentes que miss Flowers remplace son fiancé mort dans l'année. Mais Jessie comprenait qu'une perte tragique pouvait créer un vide et, comme ils l'avaient appris en cours de sciences, la nature détestait le vide. Jessie sait qu'après le décès de Wilder, sa mère a engagé un avocat pour attaquer la compagnie d'assurances qui prétendait que sa mort était un suicide ; l'avocat a plaidé que Wilder était en train de nettoyer son beretta dans le garage et que le coup était parti tout seul. La différence était essentielle, non seulement pour l'assurance-vie, mais aussi pour la tranquillité d'esprit des trois enfants en bas âge de Kate – Blair avait alors huit ans, Kirby cinq et Tiger seulement trois.

L'avocat engagé par Kate – qui a réussi à convaincre le tribunal que la mort était bien accidentelle – n'était autre que David Levin. Six mois après la résolution de l'affaire, Kate et David ont commencé à sortir ensemble. Ils se sont mariés, malgré la violente désapprobation d'Exalta, et quelques mois après le mariage civil, Kate est tombée enceinte de Jessie.

Jessie ne voulait pas parler de Tiger et du Vietnam avec miss Flowers, alors pour changer de sujet, elle a dit : « Ce thé est délicieux. »

Miss Flowers a vaguement acquiescé et s'est essuyé le coin des yeux avec un mouchoir qu'elle gardait niché dans sa ceinture pour pouvoir le tendre aux élèves (elle était, après tout, une conseillère d'orientation auprès d'adolescents, et d'une heure à l'autre les hormones et les émotions des jeunes gens pouvaient changer du tout au tout). Elle a dit : « Je veux juste que tu saches que si tu as des pensées sombres, tu peux venir me parler. »

Jessie a baissé les yeux sur sa tasse. Elle savait qu'elle n'accepterait jamais la proposition de miss Flowers. Comment Jessie pouvait-elle parler de ses pensées sombres à propos de son frère – qui était, du moins aux dernières nouvelles, bien vivant – quand miss Flowers avait réellement perdu Rex Rothman, son fiancé ?

Chaque nuit, des images de son frère tué par des obus de mortier ou des grenades, capturé par l'ennemi et traversant des kilomètres de jungle sans eau ni nourriture tourmentaient Jessie, mais elle restait loin du bureau de miss Flowers. Elle était parvenue à éviter de se retrouver seule avec la conseillère jusqu'au dernier jour de cours, où miss Flowers l'a arrêtée devant la porte et lui a glissé à l'oreille : « Quand on se reverra en septembre, ton frère sera rentré sain et sauf à la maison, et je serai fiancée à M. Barstow. »

Jessie a hoché la tête, tout contre le lin rêche du haut de miss Flowers et, quand elle a levé les yeux vers elle, elle a vu qu'elle y croyait réellement – et pendant un instant parfait, Jessie y a cru aussi.

7 juin 1969

Chère Jessie-Cracra,

Je t'écris cette lettre maintenant pour être sûr qu'elle te parviendra avant le jour de ton anniversaire. Ils disent que le courrier ne met qu'une semaine à atteindre les États-Unis mais quand je pense à la distance, je me dis qu'il vaut mieux être prudent.

Joyeux anniversaire, Jessie-Cracra !

Treize ans déjà, j'ai du mal à y croire. Je me souviens de ta naissance. Bon, en vérité, tout ce que je me rappelle, c'est que Gramps nous a emmenés manger une glace chez Brigham's. J'ai pris deux boules caramel-chocolat dans un cône en sucre et je l'ai fait tomber, et Gramps a dit Bordel puis il m'en a acheté une autre. Je ne sais pas si tu te souviens bien de Gramps, tu étais toute petite quand il a passé l'arme à gauche, mais c'était un type vraiment chouette. Avant que je sois déployé, Nonny m'a donné sa bague de Harvard, sauf qu'on n'a pas le droit de porter de bague alors je la garde dans la poche poitrine de mon gilet, ce qui n'est pas très malin parce que si je suis réduit en miettes, la bague sera perdue à jamais, mais j'aime bien l'avoir contre mon cœur. Elle me donne l'impression d'être en sécurité, ce qui doit sembler un peu mélo mais, Jessie-Cracra, tu serais surprise de tout ce qui peut servir de porte-bonheur par ici – certains gars portent des croix et des étoiles de David, d'autres trimballent des pattes de lapin, un type a la clef du cadenas de vélo de sa petite amie, un autre l'as de pique qui lui a fait gagner une grosse partie de poker la veille de son départ. Et moi, j'ai la bague de Harvard de Gramps, dont je ne parle pas trop parce que les gars penseraient que je me vante de mes origines. Mais je crois que ce que j'essaye de te dire c'est que les gars trimballent des objets auxquels ils prêtent des pouvoirs magiques, ou qui leur rappellent pourquoi ils veulent rester en vie.

Quelques-uns d'entre nous se sont révélés être de vrais héros, une bonne chose parce que notre compagnie a été larguée en plein cœur de l'action. Je me suis fait deux amis dans la compagnie Charlie – Frog, la grenouille, et Puppy, le chiot (officiellement, Francis et John). Les autres gars nous appellent le Zoo parce qu'on a tous des surnoms d'animaux mais ils sont jaloux de notre force. Nous trois, on fait des concours idiots, comme celui qui fera le plus de tractions pendu à un arbre, ou qui apprendra le plus d'insultes en vietnamien, ou qui fumera le plus vite une clope sans l'enlever de ses lèvres. Frog est noir (oh là là – que dirait

Nonny ?), il vient du Mississippi, et Puppy est si blond et si pâle qu'on dirait un albinos. On aurait dû l'appeler Casper ou Ghost mais ces surnoms étaient déjà pris par d'autres gars du régiment et puisqu'il est le plus jeune de la section, il est devenu Puppy. Il est de Lynden, dans l'État de Washington, tout près de la frontière canadienne – le pays de la framboise, comme il dit, des buissons à perte de vue, pleins de grosses framboises bien juteuses. Ces framboises lui manquent. Frog, lui, rêve de la salade de chou au vinaigre de sa mère, et moi du caramel au chocolat de chez Brigham's. On fait un beau mélange, un échantillon représentatif de notre grand pays, en quelque sorte. J'aime ces gars-là de tout mon cœur, même si je ne les connais que depuis quelques semaines. Tous les trois, on se sent invincibles, on se sent forts – et Jessie-Cracra, je suis désolé de le dire, mais je sais que je suis le plus fort des trois. Au début, je pensais que c'était parce que le coach Bevilacqua faisait faire à toute l'équipe un nombre incalculable de sprints et de montées d'escalier du stade, mais ça, ça ne fait que te rendre fort à l'extérieur, et pour survivre ici, il faut être fort à l'intérieur aussi. Quand c'est ton tour d'ouvrir la marche pendant un assaut, il faut du courage, et je pèse mes mots, parce qu'il y a de grandes chances que tu sois le premier à rencontrer les Viets. Si tu rencontres le feu ennemi, c'est toi qui prends les balles. La première fois que j'ai pris les devants de ma compagnie, on descendait ce chemin à travers la jungle, les moustiques rugissaient comme des lions, il faisait nuit noire et un groupe de VC s'est glissé derrière nous et a égorgé Ricci, qui fermait la marche. On a ouvert le feu et d'autres sont morts, Acosta et Keltz. Je m'en suis sorti avec une dizaine de piqûres de moustiques.

J'ai entendu dire que d'autres unités avaient des psys pour les aider à gérer la façon dont ces trucs-là embrouillent la tête. Quand on part en mission, on est à peu près sûr qu'au moins l'un d'entre nous va y passer. Lequel, c'est qu'une question de chance, exactement comme quel canard tu vas toucher avec ton pistolet à eau dans une fête foraine. Quand j'apprenais à conduire à des gosses à Brookline, je savais qu'il y avait une guerre, je la regardais à la télé avec maman, papa et toi, j'entendais le nombre de morts, mais ça ne me semblait pas réel. Maintenant je suis ici et tout est trop réel. Chaque jour demande de la longanimité, et je ne connaissais même pas la définition de ce mot avant de venir ici.

La nuit, quand c'est mon quart de veille ou quand j'essaye de m'endormir tout en restant alerte, je me demande à qui je ressemble le plus dans la famille. À qui appartient l'ADN qui va me maintenir en vie ? Au début j'ai pensé que ça devait être celui de Gramps, parce que c'était un banquier prospère, ou celui de mon père parce qu'il était lieutenant en Corée. Mais tu sais ce dont je me suis rendu compte ? La personne la plus forte dans notre famille, c'est Nonny. Elle est probablement la plus forte du monde entier. Elle pourrait affronter n'importe quel Vietcong ou n'importe lequel de mes supérieurs. Tu sais, la façon qu'elle a de te regarder quand tu l'as déçue, comme si tu n'étais pas même assez bien pour lui lécher les bottes ? Ou quand elle prend cette voix pour dire : « Et que dois-je penser de toi maintenant, Richard ? » Voilà, je sais que tu sais et c'est pour ça que tu redoutes d'aller à Nantucket, alors si ça peut t'aider à te sentir moins mal, souviens-toi que les choses chez Nonny qui te rendent malheureuse sont les mêmes qui gardent ton frère en vie.

Je t'aime, Jessie-Cracra. Joyeux anniversaire.
Tiger

Le soir qui précède le départ pour Nantucket, Jessie et ses parents mangent une pizza dans la cuisine, à même le carton – Kate a été trop prise par les bagages pour cuisiner – lorsqu'on toque à la porte. Jessie, Kate et David s'immobilisent comme s'ils jouaient à « un, deux, trois, soleil ». Un inconnu à la porte à sept heures et demie du soir... Tout ce que Jessie parvient à imaginer, ce sont deux officiers sur le seuil, chapeau à la main, s'apprêtant à annoncer une nouvelle qui brisera sa famille. Kate ne s'en remettra jamais ; l'accouchement de Blair pourrait se déclencher prématurément, Kirby sera la plus mélodramatique et accusera Robert McNamara, Lyndon Johnson et son ennemi numéro un, Richard Milhous Nixon. Et Jessie – que fera-t-elle ? Elle s'imagine se dissoudre comme le comprimé d'Alka-Seltzer que son père plonge dans un verre d'eau le soir quand il travaille sur un dossier stressant. Elle se transformera en poussière puis sera emportée par le vent.

David se lève, le visage sombre. Il n'est pas le père biologique de Tiger, mais il remplit ce rôle depuis les jeunes années du garçon, et, aux yeux de Jessie, il a fait du bon travail. C'est un homme svelte (il adore le tennis, sa seule qualité aux yeux d'Exalta), tandis que Tiger est grand avec des épaules carrées, le portrait craché du lieutenant Wilder Foley. David est avocat, mais pas le genre qui hurle dans les tribunaux. Il est calme et mesuré ; il encourage toujours Jessie à réfléchir avant de parler. David et Tiger ont une relation proche, presque tendre, alors Jessie est sûre que David va ouvrir la porte avec la peur au ventre.

Kate prend la main de Jessie et la serre. Jessie fixe la moitié de pizza dans le carton et se dit que si Tiger est mort, aucun d'entre eux ne pourra plus jamais manger de pizza, ce qui est dommage parce que c'est son plat préféré. Puis elle a une pensée encore plus inappropriée : si Tiger est mort, elle n'aura pas à aller à Nantucket avec sa mère et Exalta. Sa vie sera détruite, mais son été sera, en quelque sorte, sauvé.

— Jessie ! appelle son père.

Il a l'air de mauvaise humeur. Elle se lève et se précipite vers la porte d'entrée.

David maintient la porte ouverte. Dehors se tiennent Leslie et Doris.

— J'ai expliqué à tes amies que nous étions en train de manger, dit David. Mais puisqu'on part demain, je te laisse cinq minutes. Elles sont venues te dire au revoir.

Jessie hoche la tête.

— Merci, murmure-t-elle.

Elle voit le soulagement sur le visage de son père. Être dérangé à l'heure du repas n'est pas une bonne chose mais la raison est beaucoup, beaucoup moins grave que ce qu'ils craignaient tous.

Jessie met un pied dehors.

— Cinq minutes, rappelle David en refermant la porte moustiquaire derrière elle.

Jessie attend que son cœur retrouve un rythme normal.

— Vous êtes venues à pied ? demande-t-elle.

Leslie vit à six pâtés de maisons, Doris à presque dix.

Doris acquiesce. Elle fait grise mine, comme d'habitude. Ses lunettes à double foyer glissent jusqu'au bout de son nez. Évidemment, elle porte son jean pattes d'eph avec des fleurs brodées sur les poches avant. Doris passe sa vie dans ce pantalon. Mais pour s'entendre avec la chaleur, elle a mis un haut dos-nu à œillets qui serait très joli sans cette tache de ketchup sur le devant. Le père de Doris possède deux franchises McDonald's ; elle mange beaucoup de hamburgers.

L'air est doux et, parmi les arbres qui bordent la route, Jessie aperçoit le scintillement des lucioles. Oh, combien elle aimerait passer tout l'été à Brookline ! Elle irait à vélo jusqu'au country club avec Leslie et Doris et, en fin d'après-midi, elles achèteraient des crèmes glacées chez le marchand de glaces. Elles flâneraient dans les magasins du quartier de Coolidge Corner et feraient semblant de tomber par hasard sur les garçons de l'école. Kirby lui a dit que cet été les garçons de son âge commenceraient à grandir.

— Nous sommes venus te souhaiter *bon voyage**, dit Leslie.

---

* En français dans le texte.

Elle jette un œil par-dessus l'épaule de Jessie pour s'assurer que personne ne traîne derrière la porte puis elle baisse la voix.

— Et j'ai aussi des choses à t'annoncer.

— Deux choses, ajoute Doris.

— La première, dit Leslie, elles sont arrivées.

— Elles ? répète Jessie, même si elle sait pertinemment que Leslie veut parler de ses règles.

Doris pose son bras contre son ventre.

— J'ai des petites crampes, dit-elle. Je suppose que je suis la prochaine.

Jessie ne sait pas vraiment quoi dire. Comment devrait-elle accueillir cette nouvelle ? L'une de ses meilleures amies a fait un premier pas dans l'âge adulte tandis qu'elle, Jessie, reste résolument une enfant. Elle est jalouse, terriblement jalouse ; depuis la « discussion » organisée par l'infirmière scolaire le mois dernier, le sujet de la menstruation a envahi leurs conversations. Elle est partie du principe que Leslie serait la première à avoir ses règles parce qu'elle est la plus développée. Elle a déjà de petits seins fermes et porte une brassière, alors que Jessie et Doris sont aussi plates que des planches à pain. La jalousie et l'envie de Jessie et, certains jours, son inquiétude – elle a entendu parler d'une fille qui n'a *jamais* eu ses règles – sont ridicules, elle le sait. Ses deux grandes sœurs se plaignent de leurs règles ; Kirby appelle ça la « malédiction », ce qui est un terme plutôt approprié dans son cas, parce que l'événement mensuel lui donne des migraines, des crampes terribles et la met d'une humeur massacrante. Blair est un peu plus délicate quand elle évoque son propre cycle, mais ce n'est pas un problème en ce moment puisqu'elle est enceinte.

Leslie peut tomber enceinte désormais, pense Jessie, une idée presque risible. Elle est prête à arrêter de parler de ça ; elle veut rentrer pour finir sa pizza.

— Et la deuxième nouvelle ? demande Jessie.

— Ça, répond Leslie en sortant un paquet-cadeau plat et carré de derrière son dos. Joyeux anniversaire !

— Oh, fait Jessie, bouche bée.

Comme tous ceux dont l'anniversaire tombe en plein milieu de l'été, elle a depuis longtemps abandonné l'idée que ses camarades de classe le fêtent en bonne et due forme. Elle accepte le cadeau. C'est, sans l'ombre d'un doute, un disque.

— Merci.

Elle adresse un grand sourire à Leslie, puis à Doris, qui tient toujours son ventre pour se prémunir de crampes imaginaires, puis elle déchire le papier cadeau. C'est *Clouds* de Joni Mitchell, exactement ce qu'elle voulait. Elle est obsédée par la chanson « Both Sides Now ». C'est la plus belle chanson au monde. Jessie pourrait l'écouter chaque seconde de chaque jour, jusqu'à sa mort, sans jamais s'en lasser.

Elle embrasse Leslie, puis Doris, qui précise :

— On a fait moitié-moitié.

Ces paroles sont destinées à encourager un deuxième merci, que Jessie adresse à Doris, plus personnellement. Jessie est heureuse de savoir qu'elles ont bien acheté le disque parce que ces deux dernières semaines, depuis la fin des cours, elles se sont toutes les trois lancées dans une série de vols à l'étalage. Leslie a dérobé deux gommes roses et un paquet de crayons de couleur chez Irving's, Doris un bagel à l'œuf de la veille à la boulangerie kasher et Jessie, sous la pression des deux autres, un mascara Maybelline au Woolworth à Coolidge Corner, crime bien plus risqué puisqu'on raconte que le Woolworth est bardé de caméras de surveillance. Elle sait que voler est mal, mais Leslie en a fait un défi et Jessie a senti que son honneur était en jeu. Quand son tour est venu et qu'elle est entrée dans le Woolworths, elle avait peur, elle était même terrifiée, et elle se répétait les excuses qu'elle ferait à ses parents, déjà décidée à rejeter la faute sur le bouleversement lié au départ de son frère, mais quand elle est sortie du magasin, le mascara glissé dans la poche de son coupe-vent orange, elle a ressenti une montée d'adrénaline semblable, pensait-elle, aux effets de la drogue. Elle se sentait si bien ! Elle se sentait puissante ! Elle était si grisée qu'elle s'est arrêtée à la station-service près de l'intersection de Beacon et de Harvard Street, est entrée dans les toilettes des femmes et s'est mis du mascara, là, devant le miroir miteux.

L'histoire est devenue légèrement moins palpitante lorsque Kate a repéré le mascara, à la seconde où Jessie a mis un pied dans la maison. Alors l'inquisition a commencé. Qu'a-t-elle sur les yeux ? Du mascara ? Où a-t-elle déniché ce mascara ? Elle a donné à Kate la seule réponse crédible : c'était celui de Leslie. Jessie priait pour que Kate ne téléphone pas à la mère de Leslie, parce que si celle-ci demandait à sa fille, il n'y avait que cinquante pour cent de chances que Leslie la couvre.

Somme toute, Jessie est soulagée de ne pas recevoir

un disque volé. Si sa mère était au courant du vol à l'étalage, elle écarterait Jessie de ses amies pour toujours.

— Quand est-ce que tu reviens ? demande Leslie.

— Début septembre, pour Labor Day, la fin de l'été, répond Jessie.

Ce qui lui semble être une éternité.

— Écrivez-moi. Vous avez toujours l'adresse, n'est-ce pas ? ajoute-t-elle.

— Ouaip, répond Doris. Je t'ai déjà envoyé une carte postale.

— Vraiment ? dit Jessie.

Elle est touchée par cet acte de gentillesse inattendu de la part de cette bonne vieille grincheuse de Doris.

— Tu vas nous manquer, dit Leslie.

Jessie, le disque serré contre elle, leur fait de grands signes avant de rentrer dans la maison. Elle n'a pas été la première à avoir ses règles, elle ne sera peut-être pas la deuxième, mais ça n'a pas d'importance. Ses amies l'aiment – elles lui ont acheté quelque chose pour lui faire plaisir – et, plus important encore, son frère est vivant. Pendant quelques secondes, aux derniers instants de l'année de ses douze ans, Jessie Levin est heureuse.

Tôt le matin, on frappe doucement à la porte de la chambre de Jessie. Son père passe la tête dans l'interstice.

— Tu es réveillée ? demande-t-il.

— Non, répond-elle.

Elle rabat les couvertures sur sa tête. Le sentiment de légèreté de la veille a disparu. Jessie ne veut pas aller à Nantucket. Elle n'arrive pas à regarder à la fois le bon et le mauvais côté des choses, «*both sides*» comme le dit Joni Mitchell dans sa chanson. Il n'y a qu'un seul côté : sans son frère et ses sœurs – et, au bout d'un moment, sans sa mère –, Nantucket va être nul.

David s'assoit doucement sur le lit à côté d'elle. Il porte un costume d'été bleu marine, une chemise blanche et une large cravate rayée orange et bleu. Ses cheveux bruns bouclés sont peignés et il sent le travail, c'est-à-dire l'after-shave Old Spice.

— Hé, dit-il, en tirant sur les couvertures. Joyeux anniversaire !

— Pourquoi je ne pourrais pas rester ici avec toi et y aller seulement les week-ends ? demande Jessie.

— Chérie.

— S'il te plaît ?

— Tout va bien se passer, dit David. Tout va très bien se passer. C'est un été important qui s'annonce pour toi. Treize ans. Tu es enfin une adolescente, tu sors de l'ombre de ton frère et de tes sœurs...

— J'aime bien leur ombre, répond Jessie.

L'été dernier, Kate a enrôlé chacun d'entre eux pour divertir Jessie un jour sur trois. Blair l'emmenait toujours à Cliffside Beach. Elles mangeaient des hot-dogs et buvaient des milk-shakes au Galley, puis elles s'attelaient avec assiduité à leur bronzage tandis que Blair tournait les pages du roman échangiste de John Updike, *Couples*, dont elle lisait à Jessie les paragraphes les plus scandaleux. Updike était grand amateur du mot « tumescent » et la première fois que Blair a lu le mot, elle a regardé Jessie par-dessus le livre et demandé :

— Tu sais ce que ça veut dire, n'est-ce pas ?

— Oui, a répondu Jessie, qui n'en avait pas la moindre idée.

Blair a baissé le livre et dit :

— Il n'y a aucune raison d'être dégoûtée par le sexe. C'est parfaitement naturel. Angus et moi, nous faisons l'amour tous les jours, parfois même deux fois.

Jessie avait été à la fois intriguée et révulsée par cette information et elle n'avait plus jamais été capable de regarder Angus de la même façon. Il avait dix ans de plus que Blair et avait des cheveux bruns qu'il n'avait jamais le temps de peigner parce qu'il était trop occupé à réfléchir. Il travaillait sans cesse sur des problèmes mathématiques et Nonny l'aimait tellement que, quand ils séjournaient à All's Fair, elle le laissait s'asseoir dans le fauteuil en cuir de Gramps, au vieux bureau de Gramps. Angus allait rarement à la plage parce qu'il n'aimait pas le sable et prenait très vite des coups de soleil. Jessie préférait ne pas songer à l'appétit sexuel vorace d'Angus. Blair était belle et suffisamment intelligente, elle aurait pu avoir n'importe quel homme, mais elle a épousé Angus et renoncé à enseigner l'anglais au lycée Winsor pour rester à la maison pour lui. Maintenant, elle vénérait la cuisinière Julia Child[1] et portait des robes

---

1. Célèbre cuisinière américaine qui a introduit la gastronomie française dans les foyers américains.

Lilly Pulitzer – mais à la plage, elle était plus proche de la tante olé olé que de la grande sœur mémère. Elle fumait des Kent, allumées avec un briquet en argent de chez Tiffany gravé d'un mot doux du petit frère d'Angus, Joey, qui avait été son petit ami avant Angus. Elle remettait du rouge à lèvres chaque fois qu'elle sortait de l'eau et flirtait sans vergogne avec le maître nageur de Cliffside, Marco, originaire de Rio de Janeiro. Blair parlait quelques bribes de portugais. Elle était glamour.

Kirby emmenait Jessie à la plage, mais elle choisissait la côte sud, où traînaient les surfeurs et les hippies. Kirby dégonflait légèrement les pneus de l'International Harvester Scout, le tout-terrain rouge camion de pompier que leur grand-mère avait acheté pour conduire sur l'île, et elles roulaient jusqu'à Madequecham Beach, où chaque jour ensoleillé était prétexte à faire la fête. Les gens jouaient au volley, tiraient des canettes de Schlitz de baquets en zinc remplis de glace et l'air sentait la marijuana. Quelqu'un apportait toujours une radio portable, alors ils écoutaient les Beatles, Creedence Clearwater Revival et le groupe préféré de Kirby, Steppenwolf.

Jessie trouvait Kirby encore plus jolie que Blair. Ses cheveux étaient longs et raides, et tandis que Blair était plantureuse, Kirby était maigre comme un clou. Les surfeurs, dont les combinaisons mouillées pendaient à la taille comme une mue, la jetaient à l'eau et la poussaient dans les vagues. Elle se débattait et criait, mais secrètement, Jessie le savait, elle adorait ça, et contrairement à Blair, Kirby se fichait bien de son apparence quand elle sortait de l'eau. Elle ne portait pas de maquillage et laissait ses cheveux blonds sécher au soleil, sans les peigner. Elle fumait de l'herbe et non du tabac, mais seulement deux taffes lorsqu'elle surveillait Jessie : une règle qu'elle s'était fixée. Deux taffes la détendaient, disait-elle, et les effets avaient disparu quand elles retournaient à All's Fair.

Les journées de Jessie avec Tiger étaient des aventures. Ils allaient pêcher à Miacomet Pond à vélo ; ils faisaient une randonnée jusqu'à Altar Rock, le point le plus élevé de Nantucket, et tiraient avec le pistolet à patates de Tiger. Mais leur activité préférée était le bowling. Tiger était une vedette au Mid-Island Bowl et ce depuis l'âge de douze ans. Tous les habitués le connaissaient, lui payaient des parties et offraient des sodas *birch beer* à Jessie, qu'elle savourait parce qu'Exalta interdisait tous les sodas à l'exception d'un peu de limonade mélangée à de la grenadine au club, et même dans ce cas-là, Jessie n'avait le droit qu'à un seul verre.

Les prouesses de Tiger au bowling étaient surprenantes parce qu'il ne jouait qu'à Nantucket et seulement lorsqu'il pleuvait. Exalta considérait que les enfants devaient passer les belles journées d'été à l'extérieur. Une fois Tiger en âge de conduire, bien sûr, il avait pu aller au bowling au gré de son envie. Les jours où il s'occupait de Jessie, il l'emmenait avec lui, mais ils ne disaient rien à Exalta, ce qui rendait la chose encore plus exaltante. Quand Tiger alignait la boule avec les quilles et la laissait s'envoler de ses doigts, sa jambe arrière levée derrière lui, c'était comme s'il dansait. Il était gracieux, il était fort et il visait juste. La plupart du temps, il balayait toutes les quilles. Jessie avait espéré et prié que ce talent inné se révèle être un trait génétique qu'elle partageait, mais pas de chance ; les lancers de Jessie déviaient à droite ou à gauche, et au moins la moitié du temps, ils finissaient dans la rigole.

Jessie essaye d'imaginer un été à Nantucket sans son frère et ses sœurs. Elle traînera dans All's Fair avec sa lecture estivale, *Le Journal d'Anne Frank* – du moins, quand elle ne sera pas à ses cours de tennis ; sa grand-mère a insisté pour qu'elle en prenne, mais Jessie se moque bien du tennis. Elle n'est pas assez pourrie gâtée pour qualifier de sinistre l'idée d'un été à Nantucket, mais pourquoi, bon sang, ne peut-elle pas simplement rester chez elle ?

Son père, assis sur son lit, tire une petite boîte de la poche de sa veste.

— Avoir treize ans est une étape très importante dans la tradition juive, explique-t-il. J'ai fait ma bar-mitsva, mais puisque nous ne t'avons pas élevée dans le judaïsme, on n'organisera pas ce genre de cérémonie pour toi.

Il s'arrête et détourne les yeux un instant.

— Mais je veux marquer l'importance de cette étape.

Jessie se redresse dans le lit et ouvre la boîte. C'est une chaîne en argent avec un pendentif rond de la taille d'une pièce de vingt-cinq cents. Un arbre est gravé sur le pendentif.

— C'est l'Arbre de vie, explique David. Dans la kabbale, l'Arbre de vie symbolise la responsabilité et la maturité.

Le collier est joli. Et Jessie aime son père plus que tout au monde, y compris Tiger, même si elle sait que l'amour ne peut être quantifié. Elle a l'impression de devoir protéger son père parce que, si Jessie a un lien avec tout le monde dans la famille, il n'est lié par le sang qu'à elle seule. Elle se demande s'il y pense parfois et se sent comme un étranger. Elle adore qu'il ait choisi de mettre en évidence ce lien qui les unit. Elle a entendu dire que pour être considéré comme un « vrai » Juif, il faut que la mère soit juive et si c'est vrai, Jessie ne remplit pas les conditions, mais elle ressent un lien fort avec son père – quelque chose de spirituel, quelque chose qui dépasse le simple amour – quand elle ajuste le fermoir et laisse le poids frais du bijou reposer contre son sternum. Elle se demande si Anne Frank possédait un collier Arbre de vie, puis conclut que si oui, elle l'avait probablement caché avec le reste des objets de valeur de la famille, pour que les nazis ne s'en emparent pas.

— Merci, papa, dit-elle.

Il sourit.

— Tu vas me manquer, ma puce. Mais je te verrai les week-ends.

— Puisque je suis censée être responsable et mature maintenant, je suppose que je devrais arrêter de me plaindre de partir, dit Jessie.

— Oui, s'il te plaît, répond David. Et tu sais quoi ? Quand je viendrai sur l'île, on ira jusqu'au Sweet

Shoppe et on t'achètera une glace deux boules de pépites de malachite et tu pourras te plaindre autant que tu veux de ta grand-mère. C'est d'accord ?

— Marché conclu, répond Jessie, et pour un bref instant au début de sa treizième année, Jessie Levin est heureuse.

Born to Be Wild

La conversation ne se déroule pas très bien, mais ce n'est guère étonnant pour une femme de vingt et un ans qui discute avec ses parents l'été de l'année 1969.

— J'ai besoin d'espace pour respirer, dit Kirby. J'ai besoin d'air sous mes ailes. Je suis une adulte. Je devrais avoir le droit de faire mes propres choix.

— Tu pourras te dire adulte et prendre tes propres décisions quand tu subviendras à tes besoins, répond David.

— Je vous l'ai dit, poursuit Kirby. J'ai trouvé un travail. Et ce ne sera pas loin. Ce n'est que l'île d'à côté.

— Hors de question, dit Kate. Tu as été arrêtée deux fois. Arrêtée, Katharine.

Kirby grimace. Sa mère n'utilise son nom de baptême que lorsqu'elle souhaite se donner un air sévère.

— Je n'ai même pas fait de garde à vue.

— Mais tu as reçu une amende, rétorque David.

— Sans raison ! proteste Kirby. On dirait que la police de Boston n'a jamais entendu parler de la liberté de réunion.

— Tu as sûrement fait quelque chose pour provoquer le policier, répond David. Quelque chose que tu ne nous dis pas.

À vrai dire, oui, pense Kirby. *Évidemment.*

— Et on a dû mentir à ta grand-mère, rappelle Kate. Si elle découvre que tu as été arrêtée – deux fois ! –, elle…

— Elle me retirera mon compte d'épargne ? Je crois qu'on sait tous qu'elle ne peut pas faire ça.

Kirby aura accès à cet argent quand elle sera diplômée de l'université ou quand elle aura vingt-cinq ans. C'est la seule chose qui la pousse à rester à Simmons.

David soupire.

— Quel genre de travail ?

Kirby leur adresse un sourire victorieux.

— Je vais travailler comme femme de chambre au Shiretown Inn à Edgartown.

— Femme de chambre ? s'étonne Kate.

— Tu n'es même pas capable de nettoyer ta propre chambre, ajoute David.

— Voilà, vous exagérez, répond Kirby.

Elle décide de persévérer avec enthousiasme et détermination, parce qu'elle sait que ce sera plus efficace que la colère et l'indignation.

— Écoutez, je sais que je n'ai encore jamais travaillé. Mais c'est parce que j'ai consacré tout mon temps libre à mes causes.

— C'est nous qui avons consacré tout notre temps libre à tes causes, répond Kate, qui cherche à peine à dissimuler qu'elle lève les yeux au ciel.

— Papa oui, effectivement, réplique Kirby. Vous

vous souvenez quand j'étais au lycée ? Tu ne voulais pas que je défile avec Martin Luther King. Tu m'as dit que j'étais trop jeune !

— Tu étais trop jeune ! s'exclame Kate.

— Ce que tu voulais dire c'est que j'étais trop blanche.

— Ne me fais pas dire ce que je n'ai pas dit, jeune fille.

— Personne ne défilera plus jamais avec le révérend King, réplique Kirby. Alors ce souvenir est officiellement inestimable et tu as failli m'en priver. Miss Carpenter ne m'a pas lâchée d'une semelle, je ne risquais rien ; c'était une marche pacifique, c'était justement le but ! Les manifestations contre la guerre au printemps étaient différentes parce que le pays a changé. Les étudiants comme moi sont les ennemis de l'ordre établi – mais vous devriez tous les deux être heureux que je pense par moi-même et que je ne me contente pas de rentrer dans le rang !

Kirby fait une pause. Elle sent qu'elle a un peu amadoué David, mais sa mère reste inflexible.

— Je veux trouver un boulot cet été et après mon diplôme, je commencerai une carrière. Je veux être plus qu'une épouse et une mère. Je n'ai pas envie de finir comme… comme Blair.

— Prends garde à ce que tu dis, répond Kate. Être mère est un don du ciel.

— Mais tu dois bien admettre…

Kirby s'interrompt avant d'émettre une opinion peu flatteuse au sujet de sa grande sœur. Blair et Kirby sont depuis longtemps décrites comme la surdouée et la sous-douée, respectivement. (Bon, personne ne l'a jamais dit à voix haute, mais Kirby sait que c'est ce que les gens pensent.) Blair n'a eu que des bonnes notes tout au long du lycée et est allée à Wellesley College, où elle a été sur le tableau d'honneur chaque semestre. Elle a remporté le prix de la meilleure élève du département d'anglais et sa dissertation sur Edith Wharton a reçu un genre de distinction particulière de la part d'un jury constitué de professeurs de toutes les universités des Sept Sœurs[1]. Blair a trouvé du travail comme enseignante auprès des meilleures élèves de terminale de Winsor School, une prestigieuse école privée pour filles, un poste qui se libère approximativement une fois tous les cinquante ans. De là, il ne lui restait plus qu'à faire une maîtrise et à devenir professeure. Mais qu'a-t-elle fait ? Elle a épousé Angus, a démissionné et est tombée enceinte.

— Admettre quoi ? demande Kate.

Que Blair est une déception, pense Kirby. Mais ce n'est pas vrai. La déception, c'est Kirby elle-même.

Kirby est tentée de dire la vérité à ses parents, de leur raconter qu'elle vient de vivre les trois pires mois de sa vie, à la fois physiquement et émotionnellement. Elle a besoin d'effacer le souvenir des manifestations, des arrestations, de son aventure avec l'agent Scott Turbo, du voyage au lac Winnipesaukee. On lui a

---

[1]. Groupement de sept universités historiquement réservées aux femmes.

distribué les mauvaises cartes : peur, inquiétude, chagrin d'amour et honte.

Elle a besoin d'un nouveau départ.

Elle plaide sa cause auprès de David, qui a toujours eu plus de compassion que sa mère.

— Je foire mes cours à Simmons parce qu'ils sont barbants. Je ne veux pas étudier la bibliothéconomie et je ne veux pas enseigner en maternelle.

— Tu préfères nettoyer des chambres d'hôtel ? demande-t-il.

— Je veux *travailler*. Et il se trouve que c'est le boulot que j'ai décroché.

À ce moment-là, elle baisse les yeux, parce qu'elle n'est pas complètement sincère.

— Tu ne connais personne à Martha's Vineyard, dit Kate. Nous sommes de Nantucket. Toi, moi, la mère de Nonny, la grand-mère de Nonny. Tu descends de cinq générations de Nantuckaises, Katharine.

— Ça, c'est le genre d'état d'esprit « eux contre nous » qui détruit notre pays, répond Kirby.

Quand David éclate de rire, Kirby comprend qu'elle a réussi à obtenir ce qu'elle voulait.

— Passer l'été ailleurs sera une expérience enrichissante. Tu te souviens de mon amie de fac, Rajani ? Ses parents ont une maison à Oak Bluffs et ils ont dit que je pouvais rester chez eux.

— Rester chez la famille de Rajani tout l'été ? répète David. Ça me semble excessif.

Il se tourne vers Kate puis ajoute :

— N'est-ce pas ? La famille de Rajani ne devrait pas avoir à loger et nourrir notre fille ?

— C'est vrai, répond Kate. Elle devrait venir à Nantucket, là où est sa place.

— J'ai trouvé une maison dans les petites annonces, pas très loin de chez Rajani. Six chambres à louer, de préférence à des étudiantes. Cent cinquante dollars pour l'été.

— Ça me semble plus raisonnable, répond David. Nous pouvons payer le loyer, mais les dépenses du quotidien seront à ta charge.

— Oh ! Merci ! s'exclame Kirby.

Kate jette les mains en l'air en signe de défaite.

Kirby et sa meilleure amie de Simmons, Rajani Patel, sont en route pour le village côtier de Woods Hole dans la MG décapotable bordeaux de Rajani. Kirby a réservé une chambre dans la maison de Narragansett Avenue pour l'été. Elle a donné à ses parents le numéro de téléphone et le nom de la propriétaire, miss Alice O'Rourke.

— Je suppose qu'elle est d'origine catholique irlandaise, avait fait remarquer David. Espérons qu'elle tienne ferme les rênes.

Quand Rajani et Kirby débarquent du ferry à Oak Bluffs dans la MG, Kirby pose les paumes contre son cœur en signe de gratitude. Elle repart de zéro dans un tout nouvel endroit.

Enfin, en vérité, pas complètement nouveau. Elle est toujours sur une île au large de Cape Cod ; à vol d'oiseau, elle est à dix-huit kilomètres de Nantucket. Elle pourrait être au centre de Philadelphie, en train de travailler avec des jeunes défavorisés. Elle pourrait parcourir les routes de l'Alabama rurale, pour inscrire les gens sur les listes électorales. Ceci n'est qu'un premier pas, mais ça lui fera du bien.

Rajani a hâte de lui servir de guide.

— Voilà Ocean Park, dit-elle en désignant une grande étendue de gazon vert avec un kiosque blanc en son centre. Et à droite, c'est le carrousel Flying Horses et le cinéma Strand.

Kirby tourne la tête, essaye de tout absorber. La ville a des airs de fête foraine ; c'est un peu plus rustique que ce à quoi elle s'attendait. Elle examine le carrousel – Rajani lui a appris que c'était le plus ancien du pays encore en état de marche – puis elle tourne son attention vers les passants qui mangent des palourdes frites dans de petits bateaux en carton à carreaux rouges et blancs et qui font courir leur langue sur des cônes de glace ramollie. La ville offre la diversité promise par Rajani, ce qui est rafraîchissant. Un adolescent noir glisse sur un monocycle. Quelque part, une radio joue un morceau de 5th Dimension, «This is the dawning of the age of Aquarius», c'est l'aube de l'ère du Verseau. Kirby hoche la tête au son de la musique. C'est l'aube de quelque chose pour Kirby aussi. Mais de quoi ?

— On habite le camping méthodiste, dit Rajani, et Kirby essaye de ne pas grimacer.

La seule chose pire encore que de vivre sur un terrain de camping, c'est de vivre dans un camping religieux. Mais le camping se révèle être un quartier de maisons aux couleurs d'œufs de Pâques, chaque bâtisse décorée de lambrequins pleins de détails.

— Voilà la mienne.

Rajani pointe du doigt une maison lavande avec un gable triangulaire pointu au-dessus de la porte d'entrée ; le chantourné blanc coule de l'avant-toit comme le glaçage d'un gâteau élaboré. La maison sort tout droit d'un conte de fées, surtout comparée à l'architecture du centre-ville de Nantucket, où chaque maison ressemble à une veuve quaker.

— Regarde la bleue, là, lance Kirby.

La maison bleue au bas de la rue est extraordinaire. Elle est presque deux fois plus grande que celle de Rajani, avec deux gables au-dessus d'un porche gracieux, une balancelle et une rangée de fougères dans des paniers suspendus. Il y a des bosquets d'hortensias bleus de chaque côté de l'allée et les lambrequins tout autour sont faits pour ressembler à des stalactites – ou du moins, c'est ce que ça évoque aux yeux de Kirby.

— C'est la maison de mon ami Darren, explique Rajani. Il va entrer en quatrième année à Harvard. Tu veux qu'on aille voir s'il est là ?

— On n'est pas obligées, répond Kirby.

— Allez, viens. Tu veux rencontrer des gens, non ? Je ne vois pas sa voiture, mais elle est peut-être dans le garage. Ses parents sont vraiment sympas. Sa mère est médecin et son père est juge.

Une médecin et un juge. Harvard. Tout ce que Kirby pense, c'est à quel point sa mère et Nonny seraient contentes. Elle rencontre le bon type de personnes, exactement comme à Nantucket, où tout le monde est juge ou docteur ou détient la chaire de supériorité naturelle de l'université de Bonne-Famille.

— D'accord. Allons dire bonjour, dit Kirby.

Elle écrira une carte postale à sa mère plus tard, décide-t-elle, et mentionnera tous les gens distingués qu'elle a rencontrés à Martha's Vineyard.

Rajani remonte l'allée et donne un petit coup de sonnette. Kirby songe à Darren de Harvard. Ce serait chouette d'avoir un flirt estival, un flirt où elle, Kirby, mène la danse, au lieu de finir le cœur brisé. Elle aimerait bien cesser de penser à l'agent Scottie Turbo, à ses yeux verts ravageurs, à son tatouage de geisha et à ses mains puissantes qui pouvaient tenir ses poignets au-dessus de sa tête quand il l'embrassait là, juste derrière l'oreille gauche.

Une femme noire vêtue d'une robe de tennis blanche ouvre la porte. Les muscles de ses bras sont sculptés et son front luit de transpiration. Ses cheveux sont rassemblés en queue-de-cheval et elle porte des boucles d'oreilles en diamant. Elle regarde les deux filles – des femmes ! – mais ses yeux se posent sur Rajani et elle lui sourit.

— Rajani ! dit-elle. Maintenant l'été peut officiellement commencer !

Kirby est d'abord interloquée. Elle pense : *Domestique ? Femme de ménage ? En robe de tennis, avec des boucles d'oreilles en diamant ?* Puis, l'instant d'après, elle est mortifiée par sa propre bêtise – et, disons le mot, ses préjugés. Cette femme doit être la mère de Darren, la médecin.

La mère de Darren tient la porte moustiquaire ouverte. Rajani franchit le seuil et Kirby la suit. La maison est lumineuse, estivale et moderne. Un coup d'œil dans le salon à droite révèle un canapé rayé blanc et bleu marine avec des coussins jaunes et une table basse blanche en forme de haricot. Kirby est conquise. Dans la maison de Nonny, pas un seul meuble n'a moins de cent ans.

— Dr Frazier, dit Rajani. Je vous présente mon amie Kirby Foley.

Le Dr Frazier tend la main.

— Je suis ravie de te rencontrer, Kirby.

Elle étudie Kirby un instant de plus qu'il ne le faudrait – ou Kirby est-elle simplement paranoïaque ? Kirby trouve qu'elle a l'air respectable, dans sa jupe portefeuille à motifs fraises, son t-shirt blanc à col dégagé et ses sandales en bois Scholls. Elle a abandonné ses habituelles mini-robes, blouses larges et jeans coupés pour cette tenue afin de faire bonne impression auprès de sa logeuse, miss O'Rourke. Elle sent de l'hésitation sur le visage du Dr Frazier. Est-ce parce que Kirby est blanche ? Kirby devrait-elle lui dire qu'elle est féministe et milite pour les droits civiques, qu'elle a défilé aux côtés de Martin Luther King, avec sa professeure d'éducation civique adorée, miss Carpenter, et qu'elle l'a personnellement défendue contre les insultes racistes de garçons idiots de la classe ? Devrait-elle montrer au Dr Frazier sa carte de membre de l'Organisation nationale pour les femmes ? Devrait-elle mentionner qu'elle a lu Simone de Beauvoir, Aimé Césaire et Eldridge Cleaver ?

Elle aurait l'air de se vanter, craint-elle, ou pire, d'essayer de s'approprier la lutte des Afro-Américains pour les droits et le respect alors que n'importe qui peut voir qu'elle est plus blanche qu'un cachet d'aspirine. En plus, c'est un peu exagéré – elle a lu Aimé Césaire, mais elle n'en a pas compris un traître mot. Elle décide que la meilleure défense, c'est une sincère chaleur humaine. Elle sourit au Dr Frazier, et c'est à ce moment-là qu'elle se rend compte qu'elle a déjà vu cette femme. Mais où ? Le Dr Frazier ne travaille pas à Simmons, et pourtant… Kirby l'a rencontrée quelque part.

— Est-ce que tu es venue passer quelques jours ici ? demande le Dr Frazier. Ou tout l'été ?

— Tout l'été, répond Kirby, en espérant marquer des points. Je loue une chambre à Alice O'Rourke. Je vais travailler comme femme de chambre au Shiretown Inn à Edgartown.

— Femme de chambre ? demande Dr Frazier.

Elle lui jette ce qui ressemble à un regard incrédule.

— D'où viens-tu, Kirby ?

Kirby se racle la gorge.

— Mes parents vivent à Brookline ?

Elle est si nerveuse que sa réponse sonne comme une question.

— D'habitude, Kirby passe ses étés à Nantucket, annonce Rajani. Mais elle a décidé de tenter Martha's Vineyard.

— Brookline et Nantucket, dit Dr Frazier. Et tu vas nettoyer des chambres au Shiretown Inn ? Et tu vas vivre dans la maison d'Alice O'Rourke ? Est-ce que tes parents sont au courant ?

Elle a l'air soit désapprobatrice, soit amusée ; Kirby ne saurait le dire. La mère de Darren semble avoir bien cerné la situation : une jeune Blanche riche qui essaye le costume de la classe ouvrière pour se distraire. Kirby n'a pas besoin de ce travail de femme de chambre ; en vérité, elle le prend à quelqu'un qui en a vraiment besoin. Ou peut-être le Dr Frazier pense-t-elle que Kirby a été chassée de sa famille pour une transgression ou une autre.

Et puis Kirby se rappelle où elle a déjà vu le Dr Frazier. Son visage chauffe et se tend comme si elle avait attrapé un méchant coup de soleil et sa gorge se noue. Elle doit filer d'ici en vitesse. Mais avant que Kirby puisse trouver une excuse, Rajani prend la parole.

— On est venu dire bonjour à Darren. Est-ce qu'il est là ?

— Il est allé à la poissonnerie Larsen's avec son père chercher des homards pour le dîner. Avec la circulation au nord de l'île, je ne sais pas quand ils seront de retour.

— Pas de problème, répond Rajani. On reviendra plus tard.

— Bien, dit le Dr Frazier.

Elle hésite, et Kirby est à peu près sûre qu'elle se tâte à les inviter à entrer pour attendre Darren. Mais elle décide que non.

— Ça m'a fait plaisir de te voir, Rajani. Et de te rencontrer, Kirby. Bienvenue sur notre île.

Elle tient la porte moustiquaire ouverte comme si elle avait hâte que Kirby s'en aille.

Elle sait qui je suis, pense Kirby et son rêve d'un nouveau départ, de faire table rase ici, à Martha's Vineyard, s'évanouit en un claquement de doigts.

Fly Me to the Moon

Les gens utilisent l'expression « mariée avec des enfants » comme si de rien n'était, pense Blair. Personne ne parle jamais de tous les problèmes qui viennent avec le mariage et la maternité. Est-ce vraiment étonnant qu'elle ait été prise par surprise ?

Blair a rencontré Angus Whalen, un professeur d'astrophysique au MIT, quand elle sortait avec son petit frère, Joey. Blair était tout juste diplômée de Wellesley et Joey de Boston College. Elle enseignait l'anglais avancé et l'art du roman aux filles de terminale de Winsor School. Joey voulait déménager à New York et « se lancer dans les affaires », mais pour le moment, il était capitaine de l'un des pédalos cygne de l'étang du Boston Public Garden et vivait à Cambridge avec Angus.

— Mon frère est un fou génial, a dit Joey à Blair. Il aide la NASA avec la fusée lunaire.

Les oreilles de Blair se sont dressées.

— C'est un astronaute ?

Blair se passionnait pour les astronautes. Elle avait recouvert le panneau en liège de sa chambre d'étudiante de photographies de Jim Lovell, Pete Conrad et du plus séduisant des astronautes, Gordon Cooper.

— Pas exactement astronaute, a répondu Joey. Je veux dire, il ne montera pas dans la fusée. Il se contente de faire les calculs qui lui permettront de voler.

Pas si loin, a pensé Blair. Si Joey et elle finissaient par se marier, son beau-frère serait presque astronaute !

Blair avait beau se considérer comme une femme moderne, l'idée de se marier n'était jamais très loin. La grande majorité de ses camarades de classe à Wellesley s'étaient fiancées avant la remise de diplôme. L'exception, c'était la meilleure amie de Blair, Sallie, qui, comme Blair, voulait faire carrière.

Une femme vraiment moderne, pensait Blair, pouvait faire les deux.

Blair appréciait Joey. Il était beau, facile à vivre et aimait s'amuser. Si elle devait absolument trouver quelque chose à redire, c'est peut-être qu'il était trop facile – mais, se disait-elle, elle était suffisamment compliquée pour tous les deux. Joey était fou d'elle et elle avait été emportée par la vague de son enthousiasme. Un jour, il lui a envoyé un bouquet d'énormes roses rouges à Winsor et l'administration a cru bon de les livrer au beau milieu de son cours sur Carson McCullers. Les étudiantes de Blair se sont extasiées et *Frankie Addams* est passé à la trappe pendant que les filles plongeaient leur nez dans les fleurs et respiraient ce qu'elles croyaient naïvement être le parfum du grand amour.

Le week-end suivant l'arrivée (quelque peu distrayante) des roses, Joey l'a invitée pour une virée à deux sur son pédalo cygne. C'était le début du mois d'octobre et les feuilles du jardin public étaient plus flamboyantes que jamais. Joey a pédalé jusqu'au milieu de l'étang, sorti une bouteille de mousseux et leur a servi des verres dans des gobelets en carton. Blair et lui ont bu, discuté et ri jusqu'au coucher du soleil. À un moment, ils se sont mis à s'embrasser, vraiment s'embrasser, et l'embarcation a penché d'un côté, puis de l'autre. Joey s'est écarté, hors d'haleine.

— Tu veux bien venir chez moi ? a-t-il demandé. S'il te plaît ?

Blair ne voulait pas que Joey la pense trop facile, mais le mousseux lui était monté à la tête.

— D'accord, a-t-elle répondu. Mais je ne te promets rien.

Son « chez-lui » était le rez-de-chaussée complet d'un de ses élégants manoirs du tournant du siècle sur Mount-Auburn Street. Blair s'attendait à une garçonnière – posters de Jayne Mansfield et de Marilyn Monroe, piles de linge sale, canettes de bière vides – mais quand Joey a ouvert la porte et invité Blair à entrer, elle a été agréablement surprise. Une affiche encadrée d'*Un bar aux Folies Bergère* d'Édouard Manet était accrochée dans le hall et on entendait du Rachmaninov quelque part dans la maison.

De l'art ? a pensé Blair. *De la musique classique ?*

— Zut, a dit Joey. Mon frère est à la maison.

En pénétrant dans la pièce, Blair a fait un rapide inventaire : un tapis persan, un fauteuil en cuir, une table d'appoint avec un plateau en miroir, et, plus impressionnant encore, un mur entier couvert de rayonnages de livres. Au bout de la pièce, un homme assis à la tête d'une table de ferme travaillait à la lumière de trois hautes bougies. C'était Angus, le frère de Joey, a compris Blair, le presque astronaute. Il était courbé sur un carnet, gribouillant furieusement. Il ne semblait même pas les avoir remarqués.

Joey était visiblement perturbé.

— Je croyais que tu allais à la soirée des profs de l'université.

Angus n'a pas répondu. *Il travaille !* a pensé Blair. *Laisse-le tranquille.* Pour autant, il était évident que se retirer dans la chambre pour des activités galantes serait malpoli.

— Angus ! a lancé Joey. Dehors. On voudrait un peu d'intimité.

Angus a levé son index tout en griffonnant quelque chose dans ses notes.

— Très bien !

Il a fermé le carnet d'un coup sec et, au même instant, a semblé revenir dans le présent. Il a demandé : « Qui "on" ? » – puis a remarqué Blair et s'est levé d'un bond. « Bonjour ? » a-t-il ajouté. Il s'est approché de Blair avec hésitation, comme si elle était un oiseau exotique qui risquait de s'envoler.

— Qui êtes-vous ?

Derrière les lunettes d'Angus, Blair a découvert une paire de tendres yeux marron. Sa tête bourdonnait sous l'effet du mousseux.

— Blair Foley, a-t-elle dit en tendant la main. C'est un plaisir de vous rencontrer. J'adore cet appartement.

J'ai remarqué l'affiche de Manet en entrant. C'est un de mes tableaux préférés.

— Vous avez étudié l'histoire de l'art ? a demandé Angus.

— Je croyais que tu allais à la soirée de l'université, a répété Joey.

— La littérature, en réalité, a répondu Blair. Les femmes écrivains, pour être précise. Edith Wharton, pour être encore plus précise.

— Edith Wharton, a répété Angus.

Blair était sur le point de réciter son habituel résumé biographique de Wharton – *Autrice américaine née dans les hautes sphères de la société new-yorkaise, première femme à avoir remporté le prix Pulitzer de littérature* – parce que plein de gens, surtout des hommes, n'avaient pas la moindre idée de qui était Edith Wharton. Mais Angus a ajouté :

— J'ai lu ses œuvres complètes.

— Vraiment ?

Blair est partie du principe qu'il se moquait d'elle.

— Quel roman est votre préféré ?

Joey a émis un assourdissant bruit de ronflement, exactement le genre d'attitude dédaigneuse à laquelle Blair s'attendait de la part des hommes lorsqu'elle parlait de Wharton. Elle l'a ignoré.

— *Le Temps de l'innocence*, a répondu Angus. La description de l'altérité de la comtesse Olenska juxtaposée à l'image blanche comme neige de May Welland.

— Vous l'avez vraiment lu ! s'est exclamée Blair.

— Oui. Je vous l'ai dit. Je les ai tous lus.

— Oui, bien sûr, a répondu Blair. C'est seulement que… Joey m'a dit que vous étiez astrophysicien.

Angus lui a adressé un sourire en coin.

— Et les astrophysiciens n'ont pas le droit d'aimer Wharton ?

Blair était émerveillée. Elle se sentait soudainement liée à Angus, comme s'ils avaient tous les deux visité un pays très lointain.

Joey a attrapé le carnet d'Angus et l'a tenu au-dessus de la flamme d'une des bougies.

— Dehors, Angus, ou ça part en fumée.

— Joey ! s'est écriée Blair.

Angus a secoué la tête.

— Il fait ça tout le temps, a-t-il dit. Il se comporte comme un gamin pour attirer l'attention.

Il a pris la main de Blair.

— Puis-je vous inviter à dîner ?

Blair a plongé son regard dans les doux yeux marron d'Angus et pensé : *Ce rendez-vous vient de prendre un sacré tournant.*

Le mariage de Blair et d'Angus a eu lieu à l'Union Club, en petit comité mais fastueux, payé par Exalta, qui s'était entichée d'Angus. Aux yeux d'Exalta, on était extraordinaire ou on existait à peine ; c'étaient les deux seules options. Blair s'était retrouvée dans la deuxième catégorie, mais, à vrai dire, c'était le cas de la plupart des gens. Elle pensait qu'Exalta considérerait l'intelligence exceptionnelle d'Angus avec dédain, mais sa grand-mère le trouvait tout simplement merveilleux et quand lui et Blair s'étaient fiancés, Blair a semblé remonter dans son estime.

Blair a adoré être une mariée. Elle a aimé sa robe, une robe sirène avec de la dentelle, une ceinture en satin sous la poitrine et un dos nu. Elle venait de chez Priscilla of Boston et Priscilla elle-même avait conseillé Blair, ce qui l'a fait se sentir comme Grace Kelly. Elle a adoré lécher les timbres des invitations et surveiller le courrier pour voir arriver les cartons-réponses. Cinquante personnes ont été conviées ; quarante-deux ont confirmé. Elle a demandé à sa sœur Kirby d'être son témoin, à sa meilleure amie Sallie et à sa sœur Jessie d'être demoiselles d'honneur. Elle a choisi des pivoines et des lys pour les fleurs, une palette en rose et vert, et ils ont eu une magnifique journée de juin. À la réception, l'agneau et le canard ont remplacé le traditionnel bœuf et poulet et Exalta a consenti à du champagne français, du Bollinger. Blair et Angus ont dansé sur «Fly Me to the Moon», une plaisanterie sur le métier d'Angus ; ils se sont donné la main sous la table pendant le toast tendre, drôle et très arrosé de Joey («On avait tous peur que tu ne trouves jamais de femme. Et tu ne l'as pas fait. C'est moi qui l'ai trouvée.») Après la réception, Blair s'est changée, a mis une robe fourreau en soie pêche avec des chaussures assorties et ils ont couru sous une pluie de riz vers leur voiture, la décapotable Ford Galaxie 1966 noire d'Angus, décorée de papier crépon et de boîtes de conserve vides.

Ils ont passé une semaine dans les Bermudes pour leur lune de miel, au Hamilton Princess – sable rose, hommes en chaussettes hautes, sexe. Angus était un amant accompli et Blair s'est dit que c'était un talent naturel, comme son intelligence, parce qu'il lui a expliqué qu'il n'avait jamais eu de vraies petites amies avant elle.

Néanmoins, c'est lors de leur lune de miel que Blair a compris le revers de la médaille de l'agilité et de la fulgurance de l'esprit d'Angus. Le troisième matin de leur voyage, Angus a refusé de sortir du lit. Il ne dormait pas ; il était simplement allongé là, les yeux ouverts mais vides. Blair a posé une main sur son front. Sa peau était fraîche.

— Angus, a-t-elle dit. Tu me fais peur. Qu'est-ce qu'il y a ?

Il a secoué la tête, puis son visage s'est déformé et elle a eu l'impression qu'il allait se mettre à pleurer.

— Qu'est-ce qu'il y a, Angus ? a demandé Blair.

Mais bien entendu, ça ne pouvait être qu'une seule chose. Il ne l'aimait pas ; il avait fait une erreur en l'épousant.

— Angus ?

— Va-t'en, s'il te plaît, a-t-il dit. Juste pour un moment. J'ai besoin d'être seul.

Blair est sortie. Que pouvait-elle faire d'autre ? Au moins, ce n'était que temporaire.

Blair s'est promenée dans les jardins de l'hôtel, au milieu des roses de juin et des papillons, puis s'est assise pensivement sur le patio devant une tasse de café, attendant qu'une heure s'écoule. Quand elle est retournée dans la chambre, elle a entendu la voix d'Angus à travers la porte. Il était au téléphone, a-t-elle compris, ce qui semblait être bon signe. Elle a toqué à la porte, puis est entrée. Elle a entendu Angus dire :

— Je dois y aller. Au revoir.

Blair a traversé la pénombre de la chambre à coucher pour embrasser Angus sur le front. Toujours frais.

— Comment te sens-tu ? a-t-elle demandé.
— Un peu mieux.

Elle a attendu qu'il lui dise avec qui il parlait, mais il ne l'a pas fait et elle a décidé de ne pas poser la question.

— Je suis désolé, a dit Angus. Certains jours je me réveille et je suis juste… paralysé.

Blair lui a assuré qu'il n'avait pas à être désolé. Elle s'inquiétait qu'il ait trop pris le soleil ou n'ait pas assez dormi. Elle le soupçonnait aussi de trop travailler ; même ici, aux Bermudes, il s'asseyait à la petite table ronde du balcon et se plongeait dans ses calculs, et quand il avait fini, il attrapait l'un des livres qu'il avait emportés. Il lisait *Siddhartha* de Herman Hesse en allemand et, « pour s'amuser », *La Mort d'Ivan Illitch*.

— Tu penses trop, a dit Blair. Ton esprit a besoin de repos, Angus.

— Non, ce n'est pas ça, a-t-il répondu. Ça arrive. C'est une maladie.

Il a ensuite avoué qu'il avait connu ces « crises » depuis l'adolescence. La paralysie – psychologique et émotionnelle – allait et venait capricieusement, comme un fantôme hantant une maison ; impossible de prévoir sa cause ou sa durée. Il avait été à l'hôpital, des tests avaient été faits, des médicaments prescrits – mais rien n'améliorait son état.

— Je ne te l'ai pas dit parce que je ne voulais pas que tu penses que tu épousais quelqu'un de défectueux.

— Je ne penserai jamais ça, mon chéri, a répondu Blair.

Elle s'est souvenue de Joey appelant Angus «fou génial». Elle avait cru qu'il était jaloux.

Le reste de l'été est passé dans un brouillard merveilleux. Les étudiants du MIT étaient en vacances et Angus avait pu rejoindre Blair à Nantucket. Pendant qu'elle prenait le soleil à Cliffside Beach, il continuait ses recherches, installé au bureau du grand-père de Blair. Ils se retrouvaient souvent en fin d'après-midi dans le jardin ombragé à côté du Nantucket Atheneum, la bibliothèque, s'arrêtant à l'Island Dairy Bar pour une glace chocolat-vanille qu'ils partageaient sur la balade du retour à All's Fair. Le soir, ils mangeaient en famille, puis prenaient la Galaxie pour aller à la plage et faisaient l'amour sur la banquette arrière, ou se promenaient sur Main Street et s'asseyaient côte à côte sur un banc, partageant une cigarette en contemplant les lumières de la ville qui scintillaient au loin. Une fois par semaine, ils dînaient en amoureux à l'Opera House, avec ses serveurs européens, bien comme il faut, tous vieux et avec des accents à couper au couteau, ou au Skipper, où les jeunes serveurs chantaient des classiques de comédies musicales. Un jour, Blair et Angus ont pris le vélo jusqu'au phare de Sankaty Head; une autre fois, ils ont sorti le bateau d'Exalta, un Boston Whaler de quatre mètres de haut, et ont navigué jusqu'à Coatue, où ils ont installé le parasol. Ils étaient tout seuls sur la plage ce jour-là, alors Angus a défait le haut de maillot de bain de Blair et l'a embrassée tout le long de la colonne vertébrale, puis il l'a retournée et lui a fait l'amour juste là, en plein air, à la vue de tous les bateaux qui passaient. Il fallait bien le reconnaître, c'était encore plus excitant.

Quand ils sont rentrés en ville après cette lune de miel prolongée, ils ont eu leur première dispute.

Angus lui a annoncé qu'il ne voulait pas qu'elle retourne à Winsor.

— De quoi est-ce que tu parles ? a demandé Blair.

Elle travaillait sur ses cours depuis le 1er août ; elle avait commandé trente exemplaires des *Braves gens ne courent pas les rues* de Flannery O'Connor. Angus le savait ! Certaines filles lui avaient écrit à Nantucket pour lui dire qu'elles attendaient de suivre son cours avec impatience.

— Bien sûr que j'y retourne.

— Non, a répliqué Angus. J'ai besoin que tu restes et que tu t'occupes de la maison.

— Comment ça « m'occuper de la maison » ? a demandé Blair – mais elle savait de quoi il parlait : nettoyer, cuisiner, faire les courses, la lessive, les choses du quotidien. Je suis plus que capable d'enseigner et de tenir une maison, Angus.

Il l'a embrassée sur le nez, un geste si paternaliste qu'elle a dû se retenir de lui flanquer une gifle.

— Tu en es parfaitement capable. Mais tu n'as pas

besoin de travailler. Je gagne plein d'argent et tu as ton compte d'épargne.

Il parlait des cinquante mille dollars que Blair avait obtenus en même temps que son diplôme à Wellesley. Cet argent était maintenant sur un compte à la Bank of Boston, à son nom et à celui d'Angus.

— Cet argent n'est pas fait pour être dilapidé dans les dépenses du quotidien, a dit Blair. Tu le sais.

— Blair, a répondu Angus. Je ne veux pas d'une femme qui travaille. Mon boulot est très prenant. S'il te plaît, j'ai besoin de toi à la maison. J'ai bien conscience que dans tout mariage il faut faire des compromis, c'est pour ça que j'ai abandonné mon appartement à Cambridge.

— Attends un peu.

Elle avait fait pression pour qu'ils vivent au centre de Boston, et Angus et elle louaient un trois-pièces moderne sur Commonwealth Avenue, c'était vrai. Mais elle ne s'était pas rendu compte que cette décision mettait son travail en péril !

— Blair, s'il te plaît.

— Qu'est-ce que je vais faire toute la journée ? a-t-elle demandé.

— Ce que les autres femmes font, a répondu Angus. Et si tu as du temps libre, tu pourras lire.

Blair a déballé le reste de ses cadeaux de mariage. Elle en a rapporté certains au magasin (des grille-pain, des tasses de thé, une couverture en angora qui perdait ses poils comme un saint-bernard) et en a disposé d'autres dans l'appartement (des vases en cristal, des bonbonnières, un plat à tajine marocain qu'ils n'utiliseraient jamais mais qui ferait très chic sur les étagères du coin salle à manger). Elle a rédigé des cartes de remerciement sur du papier frappé de son nouveau monogramme, BFW. Elle a ouvert un compte à l'épicerie fine Savenor's sur Charles Street, chez le caviste, à la quincaillerie. Elle a rangé les photos de la cérémonie et de la réception dans un album blanc sur la couverture duquel des lettres brillantes annonçaient *Notre mariage*.

Quand elle a eu fini, Blair s'est retrouvée complètement désœuvrée. Angus lui avait suggéré de lire, mais maintenant qu'elle avait des heures, des journées entières, peut-être même toute une vie maritale pour lire, les livres avaient perdu tout leur éclat et elle était amère. Angus voulait qu'elle reste à la maison, mais pour quelle raison ? Il travaillait tout le temps. Il avait des cours à donner, des étudiants à superviser, mais surtout, il passait la plupart de ses journées sur la mission Apollo 11. Il n'était jamais à la maison, et il n'a pas fallu longtemps à Blair pour se demander si elle n'avait pas commis une erreur en échangeant l'un des frères Whalen pour l'autre. Joey Whalen lui avait offert un cadeau de mariage secret, un fin briquet en argent frappé des mots : *Je t'ai aimée le premier. À toi pour toujours, Joey*. Chaque fois qu'elle fumait une cigarette, elle se sentait secrètement, délicieusement désirée. Qu'aurait-elle pu demander de mieux ? Elle espérait presque qu'Angus découvre le briquet ; elle s'est mise à le laisser traîner, l'inscription bien en vue. Mais Angus n'a pas le temps pour les menus détails de la vie de Blair, alors s'il y a un petit secret entre eux, c'était sa faute à lui, pensait-elle.

À la fin du mois de septembre, Angus est allé à Houston, puis à Cape Kennedy. Blair est restée chez eux pour tenir la maison. Elle a acheté *Maîtriser l'art de la cuisine française*, décidé qu'elle deviendrait une cuisinière accomplie et tiendrait, deux fois par mois, des salons en vue, des soirées faites de cocktails et de savoureux amuse-gueules où la conversation tournerait autour de la littérature, de l'art, de la musique, de l'histoire et des voyages. Durant quelques jours au rythme effréné, Blair s'est raccrochée fermement aux images de ces salons, imaginant qu'ils seraient dans la même veine que des réceptions organisées par le duc et la duchesse de Windsor. Puis elle a essayé par trois fois de préparer un *poulet au porto** passable, sans succès, s'est rendu compte qu'Angus ne pourrait jamais s'engager à être là deux soirs par mois et qu'ils n'avaient de toute façon pas d'amis.

La mi-octobre a amené l'annuel pot du personnel de l'université, celui-là même qu'Angus avait manqué l'année précédente. Cette fois, la soirée devait être organisée chez le Dr Leonard Cushion, professeur émérite de microbiologie ; il vivait sur Irving Street, à quelques maisons de Julia Child elle-même. Blair se faisait une joie d'y aller – enfin une chance de sortir de chez elle et de rencontrer des gens. Elle a travaillé dur pour préparer une galette de pommes de terre avec du beurre clarifié, du thym et du romarin qui, coupée en fins quartiers, ferait un plat raffiné à partager. Elle avait hâte de faire la connaissance des collègues d'Angus et de parler avec d'autres adultes. Blair, qui voulait avoir l'air sérieuse et intellectuelle, a choisi de porter un pantalon pattes d'eph noir et un col roulé noir. Elle a tiré ses cheveux blonds habituellement volumineux en une queue-de-cheval lisse et les a attachés avec un foulard Pucci noir, orange et rose, un cadeau de son amie Sallie. Elle a envisagé de porter des créoles argentées mais a craint qu'elles ne lui donnent l'air frivole. Elle a pris la même décision au sujet du maquillage ; elle n'a mis que du crayon à sourcils et un gloss transparent.

Lorsqu'elle a descendu l'escalier, Angus lui a dit :

— Tu comptes porter ça ?

Blair s'est emparée de la galette avec deux maniques matelassées et a avancé à grands pas vers la voiture. Angus connaissait très bien l'astrophysique, un peu Edith Wharton, mais la mode féminine lui était totalement étrangère.

Ou peut-être que non ?

Au grand désarroi de Blair, les autres épouses à la soirée étaient vêtues de robes fourreaux ou de jupes froncées aux tons automnaux – jaune paille, rouge orangé, bordeaux. Elles avaient toutes les cheveux coiffés et portaient du maquillage, ainsi que des faux cils et du rouge à lèvres éclatant. Blair a été accueillie par Mme Nancy Cushion, qui avait bien trente ans de moins que l'estimé professeur Cushion. Blair a tendu à Nancy la galette et les autres femmes – Judy, Carol, Marion, Joanne, Joanne et Joanne – ont lancé au plat des regards de travers tout en organisant des plateaux de hors-d'œuvre, dont la plupart semblaient composés de trois ingrédients : fromage frais, olives et piques.

Au moment où Blair a achevé de se présenter, Angus avait disparu.

— Où est passé mon mari ? a-t-elle demandé à Nancy Cushion.

— Les garçons sont dans le petit salon, a répondu Nancy en haussant ses sourcils soulignés au crayon. Ils boivent du bourbon, fument des cigares et parlent de sciences.

On a tendu à Blair un verre de chablis, qu'elle a accepté avec gratitude, puis un bâtonnet de céleri fourré de fromage frais et de saumon, surmonté de fines tranches d'olive, qu'elle a décliné avant de changer d'avis et d'accepter.

Elle s'est tournée vers la personne à côté d'elle, une femme qui portait un fard à paupières turquoise parfaitement assorti à son boléro en soie.

— Avez-vous lu quelque chose d'intéressant récemment ? a demandé Blair.

Elle espérait que cette femme – Blair pensait que c'était l'une des Joanne – ne mentionnerait pas *Le Pavillon des cancéreux* d'Alexandre Soljenitsyne : elle avait essayé de le lire deux fois mais le trouvait trop lugubre.

Celle qui était peut-être Joanne a répondu :

— Oh, pitié, la seule chose que j'ai lue ces douze derniers mois, c'est des livres pour enfants.

Le lendemain, Blair a postulé pour une maîtrise

à Harvard. Elle n'en a pas soufflé mot à Angus, se disant que c'était simplement pour rire ; elle voulait savoir si elle pouvait entrer. Elle a reçu une lettre trois semaines plus tard – elle était admise. Les cours commençaient en janvier.

Quand Angus est rentré à la maison cette nuit-là – à onze heures moins le quart – Blair l'attendait avec deux verres du bon scotch qu'elle avait acheté pour fêter la lettre d'acceptation. Angus était mécontent de trouver Blair encore éveillée.

— Peu importe ce que c'est, il faudra que ça attende demain, a dit Angus. Je sens une crise qui arrive.

— Lis juste ça rapidement, s'il te plaît, a répondu Blair en lui mettant la lettre dans les mains.

Angus a lu la lettre ; son expression n'a pas changé.

— C'est une bonne nouvelle, a-t-il dit quand il l'eut finie et Blair a porté les mains à son cœur. Mais tu n'iras pas.

— Quoi ? a dit Blair. Mais c'est Harvard. Je suis acceptée à Harvard, Angus.

— Tu ne m'as pas dit que ton grand-père était allé à Harvard ? Ça a dû aider.

Blair a dû se retenir de le gifler.

— Je n'ai pas mentionné mon grand-père, a-t-elle répondu d'une voix tendue.

Mais la flèche avait fait mouche : Angus ne croyait pas qu'elle puisse entrer à Harvard d'elle-même. Cela soulignait une vérité plus enfouie et plus dérangeante : aux yeux d'Angus, Blair n'était pas aussi intelligente que lui l'était pour elle.

— Nous étions d'accord pour que tu ne travailles pas.

— Ce n'est pas un travail, a dit Blair. C'est l'université. Assurément toi, plus que quiconque…

— Blair, a-t-il coupé. Nous en avons déjà parlé. Maintenant, bonne nuit.

Blair a gardé la lettre dans son tiroir à lingerie, où elle la voyait tous les jours. Elle a décidé de remettre le sujet sur le tapis dans quelques semaines, un matin, peut-être un week-end, quand Angus ne serait pas attendu aussi tôt à l'université. Elle s'assurerait qu'il se sente bien. Elle concocterait un hachis de bœuf salé avec des œufs pochés, son plat préféré, et lui annoncerait qu'elle irait à Harvard malgré son objection. Après tout, on était en 1968; il ne pouvait pas lui dire quoi faire.

Ils ont passé leur premier Thanksgiving chez Exalta, dans le quartier de Beacon Hill. Blair a préparé la tarte normande aux pommes de Julia Child et l'a présentée fièrement à sa grand-mère, qui la donna à sa cuisinière. Exalta a ensuite pris Angus par le bras et l'a escorté dans la bibliothèque pour l'apéritif. À Thanksgiving, Exalta servait toujours un assortiment de fruits de mer avec de la vinaigrette et des cacahouètes. Blair s'est servie, puis s'est ruée vers la salle de bains à l'arrière de la maison, les toilettes que le personnel utilisait; elle était sur le point de vomir.

Une semaine plus tard, ce fut confirmé: elle était enceinte.

Son rêve d'aller à Harvard a été mis sur pause. Blair a écrit une lettre au comité d'admission expliquant qu'elle attendait un enfant et qu'elle aimerait repousser son inscription à l'année suivante ou à celle d'après. Elle n'a pas reçu de réponse ; ils ont probablement accepté l'évidence qu'elle refusait : elle n'irait jamais à Harvard.

En effet, la grossesse a chamboulé même la maigre routine que Blair s'était créée sur Commonwealth Avenue. Elle était complètement épuisée. Des journées entières filaient sans qu'elle mette un pied hors de l'appartement. La nausée commençait à cinq heures de l'après-midi, réglée comme du papier à musique. Blair passait au moins une heure agenouillée devant la cuvette, à vomir. Seules des cigarettes et un verre de scotch arrivaient à soulager ses nausées, fait étrange puisque Blair buvait en temps normal du gin, mais son corps de femme enceinte réclamait de l'alcool brun, de préférence vieux et plein de saveurs.

Le jour où Blair a décidé de décorer le sapin de Noël, sa mère est venue l'aider. À elles deux, elles sont parvenues à poser l'arbre sur son socle, puis Kate a installé les guirlandes lumineuses tandis que Blair s'effondrait sur le canapé avec une cigarette et deux doigts de Glenlivet, espérant que, pour une fois, la nausée la laisserait tranquille. Elle avait invité sa mère et David à dîner et avait prévu de servir de la fondue ; elle avait méticuleusement coupé en morceaux une miche de pain au levain et tranché des saucisses fumées, achetées le matin même chez Savenor's. Angus avait appelé à midi pour annoncer qu'il travaillerait tard une fois de plus et Blair voulait tout annuler, mais Kate avait insisté en disant que Blair avait besoin de compagnie, Blair n'avait plus qu'à attendre avec impatience une fondue, seule avec ses parents.

Elle a regardé sa mère enrouler les guirlandes lumineuses autour du sapin avec une patience infinie, avec minutie et rigueur. Elle portait une robe chemisier vert foncé, des escarpins et un collier de perles ; ses cheveux blonds étaient ramenés en un chignon lisse, son rouge à lèvres parfaitement appliqué. Kate était toujours tirée à quatre épingles, toujours impeccable. Comment faisait-elle ? Blair savait que sa mère avait traversé des périodes difficiles. Le père de Blair, Wilder Foley, avait passé une grande partie des dernières années de leur jeune mariage en Corée et quand il était rentré, il y avait eu « un temps d'adaptation », comme disait Kate. Elle se rappelait le retour au pays de son père : ils étaient allés le chercher à l'aéroport ; il portait son uniforme de cérémonie. Elle se souvenait de lui à la table du petit déjeuner dans son maillot de corps blanc, fumant et mangeant des œufs, attirant Kate sur ses genoux et grommelant à Blair d'emmener sa sœur et son frère jouer à l'étage. Wilder ne la conduisait pas à l'école ou à la danse classique ; sa mère le faisait. C'est elle qui préparait les repas, leur donnait le bain, leur lisait des histoires et les couchait. Elle se souvenait d'une nuit où ses parents étaient sortis dîner. Sa mère portait un fourreau rouge et son père son uniforme d'apparat et Janie Beckett, qui habitait dans la rue, était venue les garder, un grand événement pour les enfants. Kate avait acheté du Coca pour Janie et Blair avait jeté des coups d'œil aux trois exotiques bouteilles vertes dans le frigo ; les enfants Foley n'avaient pas le droit de boire des sodas. Cette nuit-là, Janie lui avait donné une gorgée de Coca ; c'était si frais, piquant et étonnamment pétillant, Blair avait eu les larmes aux yeux et des picotements jusque dans le nez.

Elle se rappelait tous ces détails, mais savait assez peu de choses au sujet de son père. Et puis, soudain, il était mort. Kate avait trouvé le corps de Wilder près de l'établi du garage, une balle dans la tête.

Ce matin-là, le grand-père de Blair l'avait emmenée au parc, ce qui était très inhabituel. Lorsqu'elle était rentrée, il y avait des hommes dans la maison, tant d'hommes – des voisins, M. Beckett (le père de Janie), une nuée de policiers, et plus tard, étrangement, Bill Crimmins, l'homme qui s'occupait de la maison à Nantucket.

Blair ne se souvient pas de l'annonce de la mort de son père ; peut-être l'a-t-elle entendue ou l'a-t-elle simplement déduite. Elle ne se rappelle pas non plus que sa mère ait crié ou même pleuré. Ce n'est que plus âgée qu'elle s'est mise à trouver cela étrange. Quand Blair avait seize ans, Kate et elle s'étaient disputées au sujet des démonstrations d'affection publiques entre Blair et son petit ami, Larry Winter, et elle avait utilisé le comportement de Kate à l'époque contre elle en lui lançant : *Tu n'as même pas pleuré quand papa est mort. Tu n'as pas versé une seule larme !*

Et Kate avait été prise d'un inhabituel accès de colère. *Qu'est-ce que tu en sais ? Dis-le-moi, Blair Baskett Foley. Qu'est-ce. Que. Tu. En. Sais.*

Blair avait bien dû admettre qu'en vérité, elle n'en savait rien et c'était toujours vrai aujourd'hui. Kate avait dû être bouleversée, anéantie et hantée par la mort inattendue de son mari. Blair était tentée de demander à sa mère ce qu'elle avait ressenti en le trouvant, comment elle avait réussi à s'en sortir. Elle se demandait si en posant ces questions à Kate, elle en saurait plus sur son propre mariage. Mais à ce moment-là, sa mère a levé les mains pour présenter le sapin. Les lumières étaient réparties également sur les branches, à différentes profondeurs, de façon à créer un chef-d'œuvre scintillant en trois dimensions.

— Qu'en penses-tu ? a demandé Kate.

Blair admirait tant sa mère qu'elle ne pouvait trouver des mots assez forts pour la louer. Elle a acquiescé.

Tout le monde lui a assuré qu'elle se sentirait mieux durant son second trimestre, ce qui s'est avéré exact. Le mois d'avril a amené le meilleur de sa grossesse. La nausée a disparu et la fatigue a diminué. Les cheveux de Blair étaient longs et soyeux ; son appétit pour la nourriture et le sexe était prodigieux. Mais Angus était de plus en plus distant et lointain, et ses crises devenaient plus fréquentes. Les rares jours de congé qu'il prenait, il les passait au lit, abattu.

Le mardi 8 avril, deux jours après Pâques, Blair s'est réveillée et a avalé immédiatement deux sandwichs au fromage fondu, une crème au caramel, trois œufs chocolat-noix de coco et une poignée de bonbons au réglisse du panier de Pâques qu'Exalta préparait encore pour ses quatre petits-enfants, même si trois d'entre eux étaient maintenant adultes. C'était une splendide journée de printemps, il faisait chaud pour la première fois depuis des mois. Blair, sous l'effet stimulant du sucre, décida de marcher de l'appartement jusqu'au campus du MIT pour faire une surprise à Angus. Elle portait l'une de ses nouvelles robes de maternité, une robe de fin de grossesse bien qu'elle ne fût enceinte que de cinq mois et demi. Sa corpulence la gênait. Elle était vraiment énorme. À Pâques, Exalta lui avait fait un commentaire désapprobateur et Blair avait craint qu'elle ne lui refuse son panier de friandises. Blair ne savait pas comment expliquer son poids, si ce n'est que sa grossesse avait toujours été extrême – elle avait été très malade et très fatiguée, et maintenant elle était très grosse. Cela signifiait certainement que le bébé serait un garçon bien charpenté et en pleine santé, pensait-elle – aussi intelligent qu'Angus, aussi beau que Joey, aussi athlétique que Tiger.

Blair avait enfilé de petits talons carrés, confortables pour la marche, mais quand elle a atteint Marlborough Street, une petite femme aux cheveux bleus l'a arrêtée au beau milieu du trottoir, lui dit qu'elle ne devait pas être dehors dans son état et l'a implorée de rentrer chez elle.

Blair a fixé la femme, atterrée.

— Mais je ne suis enceinte que de cinq mois, a-t-elle répondu.

Elle a immédiatement regretté d'avoir donné cette information personnelle. Elle avait remarqué avec désarroi qu'être enceinte faisait d'elle une chose publique. Les vieilles femmes qui avaient probablement accouché au tournant du siècle se sentaient en droit de l'arrêter dans la rue pour lui dire de rentrer chez elle.

Blair a continué son chemin, indignée mais complexée. Sa robe de maternité était jaune bouton d'or, en harmonie avec la journée printanière mais loin de la faire passer inaperçue. Elle avait été impatiente de se promener sur Longfellow Bridge et de regarder les rameurs en contrebas, mais après avoir parcouru quelques pâtés de maisons supplémentaires, un taxi s'est arrêté à son niveau ; le chauffeur a descendu la vitre passager et a dit :

— Ma petite dame, où est-ce que vous allez ? Je vous dépose gratis.

Blair a songé à protester, mais ses pieds commençaient à lui faire mal, et le pont était encore loin, et le MIT à quelque dix ou douze pâtés de maisons ensuite.

— Merci, a-t-elle répondu et elle a accepté.

Quand Blair est arrivée au département d'astrophysique, le réceptionniste, un doctorant du nom de Dobbins, l'a informée qu'Angus était sorti.

— Sorti ? a demandé Blair. Qu'est-ce que ça veut dire ?

Dobbins portait un costume prince de Galles avec un nœud papillon et une pochette assortis – *Quelle élégance !* a pensé Blair – mais son expression demeurait austère. La secrétaire du département, Mme Himstedt, avait pris sa retraite en janvier et Angus et ses collègues avaient été trop occupés pour lui trouver une remplaçante, ils avaient donc affecté des étudiants aux tâches infâmes dont Mme Himstedt avait eu la charge. La plupart des étudiants se sentaient exploités, comme, visiblement, le jeune Dobbins. Il semblait également dérangé par la grossesse de Blair ; il la regardait avec méfiance, comme s'il pensait qu'elle allait exploser.

— Le professeur Whalen avait un rendez-vous à dix heures.

Blair avait commencé sa journée emportée par une vague d'optimisme, qui s'évanouissait rapidement.

— Où est ce rendez-vous ?
— Je ne peux pas vous le dire.
— Je suis sa femme.
— Je suis désolé.
— S'il vous plaît, dites-moi juste où il est. Est-ce que c'est quelque part sur le campus ?
— À vrai dire, a répondu Dobbins, c'était un rendez-vous personnel.
— Personnel ?
— C'est ce qu'il a dit. Personnel.

Personnel, a pensé Blair. *Où peut-il être ?* Il se faisait couper les cheveux un samedi sur deux, sans exception, et son rendez-vous chez le dentiste n'était pas prévu avant le mois prochain.

— Je vais attendre qu'il revienne, a-t-elle dit.

Dobbins a remonté ses lunettes sur l'arête de son nez et s'est tourné vers un manuel ouvert sur le bureau devant lui. Blair s'est installée sur une chaise à dos droit et a posé son sac à main sur ce qui restait de ses genoux. Elle a examiné Dobbins et l'a surpris qui levait les yeux de son travail pour l'inspecter avec un dégoût flagrant. L'idée de sa fécondité le mettait probablement mal à l'aise. Comme beaucoup d'hommes.

Elle est restée assise une demi-heure et s'apprêtait à partir – elle prendrait un taxi jusqu'à la maison, avait-elle décidé, parce que rester assise lui faisait mal au dos – quand Angus est entré avec précipitation.

— Angus ! s'est-elle écriée, joyeuse et soulagée.

Elle s'est hissée sur ses pieds.

Elle ne se souvenait pas d'avoir déjà vu cette expression sur le visage d'Angus. Il avait l'air... *pris la main dans le sac.* Il avait l'air... *coupable.* Et puis Blair a remarqué qu'il était négligé, la cravate de travers, la veste mal boutonnée et les cheveux ébouriffés. Elle a cligné des yeux.

— Où étais-tu ? a-t-elle demandé.

— Mais qu'est-ce que tu fais ici ? a-t-il répondu.

Puis un instant après, il a ajouté :

— J'étais à une réunion du département.

Blair a regardé en direction de Dobbins, qui avait eu l'intelligence de river ses yeux sur son manuel.

— Ce très aimable jeune homme m'a dit que tu avais un rendez-vous. Un rendez-vous personnel. Avec qui était-ce ?

— Veux-tu bien nous excuser, Dobbins ? a dit Angus.

Dobbins n'a pas attendu qu'on lui demande une seconde fois. S'il y avait quelque chose de pire pour lui que d'être confronté à une femme enceinte, supposait Blair, c'était d'être pris au milieu d'une querelle conjugale. Il a filé dans le couloir.

— Qu'est-ce que tu fais là ? a redemandé Angus.

— J'étais venue te faire une surprise ! a lancé Blair avant de s'effondrer en larmes.

Elle était grosse, si grosse, pleine à craquer d'un enfant et de fluides. Elle était un fruit trop mûr. Elle était… suintante, graisseuse, humide, odorante. Elle avait une envie si pressante d'uriner et avait perdu une si grande partie du contrôle de sa vessie qu'elle avait peur de se faire dessus, ici et maintenant.

— J'ai besoin d'aller aux toilettes, a-t-elle dit à Angus. Tout de suite.

Angus a semblé soulagé par ce changement de sujet ; cependant, trouver des toilettes pour femmes était un problème. La population du bâtiment était si majoritairement masculine qu'il n'y avait qu'une seule toilette pour femmes, au rez-de-chaussée. Ce qui impliquait un trajet en ascenseur, puis la traversée d'un couloir silencieux, devant des portes fermées derrière lesquelles, pensait Blair, des hommes se consacraient à leurs calculs. Pendant tout ce temps, Blair priait pour ne pas avoir de fuites. Elle songeait également à l'identité de la maîtresse d'Angus. C'était certain, il avait une maîtresse.

La plupart des professeurs auraient choisi une étudiante, mais tous les élèves d'Angus étaient des garçons, absolument tous, et tous ses collègues du département étaient des hommes. Peut-être était-ce l'une des autres femmes ; peut-être la Joanne qui portait du fard à paupières turquoise. Ou peut-être était-ce une hôtesse de l'air de l'un des vols qu'Angus avait pris à l'automne dernier.

Blair avait enfin atteint les toilettes et elle était si soulagée de vider sa vessie que plus rien n'avait d'importance. Quand elle est sortie, Angus a déclaré que sa visite était une charmante surprise mais qu'il devait retourner travailler. Il la verrait à la maison.

— Mais... a dit Blair.

Angus l'a embrassée et lui a fourré deux dollars dans la main pour prendre un taxi. Puis il a souri, chose rare ces temps-ci. Elle supposait qu'il gardait ses sourires pour l'autre femme.

— Je t'aime, a-t-il dit, mais ses mots sonnaient creux.

Blair s'est approchée de la sortie, puis s'est arrêtée.

— Angus ? a-t-elle dit.

Angus, qui s'apprêtait à entrer dans l'ascenseur, a retenu la porte et s'est retourné.

— Oui, ma chérie ?

Elle voulait dire quelque chose de terrible comme *Je suis désolée de t'avoir épousé toi au lieu de Joey* ou *J'irai à Harvard dès que ce bébé naîtra, peu importe ce que tu diras.* Elle ne resterait pas là les bras croisés alors qu'Angus lui mentait !

Mais elle ne pouvait pas provoquer une dispute ici, dans un lieu public, le lieu de travail de son mari. Son éducation ne le lui permettait pas.

— Rajuste ta veste, a-t-elle dit. Tu as manqué un bouton.

Time of the Season

Sa mère conduit la Jeep Grand Wagoneer et sa grand-mère est assise à l'avant. Sans Kirby et Tiger, Jessie a toute la banquette arrière pour elle, alors elle peut s'allonger et reposer sa tête sur l'un des sacs en toile. La Wagoneer est pleine à craquer de malles et de valises, de boîtes et de sacs, empilés presque jusqu'au toit. Impossible de voir à l'arrière ; c'est toujours comme ça sur ce trajet, même si chaque année David supplie Kate de limiter l'« attirail » et que chaque année, elle promet de ne prendre que le strict nécessaire. Bien entendu, la majorité du chargement est constitué de vêtements – pour Exalta, pour Kate, pour Jessie, pour David et même pour Tiger, au cas où la guerre s'achèverait pendant l'été et qu'il rentrerait à la maison. Leur garde-robe estivale est complètement différente de ce qu'ils portent le reste de l'année à Boston. Kate emporte des robes Lilly Pulitzer, des espadrilles, un maillot de bain pour chaque jour de la semaine, des corsaires, des bermudas, des hauts à col bateau, ses robes de tennis et une paire de bottes Tretorn. Jessie emporte pratiquement la même chose, mais dans une gamme plus jeune et moins sophistiquée. Elle a des combinaisons courtes en éponge, un pantalon pattes d'eph blanc, deux robes d'été pour dîner au restaurant, un gilet en crochet et un tricot coloré Fair Isle pour les inévitables jours de pluie. Il y a une petite malle truffée d'équipement pour le mauvais temps – imperméables, chapeaux, bottes, parapluies. Il y a une boîte d'ustensiles de cuisine – la poêle en fonte de Kate, son couteau de cuisine et sa planche à découper. Il y a une glacière remplie de steaks et de fromages français de chez Savenor's parce que, selon Kate et Exalta, à part les fruits de mer, tout à Nantucket est moins bien qu'en ville. Jessie a emporté son livre de l'été – *Le Journal d'Anne Frank* – et son nouveau disque. Il y a des raquettes de tennis et des râteaux à palourdes, de nouveaux gilets de sauvetage pour le bateau, de nouveaux paniers en osier pour les vélos.

Le trajet sur la route 93 puis la route 3 est morne et l'esprit de Jessie vagabonde. Elle n'est pas sûre d'être assez courageuse pour demander à Exalta si elle peut mettre l'album de Joni Mitchell sur le tourne-disque Magnavox. Sa grand-mère écoute des disques de big band ; Glenn Miller est son préféré. Sa mère, c'est un peu mieux – elle aime Ricky Nelson et les Beach Boys. Jessie aimerait avoir des goûts musicaux plus cool. Kirby est fan de Steppenwolf et des Rolling Stones et Tiger écoute Led Zeppelin et The Who.

Est-ce que Tiger pensera à envoyer les lettres à Nantucket ? Jessie en doute un peu, ce qui veut dire qu'il faudra attendre que David apporte les lettres le week-end.

Elle sent un pincement dans son ventre. Est-ce que c'est une crampe ? Est-ce que ses règles arrivent ? Sans doute juste de la peur. Ils prendront de la nourriture à emporter chez Susie's Snack Bar ce soir, au bout du quai Straight Wharf, comme chaque premier soir, et demain, Jessie commencera ses leçons de tennis au Field & Oar Club, mais que fera-t-elle de ses après-midis ? Aller à la plage avec sa mère ? Sa mère aime prendre la voiture jusqu'à Ram Pasture, parce qu'il n'y a jamais personne là-bas. Elle peut planter sa chaise et lire, dormir et nager en paix. Ram Pasture est aussi la seule plage qu'Exalta accepte de fréquenter ; parfois, elle et Kate y vont ensemble. Exalta porte un chapeau de paille à larges bords et un maillot de bain avec une jupe. Jessie s'imagine à côté de sa mère et de sa grand-mère. C'est une jolie image de trois générations qui profitent d'une plage déserte, sauf que rien ne pourrait être plus éloigné de la vérité.

— Jessie ! dit Kate, faisant sursauter Jessie.
— Quoi ?
— « Oui, mère », lance Kate.
— Oui, mère ? répète Jessie, en se redressant.

En présence d'Exalta, sa mère est très à cheval sur les bonnes manières.

— Le pont, dit Kate.

Le Sagamore Bridge se dresse soudain devant elles, caractéristique et majestueux, un arc de poutres d'acier. Objectivement, suppose Jessie, il est plutôt hideux, mais tout de même, elle ressent une vague de tendresse. La vue du Sagamore marque le début de l'été et Jessie se surprend à être légèrement impatiente. L'air a l'odeur du sel et des sapins, et alors que la voiture dépasse le sommet du pont, Jessie aperçoit les bateaux qui fendent l'eau du canal de Cape Cod.

Cet optimisme dure jusqu'à l'embarcadère du ferry. Conduire la Wagoneer jusque dans la cale du *Nobska* est un rituel pour la famille et Jessie se sent soudain privilégiée d'être ici. Blair est coincée chez elle avec des brûlures d'estomac et les chevilles enflées; Kirby est à Martha's Vineyard entourée d'inconnus. Tiger est dans la jungle au Vietnam. Il donnerait probablement n'importe quoi pour être ici avec elles. Jessie s'en souviendra la prochaine fois qu'elle aura envie de se plaindre, même juste dans sa tête.

Elles garent la voiture de telle sorte que le pare-chocs avant touche l'arrière de la Coccinelle décapotable devant elles et Jessie repense à la Coccinelle orange de miss Flowers – mais l'école semble si loin. Monter sur le pont supérieur et « prendre un grand bol d'air marin », comme le dit Exalta, est une tradition familiale, alors Jessie suit sa mère et sa grand-mère le long de l'escalier en métal, d'abord sur le pont principal, où se trouvent les toilettes remplies d'un liquide bleu au lieu d'eau, et un snack-bar qui vend des hot-dogs et de la chaudrée, et puis sur le pont supérieur, où le soleil est plus éclatant et le vent souffle plus fort.

— Oh, regardez, voilà Bitsy Dunscombe, lance Kate. Je vais aller la saluer. Tu veux venir, mère ?

— Grand Dieu, non, répond Exalta. Toute cette famille est pénible.

Jessie est bien d'accord. Bitsy Dunscombe est la mère de jumelles, Helen et Heather, qui ont le même âge qu'elle. Depuis sa plus tendre enfance, on lui inflige une «amitié» avec les jumelles Dunscombe. Elles sont parfaitement identiques, avec leurs cheveux blond platine coupés à la garçonne, leurs taches de rousseur sur le nez, un léger écart entre leurs dents de devant, et, plus récemment, leurs oreilles percées (chose que Jessie trouve scandaleuse, parce qu'on lui a appris que l'âge convenable pour se faire percer les oreilles est seize ans). Heather Dunscombe est adorable et gentille, tandis que Helen est méchante et nulle. (Par exemple, elle demande régulièrement à Jessie quand elle se fera refaire le nez.) Jessie serait d'accord pour passer du temps avec Heather seule, mais puisqu'elles viennent par deux, Jessie garde ses distances dès qu'elle peut.

Kate s'éloigne d'un pas tranquille, laissant Exalta et Jessie près de la rambarde, les yeux rivés sur l'eau. Au loin, elle paraît bleue, mais quand Jessie regarde juste en dessous, l'eau semble verte et elle sait que si elle en prélevait dans un verre, elle serait claire. L'eau n'a pas de couleur, elle l'a appris en cours de sciences. Ce qu'on voit, c'est le reflet de la lumière. Jessie pense à partager cette information avec Exalta pour briser le silence, mais Exalta fredonne comme si elle était dans un état méditatif, ce qui ne lui ressemble pas.

Enfin, elle se tourne vers Jessie, penche la tête et dit :

— Où as-tu eu ce collier ?

Jessie porte la main à son pendentif.

— Mon père me l'a donné ce matin. C'est l'Arbre de vie.

Exalta le soulève du cou de Jessie pour mieux l'observer.

— L'Arbre de vie ? Qu'est-ce que ça veut dire ?

Ça ressemble à une question piège.

— Il symbolise la maturité et la responsabilité, répond Jessie. Dans la tradition juive, treize ans est un âge important.

Exalta porte d'immenses lunettes de soleil rondes, à la Jackie Kennedy Onassis, ce qui empêche Jessie de lire son expression.

— C'est mon anniversaire aujourd'hui, reprend Jessie. Mes treize ans.

De nouveau, les lunettes l'empêchent de discerner si cette nouvelle est une surprise ou non pour sa grand-mère. Oublier son anniversaire ne serait pas atypique de la part d'Exalta. Le seul anniversaire de ses petits-enfants dont Exalta se souvienne sans faute est celui de Kirby, le 30 septembre, parce que c'est aussi le sien. C'est pour cela que Kirby est sa préférée, ou en tout cas, c'est l'une des raisons.

Exalta pose son sac à main sur la rambarde, défait le fermoir et en sort un petit écrin en velours.

— Joyeux anniversaire, Jessica, dit-elle.

Jessie est bouche bée. Elle met un moment à comprendre que non seulement Exalta s'est souvenue de son anniversaire, mais qu'elle lui a acheté un cadeau et que ce présent n'est sans nul doute pas un bon d'épargne, ce qu'elle reçoit d'habitude. Elle accepte la boîte mais attend le hochement de tête encourageant d'Exalta pour l'ouvrir.

C'est un collier. La chaîne est si fine qu'on dirait de la poussière d'or. Au bout de la chaîne se trouve un nœud en or filigrané dans lequel est enchâssé un diamant de la taille d'une tête d'épingle.

— Ton grand-père me l'a offert pour notre premier anniversaire de mariage, en 1919, explique Exalta. Essaye-le.

Jessie n'arrive pas à croire qu'Exalta lui donne l'un de ses propres bijoux. Quand elle était plus jeune, Kirby et elle se faufilaient dans la chambre de leur grand-mère et fouillaient parmi ses bijoux, tâchant de deviner lequel serait légué à qui dans son testament. Exalta garde un éventail en porcelaine d'écrins à bagues sur sa table de chevet et Jessie adorait les boîtes presque autant que les trésors qu'elles contenaient. La bague préférée de Kirby était une perle noire tenue par une monture en platine qui ressemblait à des serres. La préférée de Jessie était un trio d'opales irrégulières montées sur de l'or. Quand elle était enfant, les opales lui semblaient magiques ; dans la lumière, elles renfermaient l'arc-en-ciel entier. Blair, qui était trop grande pour jouer à ce jeu, mais pas assez pour ne pas critiquer leurs choix, disait que les opales étaient criardes et secrètement Jessie était ravie, car si Exalta léguait cette bague à Blair, elle la lui donnerait peut-être si elle lui demandait.

Jessie n'a jamais vu ce collier-ci, mais elle sait que certains des bijoux les plus précieux d'Exalta sont gardés dans une boîte fermée par un verrou – ses perles, par exemple, un bracelet rivière avec des diamants et la bague de Harvard du grand-père de Jessie, qu'Exalta a donnée à Tiger avant son départ. Jessie n'avait jamais ne serait-ce qu'imaginé qu'elle recevrait quelque chose qui provenait de cette boîte.

Le problème avec ce cadeau, cependant, c'est qu'elle doit enlever le collier de son père. Jessie n'a pas d'autre choix, alors elle défait le fermoir de la chaîne en argent et glisse l'Arbre de vie dans la poche de son short. Elle attache le collier de sa grand-mère autour de son cou et Exalta rayonne et dit :

— Ça te va à merveille, j'en étais sûre !

Jessie se force à sourire. Naturellement, elle est ravie de recevoir le collier et qu'Exalta l'en croie digne, mais elle se sent coupable vis-à-vis du cadeau de son père, l'Arbre de vie, qui n'est pas dans la même catégorie que celui-ci. Ce qui l'inquiète, c'est qu'Exalta ait, d'une façon ou d'une autre, tout manigancé pour lui donner le nœud en or avec le diamant de façon à remplacer l'Arbre de vie, pour qu'elle ne porte pas de symbole de ses origines juives.

Que va-t-elle faire ?

— Il faut le remettre dans l'écrin, dit Exalta. Il est trop précieux pour le porter au quotidien. Seulement pour les grandes occasions. Je le garderai dans ma chambre, où il sera en sécurité.

Jessie est soulagée. Seulement pour les grandes occasions. Le reste du temps, elle peut porter son collier de l'Arbre de vie. Pour une fois, tout va comme sur des roulettes.

— Merci, Nonny, dit Jessie en embrassant sa grand-mère sur la joue.

Une partie de l'attrait de Nantucket est que l'île ne change jamais, ce qui est d'autant plus important maintenant que tout le reste du pays marche sur la tête. John F. Kennedy a été assassiné quand Jessie était en CP, même si elle était trop jeune pour comprendre ce que cela voulait dire. Puis l'année dernière, lorsqu'elle était en CM2, Martin Luther King Jr. a été abattu à Memphis et, plus tard dans l'année, Bobby Kennedy a été tué en Californie. Les parents de Jessie ont été profondément bouleversés par ces assassinats et Kirby était inconsolable. « Chaque homme qui essaye de faire avancer ce pays est assassiné de sang-froid ! »

Et, bien sûr, des soldats américains sont tués tous les jours au Vietnam.

Elles roulent sur les pavés de Main Street dans la Grand Wagoneer, et Jessie est rassurée à la vue de tous ces endroits familiers. Comme la gargote le Charcoal Galley qui reste ouverte tard pour accueillir les clients du Bosun's Locker, le bar à côté. (On a appris à Jessie à traverser Main Street pour éviter de passer devant le Bosun's Locker, ce qui le rend d'autant plus intrigant.)

Sa mère fait les courses au Charlie's Market et Jessie l'accompagne parfois. Et puis il y a le grand magasin Buttner's. Quelques étés auparavant, une domestique a garé la Bonneville de son employeur devant le magasin le temps de faire quelques achats. Elle est retournée à la voiture, a démarré et enclenché la marche arrière – du moins c'est ce qu'elle a cru faire ; elle avait mis la première. Le rebord du trottoir empêchait l'automobile d'avancer et l'employée, ne comprenant pas pourquoi la voiture ne reculait pas, a écrasé l'accélérateur, ce qui a propulsé le véhicule à travers la vitrine de Buttner's. Dès que la nouvelle est parvenue à All's Fair, Tiger et Jessie ont couru pour voir l'accident. Jessie a été horrifiée ; dans son esprit, la destruction causée par une voiture fonçant dans un bâtiment ne pourrait jamais être réparée. Tiger, se souvenait-elle, était ravi. Il est resté là tandis qu'un policier essayait de calmer miss Timsy, une vendeuse de longue date de Buttner's, et que le photographe du *Inquirer and Mirror* prenait des clichés. La voiture n'avait presque rien, et, heureusement, personne n'a été blessé. Pendant deux semaines, la vitrine de Buttner's a été couverte de papier kraft, puis un jour la vitrine était de nouveau en place et un homme était venu peindre les lettres noires et or, et c'était comme si rien ne s'était passé.

Elles dépassent l'institut de beauté Claire Elaine's Beauty Shop, la librairie Mitchell's Book Corner, une nouveauté de l'année dernière, et le Sweet Shoppe, où Jessie irait avec son père pour manger des glaces aux pépites de malachite et se plaindre.

Après la Pacific Bank, les voilà sur Upper Main Street, où vivent la plupart des amis d'Exalta. Certaines des familles viennent sur l'île avant Memorial Day[1], le dernier lundi de mai, mais Exalta trouve qu'il fait encore trop frisquet à cette période. Elle a choisi le troisième lundi de

---

1. Jour férié fixé au dernier lundi du mois de mai, Memorial Day commémore les soldats américains morts au combat et marque officiellement le début de la période estivale.

juin comme «son» jour d'arrivée. Jeudi, l'hebdomadaire *The Inquirer and Mirror* annoncera que «Mme Pennington (Exalta) Nichols a pris ses quartiers d'été dans sa maison de Fair Street après avoir passé l'hiver dans sa résidence de Mount-Vernon Street à Boston.»

La famille au complet pense que Fair Street est la plus belle rue de toute l'île. Elle est étroite et à sens unique, en direction de la ville; comme Fair Street ne dessert que de petites rues, il n'y a pas beaucoup de passage. Les maisons y sont vieilles mais bien entretenues. La plupart sont à bardeaux gris avec des cadres de fenêtre et des rebords de toit blancs repeints régulièrement. Certains des voisins participent à un concours informel de la plus belle jardinière, ce qui selon Exalta est «une perte de temps grotesque», mais Jessie et Kirby s'amusaient beaucoup à parcourir la rue à vélo en décernant des prix – or, argent et bronze – aux géraniums, pétunias, pensées et impatientes. Presque toutes les maisons ont un nom qui évoque celui de la rue: Fair and Square, Fairy Tale, Family Affair. La maison d'Exalta, reconnaissable à ses bardeaux jaunes, porte le nom de All's Fair, d'après le dicton *All's fair in love and war* (en amour comme à la guerre, tous les coups sont permis). Quelques maisons plus bas, sur la droite, se trouve la préférée de Jessie, une demeure victorienne blanche avec une tourelle et de magnifiques décorations chantournées, mais elle garde sa préférence pour elle parce qu'elle sait qu'Exalta serait offensée et pourrait même lui dire d'aller toquer à la porte des Blackstock pour voir si elle peut vivre avec eux puisqu'elle aime tant leur maison.

Elles garent la Wagoneer dans la rue adjacente, Plumb Lane. M. Crimmins, le gardien, surgit de nulle part pour ouvrir la portière d'Exalta et l'aider à sortir de la voiture.

— Oh, Bill, dit-elle. Vous n'étiez pas obligé de venir. Je sais que vous êtes occupé.

— Vous êtes ravissante, comme toujours, Exalta, répond M. Crimmins.

Il prend sa main et la regarde quelques instants.

— J'étais désolé d'apprendre que Tiger a été mobilisé.

— Il s'en sortira très bien, répond Exalta avant de lui retirer sa main.

M. Crimmins se tourne vers la mère de Jessie.

— Katie, comment allez-vous ?

— Bill, vous avez eu ma lettre ? À propos du…

— Tout est prêt, répond-il. Comme prévu. Dans le salon, comme vous l'avez demandé.

M. Crimmins fait un clin d'œil à Jessie.

— On dirait bien que vous avez pris trente centimètres, mademoiselle Jessica.

Il tire un bonbon Now & Later goût pomme verte de la poche de sa chemise et le lui tend. Ça aussi, c'est une tradition. D'aussi loin qu'elle se souvienne, M. Crimmins l'accueille avec un bonbon goût pomme verte, même si aujourd'hui cela lui semble un peu puéril. À treize ans, elle est trop mature et responsable pour s'intéresser aux bonbons et, pourtant, refuser serait impensable.

— Merci, dit-elle.

— Et il y a du courrier pour vous, répond M. Crimmins.

Alors qu'il enfonce sa main dans sa poche arrière, le cœur de Jessie bondit – une lettre de Tiger ! Sa mère doit penser la même chose parce qu'elle fait un pas en avant d'impatience, mais ce que M. Crimmins extirpe n'est qu'une carte postale. Il la tend à Jessie.

Le recto montre une image du quartier de Coolidge Corner à Brookline. Interloquée, Jessie retourne la carte et lit : *Chère Jessie, Quel été rasoir. Tu me manquent beaucoup beaucoup beaucoup ! Ton amie pour toujours, Doris.*

— C'est une carte de Doris, annonce Jessie.

Sa mère soupire.

Exalta, Kate et Jessie passent le portail en fer forgé sur le côté de la propriété et montent les marches en brique vers l'entrée, à l'arrière de la maison ; seuls les invités utilisent la grande porte. La cuisine court tout le long de l'arrière. Le four en brique qu'elle abrite donne l'impression à tout visiteur d'un voyage dans le temps, à l'époque coloniale. Le premier propriétaire de la maison était un homme du nom d'Ebenezer Raymond, un forgeron. Les deux frères d'Ebenezer, qui étaient charpentiers, lui ont construit cette maison en 1795. À cette époque-là, beaucoup de gens mouraient jeunes. Sa première femme n'a pas vécu longtemps, il s'est remarié puis, à l'âge de trente-huit ans, il est mort. Sa deuxième femme a continué à vivre dans la maison avec leur enfant et les deux enfants du premier mariage d'Ebenezer. Tellement de gens sont morts à All's Fair que Jessie a du mal à croire que la maison n'est pas hantée, comme d'autres demeures de Nantucket. Cela dit, Jessie ne verrait pas Exalta tolérer la présence d'un fantôme – ou un fantôme supporter Exalta.

La maison a toujours la même odeur : elle sent le vieux et la poussière, comme un musée. Le grand-père de Jessie fumait la pipe et un soupçon de tabac demeure dans l'air.

Jessie tient *Anne Frank* d'une main et sa valise la plus importante, celle avec l'album, de l'autre, mais elle abandonne les deux au pied de l'escalier pour faire le tour du rez-de-chaussée. À droite se trouve le grand salon, dont trois des quatre murs sont ornés d'une fresque. C'est une scène de Nantucket aux alentours de 1845, l'année avant le grand incendie qui a ravagé le centre-ville, devant laquelle les invités poussent des « Oh » et des « Ah » en la voyant pour la première fois. Tout au bout du salon, dans une alcôve qui est presque une pièce séparée mais pas tout à fait, se trouvent le bureau et le fauteuil en cuir du grand-père de Jessie.

Le plus vieil objet dans la maison est un rouet qui aurait appartenu à la fille d'Ebenezer Raymond. Des années auparavant, avant la naissance de Jessie, Kirby a fait tourner la roue trop vite et cassé la pédale. Exalta a exigé des excuses, ce que Kirby a refusé, alors elle l'a punie en l'enfermant pendant dix minutes dans le cellier – un petit placard sombre sous l'escalier où l'on conservait le beurre et le lait dans l'ancien temps –, une perspective qui terrifie Jessie. Quand Kirby est sortie du cellier, elle ne voulait toujours pas présenter ses excuses ; Exalta l'a qualifiée de « petite rebelle » et lui a donné un bonbon à la fraise.

À gauche de l'escalier se trouve le petit salon, avec une cheminée, un grand meuble qui accueille le Magnavox et une collection de jacquemarts, girouettes et autres bibelots, l'une des passions d'Exalta. Jessie a toujours été fascinée par la collection de sa grand-mère et la revoir tous les ans lui donne presque l'impression de retrouver de vieux amis. Il y a le chef indien avec sa coiffe à longues plumes assis droit dans son canoë avec des rames qui tournent, une baleine bleue avec un aileron dorsal qui bouge, un fermier courbé pour être continuellement frappé sur le derrière par sa mule, deux petits Hollandais s'embrassant près d'un moulin avec des ailes qui tournoient et, le préféré d'Exalta, un moustachu dans un pyjama à rayures rouges sur un tricycle ancien. Jessie fait l'inventaire des bibelots et en soulève certains pour actionner les parties mobiles, mais tout doucement, pour ne pas les casser ; la dernière chose qu'elle veut c'est se retrouver enfermée dans le cellier. Quand elle se tourne pour sortir de la pièce, elle voit quelque chose de si surprenant qu'elle pousse un cri.

Un poste de télévision, un grand, posé sur un socle dans un coin de la pièce.

Jessie s'approche, hésitante, comme si la télévision était un vaisseau spatial susceptible d'exploser à tout moment – c'est dire à quel point sa présence dans la maison est improbable. Le poste est encore plus grand que celui chez Doris et c'est elle qui a la plus grande télé de tous les élèves de l'école parce que son père aime regarder les pubs pour McDonald's. La télévision est branchée et ses antennes en oreille de lapin sont dressées. Avec précaution, Jessie tourne la molette et l'écran s'allume pour montrer un océan de neige grise.

Jessie éteint le poste et se rue dans la cuisine, où Kate est en train de déballer les ustensiles et où Exalta est attablée devant un carnet de chèques et un gin tonic. M. Crimmins remet toujours à Exalta une pile de factures de divers prestataires des environs à son arrivée.

— Il y a une télé dans le petit salon, annonce Jessie.
Exalta lève les yeux et dit :
— Quoi ?
— Mère, répond Kate.

Jessie comprend qu'elle aurait dû avoir plus de jugeote : il a fallu des années pour que sa grand-mère accepte le Magnavox pour ensuite refuser de le changer pour une chaîne hi-fi plus moderne, malgré les suppliques constantes de Kirby et de Tiger. Hors de question qu'Exalta ait donné son accord pour un poste de télévision. C'est un coup de la mère de Jessie.

Une vive dispute éclate.
— Enlève ça d'ici, assène Exalta.
— Hors de question. David et moi l'avons acheté.
— Encore heureux ! Mais peu importe, c'est ma maison. Ma maison, Katharine, et je ne veux pas de ça ici.
— Je suis désolée, mère. Je sais que j'aurais dû te demander, mais je pensais que tu dirais non.

— Bien sûr que j'aurais dit non. Je suis en train de te dire non. Non !

— Il faut absolument que je regarde le bulletin de Walter Cronkite, répond Kate. Je suis désolée, maman, mais Tiger est mon fils. Il est si loin et la seule façon que j'ai de savoir ce qu'il se passe là-bas, c'est de regarder le journal du soir.

— Ma chérie.

Exalta s'arrête pour vider le reste de son verre et quand elle reprend la parole, son ton est un peu plus doux.

— S'il y a quelque chose à savoir, ils te le diront.

— Un peu d'humanité, mère.

— Mais c'est vrai. À moins d'avoir des informations contraires, on peut être sûres qu'il est vivant. Je ne vois pas l'utilité de regarder Walter Cronkite, ça ne fera que t'inquiéter. Et les noms qu'ils donnent à ces batailles – mon Dieu. Hamburger Hill ? Ça me retourne l'estomac.

— J'ai besoin de cette télévision pour avoir l'esprit tranquille.

— Je suis désolée, ma chérie. Je vais demander à Bill de la rapporter où il l'a trouvée. Tu n'aurais jamais dû faire ça derrière mon dos.

— Je suis une adulte, mère. Cette télévision reste où elle est.

— Si c'est un bras de fer que tu veux, dit Exalta, tu as choisi la mauvaise adversaire.

— Si la télé s'en va, moi aussi, répond Kate.

— Tu n'es pas sérieuse.

— Chiche.

Jessie se demande si son vœu sera aussi facilement exaucé. Kate quittera-t-elle Nantucket et l'emmènera-t-elle avec elle ? Elle n'a jamais vu sa mère et sa grand-mère se disputer. Habituellement, Exalta exprime ses désirs et tout le monde se plie en quatre pour la satisfaire. Jessie sait qu'elles ont eu un différend quand Kate a annoncé qu'elle épousait David Levin, mais c'était le grand amour face aux préjugés religieux. Là, on parle… d'une télévision. Sa mère doit être plus attachée au journal télévisé qu'elle ne le pensait. Elle sait que ses parents regardent Walter Cronkite tous les soirs de la semaine, mais on peut trouver les mêmes informations dans le *Boston Globe* et, pour ce qui est des journaux télévisés, Jessie doit se ranger du côté de sa grand-mère. Elle trouve ça horrible. Elle ne veut pas entendre le nombre de morts tous les soirs. Avant le départ de Tiger, c'était juste un nombre. Maintenant, Jessie le comprend, chaque numéro est une personne avec un nom et une famille, des talents et de petites manies, des passions et des aversions. Elle comprend aussi que si Tiger meurt, il ne sera plus qu'un nombre, un corps de plus parmi des dizaines de milliers.

C'en est trop pour Jessie. Elle se faufile par la porte de derrière, en direction de l'air frais du jardin. Le jardin est composé d'un patio en brique et d'une petite pelouse. Le long de la pelouse se trouve un chemin de dalles qui mène à la deuxième maison, nommée Little Fair, qui donne sur Plumb Lane. C'est à Little Fair que Blair, Kirby et Tiger passent leurs séjours. À l'étage, il y a deux chambres à coucher, une salle de bains et un petit salon avec une cuisine toute en longueur. Au rez-de-chaussée il y a une troisième chambre et des toilettes. Sur le côté de la maison se trouve une douche extérieure. D'après Exalta, il n'y a aucune raison de se laver à l'intérieur durant l'été, alors malgré les trois salles de bains dans la maison principale et la salle de douche dans celle-ci, Exalta insiste pour que tout le monde fasse la queue pour la douche extérieure.

Jessie décide d'aller faire un tour à Little Fair. Elle a treize ans et elle sait que son frère et ses sœurs séjournaient seuls à Little Fair dès l'adolescence, mais elle doute de pouvoir un jour s'installer là. Cependant, elle pourrait l'utiliser la journée – un endroit calme pour lire et échapper aux tensions de l'autre côté du jardin.

Alors que Jessie ouvre la porte moustiquaire – le grincement de la porte lui est aussi familier que le son de sa propre voix – elle se demande pourquoi Kate n'a pas songé à cacher la télévision à Little Fair. Exalta ne met jamais les pieds ici.

L'intérieur de Little Fair sent le bacon. *Le bacon ?* pense-t-elle. *Est-ce que quelqu'un a fait la cuisine ici ?* Le ventre de Jessie gargouille. Elle jette un œil dans la chambre du bas, qui était celle de Tiger. Le lit est défait et une édition du *Parrain* repose sur la table de chevet. Le regard de Jessie s'arrête sur l'armoire. Il y a des vêtements à l'intérieur, des vêtements d'homme.

Que se passe-t-il ?

Jessie se sent soudain comme Boucles d'or. Elle s'avance dans l'escalier sur la pointe des pieds parce qu'elle entend maintenant un bruit, un claquement répétitif, puis un juron prononcé d'une voix sourde :

— Bordel.

— Y a quelqu'un ? appelle Jessie.

Elle tend le cou par-dessus la rambarde et voit un garçon, probablement âgé de deux ou trois ans de plus qu'elle, qui se prélasse sur le canapé, l'une de ces raquettes avec une balle en caoutchouc attachée au bout d'une ficelle à la main. Le garçon ne porte qu'un caleçon de bain jaune moutarde, un collier de perles ras du cou à l'amérindienne et un bracelet en corde blanche.

Il se redresse.

— Oh, salut ! Je parie que tu es Jessie.

Le garçon est déjà bronzé et ses cheveux ont ces reflets dorés qui, Jessie le sait, n'apparaissent qu'en se baignant dans de l'eau salée et en laissant ses cheveux sécher au soleil. Du moins c'est ce que raconte Kirby. Les cheveux de Jessie sont châtain foncé et ils gardent cette couleur-là tout l'été. Le bracelet de corde du garçon est plutôt neuf, remarque Jessie ; d'un blanc éclatant, il est encore lâche sur son poignet. Elle avait oublié l'existence des bracelets de corde. Au début de chaque été, Kirby, Tiger et elle marchaient jusqu'au magasin de souvenirs Seven Seas et chacun en choisissait un flambant neuf qui rétrécirait et s'userait ensuite à chaque bain de mer. À la fin de l'été, le bracelet était grisâtre et serré autour du poignet de Jessie, mais Kate parvenait toujours à glisser la lame des ciseaux sous la corde pour le couper avant leur retour à Brookline.

— Qui es-tu ? demande Jessie.

— Pickford Crimmins, répond le garçon. Tu peux m'appeler Pick.

— Pick, répète Jessie. Tu es de la famille de M. Crimmins, dans ce cas?

— Je suis son petit-fils.

Petit-fils? Jessie ne savait même pas que M. Crimmins avait un enfant, encore moins un petit-fils.

— Je suis Jessie, dit-elle. Jessie Levin.

— Je sais. Bill m'a parlé de toi.

— Tu appelles ton grand-père Bill?

Jessie n'appelle sa grand-mère Exalta que dans sa tête ; si elle l'appelait Exalta devant elle, elle serait enfermée dans le cellier jusqu'à la fin des temps.

— Il m'a demandé de l'appeler comme ça. Je l'ai rencontré pour la première fois début mai.

— Tu viens juste de rencontrer ton grand-père?

Pick se débarrasse de sa raquette, se lève du canapé et se tient en haut de l'escalier, là où Jessie peut mieux l'observer. Pick est grand, fin et… mignon, décide Jessie. Très mignon, plus que n'importe quel garçon à l'école, mais cela ne fait que la mettre mal à l'aise. Ses pensées s'égarent quelques instants, puis elle recouvre ses esprits. Qu'est-ce qu'il fait ici?

— Qu'est-ce que tu fais là? demande-t-elle.

— Je prépare le déjeuner. Des sandwichs bacon, laitue et tomate dans du pain portugais grillé que Bill a acheté dans une boulangerie qui s'appelle Aime's Bakery. Tu connais?

Le pain portugais de chez Aime, une autre tradition estivale que Jessie avait oubliée. Le pain portugais est un pain blanc et dense qui donne les meilleurs toasts du monde. Certaines personnes en achètent vingt miches à la fin de l'été, les rapportent chez elles, les mettent au congélateur et en profitent toute l'année, mais Exalta et Kate trouvent que c'est de la triche. Le pain portugais, comme les tomates et le maïs de l'étal de vente de la ferme sur Hummock Pond Road, ne doit être savouré qu'en été.

— Bien sûr que je connais, répond Jessie. Ils font des tourtes au poulet le jeudi et des haricots blancs cuits dans un four en brique le samedi.

— C'est bon à savoir ! lance Pick. Alors, je te prépare un sandwich ?

— Oui, s'il te plaît.

La présence de Pick à Litte Fair est déroutante et la met un peu mal à l'aise, mais la faim l'emporte. Elle voit la demi-livre de bacon, croustillant et doré, qui égoutte sur un sac en papier. Il y a deux tomates et de la laitue iceberg sur une planche à découper, celle que Tiger a brûlée avec une casserole il y a longtemps.

— Tu veux de la mayo ? demande Pick.

— Oui, s'il te plaît.

Jessie s'assoit sur l'un des sièges de la table pour trois et se demande ce que son frère et ses sœurs penseraient s'ils voyaient un inconnu dans la cuisine de Little Fair. Techniquement, ce n'est pas un inconnu, se dit Jessie. C'est le petit-fils de M. Crimmins et ils connaissent M. Crimmins depuis toujours. Mais est-ce que Blair, Kirby et Tiger savent qu'il a un petit-fils ? Pick dit qu'il vient seulement de rencontrer M. Crimmins, en mai. Qu'est-ce que ça veut dire ?

Jessie se pose plein de questions, mais elle est temporairement émerveillée par la vue de Pick qui prépare des sandwichs. Il fait griller le précieux pain jusqu'à ce qu'il soit brun doré, étale de la mayonnaise dessus, ajoute le bacon et les tomates coupées, puis recouvre le tout de laitue qu'il déchire d'une main experte avec le couteau de cuisine émoussé qui est probablement à Little Fair depuis plus longtemps que Jessie n'est sur cette terre. Il met les sandwichs sur des assiettes et prend deux verres dans un placard. Il sait où toutes les choses se trouvent dans la cuisine. Comment est-ce possible ? Il sort du frigo un pichet de citronnade givré, pose les deux sandwichs et les boissons sur la table puis plonge la main dans le placard étroit qui sert de garde-manger et en tire une boîte cylindrique de chips Jays. Jessie est bouche bée. Les chips sont expressément interdites dans les deux maisons. Le seul moment où Kate autorise Jessie à manger des chips, c'est avec son sandwich au poulet au club, et encore, si Exalta est là, elle doit demander des bâtonnets de carotte à la place.

Une boîte entière de chips, ici, à Little Fair !

Pick lève son verre de citronnade vers Jessie.

— Ravi de faire ta connaissance, dit-il.

Jessie le fixe. Il a des yeux bleu glacier saisissants, de la couleur des morceaux de verres polis les plus rares.

— Euh… oui, dit-elle.

Ils trinquent et Jessie se sent embarrassée. Elle n'a jamais trinqué avec un garçon auparavant. Elle n'a même jamais partagé un repas seule avec un garçon, à part avec Tiger.

Quand elle a fini la moitié de son sandwich et une large poignée de chips – il lui faut toute sa volonté pour ne pas dévorer toute la boîte frénétiquement – elle demande :

— Tu vis ici ?

— Oui. Et mon grand-père dort dans la chambre au rez-de-chaussée.

Jessie est si surprise par cette nouvelle qu'elle en reste muette un moment.

Pick claque des doigts devant son visage.

— Allô Jessie, ici la Terre, dit Pick.

Jessie ne peut pas se retenir. Elle lui sourit.

— Je suis là, dit-elle.

16 juin 1969

Cher Tiger,

Merci pour tes vœux d'anniversaire. J'ai eu un album et deux colliers, mais le meilleur cadeau était la lettre que tu m'as envoyée. Je n'ai pas eu de gâteau cette année parce que nous avons conduit jusqu'à Nantucket, mais après les crevettes frites au Susie's Snack Bar, nous avons marché jusqu'à l'Island Dairy Bar et j'ai eu une coupe de glace avec un nappage au chocolat.

Il y a deux choses que je dois te raconter. L'une est que maman et papa ont acheté un poste de télévision et que maman a demandé à M. Crimmins de le mettre dans le petit salon d'All's Fair sans le dire à Nonny ! (M. Crimmins te passe le bonjour d'ailleurs, mais je t'en dirai plus à ce sujet après.) Maman et Nonny se sont disputées, le ton est monté et maman a menacé de retourner tout droit à Brookline. Je suis sortie de la maison avant la fin de la dispute, mais devine quoi ? La télé reste. Maman m'a dit ensuite qu'elle a convaincu Nonny en lui disant que pour la première fois Wimbledon serait montré à la télévision aux États-Unis, alors Nonny pourra voir jouer son grand amour, Rod Laver.

Jessie s'arrête pour repenser à la fois où Kirby a fait une plaisanterie graveleuse sur le nom de Rod Laver[1] devant Exalta et comme elle a rejeté sa tête en arrière pour rire. Tiger aussi était présent et, plus tard, ils étaient tombés d'accord : Kirby pouvait vraiment tout se permettre. Exalta a toujours eu un faible pour Rod « la fusée » Laver (Kirby faisait aussi des jeux de mots douteux sur ce surnom), et cela s'était intensifié après la mort de Gramps. Sa mère a eu raison de le mentionner dans la bataille pour garder la télé.

L'autre chose que je veux te dire c'est que M. Crimmins va passer l'été à Little Fair avec son petit-fils, qui s'appelle Pickford Crimmins mais se fait appeler Pick. Pick a quinze ans et il vivait en Californie avec sa mère, dont le vrai nom est Lorraine mais elle se fait appeler Lavender, comme la lavande. Lavender est la fille de M. Crimmins mais elle a quitté Nantucket quand elle a découvert qu'elle était enceinte. Il a dit qu'ils avaient vécu dans plein de villes aux quatre coins

---

1. En argot, « rod » désigne le sexe masculin.

de la Californie, y compris, ces cinq dernières années, dans une communauté près d'un verger de poiriers. Mais un matin, Lavender a décidé qu'elle voulait voyager, alors elle est partie, sans Pick ! Quelqu'un d'autre dans la communauté savait comment joindre M. Crimmins, alors il est venu jusqu'en Californie dans son vieux camion pour amener Pick à Nantucket. Maintenant Pick a un travail en cuisine au North Shore Restaurant. Il est préposé aux salades mais il espère être promu et travailler sur des plats chauds durant l'été. Il travaillait en cuisine dans la communauté, c'est là qu'il a appris à cuisiner. La communauté était végétarienne, alors Pick n'avait jamais mangé de viande jusqu'à son trajet avec M. Crimmins où ils se sont arrêtés chez McDonald's. Maintenant Pick adore la viande. Il préfère le bacon et je lui ai dit que c'était ta viande préférée aussi.

Jessie s'arrête et relit sa lettre. Elle se demande si elle n'a pas trop parlé de Pick. Tiger va-t-il comprendre qu'elle en pince pour lui ? Elle n'avait jamais vraiment compris cette expression, « en pincer pour », avant, mais maintenant elle la trouve appropriée parce qu'elle sent des picotements tout le long de sa peau ; son cœur est comme une orange pincée par mille doigts, qui serrent et serrent jusqu'à ce que toutes ses émotions coulent.

Je commence mes cours de tennis demain matin. J'ai envie de dire que j'ai peur mais je sais que tu affrontes des choses bien plus terribles que passer deux heures sur de la terre battue brûlante à frapper des balles au-dessus d'un filet. Tu me manques, Tiger. Fais attention, s'il te plaît.

Je t'embrasse, Jessie-Cracra.

Magic Carpet Ride

Kirby est la dernière fille à arriver dans la maison de Narragansett Avenue pour l'été, lui apprend Evan O'Rourke. Evan est le neveu célibataire d'Alice, un quadragénaire quasi chauve et bedonnant, qui porte une chemise blanche, un pantalon marron et des mocassins marron malgré la chaleur de juin.

Kirby ne s'est pas encore remise de sa rencontre avec le Dr Frazier. Elle rejoue encore et encore la conversation dans sa tête, essayant de décoder l'expression et le ton du Dr Frazier. *Est-ce que tes parents sont au courant ?*

Le Dr Frazier lui avait posé exactement la même question lors de leur première rencontre.

Evan lui explique qu'il vit au sous-sol de la maison et gère les choses pour le compte de sa tante, Alice, qui est presque complètement sourde et a de la cataracte.

Kirby décide que ce ne serait pas une mauvaise idée de montrer à Evan un aperçu de son côté charmeur.

— Eh bien, votre tante a de la chance de vous avoir.

Evan devient écarlate. Il suit Kirby sur deux étages – ce qui lui permet d'entrevoir un peu plus que le charme de Kirby – et elle voit bien que ce travail pousse son agitation jusqu'à ses limites. Quand ils atteignent enfin les combles, il est tout rouge.

— Vous avez de la chance, dit-il. La fille qui était ici n'aimait pas être toute seule à un étage, alors elle a pris la chambre qui devait être la vôtre, qui fait la taille d'une cabine téléphonique. Vous, vous y gagnez cette chambre, qui a un lit double. Et votre propre lavabo.

— Super, répond Kirby.

Le grenier est, comme on peut l'imaginer, spacieux et poussiéreux. Les extrémités de la pièce suivent la pente du toit, mais il y a assez de place pour un lit double, une commode, une armoire, un ventilateur dont les pales métalliques produisent une brise bienvenue et le lavabo promis, surmonté d'un petit miroir rond cloué au mur. Il y a également une fenêtre qui semble s'ouvrir sur une portion plus basse du toit. C'est magnifique.

— J'adore, dit Kirby.

Evan pose la grosse valise et Kirby dépose son sac de voyage et son bien le plus précieux – un tourne-disque portable Silvertone – sur le lit.

— Mon père a payé le loyer, n'est-ce pas ?

— Oui, répond Evan. Vous avez également droit au petit déjeuner, tous les matins sauf le dimanche. La douche et les toilettes sont au premier étage, partagées avec trois autres filles.

— Femmes, répond Kirby.

— Vous êtes une féministe ? demande Evan.

Soudain, il semble intrigué. Peut-être qu'il se demande si Kirby est adepte de l'amour libre, si elle ne met pas de soutien-gorge, et si elle s'est débarrassée des inhibitions sexuelles qui enfermaient les filles ayant grandi dans les années 1950.

Bien sûr que Kirby est féministe ! Par le passé, elle a eu des mœurs relativement légères (avant l'agent Scottie Turbo, elle a eu deux autres amants), mais après ce qui s'est passé au printemps, elle s'est juré d'attendre d'être amoureuse avant de coucher à nouveau avec quelqu'un. Elle ne couchera jamais, jamais avec Evan O'Rourke. Mais ça ne l'empêchera pas de s'amuser un peu avec lui.

— Vous fumez de l'herbe, Evan ? questionne-t-elle.

Il a l'air interloqué et Kirby se demande si elle ne l'a pas mal jugé. Peut-être qu'il lui ordonnera de quitter la maison avant même qu'elle ait sorti la moindre mini-jupe de sa valise. En fin de compte, elle devra demander à Rajani de l'accueillir. Ou elle sera obligée de passer l'été à Nantucket avec Exalta, Kate et Jessie. Impensable. Quand, mais quand apprendra-t-elle à fermer sa bouche ?

Soudain, Evan esquisse un sourire en coin.

— Parfois. Même si, en principe, il est interdit de fumer dans la maison. D'ailleurs, l'alcool et les invités du sexe opposé sont également interdits.

— Interdit ? Tout ça ? demande Kirby.

Pas étonnant que David ait signé le chèque si rapidement ; il a dû s'assurer que cet endroit était un couvent.

— Vraiment, Evan ?

Elle se penche pour toucher la main d'Evan, qui est blanc comme un linge. Il sursaute et Kirby recule. Elle n'a pas du tout envie de donner une érection à ce pauvre Evan.

— Eh bien, en principe, répond-il.
— Et la musique ? Est-ce que c'est autorisé ?
— Du moment que ce n'est pas trop fort.

Kirby fait la moue. Elle va dompter Evan progressivement. Elle ouvre son sac en toile.

— Je n'ai apporté que six disques, dit-elle.

Il lui a fallu des heures pour en choisir six, c'est tout ce qui rentrait dans son sac ; en fin de compte, elle a décidé que le plus important, c'était d'avoir un album pour chaque état d'esprit : la joie, la colère (personnelle et politique), l'espoir (personnel et politique), le chagrin, l'introspection et les jours de pluie/les dimanches. Optimiste, elle tire *The Second.*

— Que diriez-vous de Steppenwolf ?

Quelques minutes plus tard, Kirby et Evan O'Rourke sont allongés sur le toit, relevés sur leurs coudes, complètement défoncés ; John Kay chante en bruit de fond. Le toit offre une superbe vue de Circuit Avenue, d'Ocean Park, du bras de mer du Vineyard Sound. Kirby trouve Evan bien plus supportable dans son état actuel.

— Je vais travailler comme femme de chambre au Shiretown Inn, dit Kirby.
— C'est à Edgartown. Vous avez une voiture ?
— Non.
— Un vélo ?

— Non plus. Et je n'ai pas d'argent pour en acheter un, même d'occasion.

— Comment allez-vous faire le trajet ?

— Je pensais marcher.

Evan se met à glousser. Si Kirby fermait les yeux, elle jurerait qu'elle est en face d'une fillette de dix ans.

— C'est trop loin pour y aller à pied. Quatre kilomètres, au moins.

— Quatre kilomètres, ce n'est pas si loin, répond Kirby, même si elle a le moral dans les chaussettes.

Elle est habituée à l'île de Nantucket qui n'a qu'une seule ville. Martha's Vineyard abrite six villes, certaines à bonne distance d'ici. Elle le savait vaguement, mais elle n'avait pas vraiment songé au trajet qu'elle devrait faire.

— Qu'est-ce que je vais faire ?

— Il faudra faire de l'auto-stop. Une jolie fille comme vous n'aura aucun problème.

Le lendemain matin, Kirby se lève tôt et est l'une des premières au petit déjeuner, constitué de porridge et de myrtilles fraîches, de sucre roux et de lait, ainsi que d'une tartine de pain complet avec du beurre et de la confiture d'abricots. Kirby n'est pas très petit déjeuner et n'est décidément pas du genre « porridge et pain complet », mais puisque la nourriture est gratuite, elle mangera, et sans retenue.

Une fois toutes les femmes assises autour de la table, Kirby se rend compte qu'elle a choisi une bonne place. La seule autre personne qui a l'air un peu prometteuse est celle assise à côté d'elle. Elle est ronde, avec un joli visage, de grands yeux bleus, de longs cheveux bruns, des lèvres roses et un air guilleret.

— Patricia O'Callahan, dit-elle en tendant la main. Appelle-moi Patty.

— Katharine Foley, répond Kirby. Mais tu peux m'appeler Kirby.

— Tu as pris la chambre sous les combles ?
— Oui, je l'adore.

Une fille aux lèvres minces à l'autre bout de la table grogne :

— Il fait trop chaud là-haut. Et il y a une souris.
— J'ai laissé le ventilateur allumé, répond Kirby. Et je n'ai peur de rien.

— Tu vois, Barb, dit Patty.

Barb lui jette un regard noir et Kirby regrette d'avoir fanfaronné. À vrai dire, il lui arrive d'avoir peur – de faire du stop, déjà, et aussi de la perspective de ne pas avoir de travail. Elle a menti à ses parents, au Dr Frazier et à Evan O'Rourke quand elle a dit qu'elle avait un travail. La femme à qui elle a parlé au Shiretown Inn lui a seulement dit qu'elle avait des postes de femme de chambre. Elle ne pouvait pas lui donner un travail sans un entretien en face-à-face.

Pendant le petit déjeuner, Patty parle d'elle : elle est la benjamine de neuf enfants, ses parents vivent à South Boston et elle est venue à Martha's Vineyard parce que son frère Tommy est le gérant du cinéma le Strand et qu'il lui a trouvé un travail comme guichetière le matin et certains soirs. Patty veut devenir actrice ; elle a postulé à l'école d'acteurs Lee Strasberg à New York mais n'a pas été prise et elle n'a pas l'argent pour aller à Yale. Elle se dit que si elle regarde le plus de films possible, elle apprendra sûrement par osmose. En plus, elle a droit à du pop-corn gratuit.

— Mon frère vit avec deux autres garçons à Chilmark, dit Patty. Je te les présenterai.

— Tu as une voiture ? demande Kirby, pleine d'espoir.

— Un vélo, répond Patty.

Patty lance un regard d'envie au beurre et à la confiture d'abricot.

— Mon objectif, c'est de perdre dix kilos cet été.

Après le petit déjeuner, Patty montre sa chambre à Kirby. Elle est au rez-de-chaussée, à gauche de l'entrée (une bonne chose, d'après elle, puisque c'est plus facile de se faufiler après le couvre-feu) et elle partage la salle de bains du bas avec une seule autre personne – Barb, qui a échangé la chambre sous les combles contre un placard à balais. *Barb est odieuse*, confie Patty. Elle boude constamment et reproche à Patty de ne pas s'être levée pour le service dimanche dernier.

— Le service ? dit Kirby. Personne ne va à l'église pendant l'été.

— Tu dois être épiscopalienne.

— Dans le mille, répond Kirby.

L'église épiscopalienne de Nantucket, Saint-Paul, est située sur Fair Street, à deux pâtés de maisons de chez Exalta, mais toute la famille n'y va en général qu'une seule fois pendant l'été, généralement pour les vêpres. Néanmoins, ils iront peut-être un peu plus cette année, puisque Tiger est au Vietnam. Kirby se demande si elle devrait aller à l'office avec Patty, pour allumer un cierge pour son frère.

— Les trois autres filles vivent à l'étage, elles sont irlandaises, du comté de Cork. Je les surnomme les « trois M », pour Miranda, Maureen et Michaela. Elles sont coincées – pas d'alcool, pas de fumette, pas de coucheries.

Kirby décide en cet instant qu'elle adore Patty.

— Rasoir ! dit-elle.

Sur les conseils de Patty, Kirby enfile une jupe qui lui arrive aux genoux et un chemisier convenable pour son entretien au Shiretown Inn. Elle se brosse les cheveux, les attache en queue-de-cheval, qu'elle enroule ensuite en chignon. Puis elle marche jusqu'à Seaview Avenue et brandit son pouce.

Un tas de véhicules la dépasse, y compris un camion de pressing et une Jeep ouverte remplie d'étudiants. L'un des garçons la siffle et un autre lui adresse un symbole de paix en dressant deux doigts, mais la Jeep ne ralentit pas et il n'y a de toute façon pas de place pour elle. Kirby marche le long de l'eau. Tout est serein et semble sans danger, mais elle se demande tout de même ce que penseraient sa mère et – Dieu l'en préserve – sa grand-mère si elles la voyaient faire du stop. Elles penseraient qu'elle a envie de mourir. Sinon pourquoi voudrait-elle monter dans une voiture avec un parfait inconnu ? Tout pouvait arriver – enlèvement, mutilation, viol, meurtre.

Une Chevrolet Corvair rouge cerise ralentit et Kirby

remarque que le conducteur est noir. Elle sait que ça ne devrait pas influencer sa décision d'accepter ou non de monter dans la voiture ; comment pourrait-elle se targuer d'être progressiste si elle fait preuve des mêmes préjugés qu'elle espère changer ? La voiture s'arrête et un jeune homme entrouvre la fenêtre. Il est beau, remarque-t-elle. Il porte un t-shirt blanc immaculé et des Ray-Ban Wayfarers.

— Où est-ce que tu vas ? demande-t-il.
— Edgartown ? répond-elle. Le Shiretown Inn ?
— Je connais, dit-il. Monte.

Kirby hésite, rien qu'une seconde. C'est le principe de l'auto-stop, non ? Quand quelqu'un vous propose de monter, vous acceptez.

Kirby se dépêche de grimper à l'avant. La voiture est propre – ni détritus, ni poussière, ni sable. Kirby a un pincement au cœur en songeant à l'International Harvester Scout, le tout-terrain qu'elle conduit à Nantucket. Elle était presque fière, lors du week-end de Labor Day, qui marquait la fin de l'été, de voir les souvenirs de vacances s'entasser dans la Scout : sa planche de surf Bing Pintail, une poignée de bas de bikini, des oursins plats et des berlingots de mer, des emballages en boule de nourriture du Seagull à Madaket, une demi-douzaine de serviettes de plage humides, quelques canettes de Schlitz écrasées, une carapace de crabe fer à cheval, une édition de poche gonflée et ondulée de *La Vallée des poupées* et une demi-tonne de sable.

On dirait que cette voiture sort de chez le concessionnaire.

— Je vais à un entretien d'embauche, dit-elle.
— Super, répond-il. Tu viens d'arriver pour l'été ?
— Hier. Je vais à Simmons, à Boston.
Le garçon rit.
— Je vais à Harvard.
— Attends un peu, tu es... Darren ?
— C'est bien moi.

Il remonte ses Wayfarers sur son crâne, puis lui adresse un sourire radieux et claque deux ou trois fois des doigts.

— Tu dois être l'amie de Rajani. Kathy ? Kitty ?
— Kirby, répond-elle. Mon vrai nom est Katharine, mais tout le monde m'appelle Kirby.
— Rajani ne m'avait pas dit que ta famille a une maison à Nantucket ? demande Darren.
— J'en ai peur.
— Alors pourquoi ce changement ? demande Darren. Pas de méprise, on accepte toutes les jolies filles ici à Martha's Vineyard, mais je croyais que les Nantuckais restaient entre eux.
— J'avais besoin de changer d'air, répond Kirby.

Elle regarde par la fenêtre alors qu'ils traversent un pont en bois ; à leur droite, un grand étang tranquille bordé de roseaux.

— J'ai eu une année difficile.

Elle ferme les yeux et secoue la tête. Elle n'avait pas prévu de dire ça.

— Mon frère a été envoyé au Vietnam en mai.
— Oh, ça craint.
— J'ai essayé de le convaincre d'aller au Canada, mais il a dit que c'était pour ceux qui avaient peur de

se faire tirer dessus. Il est d'accord pour dire que la guerre n'est pas une bonne chose...

— Vraiment pas.

— Mais il a le sens du devoir. Notre père – Kirby déglutit – a fait la guerre de Corée. C'était un héros, je crois. Je ne sais pas trop. Il est mort quelques mois après son retour, alors je ne l'ai jamais vraiment connu, mais... je veux dire, on nous a toujours dit qu'il était un héros de guerre. Je crois que Tiger prend cet héritage très au sérieux.

— Je comprends. J'ai des amis de lycée, j'étais à Boston Latin, qui ont été appelés et puis mon camarade de chambre de première année à Harvard s'est engagé. Il a été tué dans la bataille de Đắk Tô.

— J'en ai entendu parler aux infos. Je suis désolée. C'est l'une des raisons pour lesquelles je suis contre la guerre. Le général Westmoreland a envoyé des soldats pour capturer cette colline à tout prix, puis quelques semaines plus tard, l'armée l'a abandonnée.

— Les gens disent qu'Abrams est mieux. Je suis sûr que ça ira pour ton frère.

— Il le faut.

C'est ce qu'elle a dit à Tiger avant son départ. Il doit revenir vivant. D'autres familles sont peut-être assez solides pour supporter la mort de fils et de frères, mais pas les Foley-Levin. C'est comme ça. Ou peut-être est-ce seulement Kirby qui ne serait pas capable d'y survivre. Sa vie était plutôt sens dessus dessous quand Tiger est parti ; son chagrin suite à sa rupture avec Scottie était à son comble. En fait, elle avait dit à Tiger qu'elle déménagerait au Canada avec lui. Ils pourraient prendre un appartement à Montréal, apprendre le français, se découvrir une passion pour le hockey. Ils émigreraient et ne regarderaient plus jamais en arrière.

Elle a désespérément besoin de changer de sujet.

— Tu travailles où cet été ?

— Je suis maître nageur à Inkwell Beach. C'est là que j'allais quand je t'ai vue.

— Je t'ai fait faire un détour ! dit Kirby. Je suis vraiment désolée. Mais merci beaucoup. Ça aurait fait une sacrée trotte.

Ils passent devant un panneau annonçant l'entrée d'Edgartown et Kirby contemple les rues arborées bordées de charmantes maisons à bardeaux blancs. C'est encore plus pittoresque que le centre-ville de Nantucket, ce qu'elle croyait impossible. Ils passent près de l'Old Whaling Church, d'un petit jardin exquis avec des bancs en pierre à l'ombre, d'un bâtiment à colonnes blanches appelé le Preservation Hall.

— Je ne commence le travail qu'à dix heures, explique Darren. J'aime bien être là-bas en avance. Pour montrer l'exemple, tu sais.

Il sourit à pleines dents et Kirby ne peut s'en empêcher – elle est submergée d'émotion. Darren est si beau et si cool. Elle n'a jamais eu d'ami noir, bien qu'elle soit en bons termes avec les femmes noires de Simmons, surtout Tracy, qui est dans son cours d'anglais et qui lui a fait découvrir la poésie de Gwendolyn Brooks. Rajani est indienne et Kirby et elle ont passé de nombreuses heures à disséquer certaines questions raciales, alors Kirby pense qu'on lui a ouvert les yeux ; tout ce qu'elle veut, c'est vivre dans un monde sans préjugés.

Elle se demande ce que ça ferait de sortir avec Darren. Bien sûr, il ne lui propose pas un rendez-vous. Il la dépose simplement quelque part.

Darren s'arrête devant le Shiretown Inn juste au moment où une femme aux flamboyants cheveux roux vêtue d'une robe verte monte l'escalier. Darren lance :

— Bonjour, madame Bennie !

La femme rousse met sa main en visière au moment où Kirby sort de la voiture, en faisant attention à garder sa jupe contre ses jambes. Mme Bennie est la femme avec qui elle a parlé au téléphone et Kirby se demande ce qu'elle pensera en la voyant sortir de la voiture de Darren.

— Bonjour, Darren ! répond Mme Bennie. Dis à tes parents que je me suis beaucoup amusée l'autre soir. Il n'y a rien de mieux que les soirées fruits de mer chez les Frazier.

— Je leur dirai.

Mme Bennie agite la main et disparaît à l'intérieur.

— Merci de m'avoir déposée. Tu m'as sauvé la vie.

— Bonne chance pour ton entretien. Où est-ce que tu habites ?

Kirby lui donne l'adresse.

— C'est la maison de miss O'Rourke, dit Darren.

— Tu connais ?

— Les plus jolies filles s'installent là chaque été et cette année ne fait pas exception.

— Oh, merci.

Elle fait une petite révérence.

— Prends garde à Evan.
— Je sais m'y prendre avec les types dans son genre. J'en fais ce que je veux.
— Je veux bien te croire. Eh, pourquoi est-ce que tu ne viendrais pas faire un tour à Inkwell Beach à l'occasion ? Je suis toujours là-bas et c'est rapide à pied depuis ta maison.
— D'accord, répond Kirby. Je viendrai.
— Je dis ça sérieusement. Viens.
Le cœur de Kirby fait des bonds.
— Moi aussi, je dis ça sérieusement. Je viendrai.
Darren lui fait un signe de la main et s'éloigne. Kirby reste sur le trottoir et suit la voiture des yeux jusqu'à ce qu'elle disparaisse.
Faire du stop est la meilleure décision qu'elle ait jamais prise.

Il s'avère que Mme Bennie est la directrice du Shiretown Inn. Elle invite Kirby à entrer dans un petit bureau derrière la réception.
— Comment connaissez-vous Darren ? demande Mme Bennie.
Kirby manque d'expliquer qu'elle a rencontré Darren en faisant du stop mais elle a peur de l'impression que cela pourrait donner.
— À la faculté.
Mme Bennie regarde le CV de Kirby, qui est devant elle sur le bureau.
— Mais vous allez à Simmons. C'est une université pour filles.
Pour femmes, pense Kirby.

— Je l'ai rencontré par une amie commune à Simmons. Darren et elle ont passé leurs étés ensemble, ici.

— C'est vrai, la famille de Darren habite ici depuis toujours. Je connais ce garçon depuis qu'il est tout bébé.

Kirby adore entendre ça. Martha's Vineyard est un endroit où l'harmonie raciale existe !

Mme Bennie pointe une note manuscrite dans la marge du CV de Kirby. Elle a passé des heures devant la machine à écrire Underwood de sa sœur à taper et retaper son CV jusqu'à ce qu'il soit parfait et pourtant quelqu'un a gribouillé dessus.

— Je vois là que vous cherchez un poste de femme de chambre, dit Mme Bennie. Mais je suis au regret de vous dire que tous ces postes sont déjà pris. Les Irlandaises, vous savez, elles arrivent ici en mai.

Le moral de Kirby s'effondre. Les Irlandaises – comme Miranda, Maureen et Michaela au premier étage de la maison – sont arrivées en mai et ont pris tous les boulots. Si les postes de femme de chambre sont pris, qu'est-ce qu'il va lui rester ? Travailler à la pompe à essence ? Tenir la caisse d'un supermarché ?

— Je voulais venir plus tôt, dit-elle. Mais je devais finir mon semestre.

Mme Bennie lève la tête et semble regarder Kirby pour la première fois.

— Vous êtes une jolie fille. Et vous avez déjà fait trois ans d'études.

Elle se penche en avant, Kirby a une bonne vue sur son décolleté de matrone.

— Que diriez-vous d'un poste à la réception ?

C'est trop beau pour être vrai. Abasourdie, Kirby acquiesce.

— J'ai été obligée de renvoyer une jeune fille, explique Mme Bennie. Pour indiscrétion.

Kirby sait qu'elle ne doit pas demander, mais naturellement, elle songe : *Qu'a fait cette fille ?*

Mme Bennie semble lire dans son esprit.

— Nous avions un client, un monsieur, et Veronica a donné à la femme de ce monsieur la clef de sa chambre sans demander ni à lui ni à moi avant. Ça a mené à une situation très délicate.

Client surpris en compagnie d'une jeune femme, devine Kirby. Ou sa secrétaire. Ou la femme de quelqu'un d'autre. Elle repousse les souvenirs de Scottie Turbo.

— Avant que vous acceptiez, je me dois de souligner certains aspects de ce travail. Il faut être à l'heure. Vous devez être tirée à quatre épingles et vos cheveux coiffés. Pas de pantalon ni de jupe-culotte. Pas de bras nus. Nous avons des clients de marque dans cet hôtel, des clients de Wall Street, des hommes d'affaires. D'ailleurs, je viens de réserver une chambre pour le sénateur Edward Kennedy. Il vient séjourner chez nous le mois prochain.

Teddy Kennedy ! Kirby n'en croit pas ses oreilles.

Mme Bennie continue :

— Notre priorité ici est le confort de nos hôtes et leur intimité. Est-ce bien clair ?

— Comme de l'eau de roche, répond Kirby.

Elle est contente d'avoir attaché ses cheveux pour

l'entretien, mais elle s'inquiète de sa garde-robe. Il faudra qu'elle cherche un magasin comme Buttner's à Martha's Vineyard pour acheter des vêtements appropriés. Teddy Kennedy ! Elle a hâte de raconter ça à Rajani. Sauf que non… elle doit rester discrète.

— Le poste disponible est de onze heures du soir à sept heures du matin. Est-ce que ça posera problème ?

Il lui faut un moment pour enregistrer cette information – onze heures du soir jusqu'à sept heures du matin. Mme Bennie lui propose le service de nuit. Est-ce que ça va être un problème ? Kirby fait un rapide calcul. Elle sera de retour à Narragansett Avenue à temps pour le petit déjeuner avec les filles puis elle ira se coucher. Si elle dort de huit heures à deux heures, elle aura ses après-midis pour aller à la plage et ses débuts de soirée de libres. Ce n'est pas l'idéal, mais elle a assez de bon sens pour ne pas refuser.

— J'aurai mes week-ends ? demande-t-elle, pleine d'espoir.

— Les lundis et mardis, répond Mme Bennie. Vous partirez lundi matin à sept heures et reviendrez mercredi soir à onze heures. Le salaire est de quatre-vingt-dix dollars par semaine.

Quatre-vingt-dix dollars par semaine ! Kirby est consternée de s'incliner devant le pouvoir du dollar américain, mais impossible de nier son attrait. Elle doit dire adieu à ses week-ends, mais au vu de son passé troublé, ce n'est peut-être pas une si mauvaise chose. Il faut qu'elle fasse ses preuves ; qu'elle développe une éthique de travail. Mme Bennie lui offre une chance de montrer qu'elle est une adulte responsable. En plus, avec cet emploi du temps, elle évitera les embouteillages de la salle de bains du premier étage et ses parents n'auront aucune raison de se plaindre.

Kirby va être réceptionniste dans un hôtel !

— Je prends le poste, dit-elle.

Those Were the Days

Elle a fait un pacte avec le diable.
Elle n'a pas eu le choix.
Kate s'y connaît en sacrifice militaire. Wilder est mort sur le sol américain, mais Kate sait qu'il n'est jamais revenu de Corée, pas vraiment. Pourtant, envoyer son fils à la guerre est différent et le Vietnam est un autre conflit. La jungle est presque impénétrable, la chaleur infernale, les insectes pugnaces, les marais épais, verts et ténébreux. Il est déjà difficile d'affronter le pays en lui-même, mais il faut en plus faire face aux Vietcongs sans foi ni loi. Ils tendent des pièges barbares – trous de loup, fosses aux serpents, ficelles déclenchant des grenades.
Kate et David sont de discrets opposants à la guerre depuis 1965. Un assistant juridique du cabinet de David s'était engagé et ce jeune homme – vingt-deux ans – est mort dans la terrible bataille de la Drang une semaine seulement après son déploiement. Kate avait eu peur que Tiger s'engage dès la fin du lycée mais il était entré à Framingham State sans conviction. Maintenant, elle regrette qu'il ne se soit pas engagé ; alors, au moins, il aurait eu le choix. Il

aurait pu être formé pour un métier qui l'aurait tenu loin du front.

Mais Tiger a tenté sa chance et est maintenant un simple soldat, parmi des milliers d'autres. Il est remplaçable.

Le seul espoir de Kate pour que Tiger rentre rapidement à la maison – peut-être dès septembre – est M. Crimmins. Quand Kate a écrit à M. Crimmins pour lui annoncer que Tiger a été enrôlé et ne viendrait pas à Nantucket cet été, Bill lui a répondu en lui disant que son beau-frère avait servi auprès de Creighton W. Abrams pendant la bataille des Ardennes et qu'il correspondait toujours hebdomadairement avec le général sur des sujets à la fois militaires et personnels. Bill a dit qu'il demanderait à son beau-frère d'user de son influence auprès du général pour sortir Tiger de là.

Mais Bill a demandé une faveur en retour.

Le cirque du poste de télévision en a évité un autre à propos du garçon. Tandis qu'elle défait sa valise, Kate aperçoit Pick par la fenêtre de sa chambre. Il monte sur son vélo. Kate remarque la forme de ses épaules et les reflets dorés de ses cheveux. Elle se rend compte qu'elle tremble.

Kate pensait qu'Exalta serait un obstacle à son plan, mais ça n'a pas été le cas. Elle lui a expliqué la situation il y a quelques semaines – M. Crimmins a découvert que Lorraine a eu un fils en Californie ; Lorraine (désormais appelée Lavender) a disparu et M. Crimmins est allé chercher l'enfant, mais il n'a pas la place de loger le garçon dans son studio sur

Pine Street – et Exalta a été facilement guidée vers la solution : Bill Crimmins et son petit-fils vivraient tous les deux à Little Fair.

— Ce sera agréable pour nous d'avoir un homme à la maison, a dit Exalta.

Kate n'a pas fait remarquer que David viendrait tous les week-ends ; elle était simplement soulagée qu'Exalta ne s'oppose pas à ce nouvel arrangement. En vérité, Exalta s'est mise à faire comme si inviter Bill Crimmins et son petit-fils à s'installer à Little Fair avait été son idée.

Tout ira bien, se dit Kate. Bill Crimmins a écrit à son beau-frère la semaine dernière, juste avant que le garçon et lui n'emménagent, et il aura sûrement une réponse cette semaine ou la prochaine. Tiger serait éloigné du danger aussi rapidement qu'il y avait été jeté. Il rentrerait à la maison.

Quelqu'un suit le garçon qui sort de Little Fair, une jeune fille. C'est Jessie, comprend Kate. La façon dont elle se tient quand elle parle au garçon, avec les mains sur la taille et la hanche inclinée, semble vraiment mature. Eh bien, pense Kate, elle a treize ans… aujourd'hui. Pauvre Jessie, si adorable, qui a dû sacrifier son anniversaire au profit de l'arrivée et de l'installation. Kate a les idées beaucoup trop confuses pour faire autre chose qu'emmener tout le monde dîner chez Susie's, et ce n'est pas un rituel d'anniversaire mais de première soirée à Nantucket. Néanmoins, elle se dit qu'elles peuvent s'arrêter à l'Island Dairy Bar sur le chemin de la maison pour une crème glacée.

C'est une tentative pathétique pour fêter le début

de l'adolescence de sa benjamine. Kate se rattrapera auprès de Jessie la semaine prochaine, une fois que les choses se seront calmées. Elles iront dîner, toutes les deux, au Mad Hatter, le restaurant préféré de Jessie, nommé ainsi d'après le Chapelier fou d'*Alice aux pays des merveilles*.

Kate fourre sa valise à l'arrière du placard comme elle le fait toujours, une tentative pour oublier le fait qu'elle devra la refaire. Puis elle observe la chambre, sa chambre d'été depuis sa naissance. Elle a vécu ici quand elle était petite fille, quand l'Amérique était heureuse et prospère ; elle a vécu ici adolescente, pendant la Grande Dépression, quand les hommes de l'île frappaient à la porte pour savoir si les parents de Kate avaient besoin d'aide à la maison. C'est à cette époque, se souvient Kate, qu'ils ont embauché Bill Crimmins pour faire de menus travaux et Lorraine, sa fille, pour être domestique et cuisinière. Les Crimmins s'étaient installés à Nantucket à l'année quand Bill avait perdu son travail dans une usine textile à Lowell, dans le Massachusetts. La femme de Bill est morte quand Lorraine était bébé.

Kate a vécu ici jeune épouse de Wilder Foley, avec son trouble maniaco-dépressif, ses mensonges pathologiques et son magnétisme indéniable. Elle se souvient d'avoir attendu Wilder assise à la fenêtre, l'une de ces nombreuses nuits où il insistait pour rester tard au Bosun's Locker. Elle a vécu ici mère endeuillée de trois orphelins de père durant cet horrible été 1953. Lorraine Crimmins s'était enfuie en Californie et Kate a passé la plus grande partie de juillet et d'août sans personne pour surveiller les enfants. Elle a découpé des poupées de papier avec Blair et Kirby ; appris à Blair à faire du vélo sur Plumb Lane ; creusé des trous dans le sable à Steps Beach avec Tiger, tout en pleurant derrière ses immenses lunettes noires. Ensuite, elle a vécu ici épouse de David Levin, l'avocat juif qu'Exalta n'a jamais accepté malgré sa qualité d'homme bon et stable – aussi sain et calme que Wilder avait été dissolu et imprévisible –, d'accord pour s'occuper de trois enfants qui n'étaient pas les siens et les traiter comme il traitait sa propre fille, Jessica. Et aujourd'hui, Kate a quarante-huit ans, un âge qu'elle ne se donne que quand toutes ses vies se retrouvent, comme dans cette pièce.

Sur la commode, il y a une photo de famille prise dans les dunes de Steps Beach : centrés au fond, Kate et David, Blair et Angus à leur gauche, Kirby à droite et Tiger et Jessie assis à l'avant. Ils sourient tous et sont radieux avec leurs couleurs estivales – cheveux plus clairs, peaux plus foncées. Exalta avait bu un peu trop de Hendrick's tonic au déjeuner et s'était endormie, ratant l'excursion à Steps Beach. En vérité, Kate est contente qu'elle n'ait pas été là. C'est sa famille ; c'est elle la matriarche. Elle étudie son visage sur la photo et s'apitoie sur la naïveté de son sentiment de sécurité d'alors.

Those were the days, my friend, we thought they'd never end[1].

---

1. *C'était le bon temps, mon ami, le temps dont nous ne pensions jamais voir la fin.* (*Those Were the Days,* Mary Hopkin.)

L'absence de Tiger n'est que temporaire, se dit Kate. Elle a foi en Bill Crimmins. Elle fera de son mieux pour que le garçon se sente chez lui et elle en sera remerciée. M. Crimmins trouvera un moyen de ramener Tiger à la maison. Ils seront de nouveau une famille.

Suspicious Minds

À Boston, la température atteint vingt-six degrés et Blair, tout juste entrée dans son troisième trimestre, ne rentre plus dans ses vêtements de maternité. Il ne lui reste qu'une seule robe à sa taille. On dirait un chapiteau de cirque jaune mais elle n'a pas d'autre choix que de la porter chaque fois qu'elle sort de la maison, chose qu'elle fait le moins possible dorénavant. Angus a accepté de payer plus pour que Savenor's livre les courses et s'est tu au sujet de la flambée de la facture d'électricité ; Blair fait marcher la climatisation vingt-quatre heures sur vingt-quatre. L'appartement a des airs de pôle Nord et pourtant Blair transpire, assise devant la télévision pour regarder sa sitcom *That Girl* et manger des sandwichs au fromage fondu avant d'engloutir un paquet entier de crèmes caramel Hunt, l'une après l'autre.

Au lieu de voir l'accord d'Angus au sujet des dépenses supplémentaires comme un acte de gentillesse, Blair l'interprète comme une manifestation de sa culpabilité. Il refuse de lui dire la vérité sur l'endroit où il était le jour où elle est venue le surprendre à son bureau ; il maintient dur comme fer qu'il était en réunion, bien que la nature de cette réunion ait changé trois fois et qu'il ne puisse pas expliquer pourquoi ses cheveux étaient ébouriffés et sa veste mal boutonnée.

Blair a aussi remarqué un coup de téléphone suspect. Elle a répondu au téléphone à l'appartement et la voix décontractée et mélodieuse d'une femme a demandé M. Whalen – et ce alors que tout le monde au MIT appelle Angus Dr Whalen ou professeur Whalen. Blair a suivi son intuition et répondu :

— Je suis désolée, il n'est pas à la maison pour le moment. Est-ce Joanne ?

La femme a raccroché.

Un soir au début du mois de juin, le téléphone sonne et Angus répond dans la cuisine à l'instant où Blair décroche le poste près du lit. Elle est allongée là dans ses sous-vêtements, sous un drap fin, attendant, morose, qu'Angus réchauffe un plat surgelé et l'apporte dans la chambre comme un room service.

— Allô, dit Angus. Vous êtes chez les Whalen.

— M. Whalen ? demande une voix argentine. C'est Trixie.

Il ne lui faut qu'un instant pour comprendre qu'Angus ne sait pas qu'elle a aussi décroché le téléphone.

— Trixie, dit Angus. Écoute, je suis désolé pour aujourd'hui. J'ai eu un empêchement au travail, mais... j'aimerais te voir demain.

— Très bien, mais je vais devoir te faire payer pour aujourd'hui.

— Oui, répond Angus. Je comprends, bien sûr.

Blair parvient à peine à étouffer un sursaut. Angus se racle la gorge et dit :

— Chérie, tu es au téléphone ? – Il marque une pause. – Blair ?

Blair appuie sur le bouton en plastique pour raccrocher, puis repose délicatement le combiné et s'allonge dans ce qu'elle espère être une bonne imitation du sommeil d'une femme enceinte.

Une seconde plus tard, Angus frappe à la porte et Blair sent l'odeur des steaks Salisbury, des petits pois et du cobbler à la pomme.

— Chérie ?

Blair garde les yeux fermés. Angus fréquente une fille de joie, une prostituée. D'un côté, c'est un soulagement, parce que ce n'est pas Joanne, avec son fard à paupières turquoise et ses livres pour enfants et que ça élimine l'autre hypothèse de Blair : qu'Angus ait une histoire d'amour avec l'une des élèves de l'école.

De l'autre côté, l'idée d'Angus avec une prostituée est répugnante. C'est tellement sordide, tellement indigne de lui. Il paye pour du sexe ! Peut-être qu'il a toujours fait ça ? Cela expliquerait comment il est devenu si doué dans la chambre à coucher. Mais les maladies ? Angus a-t-il vraiment si peu de considération pour Blair et leur enfant à naître ?

Trixie, pense Blair. C'est gratifiant de pouvoir mettre un nom sur sa rivale. Le nom de la prostituée est Trixie.

Tandis que Blair attend le prochain coup de fil mystérieux, les journées se réchauffent. Kirby vient lui dire au revoir. Elle va passer son été à Martha's Vineyard au lieu de Nantucket, chose que Blair ne comprend pas vraiment.

— Il faut que je me libère de la bride de maman, dit Kirby. Il est temps que je grandisse.

Blair est complètement d'accord là-dessus. Kirby manque de discipline et semble satisfaite de se laisser porter par le vent, peu importe sa direction. Blair décide de ne pas dire à Kirby qu'être adulte est surfait.

— Tu vas faire femme de chambre ? demande Blair. C'est vraiment le meilleur travail que tu pouvais trouver ?

— Moi, au moins, j'ai un travail, répond Kirby.

Elle balaye des yeux le lit de Blair – des emballages alimentaires, des pots de crèmes desserts vides, le *Guide TV* et un exemplaire de *The Love Machine* de Jacqueline Susann, ce qui fait office de littérature ces temps-ci.

Blair manque de riposter mais elle voit bien tout le pathétique de sa situation et n'a pas l'énergie d'échanger des traits d'esprit avec sa sœur. Elle a le cerveau en compote.

Cette inversion des rôles la démoralise. Durant les semaines et les mois difficiles qui ont suivi la mort de leur père – Blair avait huit ans, Kirby cinq – Kirby avait l'habitude de grimper, en pleurs, dans le lit de Blair. Elle était assez grande pour savoir que quelque chose n'allait pas mais pas assez pour qu'on lui dise exactement quoi et Kate était très occupée avec Tiger, qui n'avait que trois ans et était encore un enfant difficile. Blair se souvient de quelqu'un – sa grand-mère, peut-être, ou Janie Beckett – lui disant que Kirby avait de la chance d'avoir une grande sœur comme elle. Elle pouvait lui servir de modèle. Blair avait pris cela très au sérieux. Toute sa vie avait été un cours intitulé « Montrer l'exemple ».

Mais maintenant, en la voyant, Kirby doit penser : *Je ne veux surtout pas finir comme ça.*

— Je n'aurais pas dû quitter mon travail, dit Blair. J'aurais dû passer toute l'année à enseigner, mais Angus voulait que je reste à la maison.

— Pourquoi est-ce que tu ne t'es pas défendue ? demande Kirby. Tu sais ce que Betty Friedan dirait…

— Betty Friedan n'est pas mariée à un astronaute !

Blair manque d'éclater de rire, cette phrase est si absurde et Kirby va sans doute lui rétorquer que Blair n'est pas non plus mariée à un astronaute – pas vraiment.

— Et maintenant je suis coincée pour de bon, n'est-ce pas ? Pieds nus et enceinte. Je m'ennuie à mourir. Je m'ennuie tellement que mon imagination produit tout un tas de théories du complot…

— Tu as découvert qui a tué les Kennedy ? demande Kirby.

Blair n'arrive pas à sourire. Elle a envie de parler à sa sœur d'Angus et de Trixie, mais elle ne veut pas admettre un échec supplémentaire. Non seulement Blair ne travaille pas mais le mari pour lequel elle a démissionné la trompe.

— Amuse-toi bien à Martha's Vineyard, dit Blair. Femme de chambre est un métier honnête. Je suis fière de toi.

— Oh, Blair, répond Kirby.

Elle pose la main sur le ventre de Blair et le bébé donne un coup.

— C'est ta tante Kirby, dit Blair.

— Salut, gamin, répond Kirby. Prépare-toi pour 1969. J'ai quelques slogans à t'apprendre.

Le lendemain, Kate passe dire au revoir avant de partir pour Nantucket avec Jessie et Exalta.

— Papa sera à la maison en cas d'urgence, lui dit Kate.

Elle dépose un assortiment de magazines féminins plus puritains les uns que les autres – *Good Housekeeping*, *Ladies' Home Journal*, *Woman's Weekly*. Rien qui contienne de vraies informations. Blair sait que sa mère veut lui éviter le moindre choc émotionnel, mais Blair n'a pas envie de lire «Dix dîners froids pour l'été» ou «Broderies pour le week-end». Elle a besoin d'un magazine bien moins comme il faut, avec des articles tels que «Que faire quand votre mari fréquente une prostituée». Elle a besoin de *Cosmopolitan*.

— Et je reviendrai le 1er août, comme on a dit, pour être avec toi pour la naissance.

— Je vais quitter Angus, dit Blair.

Kate ne sourcille même pas.

— Je sais qu'il travaille dur, ma chérie. Mais l'alunissage…

— Au diable l'alunissage ! crie Blair.

Le décollage d'Apollo 11 est prévu pour le 16 juillet, même si un millier de choses peuvent le retarder, le repousser jusqu'à la date du terme de Blair. Au point où elle en est, elle espère qu'Angus sera à Houston quand le bébé arrivera ; elle ne veut pas qu'il soit près d'elle.

— Il a une liaison avec une femme qui s'appelle Trixie.

Elle ne peut pas se résoudre à admettre que cette femme est une prostituée, mais peut-être que le nom de Trixie lève toute ambiguïté.

— Vraiment ? répond Kate, qui semble sceptique. Tu es sûre ? C'est courant, tu sais, d'imaginer qu'un homme est infidèle parce que tu te sens moins désirable...

— Ce n'est pas mon imagination, mère. Elle a appelé ici. J'ai entendu sa voix.

— Bien, je suis certaine qu'Angus retrouvera le chemin de la raison après la naissance du bébé.

Blair ferme les yeux et voit rouge, tout ce qu'elle peut imaginer c'est son pouls qui grimpe tellement que le bébé jaillit comme un boulet de canon. Il faut qu'elle se calme. Elle ouvre le tiroir de sa table de chevet, en tire un paquet de Kent et allume une cigarette.

— Alors tu suggères que j'attende simplement que les choses se finissent d'elles-mêmes ? Tu suggères que je tolère ça ?

— Tu es enceinte de sept mois, ma chérie. Tu ne peux pas partir, tu ne peux pas divorcer et tu ne peux pas confronter Angus parce que l'agitation n'est pas bonne pour le bébé.

Blair n'aurait jamais dû en parler à sa mère. Elle aurait dû simplement ravaler sa fierté et se confier à

Kirby. Kirby ne lui aurait jamais conseillé de rester avec un mari qui la trompe.

— C'est si vieux jeu, maman, dit Blair. Que dirait Betty Friedan ?

— Qui ?

Blair secoue la tête et reprend ses esprits.

— Je pensais peut-être aller vivre dans la maison de Nonny. Puisqu'elle n'est pas là.

Kate rit.

— La maison est vide, ajoute Blair.

La maison de sa grand-mère sur Beacon Hill est grande, fraîche et élégante, avec des horloges qui carillonnent et des tapis en soie faits main qui donnent l'impression de marcher sur un nuage. Le lit de la chambre d'amis est immense et les fenêtres donnent sur une cour arrière, où une haute fontaine en fer forgé émet un gargouillement apaisant. Ce ne vaudrait pas une fuite vers les îles mais ce serait toujours mieux que de rester ici, sur Commonwealth Avenue.

— Et vide elle restera, répond Kate. Je suis désolée, ma puce. Tu as vingt-quatre ans, tu es une adulte, mariée et enceinte, et tu dois agir en adulte et pas en enfant qui fuit ses problèmes. Angus a une carrière remarquable et tu ne manques de rien. S'il a une liaison avec cette… Trixie, c'est sûrement parce qu'il est constamment sous pression. En vérité, tu devrais t'estimer heureuse.

— M'estimer heureuse ? Heureuse, mère ? Il n'est jamais à la maison, il travaille constamment et les rares fois où il fait une apparition…

Elle s'arrête, n'étant pas vraiment sûre de ce qu'elle

veut que sa mère sache. Kate la regarde avec impatience.

— Il est… lunatique. Imprévisible. Parfois, on dirait qu'il est une personne complètement différente de l'homme que j'ai épousé.

— Oh, chérie.

Kate s'adoucit un petit peu. Elle repousse une mèche du front de Blair, qui se penche brièvement, cherchant le réconfort de la paume de sa mère, comme quand elle faisait semblant d'être fiévreuse juste pour que sa mère pose cette paume douce et ferme sur son visage. Le souvenir s'arrête quand Kate se lève brusquement et quitte la chambre. Elle revient un instant plus tard, un verre contenant un liquide marron et un lit de glaçons dans la main. Au premier abord, Blair pense que c'est du thé glacé, mais quand elle le porte à son nez, elle est contente de constater que c'est du scotch.

— Ton rendez-vous chez le médecin est demain, n'est-ce pas ? demande Kate.

Le rendez-vous avec le Dr Sayer, oui. Le lamentable Dr Sayer avec sa barbe grotesque et démesurée, qui tripote Blair avec ses mains froides tandis que ses yeux protubérants flottent derrière ses lunettes.

— Oui, répond Blair.

Elle écrase sa cigarette dans le cendrier près du lit et boit une gorgée de scotch. Immédiatement, elle se détend.

— À dix heures.

— Est-ce qu'Angus t'accompagne ?

— Théoriquement, oui. Mais il a peut-être oublié et planifié un rendez-vous avec Trixie.

Kate rit et dit :

— Il vaut mieux en rire. Tu me raconteras comment ça s'est passé. Nous devrions être à Nantucket vers quatre heures cette après-midi. Je t'aime, ma puce. Prends bien soin de toi.

Kate se penche pour l'embrasser sur le front et lui serrer l'épaule et l'espace d'un instant, Blair se sent bien.

— Au revoir, dit Blair.

Elle n'arrive pas à croire que sa mère prenne cela de façon si nonchalante. Elle aurait dû lui révéler que la femme est une prostituée ; peut-être qu'alors Kate aurait été horrifiée, comme elle devrait l'être. Sa mère a grandi à une époque où les jeunes femmes devaient simplement s'accommoder de maris infidèles. Mais nous sommes maintenant en 1969 et Blair ne le tolérera pas. Si s'installer dans la maison de Nonny n'est pas une option, alors Blair ira à Nantucket pour l'été. Elle mettra son bébé au monde dans le petit hôpital de l'île.

Mais... Blair ne tiendra pas deux heures dans une voiture et deux heures sur le ferry ; le simple fait de conduire sur les pavés de Main Street suffirait à déclencher un accouchement prématuré.

Elle est prise au piège.

Angus se souvient du rendez-vous chez le médecin le lendemain, un soulagement puisque l'idée même d'aller quelque part seule dans son état l'intimide.

Ruth, la secrétaire, ne leur adresse qu'un regard avant de les conduire dans le cabinet, où le Dr Sayer est assis derrière son bureau, en train de fumer. Blair n'arrive pas à déterminer si Ruth est alarmée par son poids ou si elle est impressionnée que le Dr Whalen ait choisi d'accompagner sa femme au rendez-vous, lui qui est si occupé par quelque chose de si important pour la fierté du pays. Peut-être un peu des deux.

Impossible de se tromper au sujet de la réaction du Dr Sayer, en revanche. Quand il aperçoit Angus, il saute sur ses pieds et se met à lui serrer vivement la main. S'ensuit une longue conversation sur le lancement de la fusée lunaire et les mérites de divers astronautes – Angus défend entièrement Armstrong et Aldrin, mais le Dr Sayers pense que Jim Lovell devrait être inclus – et puis Angus se met à parler de détails techniques au sujet de poussée, d'orbite elliptique et d'orbite de transfert de Hohmann et le Dr Sayers acquiesce, même si Blair est certaine qu'il est aussi perdu qu'elle.

Quand elle ne peut plus supporter d'être ignorée de la sorte, elle se racle la gorge.

— Ah oui, dit Angus. Ma femme s'inquiète au sujet de…

— Mon poids, complète Blair.

Elle a enfin toute l'attention du Dr Sayer et elle sait qu'elle ferait mieux d'en tirer parti.

— Je suis énorme. Un vrai hippopotame. Je ne rentre plus dans aucune robe, à part celle-ci.

Le Dr Sayer lui adresse un regard critique, puis fait le tour de son bureau et pose la main sur son ventre. Blair sent le bébé donner un coup.

— On va faire une radio, dans ce cas, dit-il.

Angus choisit de rester dans la salle d'examen

pendant que l'infirmière mène Blair dans un couloir et lui demande de s'allonger sur une table en métal froid. Pendant les radios, des larmes lui échappent. Elle est certaine qu'ils vont découvrir qu'elle porte un géant, un monstre, une pieuvre. Elle regrette d'avoir épousé Angus et d'être tombée enceinte. Elle imagine sa vie si elle avait pris un autre chemin : Blair Foley, corps mince et esprit vif, spécialiste renommée dans le domaine de la littérature féminine du XXe siècle, en commençant par Edith Wharton puis Shirley Jackson, Flannery O'Connor, Anne Sexton, Adrienne Rich. Elle passerait d'homme en homme, comme le fait Sallie, un architecte une semaine, un conservateur de musée la suivante. Elle ne serait pas là, allongée sur une table en métal comme un morceau de bœuf, attendant des nouvelles de l'horrible créature qui grandit en elle ; elle serait en train de se prélasser à Cliffside Beach, à Nantucket, et Marco, le maître nageur de Rio de Janeiro, admirerait ses fesses fermes et sculptées alors qu'elle quitterait son parasol pour se diriger vers l'eau.

Elle aurait une liaison torride et passionnée avec Marco, qui lui serait entièrement dévoué ; elle n'aurait pas à le partager avec une prostituée nommée Trixie.

Blair ferme les yeux pour mieux se concentrer sur son idylle et elle a dû s'assoupir car, quand elle rouvre les yeux, l'infirmière agite un cliché noir et blanc flou devant son visage et dit :

— Vous voulez voir une photo de vos jumeaux ?

Des jumeaux.

Blair éclate en sanglots.

L'après-midi suivante, on frappe à la porte de l'appartement et Blair se dit que, dès que sa mère a appris qu'il y aurait deux petits-enfants au lieu d'un, elle a immédiatement quitté Nantucket et est maintenant de retour à Boston. Quand Blair ouvre la porte, elle découvre un homme grand et beau dans un impeccable costume beige. Il lui faut un moment pour reconnaître Joey Whalen, le frère d'Angus.

— Joey ! s'exclame Blair. Quel plaisir de te voir ! Tu es resplendissant. Quelle surprise !

— Tu es surprise que je sois resplendissant ? répond Joey, rayonnant.

Il embrasse Blair sur la joue et lui tend une bouteille enroulée dans du papier kraft et un sachet de boulangerie qui sent le chocolat.

— Une *babka* qui sort du four, annonce Joey. Et notre vieil ami, le mousseux.

— Tu sais t'y prendre pour réconforter une fille, répond Blair et elle ouvre la porte en grand pour laisser son beau-frère entrer.

Des jumeaux.

Chaque fois qu'elle se répète le mot, il lui semble plus atroce. Des jumeaux. Deux bébés. Deux bébés en même temps. L'énorme changement que représente un bébé a doublé en un instant. À l'heure actuelle, elle a tout en un exemplaire – un couffin, un berceau, une poussette – et maintenant elle aura besoin d'un deuxième de chaque. C'est accablant.

Joey entre, desserre sa cravate et enlève sa veste tandis que Blair l'admire. Juste après le mariage d'Angus et Blair, Joey a déménagé à New York et décroché un travail dans une prestigieuse agence de publicité spécialisée dans les produits alimentaires. Il a travaillé sur la campagne de Sara Lee et a été choisi pour promouvoir la marque en Nouvelle-Angleterre et dans des régions de l'est du Canada. Il sera à Boston pour trois à six mois, lui explique-t-il ; l'agence lui a pris une suite à l'hôtel Parker House à Tremont, un peu plus bas dans la même rue que le Marliave, le restaurant préféré de Blair, et il a droit à des notes de frais. Il porte un magnifique costume, fait sur mesure par Alan David à New York, et des mocassins Florsheim étincelants. Il est soigné et rasé de frais, et il sent bon – à l'opposé d'Angus, qui oublie souvent de se brosser les dents et de mettre de l'after-shave avant de se plonger dans ses journées de travail.

Blair leur sert deux verres de mousseux en l'honneur du bon vieux temps tandis que Joey sort des assiettes et un couteau et découpe la *babka* chaude et odorante. Ils s'assoient l'un à côté de l'autre sur le canapé et pour la première fois depuis longtemps, Blair est heureuse, même si elle sera incapable de se relever sans aide.

— Une *babka*, dit-elle. Je ne crois pas y avoir déjà goûté.

— C'est à New York qu'on trouve les meilleures pâtisseries polonaises, répond Joey. Je mange tant de produits Sara Lee que ça fait plaisir de manger quelque chose qui a été fait artisanalement. Mais je ne le dirai jamais à mes patrons.

Il boit une gorgée de mousseux.

— L'autre chose que j'aime à New York, c'est la nourriture thaïe. Tu en as déjà mangé ?

— De la nourriture thaïe ?

Elle a du mal à croire que Joey Whalen, qui faisait du pédalo cygne et pour qui la nourriture raffinée était le ragoût d'huîtres du très touristique Durgin-Park, soit devenu si sophistiqué. Elle se souvient de la façon dont il avait tenu le carnet d'Angus plein de calculs au-dessus de la flamme de la bougie pour attirer l'attention et comment, à ce moment-là, il lui avait été évident qu'elle serait beaucoup mieux avec Angus.

Désormais, elle n'en est plus aussi certaine. Si elle avait épousé Joey, elle vivrait peut-être à New York, visiterait le Metropolitan Museum of Art les dimanches après-midi et traînerait à Greenwich Village avec des gens comme Bob Dylan et Allen Ginsberg.

— Comment va ton frère ? demande Joey.

Une transition naturelle, se dit Blair – de la nourriture thaïe aux champs de bataille vietnamiens.

— Toujours en vie, répond-elle. Il envoie des lettres.

— C'est une guerre immorale. Nos gars sont là-bas pour assassiner des femmes et des enfants.

Les bébés donnent des coups de pied à la première bouchée de *babka*. Blair n'arrive pas à croire que Joey ait maintenant des opinions politiques. Secrètement, elle est d'accord, la guerre est immorale. Les trois derniers gouvernements ont placé l'éradication du communisme au-dessus de la vie des soldats américains.

Mais Blair sait que Tiger est là-bas pour défendre leurs libertés et, pour cela, elle est fière de lui.

— J'ai deux nouvelles, annonce Blair. La première, c'est que j'attends des jumeaux.

Joey pousse un cri de joie et puis, geste insensé, il pousse la table basse et se met à genoux devant Blair pour toucher son ventre.

— C'est incroyable. Pas une vie humaine contenue dans ton corps, mais deux. Deux !

Son contact lui fait du bien et Blair se sent vaguement excitée sexuellement, ce qui est mal à tous points de vue. Elle rit et le chasse d'une petite tape.

— Lève-toi.

Elle préfère l'enthousiasme de Joey à la réaction d'Angus hier, qui tombait quelque part entre l'apathie et l'intérêt scientifique. Il a étudié les radiographies, essayant de déterminer si les jumeaux avaient plus de chances d'être monozygotes (un ovule qui s'est scindé) ou dizygotes (deux ovules, tous les deux fécondés). Et puis, pendant tout le trajet du retour, il s'est demandé à haute voix si au moins l'un des jumeaux serait un garçon.

Joey se renfonce dans le canapé, plus près de Blair qu'avant.

— Et la deuxième nouvelle ?

Blair prend une inspiration aussi profonde que possible. Les bébés ont commencé à appuyer sur ses poumons.

— Angus a une liaison avec une certaine Trixie.

Chaque fois que Blair prononce ce nom, elle imagine un personnage de film Disney.

— Il la retrouve pendant sa journée de travail. Elle a appelé ici.

L'euphorie de Joey depuis la première nouvelle se change une colère féroce.

— Tu me fais marcher.

— Si seulement, répond Blair et elle se met à pleurer.

— Oh, eh. Allons, Blair, ne pleure pas.

Il passe son bras autour des épaules de Blair, elle tombe dans ses bras et sanglote sur son élégante chemise blanche.

— Angus est une andouille. C'est un salaud. Il n'apprécie jamais ce qu'il a – il est si intelligent qu'il prend tout pour acquis.

— Je croyais qu'il m'aimait ! pleure Blair.

— Je suis sûr que oui. Je le sais. C'est juste… bon, il doit être paniqué par le lancement de la fusée… ou par les bébés.

— Paniqué par les bébés ? Pour lui, les bébés sont ma responsabilité, à moi seule. Les bébés sont le travail des femmes et les fusées celui des hommes.

Blair éclate de nouveau en sanglots.

— Oh, Blair, ne pleure pas. Tu es si belle, si intelligente et un vrai atout pour quelqu'un comme Angus… Je suis sûr que cette Trixie ne t'arrive même pas à la cheville. Je veux dire, comment serait-ce possible ?

Peut-être que ce sont ces mots qu'elle avait exactement besoin d'entendre ou peut-être que ce sont les hormones, non pas d'un mais de deux bébés, qui la font délirer, mais peu importe la raison, tout à coup, elle embrasse Joey Whalen et il lui rend son baiser. Blair n'arrive pas à croire qu'il se passe quelque chose d'aussi scandaleux et pourtant ça lui fait tant de bien qu'elle est incapable de s'arrêter. Angus ne la touche plus. Ils ne couchent plus ensemble depuis le mois dernier parce que Blair a lu quelque part que ce n'était pas très sûr pendant le dernier trimestre de grossesse, mais comme le sexe, se tenir la main, les massages et les baisers s'en sont allés.

Joey a le goût du mousseux et du chocolat chaud ; Blair ne peut plus se passer de ses lèvres, de sa langue, de ses mains. Elle est transportée droit vers cette après-midi dans le pédalo cygne. Elle avait ressenti la même passion à ce moment-là, à l'époque où elle pensait épouser Joey. L'une des mains de Joey remonte sur sa cuisse et l'autre caresse doucement son téton à travers le tissu fin de sa robe usée.

Il faut qu'elle y mette fin, tout de suite. Mais à la place, tout se précipite. Joey se met à défaire les boutons de la robe de Blair ; en vérité, elle préférerait qu'il la lui arrache. Elle tend la main vers la boucle de sa ceinture quand Angus s'engouffre dans l'appartement, un énorme bouquet de lilas et de pivoines à la main, les fleurs préférées de Blair.

Young Girl

Mardi, de bon matin, Jessie et Exalta marchent vers le Field & Oar Club pour le premier cours de tennis de Jessie. Il est si tôt que les magasins ne sont pas encore ouverts, bien qu'une odeur de bacon monte du Charcoal Galley et qu'un monsieur balaye des morceaux de bouteilles brisées sur la promenade devant le Bosun's Locker.

— Une bagarre ? demande Exalta à l'homme.

— C'est bien possible, répond-il et Exalta rit d'une façon si insouciante que Jessie ne sait pas si elle devrait se réjouir ou s'inquiéter. Elle lance un regard en coin à sa grand-mère et remarque un sourire qui semble être sincère. Peut-être que sa grand-mère est heureuse d'être de retour à Nantucket pour le énième été de suite ou peut-être qu'elle est heureuse d'avoir enfin obtenu ce qu'elle voulait : Jessie a accepté de suivre des cours de tennis. Jusqu'ici, elle avait tenu tête – son unique petit acte de désobéissance – mais cette année, juste après le déploiement de Tiger, Kate a supplié Jessie de changer d'avis (« C'est si important pour Nonny ») et Jessie, incapable de décevoir sa mère, a cédé.

Jessie manque de coordination, c'est à la limite de la maladresse. Elle est persuadée que le tennis ne fera que souligner ses piètres qualités d'athlète. Elle préférerait encore passer tous les matins de l'été sous la fraise d'un dentiste.

Jessie décide de tirer parti de la bonne humeur de sa grand-mère.

— Pourquoi est-ce que M. Crimmins vit à Little Fair ? demande-t-elle.

— Oh ! s'écrie Exalta, d'un air guilleret.

Le soleil ne brille pas encore assez pour avoir besoin de lunettes de soleil, alors celles d'Exalta sont perchées dans ses cheveux argentés coupés au carré. Cela permet à Jessie d'étudier l'expression de sa grand-mère. On dirait qu'elle est en train de décider si elle doit lui dire toute la vérité ou seulement une partie.

— Eh bien, il a besoin d'un endroit où loger pour cet été.

— Il n'habite pas sur Pine Street ? demande Jessie. La maison avec les vitraux ?

— L'ancien hangar à bateaux. Oui, il loue l'appartement à l'arrière du bâtiment depuis de nombreuses années, mais c'est un studio, pour une personne. Et cet été, il a son petit-fils avec lui. Pickford. Bill dit que le garçon a été nommé d'après un musicien de seconde zone. J'avais l'espoir que ce soit une référence à Mary Pickford, la plus grande actrice du siècle.

Exalta semble se perdre dans sa rêverie.

— La petite fiancée de l'Amérique... la fille aux boucles. Pickford est un nom avec de la force, même s'il n'y a pas de lien de parenté derrière. Je dois le dire, c'était une bonne surprise que Lorraine n'ait pas appelé son enfant Oleo, ou Bangladesh, ou autre chose dans le genre.

— Lorraine est la fille de M. Crimmins, n'est-ce pas ?

— C'est exact.

— Tu la connais ?

— Je l'ai connue, il y a des années. Elle faisait le ménage pour moi. Et la cuisine. C'était une très bonne pâtissière, très précise dans ses mesures. C'est vraiment dommage qu'elle se soit enfuie ; elle aurait pu devenir quelqu'un.

— Elle faisait la cuisine et le ménage pour toi ? Je ne le savais pas.

— C'était avant ta naissance, répond Exalta et Jessie sait ce que cela signifie.

Elle a souvent l'impression que tous les événements importants ont eu lieu avant sa naissance, à l'époque où Wilder Foley était vivant, où son frère et ses sœurs étaient jeunes et sa mère heureuse. C'est troublant à quel point Jessie peut être envieuse d'une époque. Dans les récits qu'on en fait, elle lui paraît comme un âge d'or, des années qu'on ne pourrait jamais égaler ou retrouver.

— J'ai découvert seulement hier que M. Crimmins a une fille, explique Jessie. Il n'en a jamais parlé.

— Ses années ici ne se sont pas très bien terminées, répond Exalta et elle semble comprendre qu'elle en a trop dit. Viens, il ne faut pas qu'on soit en retard.

Le Field & Oar Club occupe deux hectares de terrain de valeur dans le port de Nantucket. Jessie sait que c'est un club huppé, ce qui veut dire qu'il est sélect, mais le club-house est un simple bâtiment en bois qui, Nonny elle-même le reconnaît, a connu des jours meilleurs, même s'il reçoit un nouveau coup de peinture blanche chaque printemps. Les membres du club sont de vieilles personnes, comme Exalta, qui ont des enfants de l'âge de Kate et des petits-enfants de celui de Jessie, et ces trois générations sont censées ne s'intéresser qu'à deux choses une fois passé la porte du club : l'excellence au tennis et la domination à la voile. Une fois, Jessie a questionné sa grand-mère au sujet du nom du club et Exalta lui a répondu :

— C'est charmant, n'est-ce pas ? Mais c'est anachronique. *Field* est une référence au terrain de tennis, qui à l'origine était du gazon.

— Vraiment ?

Les courts étaient maintenant couverts de terre battue orange.

— Et *Oar* pour les rames des bateaux, bien entendu.

Bien sûr, a pensé Jessie, bien qu'il n'y ait ni barque, ni canoë, ni kayak en vue. À la place se trouvent des bateaux à moteur, des bateaux de plaisance et des voiliers de toutes les tailles. En grandissant, Jessie avait souvent vu des groupes d'enfants engoncés dans leurs gilets de sauvetage jaunes en route pour leur cours de voile ; elle devrait probablement s'estimer heureuse d'avoir échappé à ça.

La mère de Jessie adore le Field & Oar Club

parce que c'est tout ce qu'elle connaît. Exalta et elle viennent déjeuner ici sur le patio deux ou trois fois par semaine et Kate aime les dîners dansants. Elle soutient que le club est le dernier bastion de l'élégance sur cette île ; les hippies et les libres-penseurs ont envahi toutes les autres institutions.

Jessie suit sa grand-mère jusqu'à la réception, mais ensuite Exalta remarque Mme Winter, qu'elle connaît depuis le siècle dernier, et Jessie se retrouve seule. La réceptionniste lui sourit. Lizz, d'après son badge, est jolie, avec des cheveux blonds et des dents blanches étincelantes. Tous les employés du Field & Oar ont la beauté des mannequins dans les catalogues.

— Je viens pour mon cours de tennis, explique Jessie. Mon nom de famille est Levin.

— Levin, c'est ça ? répond Lizz en passant sa liste en revue. Je ne vois pas de Levin. À quelle heure était la leçon ?

— Euh… huit heures ?

Jessie retient sa respiration, se demandant si un miracle a eu lieu et si Exalta a fait une erreur. Peut-être que Jessie sera libérée. Elle pourra rentrer à la maison, sauter sur son vélo et suivre Pick à Surfside Beach. Il part pour la plage à neuf heures tous les matins, lui a-t-il dit, puis il rentre déjeuner aux alentours de quatorze heures, même s'il prend parfois un burger à la buvette. Il va au travail au North Shore à quatre heures et demie, rentre entre dix et onze heures et recommence le lendemain.

Soudain, Exalta intervient.

— Jessie a un cours de tennis à huit heures. Jessica Nichols.

— Nichols, répète Lizz. Ah, d'accord. Elle m'avait dit Levin.

— Mon nom de famille est Levin, répond Jessie.

— Nichols. Nichols est le nom de membre.

— Je vais dire à Garrison que vous êtes arrivées, dit Lizz. Vous pouvez aller au court numéro 11.

— Celui qui est le plus près de l'eau, explique Exalta. Tu en as de la chance.

— Je ne comprends pas, dit Jessie alors qu'elles se remettent à marcher. Maman utilise le nom Levin quand elle vient ici.

— Elle ne fait ça que pour m'énerver.

— Et Blair, Kirby et Tiger utilisent Foley, poursuit Jessie – il y a du défi dans sa voix. N'est-ce pas ? Ils le font. Tu le sais aussi bien que moi.

— Foley est différent, répond Exalta.

— Parce que ce n'est pas un nom juif.

Jessie s'arrête tout net. Elle peut à peine croire la fureur qui s'est emparée d'elle. Elle serre le manche de sa raquette, qu'Exalta lui a achetée spécialement pour ses cours, une Wilson avec la signature de Jack Kramer. Elle aimerait l'envoyer valser contre le mur en brique.

— Non, répond Exalta. Parce que le lieutenant Foley était en passe de devenir membre avant sa mort. Ton père n'a aucune intention de devenir membre du club.

Aurait-il même le droit de devenir membre s'il en avait envie ? voudrait demander Jessie. Mais les mots restent coincés dans sa gorge ; le soleil tape sur son crâne et elle aperçoit un garçon vêtu de blanc qui attend patiemment à l'extérieur du court le plus près de l'eau – Garrison, son professeur de tennis.

— Je n'enlèverai pas mon collier, siffle Jessie entre ses dents.

— Personne ne te le demande, répond Exalta.

Jessie craint qu'Exalta ne reste pour assister au cours de tennis et qu'elle fasse des commentaires et des critiques, mais l'attrait des mimosas sur le patio en compagnie de Mme Winter est trop fort. Exalta la remet à son professeur et dit :

— Je te retrouve dans une heure. Écoute bien le monsieur, s'il te plaît.

Puis elle dit à Garrison :

— Ne lui apprenez le revers à deux mains sous aucun prétexte.

— Oui, madame.

Sa voix a des accents du Sud. Jessie se rend compte qu'elle avait tort de penser que tous ceux qui travaillent au club peuvent être mannequins dans des catalogues car Garrison est un peu étrange. Il a un buste très allongé, ses bras et ses jambes sont longs et fins et la façon dont il tient sa raquette, à la verticale devant son torse, rappelle à Jessie une mante religieuse. Il porte d'épaisses lunettes qui rapetissent et enfoncent ses yeux sous sa visière. Elle espérait avoir Topher comme professeur. Topher a d'épais cheveux châtains, une mâchoire puissante et est populaire auprès des filles de tous âges au Field & Oar Club. L'année dernière, Jessie a surpris sa mère à dire : « Mon Dieu, que ce jeune homme est beau. » Topher aurait sûrement rendu les leçons de tennis plus supportables.

Jessie attend qu'Exalta soit hors de portée, puis tend sa main.

— Je m'appelle Jessie Levin. Levin, et non Nichols.

— Garrison Howe, dit-il en jetant un regard à Exalta. C'est ta grand-mère ?

Jessie soupire.

— Oui.

— Elle n'y va pas par quatre chemins. Ça me plaît.

Exalta a appelé Garrison *monsieur*, mais les cinq premières minutes de leur rencontre révèlent que Garrison n'a que dix-neuf ans. Il entre en deuxième année à Sewanee, une université pour hommes dans le Tennessee. Il a postulé pour ce travail sur les conseils de son entraîneur de tennis à Sewanee, qui a été en camp d'été ici avec les pros.

— Et pour sûr que j'ai eu une place ! Probablement parce que tous les autres sont en train d'affronter les niakoués.

Jessie se hérisse en entendant ce mot. Son père lui a expliqué que c'est un terme raciste.

— Mon frère est au Vietnam, répond Jessie.

Elle espère que cette information mettra Garrison dans de meilleures dispositions pour assister au spectacle disgracieux dont il sera sans doute témoin quand le cours commencera.

— Il a votre âge. Dix-neuf ans. S'il était resté à l'université, il entrerait en deuxième année, comme vous.

Garrison fixe Jessie. Elle se demande si c'était impoli de faire remarquer que son frère sert leur pays dans la jungle marécageuse du Vietnam pendant que Garrison est ici à travailler peinard au Field & Oar Club. Peut-être qu'il va répondre quelque chose d'impoli. Peut-être qu'il va dire qu'il est fermement opposé à la guerre. Et alors, que fera Jessie ? Est-ce qu'elle tournera les talons, quittera le court et réclamera un nouveau professeur ? Elle aussi est contre la guerre ; toute sa famille l'est. Ces sentiments coexistent avec l'inquiétude et la fierté qu'ils ressentent pour Tiger.

Enfin, Garrison parle.

— Tu as de jolis yeux, Jessie.

Jessie est si désarçonnée par ce changement de sujet qu'elle rit.

— J'aime les femmes avec les yeux sombres, poursuit Garrison. Je les trouve mystérieuses. Et j'aime les longs cheveux bruns comme les tiens. On peut dire que je suis un amateur de brunettes, je suppose.

Il tient la grille ouverte et invite Jessie à mettre un pied sur le court.

— Allez, maintenant jouons.

Comme tant d'autres sports, le tennis est d'une fausse simplicité. L'objectif est de frapper la balle au-dessus du filet avec une raquette, d'attendre que l'adversaire la renvoie, puis de la frapper à nouveau. Mais comme dans tant d'autres sports, il y a des nuances – vitesse, force et un paramètre insaisissable nommé effet, qui dépend de l'angle dans lequel on tient la raquette et de la façon dont on frappe la balle.

Garrison commence par les bases, prise de coup droit et coup droit. Il place les mains de Jessie dans la bonne position, puis se tient juste derrière elle et lui montre comment bouger son bras.

— Essaye de te détendre. Tu es vraiment raide, c'est ça qui crispe ton jeu.

Jessie n'arrive pas à se détendre. Les mots « jeu » et « crispe » lui donnent l'image d'une figurine comme l'un des bibelots de sa grand-mère, une fille tenant une raquette qui frappe l'air encore et encore. Elle est déconcertée par la proximité du corps de Garrison, ses mains sur son bras et son dos, et, plus alarmant encore, sa déclaration juste avant qu'ils ne commencent. Elle a de jolis yeux ? Il aime les cheveux bruns ? Personne, à part ses parents, ne lui a jamais dit qu'elle était jolie, et même ces affirmations étaient limitées à un aspect ou un moment précis. *Le rouge te va très bien. Tu as une peau magnifique. Cette robe te sied à merveille.* Jamais un garçon ne lui a dit qu'elle était jolie et elle aurait été tentée de croire que Garrison se moquait d'elle, mais elle voyait bien qu'il parlait sincèrement.

Garrison a un chariot plein de balles de tennis d'un jaune éclatant et il lâche chacune d'elles avec un rebond précis pour que, quand Jessie la frappe comme il lui a montré, la balle passe juste au-dessus du filet, encore et encore.

Ça fonctionne !

Garrison lui lance des encouragements – *Super ! Bien joué ! Continue comme ça !* – tandis que Jessie frappe toutes les balles du chariot, avec seulement deux qui tapent contre le haut du filet et ne passent pas.

— Et pas de ratés, dit Garrison. C'est impressionnant. Je crois que tu es peut-être la prochaine Billie Jean King.

Jessie sait qu'il exagère mais une lueur d'espoir s'avive tout de même dans sa poitrine. Elle se demande si, peut-être, elle sera bonne au tennis. Après tout ça tomberait sous le sens – Exalta est bonne, ou du moins elle l'était, et Kate et David jouent tous les deux. Le frère et les sœurs de Jessie ont tous pris une année de cours obligatoires, mais aucun d'eux ne s'est montré réellement prometteur. Peut-être que tous les gènes du tennis ont échu à Jessie. Elle se réjouit d'avance, Exalta serait si fière d'elle si c'était le cas. Jessie pourrait même remplacer Kirby au titre de préférée.

— Je crois qu'on devrait passer au revers, annonce Garrison.

Ensemble, Jessie et lui rassemblent les balles. À un moment, Jessie le surprend qui la regarde et elle se sent... comment dire ? Une chose nouvelle. Elle se sent désirée.

Ils passent au revers. Jessie s'arme de courage.

— Ta grand-mère m'a demandé de ne pas t'apprendre le revers à deux mains, mais je ne pense pas que tu auras assez de force pour passer le filet avec une seule main, dit Garrison.

Jessie est déçue d'entendre cela.

— Je ne peux pas essayer ? demande-t-elle.

Elle est terrifiée à l'idée de ne pas suivre les instructions d'Exalta à la lettre.

— On peut toujours. Peut-être que tu vas me surprendre.

Il montre à Jessie comment tenir la raquette et sa main reste sur son bras et son dos, encore plus longtemps qu'auparavant. Son contact met Jessie mal à l'aise. Garrison lâche la balle, Jessie frappe et rate complètement. Garrison lâche une deuxième balle et elle rate de nouveau, puis encore une fois au troisième essai. Ses yeux se remplissent de larmes d'humiliation. Elle a chaud, elle sue, elle est certaine de sentir mauvais. Elle n'aurait jamais dû se laisser imaginer qu'elle pouvait être bonne à ce sport.

— Essayons à deux mains, dit Garrison. C'est plus facile. Viens, je vais te montrer.

Il se met derrière Jessie et l'entoure de ses bras, son torse appuyé contre son dos. Elle se raidit. Il lui parle à l'oreille, sa voix est presque un murmure.

— Détends-toi, détends-toi. Mets ton bras en arrière comme ça et... accompagne le mouvement.

En suivant le mouvement, Jessie sent une partie de Garrison qui la touche. Elle prie pour que ce ne soit que son imagination mais elle la sent à nouveau, aussi dure et droite que le manche d'une raquette – son *érection* – un mot sorti tout droit du cours sur la puberté auquel ils ont tous assisté à la fin de l'année scolaire. Garrison a eu une érection en lui montrant comment faire un revers et maintenant cette érection frotte contre elle. Jessie essaye de se dégager mais Garrison tient ses bras en position.

— Je ne me sens pas bien, dit-elle, mais Garrison ne répond pas.

Il se tient derrière elle, se balançant d'avant en arrière, sous couvert de lui montrer le bon mouvement de raquette. À cet instant, l'horreur dépasse simplement Garrison et son érection. C'est aussi Exalta qui manque de respect au nom de famille de Jessie et Tiger parti à la guerre, dans la jungle. Jessie tord le bras de Garrison avec une force qu'elle ne soupçonnait pas et fuit le court de tennis, en direction du patio où Exalta signe son reçu. Il y a des verres de champagne vides devant Exalta et Mme Winter.

Exalta adresse un grand sourire à Jessie. Ses yeux ont une lueur que seul l'alcool peut leur donner.

— Comment ça s'est passé?

Jessie se racle la gorge.

— J'aimerais avoir un professeur différent demain.

— Quoi? demande Exalta. Pourquoi?

Jessie écarquille les yeux, espérant communiquer sa détresse. Sa grand-mère était plutôt jolie dans sa jeunesse. Elle a sûrement dû recevoir son lot d'attentions indésirables. Mais Jessie n'a pas les mots pour expliquer ce qu'il s'est passé, encore moins devant Mme Winter. *Tumescence*, pense-t-elle. Le mot dans le roman de Blair. Elle entend Blair dire: *Il n'y a aucune raison d'être dégoûtée par le sexe*. Mais elle l'est.

— Il m'a appris le revers à deux mains.

Exalta se lève de table d'un bond.

— Ce garçon n'a pas d'oreilles? Ça ne va pas du tout, dit-elle. On va te trouver quelqu'un d'autre.

— Une fille, répond Jessie. S'il te plaît.

Mme Winter est collée à Exalta comme des bouloches sur un pull et quand elle demande: «Dites-moi, Exalta, comment va Blair? Elle est mariée à un astronaute, n'est-ce pas ? Je l'ai toujours beaucoup aimée, même si elle a brisé le cœur de mon Larry », Jessie s'excuse et se rend aux vestiaires. Elle se met de l'eau sur la figure ; son visage est brûlant, soit à cause du soleil, soit à cause de l'humiliation qu'elle vient de subir, elle n'est pas sûre. La sensation de Garrison qui se frotte à elle refuse de la quitter. C'est comme si ça l'avait marquée au fer rouge. Elle voudrait pleurer, crier, mais au club, elle ne peut rien faire de tout ça. Quand elle rentrera à la maison, elle racontera à sa mère ce qui est arrivé et Garrison sera viré et renvoyé dans le Tennessee. Mais Jessie craint de n'avoir jamais le courage d'en parler à sa mère. Pas plus qu'elle ne peut s'imaginer le raconter à son père. Elle pourrait le dire à Blair ou à Kirby, mais ses grandes sœurs ne sont pas là. Elles l'ont abandonnée.

Quand Jessie sort des vestiaires, Exalta est encore sur le patio, en pleine conversation avec Mme Winter. Jessie voudrait partir et rentrer toute seule à pied, mais elle sait qu'il y aurait un prix à payer pour une telle impolitesse, alors elle traîne à la réception. Lizz a disparu ; il n'y a personne derrière le bureau. Sur une étagère derrière le comptoir se trouvent des polos, des visières, des serviettes de cocktail et du papier à lettres frappé de la cornette vert gazon et blanche du club. Elle se penche par-dessus le comptoir et attrape le premier objet à sa portée – une paire de bracelets éponges, dans du papier cellophane. La cellophane craquelle ; Jessie pense que quelqu'un va forcément surgir et lui demander le numéro de membre d'Exalta pour le mettre sur son compte. Mais personne ne la remarque et Jessie cache les bracelets dans la grande poche de sa jupe de tennis. Elle va attendre Exalta devant la porte principale.

Everyday People

Après vingt et un ans à nager à contre-courant – remettre en cause l'autorité, se rebeller contre les règles et prendre de mauvaises décisions – Kirby Foley est surprise de découvrir que l'ordre, le calme et la routine sont ses aspects préférés du travail de réceptionniste au Shiretown Inn. L'hôtel a douze chambres, toutes possédant une salle de bains attenante, et grâce à son emplacement dans le centre-ville d'Edgartown, la clientèle est huppée, comme promis par Mme Bennie. Il accueille quelques couples en lune de miel, mais la plupart des clients ont l'âge des parents de Kirby, voire plus. Durant sa première semaine, elle trouve tous les clients qu'elle rencontre polis et charmants.

Elle prend rapidement le rythme de son service. Entre onze heures du soir et une heure du matin, les clients rentrent de leur soirée – dîner au Dunes, feux de camp sur la plage, dernier verre sur la terrasse du Navigator. Mme Bennie lui a appris à repérer les signes de problèmes, mais tous les clients semblent heureux et détendus, peut-être un peu grisés, mais pas assez pour causer de réelle difficulté. Les préférés de Kirby sont les Eltringham de New Hope, en Pennsylvanie. (Kirby adore tout bonnement le nom New Hope, nouvel espoir, et l'applique à sa propre situation. Après deux arrestations et la situation inqualifiable avec Scottie Turbo, c'est exactement ce que vivre et travailler à Martha's Vineyard représente pour elle – un nouvel espoir.) M. Eltringham est banquier à Philadelphie et Mme Eltringham possède une petite boutique d'antiquités dans le village de New Hope. C'est leur second mariage à tous les deux ; M. Eltringham a des enfants adultes avec sa première femme et Mme Eltringham, dans sa vie précédente, a été infirmière dans le service des grands brûlés de l'hôpital Saint-Vincent à New York. Kirby est étonnée de tout ce qu'elle a appris à leur sujet avec seulement quelques questions bienveillantes. Durant sa troisième nuit de travail, les Eltringham lui ont apporté une part de cobbler aux pêches de l'Art Cliff Diner. Ce geste était si inattendu et si gentil que l'espace d'un instant, Kirby a été méfiante. Mais le cobbler était délicieux. Il faut qu'elle réapprenne à faire confiance.

Le service de nuit n'est pas facile, loin de là. Vers deux heures du matin, Kirby se met à piquer du nez. À cette heure-là, elle a passé en revue les notes des clients qui partent le matin, nettoyé le petit hall d'entrée et s'est assurée que les douze clefs ont bien été réclamées. Elle meurt presque d'envie qu'il y ait de l'agitation – une clef que personne n'est venu chercher, par exemple, ou une plainte pour tapage nocturne –, quelque chose pour la maintenir éveillée.

Kirby fait parfois un tour devant la porte principale pour se revigorer dans l'air frais de la nuit, et c'est ce qu'elle est maintenant en train de faire ; elle contemple les rues sombres et silencieuses d'Edgartown et essaye de ne pas penser à tous ceux qui dorment à poings fermés sur cette île.

Kirby se demande ce qu'il se passe à dix-sept kilomètres de là, à Nantucket. Quand Kirby a appelé sa mère pour lui annoncer qu'elle travaillerait à la réception, Kate a répondu : « Oh, tant mieux », puis l'a informée que Blair attendait des jumeaux. Kirby était irritée que sa bonne nouvelle passe à la trappe. Évidemment que Blair attendait des jumeaux ! N'importe qui avec des yeux pouvait voir que Blair était assez grosse pour avoir son propre code postal.

— Comment va Jessie ? a demandé Kirby.

La pauvre Jessie était probablement livrée à elle-même, soupçonnait Kirby, pendant que Kate se faisait du mouron pour Blair et Tiger. Jessie est une enfant sensible et intelligente ; elle aime lire et rêvasser. Kirby a essayé de transmettre un peu de sa propre passion et de sa férocité à sa petite sœur, mais ça ne prend pas. Pas encore.

— Jessie ?

Au ton de Kate, on aurait dit qu'elle ne savait pas de qui Kirby parlait, et ça voulait tout dire.

Kirby décide que lorsqu'elle touchera sa première paye – quatre-vingt-dix dollars ! – elle achètera à Jessie un t-shirt *tie & dye* MARTHA'S VINEYARD, l'enverra à Fair Street et lui suggérera de le porter au Field & Oar. Voilà qui tapera sur les nerfs d'Exalta.

Kirby devrait écrire un manuel intitulé «Comment horrifier Nonny et s'en tirer». Elle rit, puis rentre, s'installe dans le fauteuil dans le bureau à l'arrière et allume la petite radio pour se tenir compagnie. La chanson qui passe est «A Whiter Shade of Pale» de Procol Harum. Elle adore cette chanson, mais elle passait dans la voiture de Scottie Turbo quand ils roulaient vers le lac Winnipesaukee. Kirby et Scottie avaient rejeté leurs têtes en arrière et chanté à tue-tête. *That her face, at first just ghostly, turned a whiter shade of pale*[1].

Elle éteint la radio.

Elle se réveille en sursaut quand M. Ames, le surveillant de nuit, appuie sur la sonnette de la réception. Kirby saute sur ses pieds, lisse sa jupe et se dépêche d'aller l'accueillir. M. Ames a la soixantaine ; c'est un ancien policier de South Boston qui a pris sa retraite à Martha's Vineyard avec sa femme, Susanna. Ils vivent dans une petite maison sur East Chop, qui fait techniquement partie d'Oak Bluffs, mais pas dans la partie du camping méthodiste. Pendant la première nuit de Kirby, M. Ames lui a montré une photo de Susanna et Kirby était surprise de découvrir que Susanna était noire. Kirby a essayé de ne pas laisser l'étonnement transparaître sur son visage ou dans sa voix.

— Elle est très belle. Comment vous êtes-vous rencontrés ?

---

1. *Que son visage, d'abord fantomatique, est devenu plus blanc encore que pâle.*

— À Boston, a-t-il répondu. Nous prenions tous les deux la ligne rouge du métro et je la voyais de temps en temps dans son uniforme d'infirmière. Un jour le train était bondé et je lui ai proposé mon siège.

— C'est si romantique ! Vous avez des enfants ?

— Susanna a une fille de son premier mariage. Mais Denise est adulte et elle a ses propres enfants maintenant.

Kirby aurait voulu demander si c'était difficile d'être dans une relation interraciale ou si ça ne posait pas de problème. Son intérêt pour le sujet devenait urgent. Depuis que Darren l'avait prise en stop, elle n'arrêtait pas de penser à lui. Elle voulait le revoir.

M. Ames lui tend un café dans une tasse en polystyrène.

— J'ai pensé que vous en aviez besoin, a-t-il dit. Je me suis souvenu que vous le preniez léger et avec du sucre.

— Merci.

Il est trois heures du matin désormais ; encore quatre heures à rester éveillée, ce qui lui paraît insurmontable.

— Tout va bien à l'étage ?

M. Ames fait trois rondes : la première à onze heures et demie, une deuxième à deux heures et demie et la dernière à cinq heures et demie.

— L'homme dans la chambre 8 ronfle comme une locomotive. Mais ce n'est pas moi qui vais lui jeter la pierre.

Il montre Kirby du doigt.

— Il n'y a pas de honte à piquer un somme. S'il y a une urgence, je vous réveillerai.

— Merci, monsieur Ames, répond Kirby.

Elle emporte le café dans le bureau et songe que vivre sans honte lui plaît beaucoup.

La honte.

Il y a un obstacle beaucoup plus important à une relation entre Kirby et Darren que sa couleur de peau. Sa mère. Le Dr Frazier sait qui est Kirby... peut-être. Ou peut-être que toutes les jeunes étudiantes blondes se ressemblent pour elle. Kirby ferait mieux d'oublier Darren ; la dernière chose dont elle a besoin est d'une relation compliquée. Mais ce qui l'attire chez lui, c'est qu'il semble si facile à vivre. Il a eu la gentillesse de la prendre en stop et de la conduire jusqu'à Edgartown ; il est assez intelligent pour aller à Harvard ; il est fier de son petit boulot d'été ; il a confiance en lui et est assuré. Et il a un sourire à tomber. Se prélasser dans la chaleur de ce sourire tout l'été serait divin. Et ce serait délicieux de partir en virée dans la Corvair de Darren, d'aller chercher des homards chez Larsen's et de les manger dans la maison de conte de fées bleue.

Kirby soupire. Divin, agréable, mais ce n'est qu'un rêve. Il a été gentil avec elle parce qu'elle est une amie de Rajani. Si ça se trouve, c'est Rajani qui l'intéresse. Cette idée ennuie Kirby plus qu'elle ne le devrait.

Elle essaye de nouveau la radio et tombe sur Peter, Paul & Mary. *The answer, my friend, is blowin' in the wind*[1]. Elle ferme les yeux.

---

1. *La réponse, mon ami, est soufflée dans le vent* («Blowin' in the Wind»).

Le soleil réveille Kirby à cinq heures moins le quart et elle s'active. Elle passe les notes en revue une dernière fois et file dans la salle de bains pour se rafraîchir. Elle lance la cafetière et installe des beignets saupoudrés de sucre glace sur un plat pour les clients. À six heures tapantes, un client nommé Bobby Hogue, chambre 3, fait son apparition, vêtu d'un short et de chaussures de tennis. Bobby Hogue a perdu sa main gauche. Elle a été arrachée par une grenade au cours d'une opération « recherche et destruction » à Quảng Nam, lors de son deuxième déploiement avec les marines. Marine un jour, marine toujours, répète Bobby Hogue, alors il se lève tôt tous les matins pour courir huit kilomètres.

— Bonjour, monsieur Hogue.
— Bonjour, Kirby.

Les journaux atterrissent avec un bruit sourd sur le porche et Kirby se dépêche de s'extirper de son bureau pour aller les chercher, mais Bobby Hogue soulève le paquet de sa main droite et le dépose sur le guéridon au milieu de la réception. Kirby frissonne d'admiration, puis lance un regard discret vers son moignon, là où sa main était jadis.

— Je ne vais pas lire les nouvelles aujourd'hui, annonce Bobby Hogue.

Il lui adresse un sourire gentil ; Kirby lui a dit que son frère était stationné dans les Montagnes centrales.

— Et vous ne devriez pas non plus, lui dit-il.
— Marché conclu.

Elle n'a aucun mal à jouer le jeu, à faire semblant que le reste du monde est aussi serein qu'Edgartown, Massachusetts, à six heures un matin d'été.

Bobby Hogue lui fait un signe avec son moignon, puis descend au pas de course les marches du porche.

Pour son premier jour de congé, Kirby décide d'essayer Inkwell Beach. Elle y a pensé tous les jours depuis que Darren l'a invitée mais elle a fait preuve d'une retenue inhabituelle. Elle repense aux premiers jours exaltants avec Scottie Turbo, la hâte avec laquelle elle grimpait dans sa décapotable pour aller au lac Winnipesaukee. Elle s'est montrée idiote une fois, mais cela ne se reproduira pas.

Ce lundi est une journée idéale – soleil chaud, humidité faible, ciel bleu soyeux et délicieuse brise marine dont Kirby profite par la fenêtre du pick-up de M. Ames. Elle a dépensé six précieux dollars de ses revenus en taxi avant que M. Ames lui sauve la mise en lui proposant de la raccompagner à Oak Bluffs le matin, puisqu'ils ont le même emploi du temps. En temps normal, Kirby et M. Ames sont tous les deux trop fatigués pour bavarder, mais ce lundi matin, Kirby est enthousiaste à l'idée de la journée qui s'annonce.

— Je vais aller à Inkwell Beach, explique Kirby à M. Ames. Vous y êtes déjà allé ?

— Dans ma jeunesse, souvent. Avec la famille de ma femme. – Il s'arrête. – Vos amis et vous préférerez sans doute Katama, ou la plage de l'État.

— Je n'ai pas encore vraiment d'amis. Enfin, j'ai une amie de l'université qui travaille comme babysitter à Chilmark et je me suis rapprochée d'une des filles qui vit dans la maison avec moi.

— Qu'est-ce qui vous pousse à aller à Inkwell Beach ? demande M. Ames. Si ce n'est pas indiscret.

— J'ai rencontré un garçon qui m'a invitée. Darren Frazier ? Il est maître nageur à Inkwell.

— Oui, je connais Darren. La sœur de ma femme est mariée au cousin du juge Frazier.

— Je vois.

Darren est le fils du Dr Frazier, qui connaît peut-être ou peut-être pas le passé malheureux de Kirby, et du juge Frazier qui a peut-être ou peut-être pas accès au casier judiciaire de Kirby. Darren Frazier est le dernier garçon du Massachusetts auquel elle devrait s'intéresser.

— Darren t'a invitée à Inkwell ?

Kirby acquiesce.

— Très bien, répond M. Ames. Dans ce cas amuse-toi bien.

Kirby est trop nerveuse pour rejoindre les autres filles au petit déjeuner et trop agitée pour dormir ou même faire une sieste. Elle fonce droit dans sa chambre et lance un album sur son Silvertone – *Stand!* de Sly and the Family Stone, le disque qu'elle a emporté pour ses moments d'espoir. Elle monte le son aussi fort qu'elle l'ose. (L'une des « M » – Michaela – a déboulé à l'étage quelques soirs plus tôt quand Kirby écoutait Crosby, Stills & Nash, son album d'introspection, et a dit, avec son accent irlandais à couper au couteau : « Baisse-moi ça ! » Ce à quoi Kirby a rétorqué : « Désolée, je ne savais pas que tu avais cinquante ans. »)

Kirby met son bikini rouge et enfile par-dessus un long t-shirt *tie & dye* décoré d'un signe de paix peint à la main. Elle a porté ce t-shirt avec un jean et une paire de bottines en daim à franges à la manifestation où Scottie Turbo l'a arrêtée. Il l'avait repérée dans la foule foisonnante parce que « son haut lui allait si bien », avait-il dit. Elle attache un bandana rouge sur ses cheveux – détachés de leur chignon pour la première fois depuis une semaine – et met ses lunettes de soleil. Elle est prête à partir.

Elle a besoin d'une acolyte, une Ethel pour sa Lucy comme dans *I Love Lucy*. Rajani fait la babysitter toute la semaine, alors c'est impossible. Kirby dévale l'escalier avec son sac en osier, qui contient encore du sable de Madequecham Beach et une poignée de coquillages que Jessie avait ramassés, et frappe à la porte de Patty.

Patty est encore en pyjama ; elle mange une barre chocolatée PayDay.

— Je me suis pris une cuite hier soir, dit-elle. Avec les amis de mon frère. J'ai laissé l'un d'eux, ce richard de New York, Luke, me peloter.

— Eh, rien que ça. Tu l'aimes bien, dans ce cas ?

Elle s'appuie contre la porte et regarde Patty qui rougit. Avoir des amies lui manque, elle s'en rend compte. Dans le dortoir d'une école pour filles, ce genre de ragots ne venaient jamais à manquer.

— Il est mignon. Je ne croyais pas qu'il s'intéressait vraiment à moi. Mais… il m'a dit qu'il aimait les filles bien en chair, avec de longs cheveux qu'il peut tirer.

En entendant ça, Kirby éclate de rire.

— Il voulait probablement dire qu'il aime les jolies filles comme toi.

Elle touche le bras de Patty.

— Tu viens à la plage avec moi aujourd'hui, hein ?

— Il faut que je retourne me coucher. Je suis restée debout tard et je travaille ce soir. Mais peut-être que je te retrouverai plus tard. Où est-ce que tu vas ?

— À Inkwell.

Patty fait un bruit aigu, comme un aboiement ou un jappement.

— Personne ne t'a dit ?

— M'a dit quoi ?

Patty baisse la voix.

— C'est la plage des Noirs. Inkwell, ça veut dire encrier, comme l'encre noire – tu comprends ?

Kirby sent son estomac se nouer.

— Je sais, dit-elle.

Soudain, ses joues la brûlent et elle n'arrive pas à décider si elle ferait mieux de battre en retraite ou de se battre.

Se battre, pense-t-elle.

— J'ai rencontré quelqu'un qui est maître nageur là-bas. Il m'a invitée.

Patty fixe Kirby un instant et Kirby se demande si sa préférée parmi toutes les filles de la maison, celle qu'elle a cataloguée tout de suite comme amie potentielle, va s'avérer raciste. Soudain, elle a seize ans à nouveau, elle est assise en cours d'instruction civique et surprend Steve Willard et Roger Donnelly qui appellent miss Carpenter, sa prof préférée, par le mot en N. Elle s'était levée et avait craché sur le bureau de

Roger, ce qui avait causé un gigantesque scandale – et c'était elle qui avait dû rester après la classe. Quand miss Carpenter avait demandé pourquoi elle avait fait une chose si indigne d'elle, Kirby avait refusé de lui répondre. Elle n'avait pas le cœur à lui dire qu'elle l'avait défendue. Néanmoins, miss Carpenter avait dû le comprendre intuitivement, parce qu'elle avait dit : « La meilleure façon de combattre un comportement ou un discours qu'on trouve offensant, c'est de protester pacifiquement. Tu comprends ce que je te dis, Katharine ? »

Kirby avait répondu qu'elle comprenait. Elle s'était excusée et avait essuyé le bureau de Roger et, la semaine suivante, miss Carpenter lui avait proposé d'aller manifester au côté du révérend King.

— Je soutiens le mouvement pour les droits civiques, dit Patty, et Kirby soupire de soulagement. Ma sœur Sara était l'une des Boiler Room girls[1] de Robert Kennedy. Mais je ne peux quand même pas venir avec toi.

— Pourquoi ça ? demande Kirby.

Elle est impressionnée par le fait que sa sœur ait travaillé pour Bobby Kennedy, mais si Patty croit qu'Inkwell est une plage moins bien parce qu'elle est fréquentée par des Noirs, cela veut bien dire qu'elle est raciste.

— Parce que ce n'est pas notre place. Ils ne veulent pas de Blancs là-bas.

---

1. Surnom d'un groupe de jeunes femmes qui travaillèrent pour la campagne présidentielle de 1968 de Robert Kennedy.

— Darren m'a invitée. Il ne semblait pas penser que ça poserait problème et il connaît ma couleur de peau. *« The times, they are a-changin'. » Les temps sont en train de changer.*

— Pas tant que ça, répond Patty avec un sourire pensif. Tu verras.

Kirby avance d'un pas décidé vers Inkwell, toute seule, la tête haute. Elle nourrit quelques pensées peu généreuses envers Patty – Patty doit avoir des mœurs légères si elle laisse un garçon qu'elle connaît à peine la peloter et, visiblement, elle n'a aucune volonté. Elle dit qu'elle veut perdre onze kilos, mais à la minute où elle se réveille, elle se rue sur une barre chocolatée. Elle doit en avoir une réserve dans sa table de chevet. Et quelle sorte de garçon dit qu'il aime les cheveux longs qu'il peut tirer ? Un genre de détraqué ? Kirby ne veut pas penser du mal de Patty ; jusqu'à cette conversation, elle l'aimait bien. Il est possible que Patty n'ait aucun ami intime qui ne soit pas blanc. Kirby décide qu'elle lui présentera Rajani et Darren. Son but cet été sera de faire de Patty une vraie progressiste.

Kirby arrive sur Inkwell Beach comme si c'était la chose la plus naturelle au monde et, d'une certaine façon, ça l'est. Pour Kirby, l'été est synonyme de soleil et de sable. Sa mère l'amenait à Steps Beach à Nantucket quand elle était bébé et ils sont retournés en famille à Steps chaque été jusqu'à la mort de leur père. Après cela, Kate a remplacé leur babysitter Lorraine (qui s'est enfuie) par une autre nommée Ivy (que Blair avait surnommée « Poison Ivy »), qui les emmenait à Cisco Beach, là où il y avait de grandes vagues. Blair avait peur d'aller dans l'eau, mais pas Kirby et Tiger, et aujourd'hui encore Kirby ne se sent jamais aussi vivante que lorsqu'elle saute dans les vagues puis se laisse sécher au soleil. Quand elle était enfant, tout le monde savait qu'elle ne s'embarrassait pas d'une serviette. Elle s'allongeait juste là dans le sable, et quand elle se relevait, elle était panée comme un bâtonnet de poisson.

Inkwell Beach est située le long d'un bras de mer, alors l'eau est un peu calme au goût de Kirby, bien qu'il soit difficile d'avoir à redire sur la vue ; la mer ressemble à un drap de satin bleu. Ce n'est pas si différent de Steps Beach à Nantucket. Il y a un groupe de femmes qui ont agencé leurs chaises en demi-cercle pour pouvoir discuter ; certaines portent des chapeaux et d'autres lèvent le visage vers le soleil. Au bord de l'eau, de petits enfants creusent vers la Chine et des filles avec des seaux en plastique ramassent des coquillages. Des adolescents, de l'eau jusqu'à la taille, s'éclaboussent ; derrière eux, un homme plus âgé effectue une nage libre lente mais régulière. Il y a deux garçons de l'âge de Kirby allongés sur des serviettes ; l'un est endormi sur le ventre, l'autre lit *Abattoir 5*, son visage insondable derrière ses lunettes de soleil.

Tout le monde est noir. Tout le monde.

Bien, et alors – à quoi Kirby s'attendait-elle ? Elle s'attendait à ce que tout le monde soit noir, mais elle n'avait pas prévu ce que ça lui ferait ressentir. Elle ne se sent pas menacée, bien entendu, ni intimidée. Elle se sent visible, comme si tout le monde la remarquait, et les gens ne pensent pas qu'elle est maigre ou grosse, jolie ou moche – non, ces choses-là n'ont pas d'importance. Ce qui importe, c'est qu'elle est blanche.

Elle passe devant le demi-cercle de femmes et leur conversation s'arrête un instant, puis reprend sur un ton feutré. Kirby croit entendre son nom mais, bien entendu, ce n'est pas possible. Elle se déplace plus près de l'eau, vers les enfants qui creusent. Ils la regardent, mais semblent indifférents, ce qui lui donne du courage. Les enfants ne voient pas les couleurs.

Le jeune homme qui lit Vonnegut lève les yeux et secoue la tête, comme s'il lui conseillait de partir. Pas mieux que Patty ! Il doit pourtant savoir qu'elle a autant le droit d'être ici que quiconque.

Les mots de Patty se répètent dans son esprit : *Ce n'est pas notre place.*

Kirby entend un sifflement et se retourne pour trouver Darren, perché sur une chaise haute à claire-voie blanche. Il fait de grands signes… vers elle ? Elle vérifie l'eau derrière elle – il n'y a personne – et puis elle marche pieds nus dans le sable, ses sandales en cuir se balançant au bout des doigts, comme si elle ne s'inquiétait pas le moins du monde.

— Salut, dit-elle.

Elle se sent comme si Darren lui avait lancé la bouée de sauvetage qui pend sur le côté de la chaise haute.

— Tu es venue ! Je n'arrive pas à y croire.

— Bien sûr, répond Kirby en haussant les épaules. Aujourd'hui est mon premier jour de congé et ce n'est pas loin de la maison à pied.

— Super, dit Darren et elle essaye de déchiffrer son expression et le ton de sa voix pour savoir s'il le pense vraiment. Bienvenue à Inkwell Beach. C'est ici que j'ai grandi.

— C'est très joli, répond sincèrement Kirby.

Le regard de Darren flotte par-dessus l'épaule de Kirby et son sourire se crispe. Kirby se retourne et remarque l'une des femmes du demi-cercle debout, les mains sur les hanches. C'est la femme qui porte un chapeau mou.

— C'est ma mère, dit Darren, et le moral de Kirby dégringole et s'écrase contre le sable. Elle veut que je me remette au travail, je suppose.

— Je l'ai rencontrée.

Elle fait un signe au Dr Frazier, qui se contente de lancer un regard noir.

— Chez toi.

— Elle me l'a dit, répond Darren.

— Est-ce qu'elle t'a dit quelque chose sur moi ?

Darren fait non de la tête.

— Juste que tu es venue avec Rajani.

Il fixe l'océan.

— Elle n'aime pas que je sois distrait pendant mon travail.

Est-ce vraiment cela qu'elle n'aime pas ? songe Kirby. Ou n'aime-t-elle pas les filles blanches qui distraient Darren pendant son travail ? Ou n'aime-t-elle pas que Kirby Foley, alias Clarissa Bouvier – le nom que Kirby a inventé à Boston – distraie Darren pendant son travail ?

La mère de Darren sait-elle que Kirby est en réalité Clarissa Bouvier ?

— Merci d'être passée me dire bonjour, dit Darren.

Il se penche en avant, en position de maître nageur en action et Kirby voit bien qu'il a hâte qu'elle parte.

— Je passerai chez toi cette semaine pour t'emmener au carrousel. Ça te plairait ?

Elle devrait dire non. Elle se fiche de faire du carrousel et même si ce n'était pas le cas, elle ne devrait pas encourager Darren. Une relation entre eux ne marcherait jamais. Mais, comme toujours, elle est incapable d'écouter ses propres conseils.

— Ça me plairait beaucoup ! dit-elle. On se voit dans la semaine, alors.

Elle quitte le sable au prochain escalier, puis se tient sur le trottoir brûlant, étourdie.

Était-ce un échec ?

Non, décide Kirby. Darren l'a invitée à venir à Inkwell et elle est venue. À lui de faire le prochain pas.

Il est encore tôt. Kirby décide de faire du stop jusqu'à la côte sud et de s'effondrer sur sa serviette. Elle est épuisée.

À la seconde où elle brandit le pouce, une Jeep Willys vert olive conduite par un couple mais avec plein de place pour elle à l'arrière s'arrête.

Le conducteur est mignon ; il porte un polo blanc et des lunettes de soleil. La fille a de longs cheveux bruns tressés le long de son dos. Puis Kirby se rend compte que c'est Patty.

— Salut, Kirby! lance Patty. Je te présente Luke.

Kirby lui adresse un grand sourire.

— Salut, Luke. Ravie de voir que quelqu'un a tiré cette fille hors de son lit.

Elle grimpe dans la Jeep et frissonne même un peu d'enthousiasme quand Patty lève les bras en l'air.

— Katama, nous voilà!

More Today Than Yesterday

Dimanche 22 juin 1969

Cher Tiger,

J'espérais que papa apporterait une lettre de toi quand il est venu hier, mais il a dit qu'on n'avait rien reçu, ce qui m'a mise de mauvaise humeur, et maman encore pire. Elle a trop bu hier soir au Skipper, et pas comme quand elle rentre en chantant, mais comme quand elle pleure. Nonny a dormi tout du long parce qu'elle avait commencé à boire des Hendrick's tonic à quatre heures au lieu de cinq, alors qu'elle devait s'occuper de moi pendant que maman et papa étaient sortis. Elle est allée se coucher à sept heures et a mis des bouchons d'oreilles. Je me suis fait un sandwich au beurre de cacahouètes et j'ai regardé Mes trois fils *à la télé dans le petit salon.*

Je déteste mes cours de tennis.

Jessie barre cette dernière ligne. Elle ne se plaindra pas de ses cours de tennis alors que son frère trime, de l'eau jusqu'aux hanches, dans les rizières avec dix-huit kilos de matériel sur le dos. Jessie déteste en effet ses cours de tennis, mais une grande partie de cette haine est liée à son expérience avec Garrison. Entrer au Field & Oar Club suffit maintenant à lui donner la nausée. Exalta continue de lui refuser le droit d'utiliser le nom Levin quand elle s'inscrit ou qu'elle signe quelque chose, comme après sa dernière leçon, quand elle est allée au snack-bar prendre un milk-shake au chocolat et un sandwich au fromage fondu.

— N-3 ! lui a lancé Exalta quand elle marchait vers le snack. Nichols !

Jessie était tellement en colère contre sa grand-mère que lorsque le préposé au gril a eu le dos tourné, elle a volé un paquet de bonbons Twizzlers sur le comptoir, qu'elle a glissé dans la poche de sa jupe. À nouveau, elle a attendu qu'une main se pose sur son épaule, lui annonçant qu'elle s'était fait prendre, mais rien n'était venu.

Mes cours de tennis ont mal commencé mais ça va mieux depuis que j'ai demandé une nouvelle professeure. Elle s'appelle Suze, surnom pour Susan ; c'est un hommage à Susan B. Anthony, qui, si tu n'écoutais pas en cours d'histoire, s'est battue pour le droit de vote des femmes. Ce qui est cool, c'est que Suze est féministe, comme Susan B. Anthony. Elle m'a dit le premier jour qu'elle ne prenait que des filles comme élèves car il y a assez de stars masculines du tennis comme ça. Elle m'a aussi dit qu'elle avait découvert qu'elle était moins payée que ses collègues masculins au Field & Oar et qu'elle était allée voir Ollie Hayward directement, le responsable du tennis, et qu'elle avait menacé de démissionner si elle ne recevait pas un salaire égal. Ollie a dit oui – peut-être pas par principe, m'a-t-elle expliqué, mais parce qu'elle est la meilleure joueuse de tous les profs.

Jessie s'arrête là, même si elle pourrait parler de Suze toute la journée. Suze a les cheveux courts comme un garçon – roux flamboyant, à cause de ses origines irlandaises – et une peau très, très pâle. Elle doit jouer avec une chemise blanche à manches longues pour que sa peau ne brûle pas et elle se badigeonne le nez de zinc. Quand Jessie lui a raconté que Garrison Howe avait dit qu'elle n'avait pas assez de force pour faire un revers à une main, Suze a répondu : « Laisse-moi te dire une chose au sujet de Garrison Howe. »

Jessie a retenu sa respiration. Elle attendait que Suze lui confie que Garrison avait frotté sa tumescence contre elle aussi.

— Ce type est un cloporte doublé d'un crétin.
— Vraiment ?
— Vraiment. Mais les insultes, c'est pour les faibles. Les forts préfèrent les actes. Compris ?
— Compris, a répondu Jessie.

J'ai eu quatre cours jusqu'à maintenant et je commence tout juste à comprendre comment ça marche. Je peux faire un coup droit correct et mon revers passe le filet au moins une fois sur deux. Je sais aussi comment compter les points : zéro, quinze, trente, quarante, jeu. Six jeux gagnent un set, mais il faut gagner avec deux jeux d'avance. Deux sets gagnent un match chez les dames, trois chez les hommes. (Suze pense qu'il faudrait que ce soit trois sets pour les deux sexes. Elle dit que le tennis est le sport le plus machiste.) La semaine prochaine, j'apprendrai à servir. Suze dit qu'elle a eu du succès pour apprendre aux enfants à servir; le champion junior ici a été son élève.

À part ça, rien à raconter.

Ce n'est pas exactement vrai. Jessie voudrait raconter à Tiger ce qui s'est passé avec Pick, mais Tiger est son frère et elle n'est pas sûre de la façon dont il le prendrait. Elle a envisagé d'écrire à Leslie ou à Doris pour leur en parler, mais ça semble encore trop nouveau et trop intime pour le partager.

Quand Kate et David sont rentrés de leur dîner au Skipper, Kate s'est mise à pleurer et a réveillé Jessie. Elle savait que Tiger manquait beaucoup à sa mère, qu'elle s'inquiétait chaque seconde de savoir s'il allait se faire tirer dessus ou s'il allait mourir, être capturé ou torturé. Son bébé. Son unique garçon. Jessie, allongée dans la pénombre, les a écoutés discuter dans la cuisine, les yeux grands ouverts tandis qu'elle aussi imaginait toutes les choses terribles qui étaient peut-être arrivées à son frère – sans lettre, impossible de savoir s'il allait bien. David a dit tout ce qu'il fallait, que Tiger était fort et rapide, que malgré ses notes décevantes il était intelligent, avait une bonne compréhension de ce qui l'entourait, était doué de ses mains. Et plus important encore, il avait un mental d'acier. Les mots de David ont rassuré Jessie mais Kate a continué à pleurer et David l'a emmenée dans leur chambre. Une fois la porte fermée, Jessie n'a plus entendu que les sanglots étouffés de sa mère.

Jessie s'est rendu compte qu'elle mourait de faim – le sandwich au beurre de cacahouètes était bien maigre – alors elle est descendue sur la pointe des pieds pour trouver quelque chose à grignoter.

Par la fenêtre, elle a vu un éclat blanc et s'est figée l'espace d'un instant, se demandant si, après tout, la maison n'était pas hantée, si le fantôme d'Ebenezer Raymond ou de l'un de ses enfants ne flottait pas dans les environs, mais quand Jessie s'est approchée de la fenêtre, elle a aperçu Pick, en t-shirt et en Levis, qui rentrait de son service au North Shore Restaurant.

Sans y réfléchir à deux fois, Jessie a franchi la porte de la cuisine vers le patio en brique et a soufflé :

— Pick !

Il a fait volte-face, l'a remarquée et lui a fait signe de s'approcher. Jessie a traversé le patio sur la pointe des pieds et a descendu l'allée pavée de dalles jusqu'à l'endroit où Pick détachait un paquet à l'arrière de son vélo. C'était une boîte en carton de repas à emporter.

— Allons sur la terrasse, a-t-il murmuré.

Ils sont entrés en silence dans Little Fair, sont passés devant la porte fermée de la chambre de M. Crimmins et se sont faufilés à l'étage. Jessie ne se souvenait pas que Little Fair avait une terrasse surplombant Plumb Lane ; par le passé, Kirby et Tiger y fumaient des joints pour que Kate et Exalta ne sentent pas l'odeur. La terrasse était petite, juste assez grande pour deux personnes. Pick a apporté deux bouteilles vertes et la boîte en carton. Au premier abord, Jessie a cru que les bouteilles étaient de la bière et a rapidement évalué à quel point elle voulait être rebelle, mais elle a ensuite remarqué que c'était de la limonade. Techniquement c'était interdit, mais pas aussi répréhensible.

Pick s'est assis à côté de Jessie sur la terrasse et a ouvert la boîte.

— Ils me donnent des restes tous les soirs. On est samedi, alors nous avons touché le jackpot.

L'utilisation du «nous» manqua de la faire rougir et son estomac se mit à gargouiller.

— Je suis affamée, a-t-elle avoué. Ma grand-mère a trop bu et s'est endormie avant de pouvoir préparer à dîner.

— Bill m'a dit que ta grand-mère aimait beaucoup le gin.

— C'est vrai, a répondu Jessie, même si elle n'était pas certaine que M. Crimmins devrait partager ce détail avec Pick.

Mais Jessie supposait que les secrets de famille allaient tous être mis au jour, maintenant que les Crimmins vivaient avec eux. Jessie a regardé la boîte.

— Qu'est-ce que tu as pris?

Pick a défait les rabats.

— Du pain de viande. Et des croquettes de poisson. Il y en a plein, sers-toi.

Jessie déteste les croquettes de poisson et ne mangerait du pain de viande qu'en temps de famine, mais elle avait faim et était si heureuse d'être assise seule avec Pick que la nourriture était plus délicieuse que tout ce qu'elle avait jamais mangé. Ils ont mangé tous les deux avec les doigts et quelques fois leurs mains se sont rencontrées quand elles plongeaient dans la boîte. Puis Pick lui a proposé la dernière bouchée du pain de viande, qu'elle a refusée, mais il a ajouté « Allez » et l'a fourrée dans la bouche de Jessie, ses doigts ont touché ses lèvres et elle s'est sentie faiblir.

Elle a bu un peu de sa limonade – froide et acide – et s'est demandé si elle devait s'en aller, mais Pick a écarté la boîte, puis s'est tourné pour lui faire face, le dos contre la rambarde. Il a étiré ses jambes dans sa salopette, dont l'une frôlait le genou nu de Jessie. Il ne l'avait peut-être pas remarqué, mais Jessie était faite de terminaisons nerveuses, toutes ardentes et en alerte. C'était étrange la façon dont le contact de Garrison avait été offensant et dégoûtant, mais le moindre effleurement avec Pick lui donnait l'impression d'avoir mangé des haricots magiques.

— Alors, Jessie. Quoi de neuf ?

— Mon père est arrivé hier soir. Il est avocat à Boston et ne vient que les week-ends. Je pensais qu'il allait apporter une lettre de mon frère, Tiger, mais rien.

— Tiger est au Vietnam, a répondu Pick, comme si Jessie l'ignorait.

— Il me manque.

— C'est ton demi-frère, n'est-ce pas ? Et tu as deux demi-sœurs ?

— Blair et Kirby, a répondu Jessie.

Elle était un peu irritée que M. Crimmins ait partagé tant de détails sur sa famille. Si eux n'avaient pas le droit d'utiliser des préfixes comme *demi* ou *beau*, pourquoi Pick aurait-il le droit ? Elle a décidé d'inverser la situation.

— Ta mère te manque ? a-t-elle demandé.

Pick a soupiré mais n'a rien dit et Jessie s'est sentie nulle d'avoir posé cette question.

— Je ne t'ai pas tout dit, a répondu Pick en se penchant en avant. Elle avait une raison de partir. Il y avait un homme dans la communauté, Zeppelin, et ma mère et lui étaient ensemble mais il lui faisait du mal alors elle s'est enfuie.

Jessie s'est remémoré Garrison et à quel point elle avait voulu lui échapper.

— Est-ce qu'elle t'a dit où elle allait ?

— Non, a répondu Pick. Mais quand je me suis réveillé et que j'ai vu qu'elle était partie, je savais que c'était à cause de ça. Ça n'a rien à voir avec moi.

Jessie s'est demandé si cette histoire était vraie ou si Pick l'avait inventée pour se réconforter.

— J'avais peur que Zep en ait après moi quand ma mère est partie, mais il s'est tout de suite mis avec une femme appelée Bunny.

— Oh.

— Ça se passe souvent comme ça dans la communauté, a expliqué Pick. Partager ses partenaires, les échanger, refuser les relations traditionnelles. Ma mère savait que ce n'était pas un problème de me laisser parce qu'il y avait plein d'autres gens pour s'occuper de moi.

Pick s'est levé et a regardé par-dessus la rambarde, comme si Plumb Lane était une piscine dans laquelle il s'apprêtait à se jeter. Jessie s'est levée elle aussi. Elle ferait mieux de rentrer. Il n'est pas impossible que Kate, dans son état mélancolique, veuille jeter un œil sur Jessie, la seule enfant restante à la maison. Si elle trouvait le lit de Jessie vide, qui sait comment elle pourrait réagir.

— Je sais où trouver ma mère, a dit Pick.

— Vraiment ?

— Il y aura un grand concert en août. Dans la ville de Woodstock, dans l'État de New York. Jimi Hendrix va y jouer, et Creedence, Janis Joplin, Jefferson Airplane, The Who, Joe Cocker, Joan Baez, The Band, Crosby, Stills, Nash & Young...

— Les Beatles ? a demandé Jessie avec espoir.

Elle avait entendu la plupart des groupes que Pick venait de mentionner, mais ce n'était pas ses préférés.

— Ou Joni Mitchell ?

Jessie a songé à ce que ce serait d'entendre Joni Mitchell chanter « Both Sides Now » en personne. Elle n'avait même pas encore mis son album sur le Magnavox.

— L'important, c'est que tout le monde sera là-bas. Et ma mère... eh bien elle ne manquerait ça pour rien au monde, je le sais.

— Alors tu vas y aller ? Tu vas aller à Woodstock ?

— En août. J'économise sur mon salaire. Je me suis dit que j'allais embarquer sur le ferry quelques jours avant, prendre le bus jusqu'à Boston et faire du stop à partir de là.

— Et comment tu rentreras ? a demandé Jessie.

Elle supposait qu'en réalité, elle était en train de demander s'il avait l'intention de rentrer.

Pick a haussé les épaules.

— Maman et moi, on se débrouillera. Il y aura

des milliers de personnes là-bas. Je suis certain que quelqu'un pourra nous prendre dans sa voiture. Ma mère est douée pour se faire des amis.

Pick s'est tourné vers Jessie et un sourire a illuminé son visage.

— Pourquoi tu ne viendrais pas avec moi ?

Jessie a ouvert la bouche pour rire de l'absurdité de cette proposition, ou peut-être pour se lamenter d'être trop jeune pour quitter l'île toute seule. Mais elle n'a fait ni l'un ni l'autre, elle a répondu :

— D'accord.

— D'accord, tu viendras ?

Jessie a acquiescé. Elle se rendait compte qu'elle était amoureuse. Complètement amoureuse de ce garçon excentrique abandonné par sa mère.

Pick a avancé sa main.

— Marché conclu.

Ils se sont serré la main et Pick a prolongé le contact, quelques secondes de plus.

— C'est super. Je n'ai pas envie d'y aller seul.

Il n'a pas envie d'y aller seul ; elle ira avec lui, même si elle n'a pas la moindre idée de comment faire. Mais il reste presque deux mois, alors elle a le temps de trouver quelque chose. Peut-être que Kirby l'emmènera, ou peut-être que la guerre au Vietnam s'arrêtera et que Tiger rentrera à temps pour les accompagner, Pick et elle. Ça, bien sûr, ce serait presque trop beau pour être vrai.

Jessie fixe la lettre qu'elle est en train d'écrire, puis regarde Fair Street par la fenêtre et se demande sur quoi Tiger posera les yeux quand il la lira.

J'espère que tu vas bien. Je pense à toi tous les jours, et au cas où tu te poserais la question, rien n'est pareil sans toi. Écris-moi vite s'il te plaît.
Je t'embrasse, Jessie-Cracra.

Piece of My Heart

Pour le trajet en voiture vers Cape Cod dans la Lincoln Continental de Joey Whalen, Blair noue son foulard Pucci sur ses cheveux et enfile ses lunettes de soleil rondes, une allure tendance qu'elle a tout bonnement volée à l'ancienne première dame Jackie Kennedy Onassis. Joey veut conduire sans la capote parce que la journée est belle et Blair accepte ; elle est simplement contente que la voiture soit assez spacieuse pour accueillir sa corpulence.

Joey porte un costume bleu et une paire de Wayfarer. Ils roulent tranquillement le long de la route 3 en direction de Cape Cod, la radio à plein régime ; là, tout de suite, c'est Janis Joplin. Blair jette un œil à Joey à travers ses yeux mi-clos. Il a l'air calme et insouciant et il fait semblant de jouer de la batterie sur le volant.

La scène qui a suivi l'arrivée d'Angus, quand il a pris Blair et Joey en flagrant délit, a été si atroce qu'elle a du mal à croire, avec le recul, que son accouchement ne se soit pas déclenché à ce moment-là. Cela lui paraît incroyable qu'Angus, qui ne lui a jamais fait la surprise de rentrer plus tôt une seule fois depuis leur mariage, débarque juste au moment où elle s'abandonnait à son désir pour Joey.

Angus est resté bouche bée devant Blair et Joey, et le bouquet de fleurs – qu'il avait dû acheter pour célébrer la nouvelle des jumeaux – était tombé par terre.

— Bon Dieu mais qu'est-ce qu'il se passe ? a-t-il rugi.

Joey et Blair ont essayé de s'éloigner l'un de l'autre mais une ficelle de la robe de maternité en lambeaux de Blair s'est prise dans l'un des boutons de la chemise sur mesure de Joey, et il y avait eu ce moment gênant à affronter, qui a laissé le temps à Angus de se précipiter vers le canapé et de se dresser devant eux.

— Depuis quand est-ce que ça dure ?

Blair a laissé Joey parler. *Il ne se passe rien*, a-t-il expliqué. Joey était venu leur rendre visite et Blair était bouleversée. Joey tentait seulement de la réconforter et ils s'étaient laissé emporter.

— Tu penses vraiment que je vais avaler ça ? a lancé Angus.

Il a plissé les yeux en fixant Joey et Blair a été déconcertée qu'il semble aussi furieux. Elle ne l'avait pas vu montrer autant d'émotions depuis l'été de leur mariage. Quand ils étaient revenus à Boston au mois de septembre et qu'Angus était retourné au MIT, il était devenu de plus en plus robotique, comme programmé pour la routine.

— Tu as des vues sur ma femme depuis le début.

— Eh bien, a répondu Joey en se relevant pour se tenir de toute sa stature – il était plus grand qu'Angus, et plus large d'épaules. Il faut dire que c'est avec moi qu'elle est sortie en premier.

Blair a ouvert la bouche pour protester, mais avant qu'elle ait pu placer un mot, Angus a décoché un coup de poing dans l'œil de Joey et celui-ci a répliqué par un coup à l'estomac. Rapidement, les deux frères ont engagé une bagarre en bonne et due forme. Ils se tournaient autour, et de vieilles rancunes resurgissaient. Angus lui en voulait de ne pas avoir oublié Blair et de lui avoir offert un cadeau de mariage suggestif, le briquet en argent gravé des mots : *Je t'ai aimée le premier. À toi pour toujours, Joey.* (Blair a porté les mains à sa bouche – Angus avait remarqué le briquet !) Joey a répliqué qu'il en voulait à Angus de lui avoir piqué Blair sans un mot d'excuse. Ils se sont empoignés et ont basculé sur le sol. Leur match de boxe est devenu une sorte de lutte et Blair aurait voulu leur crier d'arrêter mais elle avait envie de savoir ce que les deux frères avaient à se dire.

— Tu obtiens toujours exactement ce que tu veux, et plus encore, a lancé Joey. Parce qu'apparemment, tu es un génie.

— Et toi ? a craché Angus. Tu te la coules douce avec ton physique, ton charme, tes talents sportifs. Tout le monde te préfère. Je n'aurais jamais pu avoir une fille comme Blair si tu ne l'avais pas amenée jusqu'à moi.

— Exactement ! Tu as épousé une femme trop bien pour toi et tu fous tout en l'air !

Joey tenait le bras d'Angus au-dessus de sa tête et il a pris de l'élan pour lui envoyer un coup de poing. Angus s'est préparé et Blair a laissé échapper un cri. Joey a semblé hésiter, puis il a relâché sa prise sur Angus et s'est remis sur ses pieds.

— Elle dit que tu as une liaison.

Angus s'est relevé.

— Alors là, c'est l'hôpital qui se fout de la charité.

— Tu mens à ta femme enceinte, a répondu Joey, avant de se tourner vers Blair. Je ne ferais jamais ça. Si tu étais mienne, je serais fidèle.

Angus a montré la porte du doigt.

— Dehors !

— Avec plaisir.

Il a enfilé avec brusquerie sa veste de costume et s'est penché pour regarder Blair.

— Si tu as besoin de moi, appelle le Parker House.

Blair, la tête baissée, a attendu qu'il sorte. Angus s'est épousseté puis a disparu dans la cuisine. Blair est restée sur le canapé, rassemblant l'énergie de se relever. Elle était étrangement contente qu'Angus soit rentré et les ait surpris. Elle était une perle rare ! Elle était désirable – même enceinte !

Elle s'est levée péniblement et s'est dandinée vers la cuisine. Angus avait le dos tourné.

— Qui est Trixie ? a demandé Blair. Et depuis combien de temps est-ce que tu la fréquentes ?

Angus a fixé le mur derrière l'évier où Blair avait épinglé une broderie qui disait ON RÉCOLTE CE QUE L'ON SÈME. Elle s'est retenue de lâcher un rire ironique.

— Tu sais ce que je pense ? a poursuivi Blair. Je pense que tu la vois depuis avant notre mariage. Je pense que tu lui as parlé au téléphone pendant notre lune de miel.

Elle a regardé les épaules d'Angus se tendre. Il semblait presque vibrer sous l'effet de tout ce qu'il voulait lui dire – une confession, peut-être.

— Et le jour où je suis venue à ton bureau ? Dobbins m'a dit que tu avais un rendez-vous personnel.

— On en a déjà parlé, a répondu Angus.

Blair a tenté un rire hautain, comme celui que sa grand-mère avait perfectionné, mais elle n'est parvenue qu'à un hennissement.

— Je crois que tu étais avec elle. Et l'autre jour, au téléphone, je vous ai entendus tous les deux, Angus. Elle a dit son nom. Tu as dit que tu voulais la voir.

Angus s'est retourné. Il tenait ses lunettes à la main. Elles étaient brisées en deux ; Joey les avait cassées. Blair n'avait que rarement l'occasion de le regarder dans les yeux comme elle le faisait maintenant. Ses yeux étaient marron et mouchetés de vert. Blair avait eu beau le maudire sans cesse l'année passée, elle restait prisonnière de son charme.

— Tu as raison, a-t-il dit. J'étais au téléphone avec Trixie quand nous étions aux Bermudes. Et j'étais avec elle le jour où tu es venue me voir au bureau.

Blair avait l'impression d'être de nouveau attaquée ; elle s'en doutait, mais l'entendre dire était une douleur nouvelle.

— Je t'ai dit la vérité et j'aimerais que tu me retournes la politesse. Est-ce que tu en pinces pour Joey depuis tout ce temps ? – Angus eut un rire triste – Enfin, je vous ai pris sur le fait. Chez nous. Donc évidemment que la réponse est oui.

Blair n'a pas réussi à trouver les mots ; elle ne savait

pas par où commencer. La confession d'Angus était directe : oui, il avait une liaison avec Trixie. Mais Blair n'était pas certaine de ce qu'il venait de se passer avec Joey. Avait-elle des sentiments pour lui ? Impossible de nier qu'il y avait une attirance physique, mais Blair pensait que c'était parce qu'elle avait été si seule – et tellement en colère. Angus lui avait ôté tout ce qu'elle était, petit à petit. Il l'avait fait démissionner de son travail, et maintenant, avec cette grossesse, elle avait perdu non seulement son corps, mais aussi son autonomie. Angus s'attendait à ce qu'elle reste chez eux, pour tenir la maison et faire la cuisine. Elle avait fidèlement rempli ce rôle tout en servant d'incubateur à leurs enfants. Mais Angus ne lui avait rien donné en retour – ni son temps, ni son affection, ni une excuse, ni un mot d'encouragement ou un merci.

— Tu n'es jamais à la maison, a dit Blair.

Les mots paraissaient maigres et insignifiants, mais c'était là le nœud du problème. Angus et elle ne faisaient plus rien ensemble parce qu'Angus était tout le temps au travail – ou, apparemment, avec Trixie. Quelqu'un d'autre profitait de ses bons moments, de ses bons côtés – Trixie, ses étudiants ou le gouvernement américain.

— Je crois que tu devrais aller à Nantucket et passer le reste de ta grossesse là-bas.

Blair était trop fière pour montrer combien ces mots la blessaient.

— Nantucket ? Et comment est-ce que je suis censée y aller ? Je ne peux décemment pas conduire dans mon état.

— Je suis certain que Joey t'emmènera. Fais tes valises.

Joey a pris une journée de congé complète et même apporté de quoi pique-niquer, dans un panier sur le siège arrière. Près de la sortie pour Plymouth, ils dépassent un homme âgé dans une Mustang décapotable rouge cerise. Il klaxonne et leur adresse un pouce en l'air, et Joey répond par un signe de main. En regardant Blair à partir des épaules, personne ne peut voir qu'elle est enceinte. Pour l'homme dans la Mustang, suppose Blair, Joey et elle ressemblent à n'importe quel autre jeune couple en virée.

Joey pose sa main sur le genou de Blair et elle songe à l'enlever. Agit-il en beau-frère prévenant et en homme bien en la conduisant à Hyannis ou est-il en train de revendiquer un droit sur elle ? A-t-elle été transmise, comme le témoin d'une course de relais, d'un frère à l'autre ? Blair n'a même pas besoin de se demander ce qu'en penserait Betty Friedan ; elle connaît déjà la réponse.

Comme Blair l'a suggéré, ils ne s'arrêtent pas pour déjeuner avant d'avoir dépassé le Sagamore Bridge et d'être à Cape Cod. Joey conduit en direction de Craigville Beach, où il y a des tables de pique-nique surplombant l'eau. Il étend une nappe à carreaux rouges et un déjeuner préparé par le chef de Parker House : du rôti de bœuf froid, de petits pains, des œufs durs, des cornichons, de la salade de chou, des fraises coupées et un quatre-quarts. Blair aimerait pouvoir dire qu'être jetée de chez elle par son mari infidèle a diminué son appétit, mais en réalité, elle a plus faim que jamais. Joey la regarde avec grand intérêt tandis qu'elle dévore un sandwich au rôti de bœuf accompagné de tranches d'œuf, de salade et de cornichons – des tas de cornichons ! –, puis se coupe une épaisse tranche de quatre-quarts et la recouvre de fraises.

— Mon royaume pour de la crème chantilly, dit-elle.

Joey lève un doigt et Blair pense qu'il est sur le point de lui dire qu'elle est une enfant capricieuse mais au lieu de ça, il court vers le marchand de glaces sur la plage. Blair plisse les yeux pour le voir sortir des pièces de sa poche, et l'instant d'après, Joey revient vers elle, une bombe de crème chantilly à la main. Il la pose près de son assiette.

— Tes désirs sont des ordres. Fais-toi plaisir.

Voilà, pense Blair, *voilà ce que ça fait d'être adorée.*

Quand ils arrivent au ferry, Joey installe la valise de Blair sur le chariot à bagages et lui tient le bras en l'accompagnant vers la passerelle.

— Je devrais prendre le ferry avec toi, dit-il.

— Non, non, répond Blair.

Elle a dû mal à imaginer la tête de sa mère et de sa grand-mère si elles la voyaient arriver à Nantucket avec Joey Whalen au lieu d'Angus. Sa grand-mère, en particulier, serait perdue et en colère, et il faudrait qu'elle s'explique.

— Tu en as déjà tant fait. Tout ira bien.

Elle lui montre l'exemplaire abîmé de *Chez les heureux du monde* qu'elle a emporté pour le trajet en ferry.

Elle l'a déjà lu une demi-douzaine de fois ; c'est une sorte de doudou littéraire.

Joey lui prend le livre et l'examine.

— Edith Wharton. Je devrais lire ça. C'est comme ça qu'Angus t'a conquise, n'est-ce pas ?

— Oh, Joey.

Elle se dresse sur la pointe des pieds et dépose un baiser chaste sur ses lèvres.

— Je vais te laisser t'installer puis je viendrai te rendre visite.

— Je serai sûrement rentrée à Boston la semaine prochaine.

Ce qu'elle veut dire, c'est qu'elle rentrera quand Angus aura recouvré ses esprits et la suppliera de rentrer à la maison.

Joey sourit à pleines dents.

— Ce serait super !

Il attire Blair dans une étreinte fougueuse et puissante, si vigoureuse que Blair craint pour les bébés, puis après lui avoir pris la main, il se dirige vers sa voiture.

Blair se retourne une dernière fois pour le voir avant de pénétrer dans la pénombre de la cale du bateau. Joey est derrière le volant de la Lincoln, faisant de grands signes frénétiques. Blair lui répond, mais elle ressent un indéniable soulagement quand il s'éloigne enfin.

Everybody's Talking

24 juin 1969

Cher Tiger,

Tu ne vas pas le croire.
Je suis à Nantucket depuis une semaine et je n'ai été à la plage qu'une seule fois, dimanche après-midi. Juste maman, papa et moi. Papa a insisté pour qu'on aille jusqu'à Great Point parce qu'il voulait pêcher dans les vagues. Le trajet a pris plus d'une heure et on a failli se retrouver coincés parce que papa n'avait pas assez dégonflé les pneus pour rouler sur le sable. Maman avait mis une bouteille de chablis dans la glacière et quand on est enfin arrivés à Great Point, elle s'est mise à boire. On dirait qu'elle a complètement abandonné tous ses devoirs de maman – par exemple, elle n'a pas proposé de faire les sandwichs, alors papa les a préparés et il a mis de la moutarde dans mon sandwich au fromage alors j'ai dû le donner aux goélands. Il n'y avait personne là-bas à part des pêcheurs et un phoque qui nageait au large. Papa a dit que la présence du phoque voulait dire qu'il y avait des poissons mais maman a répondu que ça signifiait qu'il y avait des requins et que

je ne pouvais pas aller nager. Maman n'a pas proposé de me mettre de la crème solaire sur le dos et je n'ai pas osé demander alors j'ai pris un coup de soleil.

C'était la pire journée de plage de toute ma vie.

(Mais ce n'est pas ça la partie que tu ne vas pas croire. J'y viens… attends !)

Maman a promis qu'elle m'emmènerait à Cisco Beach pour que je puisse passer du temps avec des gens de mon âge mais après le départ de papa dimanche soir, maman était si triste qu'elle a dit qu'elle avait besoin d'une journée pour récupérer. Alors on devait y aller aujourd'hui (mardi), après mon cours de tennis. Mes cours de tennis avec Suze se passent bien…

Là, Jessie s'arrête. Aujourd'hui, elle a signé le registre en tant que Jessica Levin et Exalta lui a arraché le stylo des mains pour barrer le nom Levin d'un trait épais et colérique. Elle a dit, assez fort pour que tout le monde l'entende, y compris les jumelles Dunscombe et Mme Winter : « Jessica, l'adhésion est au nom de Nichols depuis 1905, l'année de la fondation du club. C'est moi qui paye les notes, et non ton père. Par conséquent, tu utiliseras mon nom au club ou je révoquerai tout simplement ton droit de signer toi-même. Me suis-je bien fait comprendre ? »

Pour s'empêcher de pleurer, Jessie a imaginé qu'Exalta traversait North Beach Street sans regarder à droite et à gauche, comme elle le fait souvent, et qu'elle se faisait renverser.

Jessie s'est excusée et est allée dans les vestiaires, où l'une des jumelles Dunscombe – Helen ou Heather, elle ne saurait dire laquelle – s'est éclipsée dans une cabine. La jumelle en question avait laissé entre les lavabos un sac en toile avec une anse en bois et un rabat en lin bleu marine monogrammé. Jessie a observé le sac. Le monogramme était HAD ; elle n'était pas sûre de connaître les deuxièmes prénoms des jumelles, mais il était possible, et même probable, qu'Helen et Heather aient les mêmes initiales. Alors qu'elle se disait que jamais elle ne volerait les jumelles Dunscombe – cela lui semblait bien plus grave, d'une certaine façon, que de voler le club – elle a soulevé l'anse en bois et attrapé la première chose qui lui tombait sous la main, un billet de cinq dollars et un gloss Bonne Bell, parfumé au soda *root beer*. Elle a fourré les objets dans la poche de sa robe de tennis.

La chasse d'eau a retenti. Un instant plus tard, la jumelle est sortie et lui a adressé un sourire.

— Salut, Jessie, a-t-elle dit.

Le cœur de Jessie s'est brisé quand elle s'est rendu compte que c'était Heather, la jumelle sympa.

— Salut, a-t-elle répondu.

Mais Jessie décide de ne pas accabler Tiger avec cette histoire. La dernière chose que Tiger a besoin de savoir, c'est que pendant qu'il agit en héros, Jessie est à Nantucket en train de devenir une criminelle endurcie. Elle ne décide pas vraiment de voler. Ça arrive, c'est tout.

... mais j'ai encore beaucoup de travail à faire sur mon service. J'ai demandé à Suze si quelqu'un avait déjà fait des doubles fautes tout au long d'un match et elle m'a dit qu'il fallait que je « change d'état d'esprit ».

Jessie se rend compte qu'elle donne à Suze l'air méchant, ce qu'elle n'est pas; Suze est coriace, de la façon la plus admirable possible. Elle refuse simplement que Jessie envisage de faire des doubles fautes pendant tout un match. À la place, elle encourage Jessie à utiliser la visualisation positive. Elle a quelques phrases fétiches: *Accompagne la balle! Monte au filet!* Mais elle lui a aussi donné des conseils qui n'ont rien à voir avec le tennis, comme: *Ne change jamais ton nom de jeune fille.* Ou: *Gagne ton propre argent.*

— Tu ne veux quand même pas dépendre financièrement d'un homme, si? lui a demandé Suze le matin même, alors qu'elles ramassaient les balles sur le court.

— Euh… non? a répondu Jessie.

Suze a fait rouler une balle de tennis contre sa basket blanche et d'un rapide mouvement de pied et de raquette, l'a fait monter et attrapée.

— Dis-moi, Jessie, tu as des modèles dans la vie?

— Mon frère est au Vietnam. Il sert notre pays.

— Des modèles féminins.

Jessie a réfléchi. La réponse évidente aurait été sa mère, bien que Kate ne travaille pas et ne gagne pas d'argent, et qu'Exalta non plus. Blair avait un travail mais elle a démissionné quand elle a épousé Angus. Kirby travaille à Martha's Vineyard – elle a trouvé un poste dans un hôtel – mais Kirby est un esprit libre et fume du haschich, et bien que Jessie adore et idolâtre sa sœur, le terme *modèle* ne semble pas vraiment convenir.

— Vous? a dit Jessie.

— Dans le mille, a répondu Suze, et elle a soulevé une autre balle.

Jessie retourne à sa lettre. Elle doit rester concentrée.

Alors voilà la partie que tu ne vas jamais croire. Quand je suis rentrée à la maison après mon cours de tennis, je suis montée en vitesse dans ma chambre pour mettre mon maillot de bain ET DEVINE QUI ÉTAIT ASSISE SUR MON LIT ???

Blair !

L'histoire qu'elle a racontée à maman et Nonny, c'est qu'elle se sent seule à Boston parce qu'Angus travaille tout le temps et qu'elle a peur de perdre les eaux quand elle est seule à l'appartement alors elle est venue à Nantucket.

Elle est énorme, Tiger. On dirait qu'elle a avalé une Coccinelle Volkswagen.

Mais la vraie histoire…

Là, Jessie s'arrête. Elle a promis à Blair de ne répéter la vérité à personne, mais Tiger est très loin et elle n'a pas de nouvelles de lui depuis des semaines, alors qui sait, peut-être qu'il ne reçoit même pas ses lettres. Elle pourrait tout aussi bien les mettre dans des bouteilles qu'elle jetterait à la mer.

… c'est qu'Angus trompe Blair avec une femme qui s'appelle Trixie. Et ensuite, avant-hier, Joey Whalen est venu la voir. Blair lui a parlé de la liaison d'Angus et elle s'est mise à pleurer. Puis une chose en a mené à une autre. Tu sais comment ça peut arriver.

Comme si elle, Jessie, pouvait savoir.

Et Angus est arrivé dans l'appartement et a surpris Blair et Joey en train de s'embrasser! Puis il a chassé Blair!

Je suis contente qu'elle soit là, à part que maman lui a donné ma chambre, ce qui veut dire que je dois aller à Little Fair et dormir dans la deuxième chambre à l'étage. Je ne sais pas si je te l'ai raconté mais le petit-fils de M. Crimmins occupe l'autre chambre à l'étage et M. Crimmins dort dans celle du rez-de-chaussée. Ce sera bizarre, nous tous dans cette petite maison, mais l'autre option était de dormir dans le deuxième lit dans la chambre de Nonny.

Non merci!

Jeudi soir, maman va m'emmener au Mad Hatter pour fêter mon anniversaire. Elle a choisi jeudi soir parce que, tu t'en souviens peut-être, c'est le jour où Nonny joue au bridge. Blair dit qu'elle est bien trop grosse pour sortir en public, alors ce ne sera que maman et moi.

La seule autre personne que je voudrais voir, c'est toi. J'aimerais que tu sois là.

Écris vite s'il te plaît. Tu peux écrire à maman, Kirby, Blair ou même Nonny, mais s'il te plaît écris pour qu'on sache...

Jessie manque d'écrire *que tu es vivant.*

... que tu vas bien.
Je t'embrasse, Jessie-Cracra.

Mother's Little Helper

Dimanche soir, Kate conduit David au quai Steamboat Wharf pour attraper le dernier ferry, et quand ils arrivent, il se penche, l'embrasse sur la joue et dit :

— Tu bois trop.

Kate ouvre la bouche pour se défendre, mais avant qu'elle puisse dire un mot, David ajoute :

— Si tu continues comme ça, tu vas devenir comme ta mère. Et ni toi ni moi n'avons envie de ça.

Il sort de la voiture et s'ajoute à la longue file de gens qui retournent à la vraie vie après un week-end estival bien rempli. Kate attend de voir s'il va lui faire signe, mais la voiture derrière elle klaxonne ; elle doit s'en aller.

David s'est fait comprendre.

Il a raison. Elle boit trop.

Elle s'est mise à boire le dimanche 25 mai, le lendemain du jour où Tiger a fini ses classes et a été déployé dans les Montagnes centrales au Vietnam. Ils sont allés bruncher avec Exalta et Kate a tellement bu que David a dû la porter pour sortir de l'Union Club. Quand elle est arrivée à la maison, elle s'est écroulée dans la pénombre de sa chambre alors qu'il n'était que trois heures de l'après-midi. Elle s'est réveillée à minuit, s'est rendu compte qu'il était midi au Vietnam et s'est mise à pleurer. Aux quatre coins des États-Unis, des mères tenaient bon, soutenues par l'amour de leur pays et leur haine du communisme, mais Kate ne parvenait pas à mobiliser ces émotions. Tiger, très débrouillard, avait de bons instincts ; il était le soldat parfait et son père avait fait carrière dans l'armée. Kate aurait dû éprouver confiance et fierté – mais elle ne pensait qu'au risque de ne jamais le revoir.

Il n'y a que l'alcool qui l'aide, aussi pathétique que cela puisse paraître.

À la maison, à Brookline, une fois David parti au travail et Jessie à l'école, Kate ouvrait une bouteille de chablis, qu'elle avait finie pour l'heure du déjeuner. Elle buvait des vodkas-sodas toute l'après-midi – contrairement au gin, la vodka n'a pas d'odeur – et puis, quand David rentrait, elle leur servait un scotch à tous les deux, qu'ils buvaient en regardant Walter Cronkite. Puis ils ouvraient une bouteille de vin pour le dîner et Kate terminait sa journée par un dernier verre, de sherry ou d'eau-de-vie de mûre.

Ce n'était pas aussi grave que ça en avait l'air, du moins c'est ce que Kate pensait. Ça ne faisait que neuf ou dix verres par jour, moins d'un par heure, bien que certains soirs elle boive des martinis pendant le dîner, comme elle l'a fait au Skipper samedi soir. Ils ont commencé le dîner au champagne pour fêter le premier week-end de David sur l'île, mais tout ça n'était qu'une mascarade. David détestait Nantucket. Il se défendait en disant qu'il aimait bien Nantucket : ce qu'il détestait, c'était vivre chez Exalta. La maison, même avec Little Fair, était trop petite pour eux tous et vivre selon les règles d'Exalta était un véritable calvaire. David n'aimait pas non plus la façon dont leur vie sociale tournait autour du Field & Oar Club, un endroit où il ne s'est jamais senti à sa place, ni même bienvenu.

Au dîner au Skipper, David a dit :

— Nous avons fait une très bonne année au cabinet et je vais sûrement recevoir un bonus conséquent. On devrait acheter notre propre maison ici.

Il s'est mis à décrire une annonce qu'il avait vue pour une maison à Madaket, un cottage avec une vue imprenable sur l'Atlantique.

— Six chambres, a-t-il expliqué. Quatre salles de bains et des toilettes séparées en plus. Et un terrain assez grand pour un court de tennis. Notre propre court de tennis.

À ce moment-là, il a tendu la main vers celle de Kate, mais elle était en train de lever sa coupe de champagne pour la vider d'un seul trait. Elle comprenait l'envie de David d'avoir leur propre maison et c'était tentant d'imaginer annoncer à Exalta qu'ils déménageaient. Mais... Madaket ? Madaket était à dix kilomètres à l'ouest. C'était la nature sauvage. Comment Kate pourrait-elle s'habituer à ne pas être en ville ? Ne pas pouvoir aller à pied au Charlie's Market, au club ou au Skipper ? Quant à construire leur propre court de tennis, David devait sûrement plaisanter. Ce serait une façon très gauche de crier sur tous les toits que le cabinet de David avait fait une année du tonnerre, encore pire que de faire construire une piscine.

La triste vérité, c'était que Kate était prisonnière de sa propre mère, d'All's Fair et de la vie qu'elle avait connue ces quarante-huit dernières années à Nantucket. Elle ne voulait pas déménager. Elle ne voulait pas changer.

— Mère n'est pas éternelle, a dit Kate.

David, parce qu'il était un homme tendre et ne voulait pas se disputer avec elle, même quand elle avait si sommairement rejeté ses espoirs de construire une nouvelle vie ici, lui a souri.

— On parie ?

La soirée a empiré lors du trajet du retour. Kate n'avait pas encore dit à son mari que Bill Crimmins et son petit-fils vivaient à Little Fair ; il ne savait rien de l'arrangement qu'elle a passé.

— Je crois que j'ai oublié de te dire que Mère a proposé Little Fair à Bill Crimmins pour l'été.

— À vrai dire, Exalta m'a dit que c'était toi qui lui avais proposé. À lui et à son petit-fils, a répondu David.

Kate a acquiescé. Elle était si ivre qu'elle avait l'impression de se déplacer sous l'eau.

— C'était moi. Tu es en colère ?

— C'est très prévenant de ta part, Kate. Bill Crimmins a toujours bien agi envers toi, n'est-ce pas ?

Kate a courbé la tête et regardé le bout de ses ballerines Pappagallo roses avancer, pied gauche, puis droit. Elle était si ivre que c'était comme regarder les pieds de quelqu'un d'autre. Bill Crimmins avait-il bien agi envers elle ? Leur relation était bien trop compliquée pour ce genre de généralisation, mais David, bien entendu, ne savait rien du passé de Kate avec la famille Crimmins. Elle ne pouvait rien lui avouer à ce sujet, pas plus qu'elle ne pouvait lui parler de son arrangement avec Bill Crimmins cet été. David pensait qu'elle faisait tout simplement preuve de gentillesse alors qu'en réalité, elle avait échangé Little Fair contre la sécurité de Tiger.

Kate s'est mise à pleurer. David n'avait apporté aucune lettre de Tiger. Les lettres étaient son oxygène, et sans oxygène, elle ne pouvait pas survivre.

Elle parvient à passer la journée du lundi sans un seul verre, ce qui la force à refuser un déjeuner au club avec Exalta et une virée à la plage avec Jessie, parce qu'elle ne peut supporter ni l'un ni l'autre sans vin. À la place, elle va chez Charlie's pour faire de vraies courses et se rend à l'étal de vente directe de la ferme sur Hummock Pond Road. Il est encore trop tôt dans la saison pour le maïs et les tomates alors elle doit se satisfaire de radis, de mâche et d'un melon. Elle fait un dernier arrêt à la boulangerie Aime's Bakery pour leur pain portugais, arrivant juste à l'instant où les miches fraîches sortent du four. Elle veut préparer un bon dîner froid – le pain avec du beurre salé, la mâche et les radis coupés en tranches et du poulet poché froid avec une sauce russe faite maison, et elle sortira un ou deux fromages qu'elles ont apporté de Savenor's. Cela semble beaucoup pour juste Exalta, Jessie et elle, alors

Kate envisage d'inviter Bill Crimmins à les rejoindre. Est-ce que ça paraîtrait insistant ? Kate voudrait savoir si son beau-frère, l'ami personnel et le confident du Général Creighton W. Abrams, l'a contacté. Mais elle se dit que Bill viendra la voir à la minute où il aura des nouvelles et décide que l'avoir à sa table rendra ses conjectures insupportables.

Kate regarde Walter Cronkite, puis Jessie, Exalta et elle prennent leur repas dans la cuisine. Exalta fait l'éloge de la sauce et mange quatre morceaux de pain. Elle vide deux Hendrick's tonic pleins de glace accompagnés d'un zeste de citron vert – elle prépare le zeste elle-même, son unique prouesse culinaire – et Kate se propose pour tout ranger, pour rester occupée. À sept heures et demie, quand la vaisselle est faite, les restes emballés et rangés, le soleil brille encore. Le solstice était il y a trois jours et les journées sont longues, trop longues. L'effort qu'elle a fourni pour s'empêcher de boire a épuisé Kate.

Elle monte se coucher.

Pourra-t-elle y arriver à nouveau le lendemain ? Elle entend Jessie et Exalta qui se lèvent tôt pour le cours de tennis de Jessie et elle veut les accompagner mais sa mère commandera un mimosa ; résister sera trop dur. Elle se rallonge dans son lit, pose un oreiller sur son visage pour cacher la lumière du soleil.

Quand elle se réveille à nouveau, la maison est silencieuse. Kate sort de son lit et s'approche de la fenêtre, juste à temps pour apercevoir Pick descendre Fair Street à contresens sur son vélo. Il ne porte qu'un caleçon de bain jaune et une serviette autour du cou. Il est pieds nus. En route pour la plage, suppose Kate, et les jours d'été de son enfance lui manquent alors terriblement. Elle n'a pas encore été officiellement présentée au garçon ; Bill Crimmins évite probablement ce moment pour des raisons évidentes. Mais cela finira par arriver tôt ou tard.

Kate attend qu'il disparaisse au loin, puis elle descend dans la cuisine pour se préparer une vodka-orange, bien forte.

Elle est à la moitié de son deuxième verre quand elle entend quelqu'un entrer par la porte de derrière. Assise dans le petit salon, elle regarde la brise estivale qui remue les parties mobiles des bibelots d'Exalta. Le chef indien dans son canoë a toujours été le préféré de Tiger.

Il est trop tôt pour que Jessie et Exalta soient de retour, ce qui veut dire que ce doit être Bill Crimmins.

Peut-être qu'il est passé au bureau de poste. Peut-être qu'il a sa réponse.

Elle abandonne sa vodka-orange dans le petit salon. Si Bill lui dit ce qu'elle veut entendre – ce qu'elle a besoin d'entendre – elle promet devant Dieu de ne plus jamais boire une goutte d'alcool.

Quand Kate entre dans la cuisine, elle pousse un cri de surprise. Ce n'est pas Bill Crimmins – c'est Blair ! Kate cligne des yeux, pensant que son esprit lui joue des tours à cause de la vodka si tôt le matin et cette idée est renforcée par le fait que Blair ne se ressemble pas du tout. On dirait une caricature d'elle-même

– comme si elle avait été gonflée d'air et qu'elle était sur le point d'exploser.

— Mon cœur ? dit Kate.

Blair éclate en sanglots.

Kate prépare deux vodkas-oranges et guide Blair jusqu'à sa chambre, où elle pousse l'air conditionné au maximum. Exalta n'aime pas qu'on l'utilise avant le mois de juillet mais il fait déjà une chaleur étouffante. Non seulement la pauvre Blair est hystérique, elle est aussi luisante de sueur. Elle a besoin d'une pièce fraîche où discuter en privé ; le bruit de l'air conditionné noiera leurs mots au cas où Exalta et Jessie rentreraient à la maison.

Kate se demande si Blair va réussir à monter l'escalier. Elle est énorme !

Blair s'affale sur le lit et libère ses pieds gonflés des sandales. Kate lui tend un verre de vodka-orange.

— Bois une gorgée, dit-elle. La vodka va te calmer et le jus est plein de vitamine C, c'est bon pour les bébés.

Blair accepte le verre et le vide d'un trait. Kate prend un mouchoir en tissu dans son tiroir à lingerie. Si Blair est ici, elle doit avoir de très mauvaises nouvelles, mais Kate n'est pas contre une distraction pour ne pas penser à Tiger.

— Que s'est-il passé ? demande Kate.

Blair secoue la tête.

— C'est fini avec Angus.

— Blair, je t'ai dit…

— Ce n'est pas ma décision. C'est celle d'Angus. Il m'a demandé de partir.

— Comment ?

Elle a toujours pensé qu'Angus était un peu étrange, un peu inadapté socialement, possiblement à cause de son QI élevé, mais elle n'avait jamais imaginé qu'il était le genre d'homme à chasser sa femme enceinte de chez eux. C'est... barbare, voilà ce que c'est. Elle qui attend des jumeaux par-dessus le marché !

— C'est à cause de cette femme ?

Kate ferme les yeux et repousse les souvenirs de Wilder et de toutes les peines qu'elle a endurées avec lui.

— Il a admis qu'il la voyait. Et puis il m'a demandé de partir.

— Je suis... je suis sans voix. Je n'aurais jamais cru Angus si cruel.

Blair baisse le regard en direction de son ventre prodigieux.

— Ce n'est pas entièrement la faute d'Angus. Joey Whalen est venu me rendre visite et...

Mon Dieu, pense Kate, *qu'est-ce que Blair va bien pouvoir dire ?*

— ... et je l'ai embrassé, maman. Vraiment embrassé. Et Angus nous a surpris !

Blair se remet à pleurer à chaudes larmes.

— Angus est rentré me faire une surprise avec un bouquet de fleurs pour fêter la nouvelle des jumeaux et j'étais en train de rouler des patins à son frère !

Oh là là, pense Kate. Il y a longtemps qu'elle soupçonne Blair de ne pas avoir oublié Joey, et vice versa.

— Angus comprend certainement que tu étais bouleversée par sa relation avec cette autre femme ? Et tu lui as dit que tu n'étais pas toi-même à cause de ton état ?

— Il n'a rien voulu entendre. Joey a aggravé les choses en proclamant son amour pour moi. Ils se sont battus devant moi et puis Angus a dit qu'il pensait que je serai plus heureuse avec Joey de toute façon.

— Comment ? N'importe quoi !

— Joey m'a accompagnée au ferry. Je crois qu'il a toujours des sentiments pour moi. En vérité, je sais que c'est le cas.

— Les sentiments de Joey Whalen ne sont pas notre problème. Ce qui nous occupe c'est comment toi tu te sens, et tu aimes Angus. N'est-ce pas ?

Blair hésite, mais sa réponse à cette question n'a aucune importance. Elle a épousé Angus pour le meilleur et pour le pire. Angus est le père des bébés, et non Joey. La paternité n'est pas quelque chose qu'on peut simplement transférer à un autre homme. Bien que ce soit exactement ce que Kate ait fait ; David a élevé ses trois enfants comme s'ils étaient les siens.

— Joey est prévenant et il m'adore. Je suis sûre qu'il m'encouragerait à travailler après la naissance des bébés si je voulais.

— Travailler après la naissance ? Tu attends des jumeaux, mon cœur. Ils vont te fournir suffisamment de travail.

— Je voulais de la crème chantilly sur mon gâteau et Joey a couru m'en chercher chez le marchand de glace.

Kate passe son bras autour des épaules de sa fille.

— Tu dois arrêter de dire des bêtises. Tu es mariée à Angus, tu vas rester mariée à Angus et tu vas rester à la maison et élever ces enfants tout comme je suis restée à la maison pour t'élever. La maternité est un sacrifice. C'est pour cela que c'est si gratifiant.

— Mais…

— Dans quelques jours, Angus aura changé d'avis. Une semaine, tout au plus. Et puis tu rentreras à la maison.

Pendant que Blair sanglote dans le mouchoir, Kate songe à l'organisation pratique pour accueillir Blair ici, même une semaine. Il faudra appeler l'hôpital local cette après-midi pour s'assurer qu'il y a un médecin capable de procéder à l'accouchement en cas d'urgence. Et où Blair va-t-elle dormir ? Kate ne peut pas la mettre à Little Fair avec les Crimmins ; il faudra qu'elle prenne la chambre de Jessie et Jessie ira à Little Fair. Ce n'est pas optimal, mais ce n'est que pour une semaine. Jessie s'en remettra.

Pauvre Jessie. Kate lui a promis une journée à la plage et maintenant c'est fichu, et en plus elle est chassée de sa chambre. Kate vide sa vodka-orange et, malgré le chaos, un sentiment de calme l'envahit. Elle emmènera Jessie dîner jeudi soir pendant qu'Exalta jouera au bridge. Et puis elle accordera à Jessie un peu plus de liberté. *C'est ce que tous les enfants veulent de nos jours*, pense Kate. *La liberté.*

Magic Carpet Ride (Reprise)

Kirby passe ses premiers jours de congé à tenir la chandelle pour Patty et Luke, qui sont rapidement devenus un couple. Luke Winslow va rentrer en quatrième année à Columbia; il fait des études de commerce et quand il aura fini, il ira tout droit à Wall Street, explique-t-il, où l'attend une place dans la société d'investissement de son père, Drexel Harriman Ripley. D'ailleurs, ce sont ses parents qui possèdent la maison à Martha's Vineyard dans laquelle le frère de Patty, Tommy, et son colocataire, Eugene, vivent. Kirby s'attend à quelque chose entre un squat et la maison d'une fraternité étudiante, mais quand ils se garent dans l'allée, après un joli trajet bucolique et vallonné vers Chilmark, Kirby remarque un domaine qui surplombe l'étang de Nashaquitsa Ponds sont recouverts de bardeaux de cèdre, comme la plupart des maisons de Nantucket. Celle qui est un peu plus petite, c'est celle où vivent les garçons. Les parents de Luke habitent dans l'autre, mais ils ne viennent à Martha's Vineyard que les week-ends.

La maison des garçons stupéfie Kirby. Des portes

moustiquaire coulissantes s'ouvrent sur une longue pièce aux murs blancs nus et aux poutres blanches. Le mobilier est moderne et tout en courbes. Contre un mur se trouve un canapé rouge qui ressemble à une femme allongée ; il est encadré de deux chaises Eames, l'une turquoise, l'autre vert citron. Il y a des tableaux énormes sur les murs, tous des nus féminins, modernes, rappelant Matisse et Chagall. À un bout de la pièce se trouve une cuisine minimaliste – trois tabourets de bar pivotant le long d'un comptoir en marbre blanc, sur lequel repose un large bol en bois plein de prunes et de cerises ; des étagères remplies de vaisselle rustique en céramique.

À l'autre bout de la maison se trouvent deux chambres, une avec deux lits doubles (pour Tommy et Eugene), l'autre avec un très grand lit (pour Luke), tous avec des draps en lin blanc frais. Les chambres sont reliées par une salle de bains carrelée de blanc au sol pavé de galets bleu-gris.

Dis donc ! pense Kirby. C'est sans aucun doute la maison la plus géniale qu'elle ait jamais vue. Il y a un lustre dans le salon qui ressemble à un poisson en origami. *Il est fait en papier de riz*, explique Luke.

— Qui a peint tous ces tableaux ? demande Kirby.

Les femmes nues sont toutes voluptueuses, avec des cheveux longs qui rappellent Botticelli.

— Ma mère. Elsa Winslow ? répond Luke.

Il prononce son nom comme si Kirby pouvait avoir entendu parler d'elle. Elle a suivi un cours d'histoire de l'art à Simmons, c'est comme ça qu'elle sait qui sont Matisse et Chagall. Kirby se demande si Elsa Winslow est célèbre. Peut-être qu'elle a un petit groupe de fervents admirateurs, comme Andy Warhol.

— Ces tableaux sont merveilleux, dit Kirby.

— Ouais, répond Luke. Et elle le sait.

Kirby observe Luke avec un regard nouveau. Elle avait d'abord pensé qu'il n'était qu'un type lambda – privilégié, évidemment, vu la Jeep Willys méticuleusement restaurée, mais pas si différent des garçons de Brookline. Maintenant qu'elle se trouve dans cette maison à la pointe de la mode, elle est intriguée. Elle imagine ses parents – un influent homme d'affaires et une artiste bohème de Greenwich Village – avec une pointe de jalousie. Ils ne sont pas obsédés par les règles ou le budget comme les parents de Kirby. Et ils ont donné à Luke sa propre maison pour vivre avec ses amis.

Kirby jette un œil dans les chambres.

— Pour être honnête, je pensais qu'avec trois garçons, ce serait le bordel. J'ai du mal à croire que ce soit aussi ordonné.

— On a une femme de ménage, répond Luke. Martine. Elle habite dans l'autre maison.

Luke attrape Patty et se met à la chatouiller, Patty pousse un cri perçant et ils tombent tous les deux sur le canapé rouge. Quand ils se mettent à s'embrasser, Kirby hésite à leur demander d'arrêter mais elle ne veut pas être rabat-joie. Elle s'avance vers le plan de travail et examine le bol de fruits. Les prunes et les cerises sont presque de la même couleur, mais pas exactement – un violet profond et un rouge aux magnifiques accents pourpres – et Kirby se rend compte que même les fruits sont là pour l'art. Elle prend une cerise dans le bol. Elle est grosse et paraît juteuse, Kirby ne peut s'empêcher de la mettre dans sa bouche. Depuis son arrivée sur l'île, son alimentation se résume à du porridge, des palourdes frites de chez Giordano's et des donuts rassis à l'hôtel. La cerise est plus sucrée que toutes celles qu'elle a jamais mangées. Elle suce le noyau jusqu'à ce qu'il ne reste plus rien puis le crache discrètement dans sa main. Derrière elle, sur le canapé, elle entend des bruits de langues humides et de respirations échaudées ; elle essaye de ne pas penser à Scottie Turbo. Personne ne pourrait la qualifier de prude, mais elle ne veut pas rester plantée là pendant que Luke et Patty batifolent. Elle se glisse par la porte coulissante. Du coin de l'œil, elle aperçoit Luke qui entraîne Patty dans sa chambre. Kirby entend la porte se fermer.

Bien.

Elle ne sait pas vraiment pourquoi elle se sent gênée. Ce sont eux qui devraient être mal à l'aise. Patty n'est peut-être pas au fait des convenances, mais Luke a clairement reçu une bonne éducation. Et pourtant, c'est un garçon… et les garçons font ce qu'ils veulent, quand ils en ont envie. Kirby l'a appris à ses dépens.

Pour se distraire, elle contemple la vue par-delà l'étang. Elle est tout bonnement spectaculaire. Kirby espère presque que Patty épouse Luke et hérite du domaine de son père banquier et de sa mère artiste pour que Kirby puisse continuer à venir ici pour le restant de ses jours.

Elle s'assoit sur la terrasse, le visage tourné vers le soleil, et un peu plus tard, Patty et Luke font leur apparition. Patty toute rouge, Luke triomphant.

— On va à la plage ? demande Luke.

Parce que Luke vit à Chilmark, il a accès à la Lucy Vincent Beach.

— C'est la plus sélecte des plages de Martha's Vineyard, explique-t-il. Vous avez de la chance de m'avoir rencontré.

Il sourit à pleines dents, si bien que Kirby ne peut pas le détester, même si elle sent que ça commence.

Cependant, une fois arrivée à Lucy Vincent Beach, elle est d'accord – elles ont de la chance (enfin, surtout Patty) d'avoir rencontré Luke Winslow. La plage est large, dorée et bordée de falaises saisissantes. Elle est bien plus belle qu'Inkwell, en vérité, les deux plages sont incomparables, ce qui indigne Kirby. Elle se demande si c'est un exemple de racisme institutionnel, puis elle se dit de ne pas s'emballer – Inkwell est une plage de ville et celle-ci est plus au nord, exposée aux vents et sauvage.

Kirby remarque rapidement qu'il y a, loin devant eux, un homme nu qui avance vers l'eau. Entièrement nu. Elle voit son pénis se balancer lourdement entre ses jambes. Kirby balaye la plage du regard et se rend compte que tout le monde est nu. Ils lisent assis sur des chaises ; ils dorment sur le ventre, fesses vers le ciel ; ils marchent main dans la main, discutant – tous complètement nus.

Elle tente de dissimuler sa surprise. Nous sommes

en 1969 ; la nudité n'est pas un drame, elle le sait, mais… Mon Dieu. C'est encore plus troublant d'être une personne habillée sur une plage nudiste que d'être une personne blanche sur une plage noire. Kirby va-t-elle devoir se déshabiller ? Elle lance un regard en coin à Patty. Son visage est rouge écarlate, mais Kirby ne sait pas si c'est la gêne ou le soleil. Patty est une bonne petite catholique. Ça doit lui faire un choc.

Luke trouve un large espace à découvert et pose la glacière en polystyrène, pleine de bières Schlitz et de sandwichs au poulet préparés par Martine, la bonne française. (Kirby l'a aperçue dans son uniforme noir, avec son tablier blanc et sa coiffe à fanfreluches.) Il installe les chaises et Kirby attend, se demandant ce qu'il va se passer ensuite. Patty retire son paréo transparent noir pour dévoiler un maillot de bain une pièce noir conventionnel.

— On est à Lucy Vincent Beach, dit Luke. On enlève tout.

Patty secoue la tête.

— Patricia, dit Luke.

— Elle ne veut pas, répond Kirby. Et moi non plus.

Kirby enlève son short en jean et son chemisier bouffant mais décide de garder son bikini.

Patty, cependant, enlève son maillot de bain et se tient devant eux dans son plus simple appareil. Bien en chair, elle ressemble à une femme dans une toile de Rubens. Elle a l'air, pense Kirby, d'une femme sur un tableau d'Elsa Winslow, avec ses seins ronds et ses tétons rosés, ses cuisses généreuses et la courbe de son ventre qui descend jusqu'à ses poils pubiens noirs. Kirby reconnaît le romantisme de ce qu'elle a sous les yeux : Luke a trouvé en Patty la personnification des tableaux de sa mère.

Puis Kirby constate que Patty tremble. Elle remarque une marque rouge prononcée sur les fesses de Patty – une trace de main.

Luke lui tourne le dos pour enlever son maillot, tout ce qu'elle voit, c'est son derrière blanc. Elle s'occupe en étendant sa serviette. Elle s'allonge sur le ventre et défait la ficelle de son haut de maillot de bain, mais elle n'ira pas plus loin. Elle tend le cou pour voir Luke qui entraîne Patty vers l'eau, tous deux nus comme des vers.

Kirby pose la tête sur ses bras croisés. Ce qu'elle a dit à ses parents s'avère exact : passer l'été à Martha's Vineyard est effectivement enrichissant.

Quelques jours plus tard, la température grimpe en flèche, trente degrés et cent pour cent d'humidité. Au début de la semaine il y avait une brise marine, mais le vendredi, le ciel est lourd, gris et couvert ; l'air est chaud et pesant. Évidemment c'est cette semaine-là que le ventilateur dans la chambre de Kirby choisit de rendre l'âme. Il s'arrête de tourner sans raison apparente et quand Kirby se lève pour triturer la prise, il y a un brusque crépitement d'étincelles suivi d'une odeur âcre.

Elle ne peut pas vivre sans ventilateur. La chaleur monte et elle est dans le grenier. Malgré l'unique fenêtre, sans ventilateur, l'air ne circule pas. Elle coince Evan, le neveu de miss O'Rourke, qui lui dit qu'il ira lui chercher un nouveau ventilateur. *Avec plaisir*, ajoute-t-il.

Cette après-midi-là, on toque à la porte de sa chambre. Elle est allongée sur le lit à écouter *Lady Soul* d'Aretha Franklin, l'album qu'elle a emporté pour les jours de pluie/les dimanches. Si c'est Michaela qui se plaint du volume, Kirby décide qu'elle s'excusera platement et, quand Michaela aura redescendu l'escalier, elle mettra son album de colère, *Electric Ladyland* de Jimi Hendrix, à plein volume.

C'est peut-être Patty à la porte. Luke est passé la chercher plus tôt pour aller manger des sandwichs au homard à Menemsha et elle lui a demandé de l'accompagner mais Kirby a refusé. Patty est la copine de Luke, et non Kirby, et elle trouve cela étrange que Patty veuille qu'elle soit là chaque fois qu'ils sont ensemble. Kirby se demande brièvement si Patty a peur de Luke. Elle l'a interrogée au sujet de la marque rouge sur sa cuisse.

— Est-ce qu'il t'a frappée quand vous étiez dans la chambre ? a-t-elle demandé. Est-ce qu'il t'a… tu sais… donné une fessée ?

Patty a eu un rire gêné.

— C'est un jeu. Un jeu de rôle.

— Un jeu de rôle ?

— Je suis actrice.

Quand Kirby ouvre la porte, elle trouve Barb sur le pas. Kirby est surprise ; elle aurait pensé que Barb n'aurait aucune envie de se montrer dans le grenier étouffant et infesté de souris.

— Tu as de la visite, annonce Barb.
— Vraiment ? répond Kirby.

Elle se dit qu'Evan est arrivé avec le ventilateur, et que ce n'est pas trop tôt. Elle enfile une mini-robe à pois et noue un bandana dans ses cheveux. Alors qu'elle dévale l'escalier, elle se demande ce qu'Evan attend en remerciement.

Barb attend au premier étage avec Miranda et Maureen – par chance, Michaela n'est pas là – et Kirby se dit qu'elles doivent s'ennuyer terriblement si voir Evan dans son pantalon en polyester marron et ses chaussures du dimanche les intéresse tant.

Mais quand Kirby arrive à la porte d'entrée elle comprend. Ce n'est pas Evan. C'est Darren Frazier. Kirby sait que pour ces filles, un prétendant est toute une histoire. Et un prétendant noir est, suppose-t-elle, quelque chose d'entièrement inédit.

Le cœur de Kirby se gonfle comme un ballon.

— Salut, toi ! dit-elle.
— C'est mon jour de congé, dit-il. Je me disais que tu voudrais peut-être aller faire un tour de carrousel.
— Avec plaisir.

Elle se retourne pour faire un signe aux filles qui traînent en haut de l'escalier comme si elles regardaient *Devine qui vient dîner...*

— À plus, les filles !

Par manque de chance, ils croisent Evan dans la rue, juste devant la porte ; il transporte une immense boîte rectangulaire que Kirby devine être un climatiseur.

— C'est pour ma chambre ? demande-t-elle avec espoir.

— C'était censé l'être.

Evan grogne et laisse tomber la boîte sur la plus haute marche du perron avec un bruit sourd.

L'air conditionné dépasse ses rêves les plus fous.

— Evan, je ne sais pas comment te remercier. Tu n'as pas idée de ce que c'est là-haut. Je macère dans mon propre jus.

Elle s'en veut d'avoir utilisé une expression aussi dégoûtante devant deux hommes. Sa mère serait horrifiée.

— Je t'en suis très reconnaissante.

Evan tire un mouchoir de la poche de son pantalon et s'éponge le front.

— Je ne sais pas comment je vais faire pour le monter jusqu'au grenier.

— Je m'en occupe, mec, intervient Darren, entrant dans la conversation.

— Darren ? dit Evan, clignant des yeux derrière ses lunettes carrées. Darren Frazier ? D'où est-ce que tu sors ?

Darren, bien entendu, se tient là depuis le début. Comment Evan ne l'a-t-il pas remarqué ? Ralph Ellison a-t-il raison – les hommes noirs sont-ils invisibles aux yeux des Blancs ? Cela semblait une hyperbole quand Kirby a lu ce livre pour son cours d'anglais, mais maintenant qu'elle est témoin de cette interaction, elle n'en est plus si sûre.

Darren soulève la boîte sans difficulté.

— Des bras neufs, dit-il et Kirby pense que d'autres

garçons auraient pu en profiter pour se vanter de leur force et de leur endurance, là où Darren fait comme si de rien n'était. On va au grenier ?

— Au grenier, confirme Kirby.

Evan suit Darren de près tout le long des deux étages, et, comprenant qu'il a été humilié, propose deux fois de reprendre la boîte.

— Je m'en occupe, répond Darren.

Il n'est pas essoufflé et ne sue pas, et ses biceps ressortent de façon indéniablement attirante. Kirby ferme la marche, ce qui veut dire qu'Evan ne peut pas regarder sous sa robe. Darren se révèle être un héros à plus d'un titre.

Kirby ouvre la porte du grenier, et l'air chaud et renfermé manque de la faire tomber à la renverse. C'est comme se faire jeter une couverture en mohair humide au visage. Littéralement étouffant.

— Eh bien, dit Darren. Je comprends maintenant l'importance de cette mission. Tu vis vraiment ici ?

— J'avais un ventilateur, mais il a rendu l'âme.

Elle balaye la chambre du regard à la recherche d'objets embarrassants ; si elle avait su qu'elle allait avoir des invités et que l'un d'eux serait Darren, elle aurait pu arranger la chambre un peu mieux – cacher la boîte de tampons Kotex par exemple et peut-être laisser un haut de bikini traîner sur le dossier de sa chaise. Peut-être même un exemplaire d'*Homme invisible, pour qui chantes-tu ?* sur sa table de nuit. Plus tôt, elle a pris le guide des bonnes manières d'Emily Post dans la bibliothèque de l'hôtel, pensant que cela l'aiderait pour son travail, et elle espère que Darren ne va pas remarquer le livre grand ouvert sur son lit ; ça ferait terriblement coincé.

Darren pose la boîte, enlève le climatiseur de son emballage en polystyrène, puis étudie l'unique fenêtre.

— Ça devrait rentrer, dit-il.

Il regarde Evan, qui hausse les épaules et les espoirs de Kirby s'effondrent car elle est certaine qu'il n'a pas pris la peine de mesurer la fenêtre ; ses rêves d'air conditionné auront été de courte durée. Darren installe le climatiseur à la fenêtre ; il y a quelques centimètres de jeu de chaque côté.

Darren se tourne vers Kirby :

— Tu as des livres ?

Voilà sa chance ! Elle fouille l'ancien attaché-case ayant appartenu à son père qu'elle utilise pour son travail scolaire. Elle a emporté six livres pour ses lectures personnelles mais n'en a pas encore ouvert un seul. Elle en choisit deux qui, pense-t-elle, la feront paraître cultivée et intelligente – *Les Belles Années de Mademoiselle Brodie* de Muriel Spark et *L'Homme de gingembre* de J. P. Donleavy.

Darren prend les livres et regarde *L'Homme de gingembre*.

— J'ai adoré celui-là, dit-il. À tel point que ça me semble un peu honteux de l'utiliser pour faire ça, mais ce n'est que temporaire. J'ai quelques planches de bois dans mon garage que je pourrai couper à la bonne taille.

Kirby jette un coup d'œil à Evan pour voir s'il entend tout ça. Darren lit des livres et sait couper des planches de bois pour combler les interstices d'une fenêtre que lui a négligé de mesurer. Evan est resté en arrière, les bras croisés sur le torse, et lance un regard noir à Darren. Il ne fait même plus semblant d'aider. Kirby est agacée mais, une seconde plus tard, l'air conditionné est installé. Darren branche l'appareil et l'allume. Kirby se met dans le courant d'air frais et ferme les yeux.

— C'est divin, dit-elle.

— De rien, répond Evan. Et s'il te plaît, n'en fais pas toute une affaire parce que je ne peux pas payer l'air conditionné pour les autres. C'est juste que... c'est vrai qu'il fait très chaud ici.

— Merci, dit Kirby.

— Merci, dit Kirby à Darren une fois de retour dans la rue.

— Evan t'a acheté un climatiseur parce qu'il t'aime bien. C'est une déclaration d'amour de douze kilos.

— Pitié, arrête. J'ai l'impression de devoir m'excuser à sa place. Il est resté planté là et tu as fait tout le boulot.

Darren hausse les épaules.

— J'ai proposé. Je voulais t'impressionner.

Kirby sourit à pleines dents.

— C'est vrai ?

Il lui prend la main, et elle se dit qu'il n'y a rien de plus naturel au monde.

Parce que le ciel est couvert et que les gens ne sont pas à la plage, la file d'attente au Flying Horses Carousel est longue. Darren achète les tickets et du pop-corn à partager tandis qu'ils regardent des gens de tout âge sur les chevaux anciens, qui attrapent une succession d'anneaux argentés et les empilent sur les oreilles des animaux.

— Le dernier anneau, explique Darren, est en cuivre et l'attraper donne droit à un tour supplémentaire. C'est tout un foin pour quarante cents, mais ça rend le tour de manège plus amusant.

— Tu as déjà eu l'anneau de cuivre ? demande Kirby.

— Jamais. Ma mère me disait toujours que c'est parce que j'ai beaucoup de chance dans le reste de ma vie.

— Je ne crois pas que ta mère m'apprécie beaucoup. Elle m'a jeté un regard noir sur la plage l'autre jour.

Darren jette la boîte de pop-corn vide et reprend la main de Kirby. Non seulement son cœur chante mais il atteint des notes de soprano.

— Ma mère est protectrice, explique-t-il. Crois-moi, ça n'a rien à voir avec toi.

Crois-moi, c'est à cause de moi, pense Kirby.

— Tu as déjà eu une petite amie avec qui c'était sérieux ?

— Une, répond Darren. Quand j'étais en première année. Elle s'appelait Amanda.

Amanda. Elle semble blanche, mais Kirby a peur de poser la question. Elle se sent jalouse d'Amanda, ce qui est ridicule.

— Ta mère l'aimait bien ?

— Elle la détestait, répond Darren dans un éclat de rire. Et toi ? Tu as déjà eu un petit copain sérieux ?

L'agent Scottie Turbo, pense-t-elle. Mais aucune

chance qu'elle raconte cette histoire. Cependant, elle sent qu'elle ne peut pas complètement l'omettre.

— Un seul. Il était... plus âgé. Un policier.

— Un policier ? répond Darren avant de siffler. La vache, difficile d'être à la hauteur. Je suis jaloux.

Kirby lui serre la main.

— Tu ne devrais pas, dit-elle. C'est fini. Et je pèse mes mots.

Quand c'est enfin leur tour de monter sur le manège, ils choisissent des chevaux côte à côte, Darren à l'intérieur et Kirby à l'extérieur.

Le carrousel se met à tourner et Kirby lève les mains. Elle n'a jamais été aussi heureuse.

Aucun d'eux n'attrape l'anneau de cuivre – il revient à une petite fille avec des boucles couleur crème qui ressemble à Fanfan dans la sitcom *Cher Oncle Bill* – mais peu importe, Kirby descend du manège avec l'impression d'avoir de la chance dans tous les aspects de sa vie.

Darren raccompagne Kirby jusqu'à la maison de Narragansett Avenue et dit :

— Je passerai demain avec les planches. Et pourquoi est-ce que tu ne viendrais pas dîner chez moi dimanche soir ? Le dimanche on fait toujours des coquillages.

— Tu es sûr ?

Elle adore les coquillages. À Nantucket, Tiger et elle allaient en récolter à l'aide de râteaux qui avaient appartenu à leur grand-père. Ils avaient beau les rincer, il restait toujours du sable au fond du bol et c'est ça qui les rendait authentiques.

— Bien sûr que je suis sûr. Viens à cinq heures, ça nous donnera du temps pour traîner avant que tu ailles au travail. Tu pourras apprendre à connaître ma mère un peu mieux et mon père est plus détendu qu'elle.

Sa mère est le véritable juge, pense Kirby.

— D'accord, dit-elle. On se voit dimanche.

Darren se penche et embrasse doucement Kirby sur la bouche. Avant qu'elle puisse penser à combien c'est agréable, il s'en va en agitant la main.

Kirby flotte jusque dans la maison. Darren Frazier l'a embrassée ! Il l'a invitée à dîner ! Et le plus merveilleux, c'est qu'elle ne pense plus à lui en tant que Noir. Elle ne pense à lui qu'en tant que Darren.

Sur un coup de tête, elle frappe à la porte de la chambre de Patty et celle-ci lance :

— Entrez à vos risques et périls !

Kirby trouve Patty debout devant son bureau, en combinaison, les yeux plongés dans le miroir.

— Salut, dit Kirby. (Puis dans un murmure elle ajoute :) J'ai la clim maintenant. Tu veux venir à l'étage et savourer ?

— Je dois aller au travail. Séance double : *L'or se barre* et *Cent dollars pour un shérif*.

Elle essaye de prendre un ton léger mais Kirby sent que quelque chose ne va pas. Et puis elle remarque l'hématome violacé sur le bras de Patty.

— Hé, dit Kirby en prenant doucement l'épaule de Patty pour mieux regarder. C'est quoi ça ?

Patty retire sèchement son bras.

— Je te l'ai dit. C'est un jeu.

— Patty, dit Kirby.

Elle fixe le regard de Patty dans le reflet, ce qui semble plus facile que de lui parler face à face.

— Est-ce qu'il te fait du mal ?

— C'est un jeu, répète Patty. Va-t'en, s'il te plaît.

Help !

Blair a l'impression d'être prise en otage dans son propre corps. Elle est à trente-quatre semaines de grossesse. Il lui reste six semaines avant son terme. Elle a entendu dire que les jumeaux arrivaient souvent en avance, mais elle a aussi entendu que les premiers enfants étaient souvent en retard.

Vite, pense-t-elle, *venez vite. Aujourd'hui, demain, tout de suite.*

Bien sûr, les bébés n'auront pas de père.

Blair n'arrive pas à croire qu'Angus lui ait demandé de partir. Mais ensuite elle essaye de s'imaginer ce qu'elle aurait ressenti si elle avait surpris Angus en train de galocher sa sœur Kirby. Ce serait d'une horreur indicible – encore bien pire que de découvrir l'existence de cette Trixie sans visage.

Elle s'attendait presque à ce qu'un bouquet de fleurs et un mot d'excuse l'attendent à All's Fair. Quand ce n'est pas arrivé, elle s'est dit qu'Angus viendrait peut-être lui-même. Blair ferait semblant d'être indignée lorsqu'elle ouvrirait la porte d'entrée. Elle le ferait mariner quelques minutes avant de céder et de le laisser entrer.

Et puis ils reprendraient là où ils en étaient restés l'été dernier. Angus pourrait travailler sur le bureau de son grand-père ; ils pourraient aller en ville manger une glace, sortir pour des dîners romantiques, partager une cigarette sur le banc tout en haut de Main Street. N'importe qui aurait pu constater qu'Angus avait besoin de vacances, et ils avaient besoin de vacances ensemble.

Mais Angus n'avait même pas appelé pour savoir si elle était bien arrivée sur l'île. Elle espérait qu'il était cloué au lit par l'une de ses crises. Cela lui servirait de leçon.

Lors de la première journée complète de Blair à Nantucket, Exalta emmène Jessie à son cours de tennis et Kate a des courses à faire en ville, alors elle reste seule à la maison. Elle adore All's Fair, mais elle préfère Little Fair. La petite maison a été la toile de fond de tous les étés de son adolescence. Elle y a fumé sa première cigarette et a bu son premier gin tonic dans l'un des pots de confiture qu'on gardait dans le placard. Elle a laissé Larry Winter l'embrasser sur le balcon qui surplombe Plumb Lane l'été de ses quatorze ans, et tout le reste de l'été, il était venu sous le balcon au point du jour pour appeler Blair, comme s'ils étaient Roméo et Juliette. À Little Fair, elle a disputé d'innombrables parties de Monopoly et de gin-rami avec son frère et sa sœur ; elle a préparé du pop-corn dans une casserole, le brûlant une fois sur deux ; elle a lu le premier roman dont elle était vraiment tombée amoureuse, *Autant en emporte le vent* ; elle a appris à Tiger et Jessie, et même aux jumelles

Dunscombe, comment faire des tableaux avec des coquillages et du carton.

Blair était assise à la petite table ronde de la cuisine de Little Fair quand sa mère lui avait annoncé qu'elle se remariait – avec son avocat, David Levin. Blair n'avait pas vraiment su comment réagir. D'un côté, elle aimait bien David Levin parce qu'il la trouvait intelligente ; il l'interrogeait souvent sur les capitales des États (Frankfort, Kentucky ; Juneau, Alaska) et sur l'ordre des présidents américains (Zachary Taylor, Millard Fillmore, Franklin Pierce). D'un autre côté, elle savait qu'elle devait une certaine loyauté à son propre père, qui était mort récemment. Elle avait envisagé de bouder ou même de pleurer, mais en fin de compte, elle avait accepté la nouvelle avec gaieté et sa mère avait été visiblement soulagée. *Tu es la seule qui m'inquiétait*, avait dit Kate. *Kirby et Tiger sont trop jeunes pour comprendre.*

Blair a eu l'espoir d'avoir Little Fair pour elle seule puisque Kirby et Tiger n'étaient pas là, mais Kate lui a appris que M. Crimmins vivait à Little Fair avec son petit-fils.

— Petit-fils ? a dit Blair. Tu veux dire…
— Le fils de Lorraine. Il s'appelle Pickford. Pick.
— Quel âge a-t-il ?
— Quinze ans.

Eh bien, oui, a pensé Blair. Cela faisait bien une quinzaine d'années que Lorraine s'était enfuie. Blair avait des souvenirs vivaces de Lorraine ; il fut un temps où elle avait été sa babysitter. Elle préparait des cookies au citron délicieux. Elle lui laissait casser les œufs. Blair se souvient encore que Lorraine lui avait appris à frapper l'œuf contre le bord du bol, puis à mettre ses pouces au bord de la fente et à l'ouvrir doucement pour libérer ce qui se cachait à l'intérieur – le blanc visqueux et le globe dense du jaune.

— Alors où est Lorraine ? a demandé Blair.

Sa mère a répondu :

— Personne ne sait. Pick et elle vivaient dans une communauté en Californie et un jour au printemps, Pick s'est réveillé et Lorraine n'était plus là.

— Elle l'a laissé ?

Blair n'avait pas encore embarqué pour son propre voyage de la maternité, mais elle comprenait déjà que c'était atroce et contre nature. Cela dit, Lorraine était quelqu'un de triste et abîmé par la vie, sur qui l'éducation bienveillante de M. Crimmins n'avait eu aucune prise. Le trait le plus emblématique de Lorraine était ses longs cheveux noirs. Lorsqu'elle cuisinait, elle les gardait noués dans un épais chignon, mais elle les relâchait quand elle sortait la nuit et leur beauté semblait être son secret à elle. Lorraine avait aussi un tatouage représentant un bar rayé sur le dessus du pied. Le tatouage fascinait Blair parce que quand Lorraine marchait, on aurait dit que le poisson nageait. Blair pensait que seuls les soldats avaient des tatouages et elle avait entendu sa grand-mère dire que le tatouage de Lorraine était une honte. *On voit bien que cette fille n'a pas de mère*, avait dit Exalta. Lorraine retrouvait tout le temps des hommes au Bosun's Locker et sortait si tard qu'elle se glissait au Charcoal Galley à l'heure du petit déjeuner. Lorraine n'aimait pas la plage, mais

Exalta lui laissait utiliser le bateau Boston Whaler de quatre mètres de long. Elle avait raconté à Blair qu'elle sortait toute seule, remontait le port de Nantucket jusqu'à Pocomo et s'allongeait sur la proue, complètement nue. Ce détail était si choquant qu'aujourd'hui encore, quand Blair pense à Lorraine Crimmins, elle l'imagine étendue à la proue d'un bateau, ses cheveux de sirène traînant dans l'eau.

Blair est affamée. Elle est si grosse qu'elle a abandonné l'idée de s'en tenir à un régime; elle s'occupera de perdre tout ce poids après la naissance des bébés. Dans la cuisine, Blair se sert une tasse de café et ajoute de la crème et du sucre, puis fait griller du pain portugais, le recouvre de beurre de cacahouètes et ajoute des rondelles de banane. *Ça suffit*, pense-t-elle. *C'est déjà un beau petit déjeuner.* Mais elle ne peut pas s'arrêter. Quand elle finit ça, elle s'attaque à la moitié d'un poulet rôti, arrachant la viande des os et léchant ses doigts pleins de graisse. Les bonnes manières inculquées par Exalta et Kate ont disparu; elle mange comme un animal. Dans le congélateur, elle trouve un carton de glace caramel chocolat Brigham's couvert de cristaux de givre. C'est visiblement un reste de l'été dernier, ce qui est logique puisque la seule personne de la famille qui aime la glace caramel-chocolat, c'est Tiger. Blair mange tout, puis engloutit une énorme cuillérée de confiture de raisin. Elle remarque un morceau de brie français de chez Savenor's et le liquide, accompagné d'une demi-boîte de biscottes rassies, qui datent aussi probablement de l'été dernier.

Elle entend quelqu'un dans le jardin. Pensant que c'est Exalta et Jessie, Blair se dépêche de débarrasser le désordre sur la table – on dirait qu'une famille de ratons laveurs est entrée dans la cuisine – mais par la fenêtre, elle remarque un garçon, un adolescent aux cheveux dorés qui porte un short de bain jaune et un collier de coquillages blancs rayonnant contre sa peau bronzée.

Blair se dépêche d'aller ouvrir la porte de derrière.

— Bonjour ! lance-t-elle. Pick ? Comment vas-tu ? Je suis Blair Whalen, la fille aînée de Kate.

Pick penche la tête.

— Oh, bonjour, dit-il. Vous êtes la sœur de Jessie ?

La sœur de Jessie, la fille de Kate, la femme d'Angus, la petite-fille d'Exalta, la mère de deux têtards qui sont à l'heure actuelle encore en elle. À cet instant, Blair ne souhaite qu'une chose : qu'on arrête de la définir par d'autres personnes.

— Oui, répond-elle. Ravie de te rencontrer.

— Également. J'allais en ville pour trouver une cabine téléphonique. Vous voulez venir ?

Blair n'avait pas prévu de quitter la maison. Elle est certaine que sa mère et sa grand-mère ne verraient pas cela d'un bon œil, mais étrangement, cela rend soudain la chose attrayante. Blair vient juste d'avaler la moitié du contenu du frigo ; une promenade ne lui fera sûrement pas de mal. Et l'idée d'une cabine téléphonique est séduisante. Peut-être qu'elle essayera d'appeler Angus. Il y a un téléphone à All's Fair mais c'est une ligne partagée et Blair n'a surtout pas envie que quelqu'un écoute leur conversation.

— Avec plaisir, dit-elle. Je vais chercher mon sac.

Blair et Pick descendent Fair Street en direction de Main Street. Blair prend garde au trottoir pavé de brique et Pick la tient par le coude quand elle doit descendre sur la chaussée.

— Vous attendez des jumeaux ? demande Pick.

— Ça ne se voit pas ?

— Vous êtes drôlement grosse. Mais j'ai vu une femme accoucher de triplés, une fois.

— Tu as… quoi ?

— J'ai aidé pendant un accouchement de triplés. Ma mère est amie avec la sage-femme de la communauté dans laquelle on vit en Californie.

Blair est sans voix. Lorraine a permis – ou même encouragé – Pick à assister à une naissance ? Blair remarque également que Pick a utilisé le présent et se demande s'il retournera en Californie à la fin de l'été. Elle meurt d'envie de l'interroger au sujet de Lorraine mais tient sa langue jusqu'à ce qu'ils arrivent à la rangée de cabines téléphoniques qui bordent la Nantucket Electric Company. Il n'y a personne d'autre qui les utilise, alors Blair choisit celle qui est tout au bout et Pick, avec tact, prend celle plus près de Main Street.

Blair ouvre son porte-monnaie.

— Tu as besoin de dix cents ?

— J'ai prévu d'appeler en PCV, répond Pick et il soutient le regard de Blair quelques instants.

Il a les longs cheveux blondis par le soleil d'un surfeur et des yeux bleu glacier surprenant. C'est un bel enfant, vraiment. Blair reconnaît Lorraine dans ses traits et c'est comme croiser quelqu'un qu'elle a connu il y a très, très longtemps. Il y a quelque chose de si familier chez lui que Blair se sent immédiatement en devoir de le protéger.

— D'accord, dit-elle. Attends-moi et on rentrera ensemble.

Quand elle appelle Angus à son travail, la nouvelle réceptionniste, Ingrid, l'informe que le Dr Whalen n'est pas venu au bureau depuis lundi.

C'est une nouvelle si étonnante que Blair bégaye quand elle demande :

— Est-il p-p-parti pour Houston ?

C'est la seule explication. Peut-être que le lancement de la fusée a été avancé ou peut-être qu'il y a un problème que seul Angus peut régler.

— Houston ? répète Ingrid. Non, non, pas encore.

Blair attend, mais la secrétaire n'ajoute rien.

— Merci, Ingrid, dit Blair avant de raccrocher.

Blair compose ensuite le numéro de l'appartement mais le téléphone ne fait que sonner dans le vide.

Blair fixe son reflet distordu sur la surface du téléphone. Angus doit être en plein milieu d'une crise. Allongé au lit, dans la pénombre de leur chambre, incapable de bouger. Blair s'en veut de lui avoir souhaité cela. Elle aurait dû se rendre compte que cela arriverait à la seconde où elle serait partie ; ils auraient dû le savoir tous les deux.

Blair appelle à nouveau l'appartement. *Décroche !* pense-t-elle. Mais en vain.

Elle regrette de ne pas s'être liée d'amitié avec leurs voisins. L'autre appartement de leur immeuble est occupé par un couple originaire du Japon ; ils sont très gentils mais ne parlent pas très bien anglais. Blair songe qu'elle pourrait appeler son père ou son amie Sallie pour passer voir Angus, mais elle imagine qu'Angus serait mortifié que l'un d'eux soit témoin de son infirmité. Personne d'autre que Joey n'est au courant des crises d'Angus. Blair devrait-elle demander à Joey de passer le voir ?

Bien qu'elle ait essayé de la repousser, la prochaine pensée de Blair s'installe dans son esprit. Et si Angus n'était pas à la maison, immobilisé par une crise ? Et s'il était avec Trixie ? Et si Angus et Trixie étaient partis ensemble ? Angus a accès au compte d'épargne de Blair. Et s'il l'utilisait pour emmener Trixie à Aruba ou à Tahiti ?

Une violente vague de nausée frappe Blair et son estomac se révulse. Va-t-elle vomir ici, sur Union Street ? Si c'est le cas, ce sera l'humiliation de trop.

Respire, se dit-elle. *Inspire par le nez, expire par la bouche.* Elle appuie ses pieds gonflés contre le trottoir et imagine qu'elle est un arbre, fort et majestueux. Elle insère une autre pièce pour appeler Joey Whalen à son travail.

— Blair ? dit-il en entendant sa voix. Quelque chose ne va pas ? Le moment est venu ?

Elle se mord la lèvre. Pendant le pique-nique à Craigville Beach, Joey lui a décrit la première fois qu'il l'avait vue. Elle descendait Newbury Street avec Sallie. *Tu portais un pull bleu-vert*, a-t-il raconté. *Tes cheveux étaient retenus en arrière par une barrette en écaille. Tu riais et j'ai pensé :* Je veux être celui qui fera rire cette fille pour le restant de ses jours.

Se souvenir de ces mots est un baume sur les plaies de Blair. Angus a-t-il jamais remarqué la couleur de l'un des pulls de Blair ou apprécié le son de son rire ? Elle soupçonne que non. L'amour d'Angus est différent – plus empressé, plus désespéré. Ou du moins c'est ce qu'il était avant que son travail ne le dévore et que Blair ne tombe enceinte.

Blair est perdue. A-t-elle des sentiments pour Joey ? N'a-t-elle pas ressenti un frisson secret et délicieux chaque fois qu'elle sortait le briquet en argent avec le mot d'amour gravé dessus ? Ne s'était-elle pas coulée dans les bras de Joey après une seule gorgée de mousseux et une bouchée de *babka* au chocolat ? Si Angus n'était pas arrivé, les choses auraient-elles pu aller plus loin ? Non parce que ses hormones étaient en folie ou parce qu'elle était bouleversée au sujet de Trixie, mais parce qu'elle le désirait ?

— Pas encore, dit Blair à Joey. Mais je suis bien installée maintenant et je veux te voir. Tu viendrais ce week-end ? Descendre à l'hôtel ? Le Gordon Folger a de jolies chambres. Peut-être pas aussi bien que ton hôtel à Boston, mais…

— Oh, mince, Blair, répond Joey. Je viens d'apprendre que je dois aller à Rhode Island ce week-end. J'ai un client à Newport qui m'a invité sur le yacht d'un de ses amis, le *Shamrock*, et puis il y aura une soirée dans l'un des manoirs Vanderbilt. Je voudrais te voir mais je vais devoir remettre ça.

Être invitée sur un yacht. Passer la soirée dans un manoir Vanderbilt. Ça aurait pu être la vie de Blair si elle avait épousé Joey au lieu d'Angus.

« Remettre ça » semble vague et lointain. Où est l'homme qui a couru chercher de la crème chantilly pour son gâteau ? Elle a besoin de cet homme-là... tout de suite. Blair s'en veut – dix minutes plus tôt, elle aspirait à être indépendante, et voilà où elle en est, à se languir après un homme, n'importe lequel. Mais les deux frères Whalen se révèlent indisponibles.

— Pas de problème, répond calmement Blair – elle peut au moins avoir l'air nonchalante. Amuse-toi bien à Newport.

Elle raccroche et imagine Joey sur une pelouse verte vallonnée, un Tom Collins à la main, faisant du gringue à des filles en robe tendance, aux coiffures bouffantes et aux longues boucles d'oreilles pendantes. Elle sait qu'il oubliera instantanément la femme de son frère, enceinte jusqu'au cou.

Elle baisse la tête. Elle a tout raté. Elle aurait dû écouter sa mère et se taire, laisser la petite liaison d'Angus suivre son cours. Elle est si déroutée qu'elle envisage d'abandonner les jumeaux. Elle prendra un amant et disparaîtra pendant des jours et des jours ! Elle ira à des fêtes mondaines et séjournera sur des yachts ! Elle fera comme si tout ceci n'était jamais arrivé !

Elle se tourne juste à temps pour voir Pick raccrocher violemment le combiné de son téléphone, visiblement énervé.

— Tout va bien ? demande-t-elle.

Il serre les poings et fixe le téléphone comme s'il allait le frapper.

— Pick ? appelle Blair.

L'idée lui vient à l'esprit que la personne qu'il cherche à contacter est sa mère.

— Tu essayais d'appeler Lorraine ?

— Lavender, répond Pick. Elle a changé son nom en Lavender.

— Oh, je vois.

— Je pensais qu'elle serait peut-être rentrée maintenant. Mais elle est toujours en vadrouille, je suppose.

Il hausse les épaules.

— Peu importe, ajoute-t-il.

Qui aurait cru que Pick et elle auraient tant de choses en commun ?

— Mon mari m'a demandé de partir, raconte-t-elle. Et je pensais qu'il aurait repris ses esprits, mais il n'a pas été à son travail depuis deux jours et il n'est pas chez nous. Je suis presque sûre qu'il est avec sa maîtresse.

— Vraiment ?

Blair sait qu'elle est inconvenante, mais si Pick a vu une femme donner naissance à des triplés, alors l'existence d'une maîtresse ne doit pas trop le choquer.

— Vraiment, répond-elle.

— Mon grand-père m'a dit que votre mari était très intelligent.

— Une intelligence logique. Mais quand il s'agit des gens et des émotions…

— Je préférerais être doué avec les gens.

Malgré son cœur brisé, Blair lui sourit.

Pick lui donne le bras et ils prennent le chemin de la maison, enveloppés dans un silence respectueux. En arrivant à All's Fair, Pick s'éloigne.

— Je vais aller à la plage avant d'aller travailler, explique-t-il.
— Où est-ce que tu travailles ?
— Au North Shore Restaurant. Je voudrais être chef cuisinier quand je serai grand.
— Tu sais ce que je voudrais être quand je serai grande ?

Il penche la tête, amusé. À ses yeux, bien entendu, elle a probablement déjà l'air grande. Il est loin du compte.

— Non, quoi ?
— La mère de quelqu'un comme toi.

White Rabbit

Jessie s'attend à ce que sa mère ait oublié leur dîner, mais le jeudi matin, avant qu'Exalta et elle s'en aillent pour son cours de tennis, Kate passe la tête dans sa chambre et dit :

— Le Mad Hatter ce soir, Jessie. À sept heures.

Cette nouvelle lui remonte immédiatement le moral. Exalta et elle descendent comme d'habitude Main Street, passent devant le Charcoal Galley et le Bosun's Locker mais au lieu de traverser la rue, Exalta l'emmène jusque devant le grand magasin Buttner's et s'arrête devant la vitrine.

— Et si on t'achetait une nouvelle robe pour ce soir ? propose Exalta. On viendra après ton cours.

Jessie essaye de ne pas laisser paraître sa surprise.

— Merci, Nonny.

— Il n'y a rien de mieux que de s'acheter une nouvelle robe. Ça met du baume au cœur. Et tout le monde est si morose ces temps-ci. Tu n'as pas remarqué ?

Oui, Jessie a remarqué. Blair est une boule de nerfs, soit elle s'empiffre, soit elle dort toute la journée, soit elle pleure devant les soap operas à la télévision. (*C'est déjà demain* est son préféré, suivi de près par *The Edge of Night*. Elle s'est mise à parler des personnages comme s'ils étaient des amis.) Kate n'est pas beaucoup mieux. Elle passe la première moitié de la journée dans les vapes et ensuite, elle est occupée à s'enivrer. Cela fait presque deux semaines depuis la dernière lettre de Tiger.

La seule personne à être de bonne humeur – étonnamment – est Exalta. Elle descend la rue d'un pas nonchalant, en fredonnant « I Get a Kick Out of You », sa chanson de Cole Porter préférée. Elle fredonne ! Jessie n'y comprend rien.

— Tu as hâte de jouer au bridge ce soir, Nonny ? demande Jessie.

Jessie ignore tout du bridge, bien qu'elle raffole des amuse-bouches – cacahouètes, bretzels, crackers au fromage et un arc-en-ciel de dragées – que Nonny présente dans des plats en cristal taillés en forme de cœur, de trèfle, de carreau et de pique quand les parties de bridge se tiennent chez elle à Boston. Ici, à Nantucket, les parties se jouent à l'Anglers' Club, le club des pêcheurs, un bar feutré au lambris sombre qui surplombe le restaurant Straight Wharf et la marina. L'Anglers' Club de Nantucket accueille majoritairement des hommes – M. Crimmins en fait partie, ainsi que feu le grand-père de Jessie – mais Nonny est aussi membre. Nonny dit que si ce n'était pour les soirées bridge du jeudi, elle quitterait le club. Elle n'a jamais pêché.

— Personne n'a hâte de jouer au bridge, répond Nonny.

— Ah bon ? Mais c'est un jeu.

— C'est un exercice intellectuel. Pour me garder en forme.

Elle soulève ses lunettes de soleil et regarde Jessie dans les yeux. Les yeux de Nonny sont bleu clair et cernés de petites rides. Nonny est si intimidante que Jessie évite en général de la regarder dans les yeux.

— Je sais que tu n'aimes pas tes cours de tennis, Jessica. Mais c'est important que tu apprennes les rudiments et le vocabulaire de ce sport. Que se passera-t-il si, dans dix ans, tu es invitée à une fête et que ton hôte propose un match en double mixte et qu'ils ont besoin d'une quatrième personne ? Tu pourras te proposer avec aisance parce que tu auras appris à jouer dans ta jeunesse. Quand tu te trouveras dans une situation comme celle-là, tu repenseras à ta vieille Nonny et tu seras reconnaissante.

Jessie est prise de court par les mots de sa grand-mère. Elle se demande si Exalta a insisté pour les cours de tennis par altruisme, ou même par amour.

Une demi-heure plus tard, Jessie parvient au changement d'état d'esprit que Suze espérait. Quand Suze lui annonce qu'elle est prête à disputer son premier vrai match contre une autre des élèves débutants, Jessie relève le défi au lieu de protester. Lorsqu'elle découvre qu'elle va jouer contre la détestable Helen Dunscombe, elle se cramponne à sa raquette comme un homme des cavernes à sa massue. Jessie veut la battre, particulièrement parce que le professeur d'Helen Dunscombe est Garrison Howe, l'agresseur.

Suze se tient du même côté du court que Jessie,

tandis que Garrison est en face. Garrison murmure quelque chose à Helen que Jessie ne peut pas entendre et Suze lui glisse :

— Garde la tête froide et joue pour toi.

Jessie prend ce conseil à cœur. Elle ne se laisse pas envahir par les émotions. Elle ne s'autorise à penser au comportement déplacé de Garrison et à Helen Dunscombe lui demandant quand elle allait se faire refaire le nez qu'à l'instant où la raquette rencontre la balle. Elle accompagne la balle avec une férocité qui surprend même Suze et tous ses coups passent le filet, juste au-dessus. Le revers de Jessie est plus faible que son coup droit, mais il est précis et techniquement solide. Ses services atterrissent dans le coin du carré de service. Jessie gagne aisément trois jeux d'affilée. Alors qu'elle fait rebondir la balle avant de servir pour un quatrième jeu, Helen Dunscombe jette sa raquette de rage et Garrison la conduit hors du court.

— On a besoin d'un peu plus d'entraînement, lance-t-il à Suze.

Puis il ajoute, à Jessie :

— Joli revers.

Suze la félicite :

— Tu as très bien joué, Jessica.

— J'ai gagné ! annonce Jessie à Exalta après la fin de son cours.

Jessie ne peut pas s'en empêcher, elle rayonne.

— J'ai battu Helen Dunscombe, trois jeux à zéro.

Exalta est, comme d'habitude, assise avec Mme Winter et finit son deuxième, troisième ou dixième mimosa.

— Veuillez excuser ma petite-fille, dit Exalta à Mme Winter.

Exalta demande la note d'un signe de main et tremble un peu quand elle se lève.

— M'excuser de quoi ? demande Jessie une fois qu'elles sont loin de Mme Winter. Je croyais que tu serais fière de moi. J'ai gagné. J'ai battu Helen Dunscombe – elle déglutit – j'apprends à jouer, comme tu voulais.

— Tout ça c'est très bien. Mais tu t'es vantée de ta victoire, ce qui n'est pas convenable pour une fille. Je ne sais pas où tu as appris que cela se faisait… ou plutôt, j'ai peur de le savoir – de la famille de ton père. Ton grand-père porte cette horrible bague dorée à son auriculaire, Mme Levin conduit une Bentley et leurs noms sont affichés dans la synagogue à Boca Raton, d'après ce qu'on dit. Tout cela est très tape-à-l'œil. L'attitude convenable quand tu gagnes au tennis, ou dans n'importe quelle compétition, Jessica, est de féliciter ton adversaire sur la qualité de son jeu et de ne mentionner ta victoire devant quiconque. Tu m'as bien comprise ?

Jessie, mortifiée, devient écarlate. Elle a commencé son cours avec tant de confiance en elle et c'était si satisfaisant de gagner contre quelqu'un qu'elle n'aime pas – deux personnes qu'elle n'aime pas. Elle est embarrassée parce qu'elle sait que sa grand-mère a raison – elle a été vantarde – mais elle déteste qu'Exalta attribue tous ses écarts de conduite à son père ou, dans le cas présent, à ses grands-parents. Elle ne s'était même pas rendu compte qu'Exalta connaissait ses autres grands-parents, Bud et Freda Levin, que Jessie appelle Mimi et Grandpop. Grandpop était joaillier et il possédait un magasin sur Boylston Street et Mimi conduisait une Bentley, mais ils vivent maintenant en Floride, au bord d'un terrain de golf. Grandpop ne travaille plus et Mimi a de la cataracte alors elle a rendu son permis de conduire.

— Jessie, dit Exalta. Tu m'as bien comprise ?

Un hochement de tête ne suffira pas, Jessie le sait.

— Oui, murmure-t-elle.

Quand elles passent devant Buttner's pour rentrer à la maison, Exalta ne parle pas de s'arrêter pour acheter une nouvelle robe et Jessie ne lui rappelle pas. La matinée a été gâchée.

Au moment où elles arrivent à la maison, Exalta a encore dégringolé dans l'estime de Jessie. Jessie déteste sa grand-mère. Sa grand-mère est quelqu'un d'horrible et très probablement d'antisémite. Elle n'est probablement pas aussi horrible qu'un nazi, mais elle pourrait être le genre de personne qui aurait dénoncé la famille d'Anne Frank si elle les avait découverts cachés dans un grenier.

L'humeur d'Exalta reste gaie. Elle entre dans la cuisine, où Kate et Blair boivent du jus d'orange et lance :

— Allons à la plage toutes ensemble !

— Je ne peux pas, Nonny, répond Blair. Je ne peux aller nulle part.

— Balivernes. C'est une belle journée. Prenons la Scout pour aller jusqu'à Smith's Point. Comme ça, tu n'auras pas besoin de marcher. On te déposera directement au bord de l'eau. On emportera de quoi pique-niquer.

Elle se tourne vers Kate.

— On a des provisions ?

— Oui, mère, répond Kate. On a des œufs durs, du jambon et une miche de pain portugais tout frais de la boulangerie. Et il nous reste un demi-melon.

— Formidable.

Exalta étudie Blair.

— Tu n'as même pas encore pondu. Tu as encore des semaines avant qu'on voie ces bébés.

Blair semble morose.

— Je ne peux pas nager. Je n'ai pas de maillot de bain.

— Tu pourras mettre les pieds dans l'eau. Ça te fera du bien.

— Je ne viens pas, dit Jessie. J'ai de la lecture à faire. *Le Journal d'Anne Frank*.

Elle quitte la cuisine d'un pas lourd, se dirige vers le jardin et claque la porte derrière elle, même si traîner des pieds et claquer la porte sont interdits. Elle reste sur le patio en brique quelques instants, attendant que Kate vienne la réprimander ou lui demander ce qui ne va pas. Mais il s'écoule suffisamment de temps pour que Jessie se dise qu'elle s'en est sortie en toute impunité. Tandis qu'elle traverse la pelouse vers Little Fair, elle remarque que le vélo de Pick n'est pas là, mais elle espère quand même trouver le garçon à l'étage, peut-être sur le point de préparer à déjeuner.

Toutefois, Little Fair est désert. Jessie prend la boîte de chips Jays sur l'étagère et se faufile dans sa chambre.

Son livre est ouvert sur le lit. Elle a atteint le passage où Anne commence à avoir des sentiments pour Peter, ce qui correspond à ce que Jessie ressent pour Pick. Tout comme Pick, Peter est plus vieux. Jessie n'a pas osé demander à Pick sa religion, mais elle sait qu'il n'est pas juif. Elle pense qu'il n'est pas chrétien non plus. Dans la communauté où il a vécu, ils pratiquaient peut-être leur propre religion.

Jessie essaye de lire mais elle est trop remuée. Elle est tellement en colère contre Exalta et quand elle se sent comme ça, il n'y a qu'un remède. Elle entend les allers-retours d'Exalta, Kate et Blair entre la maison et la rue, là où la Scout est garée. Elles partent pour la plage sans elle. Jessie adore Smith's Point non seulement parce qu'on peut y aller directement en voiture, mais aussi parce qu'il y a de grandes vagues qui déferlent du côté de l'océan et des eaux plus calmes du côté du bras de mer et qu'elle peut facilement marcher de l'un à l'autre. La petite île Tuckernuck est si proche qu'avec des jumelles, Jessie peut voir les gens là-bas conduire sur les routes de sable dans leur Jeep rudimentaire. À Smith's Point, on peut ramasser des coquillages et du bois flotté et le sable y est plat, parfait pour les balades. Malgré tout cela, Jessie est contente qu'elles partent sans elle.

Elle attend qu'elles s'empilent toutes dans la Scout avec un parasol, un tas de serviettes de plage, un panier de pique-nique et une glacière en polystyrène. Blair semble avoir du mal à monter sur la banquette arrière et l'espace d'un instant, Jessie pense que Blair va devoir rester à la maison, mais elle parvient à se hisser et Jessie applaudit en silence. Kate s'installe derrière le volant et la Scout descend Plumb Lane, puis tourne à droite dans Fair Street. Jessie attend cinq minutes, dix minutes, douze minutes – juste au cas où elles auraient oublié quelque chose et devraient faire demi-tour. Elles s'absenteront trois heures, au moins, calcule-t-elle.

Jessie se faufile hors de Little Fair. La porte de la chambre de M. Crimmins est ouverte mais il n'est pas là. La journée, il travaille comme gardien dans d'autres maisons et ne rentre généralement qu'à l'heure du dîner. Jessie s'arrête sur le pas de la porte, se demandant s'il y a des choses de valeur qu'elle pourrait lui voler. Elle ne voit qu'un roman, *Le Parrain*, un verre à côté du lit et des vêtements dans l'armoire. Rien de tentant et de toute façon, ce n'est pas après M. Crimmins qu'elle en a.

Elle retourne à All's Fair en passant par la cuisine et remarque que sa mère lui a laissé un sandwich jambon beurre emballé dans du papier paraffiné et un gros cornichon à l'aneth, son déjeuner préféré. Elle croque une bouchée de cornichon mais garde le sandwich pour plus tard. Elle ne doit pas se laisser distraire.

Dans le petit salon, elle examine les bibelots. Lequel manquerait le plus à Exalta ? Probablement l'homme sur son tricycle – mais qu'en ferait Jessie ? Le cacher quelque part à Little Fair ? L'enterrer dans le jardin ? Le jeter dans les ordures ? Exalta la soupçonnerait immédiatement de l'avoir pris et ce serait le début d'une inquisition.

Puis Jessie a une idée.

Elle monte les marches sur la pointe des pieds et traverse le couloir vers la chambre de sa grand-mère. Elle tourne la poignée, pénètre dans la pièce et referme la porte derrière elle. La chambre, plongée dans la pénombre, est fraîche ; Exalta garde les rideaux fermés et la climatisation en marche, même quand elle n'est pas là. Personne d'autre n'a le droit de le faire – c'est du gâchis ! – mais les règles ne s'appliquent pas à Exalta parce que c'est sa maison. Kirby proclame depuis longtemps que si elle hérite de la maison, elle fera tourner l'air conditionné à fond, du matin au soir, tous les jours.

Jessie balaye la chambre du regard. Elle n'a été dans cette pièce que quelques fois auparavant. Il y a deux lits jumeaux, côte à côte. Ils sont si hauts qu'Exalta utilise un marchepied pour atteindre le sien. Il y a une armoire et une coiffeuse, sur laquelle reposent un miroir en triptyque, une brosse à cheveux argentée et un miroir à main assorti.

Jessie prend le petit miroir. C'est une antiquité, gravée à l'arrière avec les initiales de la mère d'Exalta, KFB, pour Katharine Fox Baskett.

Près de la porte de l'armoire se trouve une table triangulaire sur laquelle Exalta garde ses bijoux. Elle n'emporte que quelques bijoux avec elle car Nantucket est un endroit plutôt décontracté et les bagues qu'elle garde dans des écrins en porcelaine à la maison, par exemple, feraient tache ici. Mais là, sur la table, se trouve la boîte en velours bordeaux. Quand Jessie l'ouvre, elle trouve son collier avec le nœud en or et le diamant.

Jessie retire le collier de la boîte mais la laisse fermée sur la table triangulaire. Puis elle sort de la chambre sur la pointe des pieds et se dépêche de retourner à

Little Fair, où elle enveloppe le collier dans un bandana et le fourre dans son sac bourse. Elle portera le collier au dîner.

Ce n'est pas vraiment du vol, se dit Jessie, parce que le collier lui appartient. Mais le prendre sans qu'Exalta le sache ou l'y autorise a eu l'effet escompté. Jessie se sent mieux.

Exalta part pour sa soirée bridge à cinq heures et Blair commande deux pizzas chez Vincent's pour une livraison à six heures, ce qui a provoqué une dispute entre Blair et sa mère.

— Tu es énorme, a dit Kate sans ménagement.
— J'ai faim, maman, a répondu Blair. Je mange pour trois.

Jessie enfile sa robe d'été en crêpe bleu de l'année dernière mais elle est très serrée en haut, alors elle n'a pas d'autre choix que de descendre dans la cuisine pour demander à sa mère et à sa sœur de l'aide avec la fermeture éclair.

— Elle n'est plus à ta taille, dit Kate.
— Tu commences à avoir des seins, commente Blair, avant de se tourner vers Kate et d'ajouter :
— Est-ce que tu lui as acheté un soutien-gorge ?
— Elle n'a que douze ans.
— Treize ans, corrige Jessie.

Ses joues sont brûlantes de gêne mêlée de plaisir. Elle commence à avoir des seins !

— Il faut que tu l'emmènes chez Buttner's pour lui acheter un premier soutien-gorge, maman, dit Blair.

Kate soupire.

— Je ne suis pas prête pour ça.

— D'accord, répond Blair avant de se tourner vers Jessie. Je t'emmènerai.

— Trouve quelque chose d'autre à mettre, dit Kate.

Jessie retourne à l'étage pour enfiler sa seule alternative, une robe trapèze blanche à œillets, un peu moins serrée. Elle attache la chaîne autour de son cou, puis s'observe dans le miroir. Si seulement Pick pouvait la voir, mais il est déjà parti au travail. Jessie aurait dû proposer qu'elles aillent au North Shore Restaurant.

Quand Jessie et sa mère arrivent au Mad Hatter, le maître d'hôtel accueille Kate avec une courbette.

— Bonsoir, madame Foley.

— Mme Levin, le corrige Kate. Voyons, Shep, je suis Mme Levin depuis quatorze ans.

Son ton est léger ; elle semble ne pas s'en soucier. C'est une simple erreur et Shep est un vieux monsieur qui connaissait la mère de Jessie quand elle était encore Katie Nichols. Mais Jessie ne peut s'empêcher d'étudier Shep. Est-ce qu'il a l'air antisémite ?

— Bien sûr. Je suis désolé, madame Levin. Ah, et ce doit être la jeune Jessica Levin. Sauf erreur de ma part, nous fêtons l'anniversaire de Jessica.

— Oui, exactement. Merci, Shep, répond Kate avant de faire avancer Jessie.

Le Mad Hatter est le restaurant préféré de Jessie parce qu'y entrer donne l'impression de pénétrer dans un autre monde. Il y a des fresques sur les murs représentant des scènes d'*Alice au pays des merveilles* et de *De l'autre côté du miroir*, pas seulement le Chapelier fou qui a donné son nom au restaurant mais également une Reine de Cœur à l'air autoritaire, un Lapin Blanc et un Jabberwocky qui terrifiait Jessie quand elle était plus jeune. L'année dernière, lorsqu'ils sont venus dîner, Tiger et Kirby lui ont expliqué que Lewis Carroll, l'auteur, avait écrit les livres tout en fumant de l'opium.

— C'est pourquoi son univers est si troublé, a dit Kirby. C'est une histoire de drogues psychotropes.

— Vraiment ? a demandé Jessie.

Elle n'était pas certaine qu'ils lui disent la vérité ; parfois ils lui disaient des choses pour voir si elle était assez crédule pour les avaler. Jessie pensait que les livres d'*Alice* étaient des histoires pour les enfants, comme *Boucles d'or et les trois ours*.

— Prends le Chat de Cheshire par exemple, a dit Tiger. Est-ce que tu sais pourquoi il sourit ?

À ce moment-là, Kate leur avait dit d'arrêter de mettre des idées dans la tête de Jessie, ce qui voulait dire, pensait Jessie, qu'ils lui disaient la vérité.

La serveuse s'approche, dans une robe bleue avec un tablier blanc. Elle leur dit qu'elle s'appelle Alice, puis elle baisse la voix et murmure :

— Vraiment Alice.

Alice a quelque chose d'un peu bizarre, pense Jessie. Sa voix est rêveuse et elle a les yeux rouges, comme Kirby quand elle fume du haschich. Jessie se souvient d'une fois où Kirby avait fumé et où Exalta, ayant remarqué ses yeux rouges, lui avait demandé si elle avait nagé dans une piscine. Plus tard, Kirby et Tiger – et même Blair – s'étaient tordus de rire et « nager dans une piscine » était devenu leur code secret pour dire « être défoncé ».

La serveuse avait-elle nagé dans une piscine ? se demande Jessie. Elle aimerait que son frère et ses sœurs soient là pour les faire rire en posant la question.

Kate commande un martini avec deux olives et Jessie demande un Shirley Temple avec deux cerises et Alice glousse. Kate balaye du regard les autres tables et les tabourets près du comptoir à l'effigie du Jabberwocky, mais il n'y a personne qu'elle connaît et elle paraît se décontracter. Quand son martini arrive, elle se détend encore plus. Elle sourit, vraiment. Jessie se rend compte qu'elle n'a pas vu sa mère sourire depuis l'arrivée de la lettre du service militaire.

— À toi, ma chérie, dit Kate. Joyeux anniversaire !

L'anniversaire de Jessie est passé depuis dix jours, mais cela rentre définitivement dans la catégorie « mieux vaut tard que jamais ». Jessie trinque avec sa mère et, ensemble, elles boivent.

Le plateau de crudités arrive. À l'aide de la petite fourchette à trois dents, Jessie pique un morceau de chou-fleur mariné. Elle n'aime pas particulièrement le goût, mais son frère et ses sœurs avaient l'habitude de se battre pour le chou-fleur, qui en est ainsi devenu un mets de choix.

Ensuite, Alice apporte le plateau de fromage fouetté et son assortiment de crackers. Kate pousse le plateau vers Jessie et dit « ne te retiens pas, ma chérie » parce que Jessie adore le fromage épicé sur un cracker à l'oignon. Elle retire délicatement l'emballage qui recouvre le fromage – il est tamponné d'une image du Chapelier fou – tartine deux crackers et en offre un à sa mère, qui refuse d'un mouvement de tête. La corbeille de petits pains est le prochain cadeau à arriver – Nonny les appelle des cadeaux car c'est de la nourriture qu'on obtient simplement en s'asseyant. Jessie s'est souvent demandé pourquoi quiconque commanderait de la nourriture payante alors qu'on pourrait faire un repas avec le plateau de crudités, le fromage, les crackers et les petits pains. Compris dans la corbeille à pain du Mad Hatter, se trouvent les roulés à la cannelle faits maison, les préférés de Tiger. Même si Jessie en veut vraiment un, elle laisse les deux, comme si Tiger pouvait miraculeusement apparaître et s'asseoir pour en manger. À la place, Jessie prend l'un des petits pains chauds et moelleux. Elle le déchire en deux puis en plusieurs petits morceaux et étale du beurre sur chaque fragment, à mesure qu'elle les mange, comme Nonny lui a appris. Elle fanfaronne un petit peu, souhaitant que Kate remarque ses manières impeccables, mais sa mère est dans un état second. Elle vide son premier martini et en commande un deuxième, qu'Alice apporte rapidement. Le moral de Jessie est au plus bas parce qu'elle pressent que son dîner d'anniversaire va se terminer avec sa mère ivre, sanglotant et se donnant en spectacle ici au Mad Hatter, et elles ne pourront pas revenir de tout l'été.

Mais le second martini contenait peut-être une dose d'adrénaline car Kate reprend du poil de la bête.

— Ma chérie, dit-elle. Je veux que tu me racontes tout.

— Tout ?

— Oui, tout ce qui se passe dans ton esprit si brillant. Blair dit que tu commences à avoir des seins et je vois bien que c'est vrai.

Kate regarde la poitrine de Jessie, qui se prépare à des questions au sujet du collier, mais rien ne vient.

— Je ne racontais jamais rien à ta grand-mère, explique sa mère. J'ai gardé des secrets pendant toute ma jeunesse, même des choses idiotes comme le fait que Timothy Whitby, qui habitait dans la rue, m'apprenait à conduire dans sa Studebaker et tu sais quelle conséquence ça a eu? J'ai développé un don pour garder des secrets.

Kate prend les olives de son martini et en tire une du cure-dent avec ses dents. Jessie est contente de voir sa mère avaler quelque chose parce qu'elle n'a touché ni au plateau de crudités, ni aux crackers, ni au pain.

— Et aujourd'hui encore, je garde des secrets, alors même que je suis adulte. De grands secrets.

— Vraiment?

Jessie essaye d'imaginer quel genre de secrets Kate pourrait bien détenir mais rien ne lui vient.

Kate acquiesce et mange la deuxième olive.

— C'est pour ça que je veux que tu saches que tu peux tout me dire, vraiment tout, et je ne serai pas en colère. Je t'aimerai toujours autant. Blair et Kirby sont comme moi, tu sais, elles gardent des secrets, mais Tiger me raconte tout et toi aussi tu le feras, n'est-ce pas?

Elle cligne des yeux rapidement.

— Tu le feras, n'est-ce pas, Jessie? Tu me raconteras tout?

Jessie songe à ce que ça ferait de tout raconter à sa mère, absolument tout. *À la maison, à Brookline, Leslie a inventé un jeu où on prend toutes quelque chose sans le payer.* Le «jeu», Jessie le sait, n'en est pas un; c'est du vol. *Et même si je savais que c'était mal, j'ai bien aimé. Alors maintenant, à chaque fois que je suis en colère, je vole. Par exemple, quand mon prof de tennis Garrison Howe a enroulé ses bras autour de moi et a frotté...*

Jessie se sent rougir rien qu'en pensant à ces mots. Il est absolument impossible qu'elle parle de Garrison à sa mère.

Alice s'approche avec l'ardoise et Jessie fait semblant d'évaluer ses options – le veau, le canard à l'orange, les coquilles Saint-Jacques – tout comme le fait Kate, mais elles savent toutes les deux ce qu'elles vont commander parce qu'elles prennent toujours la même chose: une salade César à partager, les langoustines pour Kate et le filet mignon sauce béarnaise avec pommes de terre au four, crème aigre et ciboulette pour Jessie.

— Et un gâteau aux fraises pour le dessert, s'il vous plaît, ajoute Kate, parce que tout le monde sait que la cuisine est vite à court de gâteaux aux fraises et qu'il faut commander rapidement.

Alice note leur commande sur son petit carnet, puis la relit.

— César, deux couverts, langoustine, filet à point avec pommes de terre au four. Et un gâteau aux fraises, deux couverts.

Elle leur lance un sourire impénétrable et ajoute:

— Souvenez-vous de ce qu'a dit le Loir.

— Qu'est-ce qu'il a dit ? demande Jessie.

Alice se met à glousser ; ses petits yeux rougis se plissent et des larmes coulent.

— Je vais prendre un autre martini, déclare Kate.

Jessie termine son petit pain et mange un autre cracker, alors même qu'elle commence à être rassasiée. Elle ne mangera jamais toute sa viande, ce qui n'est pas grave. Elle demandera à l'emporter et peut-être qu'elle la partagera avec Pick plus tard.

J'en pince pour Pick. Jessie envisage de dire ça à sa mère mais décide de ne pas le faire. Si Jessie avoue qu'elle a des sentiments de grandes personnes, elle soupçonne qu'elle sera arrachée à Little Fair et forcée de dormir à côté de Nonny.

Elle se rend compte que ce n'est pas grave de ne pas tout dire à sa mère, ou même de ne rien dire, parce qu'une fois qu'Alice sert le troisième martini, Kate lui sourit d'un air rêveur qui lui fait comprendre qu'elle a déjà oublié la question qu'elle lui a posée. Pour une raison qui lui échappe, cependant, Jessie décide de ne pas s'en tirer à si bon compte.

— Il y a bien quelque chose que je dois te dire, dit Jessie.

Kate s'éveille d'un coup et se penche sur la table.

— Est-ce que tu as tes règles, ma chérie ?

— Non.

Jessie a du mal à croire à ce qu'elle s'apprête à dire. Mais oui, elle doit en parler. Les mots se massent dans sa gorge comme une foule en colère. Treize ans, se répète-t-elle, est l'âge de la maturité et de la responsabilité.

— Nonny ne veut pas me laisser signer avec le nom Levin au club, explique Jessie. Parce qu'elle est antisémite.

Jessie ne sait pas vraiment à quoi s'attendre – indignation, colère, incrédulité – mais certainement pas à ce que sa mère éclate de rire. Kate rejette la tête en arrière, dévoilant son cou et ses perles.

— Ha, ha, ha, ha, ha !

Une boule se forme dans la gorge de Jessie.

— Maman, dit-elle d'une voix tremblante. C'est mon nom.

C'est aussi le tien, voudrait-elle ajouter, mais Kate, bien entendu, a d'autres noms à sa disposition, alors elle n'est peut-être pas aussi attachée à Levin que Jessie.

Kate remarque le ton de Jessie, ou peut-être l'expression sur son visage, et reprend ses esprits.

— Oui, ma chérie, c'est ton nom. Tu devrais en être fière et j'en parlerai à ta grand-mère. Je n'irais pas jusqu'à dire que ta grand-mère est antisémite, même s'il est vrai qu'elle n'aime pas particulièrement ton père.

Jessie est horrifiée d'entendre ces mots dits si clairement.

— Mais pourquoi ? Papa est…

— L'homme le plus formidable au monde. Toi et moi sommes d'accord là-dessus. Mais ta grand-mère avait un faible pour Wilder.

Elle se recroqueville sur elle-même. Alice arrive avec le grand bol en bois et les ingrédients de la salade César. Le cœur lourd, Jessie observe la performance étonnamment adroite. Alice réduit l'ail et les anchois en pâte, fait couler l'huile d'olive d'une hauteur spectaculaire, meule un moulin à poivre aussi long que le bras de Jessie, ajoute un jaune d'œuf et une cuillère à café de moutarde française, puis remue la laitue romaine croquante jusqu'à ce que les feuilles soient équitablement enduites. Pour le grand final, elle râpe des copeaux de parmesan presque translucides au-dessus. La préparation à la table de la salade César est l'une des raisons pour lesquelles Jessie aime le Mad Hatter plus que tout autre restaurant, et pourtant, ce soir, elle a l'esprit trop occupé pour en profiter.

Exalta avait un faible pour Wilder Foley. Alors quelle place reste-t-il à Jessie ? Sûrement rien de bon.

Une fois Alice repartie, Kate considère l'assiette de salade devant elle.

— Bien entendu, Nonny n'avait pas la moindre idée de qui était réellement Wilder. Il était... eh bien, c'était un salaud, voilà ce qu'il était.

Jessie essaye de ne pas être choquée par le gros mot. Elle n'avait jamais entendu personne dans la famille dire quelque chose de mal au sujet de Wilder Foley. C'était un militaire de carrière – simple soldat pendant la Seconde Guerre mondiale, lieutenant en Corée – et cela en faisait automatiquement un héros. Et il est mort si tragiquement, un accident d'arme à feu dans son établi, quand le frère et les sœurs de Jessie étaient si jeunes, quand lui-même était si jeune. Seulement trente-trois ans. Jessie a des sentiments contradictoires au sujet de la mort de Wilder Foley. C'est une histoire triste et bouleversante et elle a du chagrin pour Blair,

Kirby et Tiger – mais si Wilder n'était pas mort, Jessie n'existerait pas.

Dans sa jeunesse, Blair gardait une photographie de Wilder Foley dans sa chambre; il portait une veste couverte de rubans et de médailles. Jessie avait l'habitude de fixer la photo, essayant d'identifier les traits qui se retrouvaient chez son frère et ses sœurs. Wilder Foley était très, très beau, beaucoup plus que David Levin, alors Jessie avait toujours imaginé que Kate s'était simplement satisfaite de l'avocat aux yeux sombres et expressifs après avoir perdu son séduisant premier mari. Entendre Kate appeler Wilder un salaud lui ouvre les yeux, c'est le moins qu'on puisse dire.

— Qu'est-ce qu'il a fait ? demande Jessie.

Kate vide le reste de son martini.

— Que n'a-t-il pas fait ? dit-elle en faisant un signe de tête vers l'assiette de Jessie. Allez, mange.

Elles rentrent à la maison avec trois boîtes : la langoustine, la viande avec les patates et le gâteau aux fraises. Jessie décide qu'elle attendra Pick ; Kate aura vite oublié la nourriture et Jessie pourra la cacher dans le frigo de Little Fair. Jessie ne sait pas vraiment si son dîner d'anniversaire a été une réussite ; elle est simplement contente qu'elles soient sorties du restaurant sans incident.

Quand elles tournent dans Fair Street, Kate dit :

— Je sais à quoi tu penses.

Jessie espère que ce n'est pas vrai.

— Tu penses que je ne t'ai pas acheté de cadeau d'anniversaire.

— Je ne veux rien, répond Jessie.

Elle touche le collier de sa grand-mère et songe à son pendentif Arbre de vie et à l'album qu'elle n'a pas encore écouté. Les cadeaux en eux-mêmes n'ont pas autant d'importance que les intentions derrière. Jessie sait que sa mère l'aime. Jessie sait aussi que sa mère est triste. Tout ce que Jessie voudrait, c'est que Tiger rentre à la maison, mais si elle dit ça, sa mère va se mettre à pleurer.

— Je vais t'offrir la liberté, dit Kate.

Elles se tiennent maintenant devant l'église épiscopale Saint-Paul, leur église, alors le trottoir est éclairé. Kate se tourne pour lui faire face et lui prend les deux mains.

— Tant que tu continues les cours de tennis avec Nonny, tu auras le droit d'aller toute seule à la plage à vélo l'après-midi.

— Vraiment ?

— Vraiment.

Jessie n'arrive pas à y croire. Fini les après-midis assise à la maison avec Anne Frank. Elle pourra aller rejoindre Pick. Elle ne pense qu'à ça. Elle pourra être avec Pick.

Quand elles rentrent à la maison, Kate va se coucher et Jessie se dirige vers Little Fair avec le sac de restes. Elle est grisée par l'enthousiasme. Il est déjà neuf heures et demie, alors il ne reste qu'une heure avant que Pick rentre du travail. Jessie est soulagée de voir que la porte de la chambre de M. Crimmins est fermée ; cela veut dire qu'il dort ou qu'il lit un roman et dormira bientôt. Jessie grimpe les marches silencieusement, très silencieusement, et n'allume qu'une seule lumière, celle au-dessus de l'évier, une ampoule de quarante watts qui baigne l'étage dans une faible lueur. Elle met le gâteau au frigo et laisse les plats sortis ; leurs boîtes sont encore chaudes.

Elle entend des bruits de pas dans l'escalier et détale dans sa chambre, d'où elle guette par l'entrebâillement de la porte. Si c'est M. Crimmins ou sa mère, elle fera semblant de dormir.

Elle aperçoit un t-shirt blanc et une salopette. C'est Pick. Il doit avoir senti la nourriture parce qu'il se dirige droit vers les boîtes sur le comptoir. Jessie sort de sa chambre.

— Pick, murmure-t-elle.

Il fait volte-face, la regarde et siffle.

— Ouah, je ne t'avais presque pas reconnue. Tu t'es fait toute belle. Tu es superbe, Jess.

Jessie se sent défaillir. Il l'a appelée Jess, et non Jessie, et elle aime beaucoup la sonorité très adulte de ce surnom.

— Merci, dit-elle. J'ai dîné avec ma mère.

Elle fait un pas dans le halo de lumière jaune pâle pour que Pick la voie mieux « toute belle ». Il la fixe tandis qu'elle se rapproche. Il va l'embrasser ; Jessie en est certaine. Il y a du désir dans ses yeux. Il l'aime bien, pense-t-elle. Il l'aime bien lui aussi !

Elle ne sait pas à quel point elle doit se rapprocher ou si elle doit rester silencieuse ou lui dire de se servir des restes. Elle porte la main à son cou pour toucher le nœud en or avec le diamant, mais quelque chose ne va pas.

Une seconde, pense-t-elle. *Une seconde !*

Jessie enroule ses deux mains autour de son cou. Soudain, plus rien d'autre n'a d'importance – ni Pick, ni l'absence de lettre de Tiger, ni la promesse de liberté de sa mère.

Le collier de Nonny a disparu.

PARTIE 2

Juillet 1969

Summertime Blues

La bonne nouvelle, c'est que la climatisation de Kirby est efficace. Elle s'est mise à surnommer le grenier l'igloo. Comme promis, Darren est venu avec les planches le lendemain de la journée au carrousel. Evan a dû le faire entrer parce que quand Kirby est revenue de la plage ce jour-là, le climatiseur était bien fixé à la fenêtre et les livres étaient de nouveau sur sa table de chevet avec un mot par-dessus : *Profite bien ! Bises, D.*

La mauvaise nouvelle, c'est que c'était il y a presque une semaine et que Kirby n'a pas eu de nouvelles depuis. Elle pensait que l'invitation à venir dîner chez lui tenait mais quand le dimanche soir est arrivé, il n'avait pas appelé et n'était pas venu pour confirmer l'heure. Kirby s'est quand même habillée et a passé une heure atroce à attendre sur le porche, tendant l'oreille à l'affût de la sonnerie du téléphone à l'intérieur. Elle a envisagé de marcher jusqu'au camping méthodiste et de tout simplement frapper à la porte de la maison bleue, mais après avoir consulté son guide de bonnes manières, elle en a conclu que cela ne se faisait pas. Les plans de Darren ont dû changer. Peut-être que la famille Frazier a décidé de manger des pizzas ou peut-être que quelqu'un est tombé malade... ou peut-être que Darren a décidé qu'après tout, elle ne l'intéressait pas. Le *Bises* qui précédait ses initiales sur le mot l'avait ravie mais peut-être avait-elle donné trop d'importance à ces quelques lettres.

Ou peut-être qu'en apprenant que Darren avait invité Kirby à dîner, sa mère a dit : « Non, hors de question. »

Si elle a dit ça, c'est peut-être parce que Kirby est blanche.

Ou peut-être parce que le Dr Frazier sait qu'elle et Clarissa Bouvier ne sont qu'une seule et même personne.

Kirby essaye de ne plus penser à Darren. Après tout, ce n'est pas pour lui qu'elle est à Martha's Vineyard. Si Kirby a appris une chose de l'agent Scottie Turbo, c'est ceci : ne jamais confier son bonheur à un homme. À partir de maintenant, Kirby sera responsable de son propre bonheur.

Elle a plein de bonnes choses sur lesquelles se concentrer. Kirby adore son travail. Elle aime beaucoup les clients et son amitié avec M. Ames lui a assuré une voiture pour aller et rentrer du travail ainsi que la possibilité de faire une sieste au milieu de son service sans avoir à s'inquiéter. Durant sa première évaluation avec Mme Bennie, Kirby a été très bien notée. Mme Bennie lui a annoncé que l'hôtel serait encore plus animé maintenant que juillet arrivait et que les clients seraient encore plus prestigieux. La rumeur que Frank Sinatra et Mia Farrow pourraient venir courait et le sénateur Kennedy devait arriver dans deux semaines.

— Lorsque nous avons des clients VIP, a expliqué Mme Bennie, nous devons faire preuve de discrétion. Leur intimité est notre priorité.

— Compris, a répondu Kirby.

Elle avait du mal à croire qu'elle serait peut-être l'unique personne se tenant entre Frank Sinatra ou le sénateur Kennedy et un éventuel scandale – mais on ne sait jamais. Un couple, enregistré sous le nom de M. Lumière et Mlle Ombre, l'a informée qu'ils comptaient essayer le LSD pendant leur séjour. Ils ont demandé à n'être dérangés sous aucun prétexte pendant trente-six heures – pas de journaux, pas de ménage. Kirby leur a assuré qu'elle y veillerait personnellement. Elle s'inquiétait d'avoir été trop indulgente, trop large d'esprit, trop tolérante. Que se passerait-il si l'un d'entre eux faisait un *bad trip* et décidait de sauter du toit? Serait-ce sa faute? Mais tout s'est apparemment bien passé et, quand le couple est parti, Mlle Ombre lui a glissé une enveloppe contenant un billet de cinquante dollars.

Quand Kirby n'est pas au travail ou endormie dans son igloo, elle traîne avec Patty et Luke. Elle se fait du souci à propos de cette histoire de jeu de rôle – ce qu'ils font lorsqu'ils sont tous les deux, peu importe ce que c'est –, mais elle a appris que personne ne peut juger une relation à part les deux personnes qui en font partie. Et impossible de nier que Luke Winslow met du piquant dans leur vie. Un lundi après-midi, il est arrivé dans la Jeep Willys avec une glacière pleine de bières et un gros joint pour conduire Patty et Kirby jusqu'aux falaises de Gay Head. Kirby avait beaucoup entendu parler des falaises et elles furent à la hauteur de leur réputation. Striées de couleur – ocre, rouille, rouge brique –, elles se jetaient tout droit dans l'océan agité. Ils se sont assis tous les trois sur une serviette, ont ouvert des bières, fait tourner le joint et contemplé la majesté de l'endroit – époustouflant, millénaire, sacré. Quand Luke et Patty se sont mis à s'embrasser, Kirby a fermé les yeux et s'est allongée sur la serviette, profitant du soleil sur son visage. Elle dormait presque lorsqu'elle les a entendus s'éclipser et elle était envieuse, non seulement parce qu'ils allaient coucher ensemble ici, devant un paysage unique de mère Nature, mais aussi parce qu'ils étaient tous les deux et qu'elle était seule.

Être responsable de son propre bonheur est une chose bien solitaire.

Patty doit percevoir la solitude de Kirby parce que le lendemain soir elle l'invite à dîner puis à aller danser avec elle, son frère Tommy et Luke. Ils vont au restaurant Dunes du motel Katama Shores. C'est une ancienne caserne de l'armée, modernisée et tout en longueur, qui surplombe l'océan. Le Dunes a une baie vitrée incurvée, des canapés délicieux et une salle de spectacle, de quoi donner à Kirby l'impression de mettre les pieds dans une soirée sophistiquée.

Kirby adore l'ambiance. Elle pense : *Je vais bien ! Je suis heureuse !*

Luke prend une table pour quatre, Tommy s'assoit à côté de Kirby et rapproche sa chaise de la sienne. Tommy est la réplique masculine de Patty. Il a un peu d'embonpoint, une tignasse de cheveux sombres et des taches de rousseur. Il n'est ni laid ni beau ; c'est juste un type moyen aux yeux de qui rencontrer Kirby est le clou de sa journée.

— Tu es sensass, dit-il.

Ses lèvres sont tout contre l'oreille de Kirby, ce qu'elle trouve un peu cavalier, bien qu'il soit difficile de s'entendre avec la musique. Il y a un groupe de quatre musiciens qui joue des morceaux des Beatles, des Turtles et du Cyrkle.

— Oh, merci, répond Kirby.

Sans raison apparente, ce compliment déclenche un flot de pensées concernant Darren. Après Scottie Turbo, Kirby était certaine qu'elle n'éprouverait plus jamais ce genre de sentiments, mais elle aime bien Darren et elle croyait qu'il l'aimait bien aussi. Jusqu'à sa disparation. Kirby a passé en revue chaque mot de leur dernière conversation des centaines de fois, se demandant ce qu'elle avait pu mal interpréter, et elle n'arrive pas à comprendre. Peut-être que Darren est trop bien pour elle. Peut-être que sa vie sera peuplée de types rasoir comme Tommy O'Callahan.

De l'autre côté de la table, Patty et Luke sont dans leur habituelle bulle d'amour. Luke appelle la serveuse avec ses hautes bottes en cuir verni blanc et commande quelque chose ; Kirby n'entend pas ce que c'est, mais elle espère que ce sera fort. L'ivresse est son seul espoir.

Le groupe joue « Red Rubber Ball ».

— Tu veux danser ? demande Tommy.

— D'accord, répond-elle alors qu'elle n'en a pas envie.

La chanson n'est ni lente ni rapide, mais Tommy, bien entendu, choisit de danser doucement. Il entoure Kirby de ses bras musculeux et l'attire contre lui. Elle laisse de l'espace entre eux, comme sa mère lui a appris quand elle avait onze ans. Elle regrette d'avoir accepté de danser ; elle aurait dû boire un verre d'abord.

— Alors, commence Kirby.

Elle n'est pas sûre de ce dont elle pourrait discuter avec Tommy O'Callahan. Elle sait qu'il est le frère de Patty, de deux ans son aîné, que c'est le septième derrière Joseph, Claire, Matthew, John, Kevin et Sara et avant Rose et Patty. Elle sait qu'il a grandi dans South Boston et est allé à l'université UMass Boston avant de venir à Martha's Vineyard pour gérer le cinéma Strand. Elle envisag de lui demander ses opinions politiques – que pense-t-il de la guerre ? que pense-t-il de Nixon ? – parce que ses réponses l'élimineront complètement de la liste des petits amis potentiels ou mettront Kirby dans de meilleures dispositions. Mais l'atmosphère est trop conviviale pour des questions si tristes et Kirby est dans un état si fragile que parler de la guerre pourrait la bouleverser.

— Comment tu as rencontré Luke ?

— Un coup de chance, répond Tommy. J'étais sur le ferry et Luke est venu me parler pour me dire qu'il cherchait des colocataires. Alors mon pote Eugene et moi, il a suffi qu'on voie la maison et, je veux dire, c'était indéniable. Quinze dollars par semaine pour cette maison ? Avec une femme de ménage ? C'est trop beau pour être vrai. Je me pince tous les matins.

Luke ne gagne que trente dollars par semaine de

loyer, pense Kirby. Elle se demande s'il donne l'argent à ses parents ou s'il le garde. C'est étrange que Luke ait choisi deux inconnus sur le bateau pour être ses colocataires, non ? Il n'a pas d'amis ? Il est riche, beau, sans contraintes. Quelque chose ne colle pas.

— Est-ce que c'est quelqu'un de bien ? demande Kirby.

Tommy hausse les épaules.

— Ouais.

La chanson se termine et Kirby ne pourrait être plus heureuse. Ils retournent à la table, où quatre énormes cocktails bleu électrique les attendent. Kirby s'installe et boit une grande gorgée du sien. Un plateau de crevettes arrive et un autre de boulettes de viande suédoises. Patty regarde Kirby dans les yeux et incline la tête en direction de Tommy, lui demandant sans l'ombre d'un doute : *Tu l'aimes bien ?*

Kirby plonge les yeux dans son cocktail. Elle aimerait pouvoir y nager.

Trois cocktails, quatre crevettes et six boulettes de viande plus tard, Kirby est de bien meilleure humeur. Le groupe joue « I Am the Walrus » et Kirby se lève pour danser sans même vérifier si Tommy la suit, même si, bien sûr, il lui emboîte le pas et essaye vaillamment d'imiter ses mouvements, y compris balancer ses bras au-dessus de sa tête, un à la fois, comme des tentacules. Elle tourbillonne et se baisse, prenant beaucoup de place sur la piste de danse, ce qui déroute les autres danseurs et irrite Tommy. Il finit par abandonner et s'en va, et Kirby termine la chanson seule, devant la scène. Quand elle retourne à la table, Tommy n'est pas là et Patty semble contrariée.

— Il est allé se promener sur la plage, dit-elle. Il m'a dit que tu l'ignorais.

Une nouvelle tournée de verres arrive et tout ce que veut Kirby, c'est s'asseoir et profiter du sien. Elle regarde Luke donner à Patty une boulette de viande sur un cure-dent et décide qu'elle ne peut pas rester là à regarder ce spectacle grotesque, alors elle sort pour chercher Tommy et s'excuser.

Elle le trouve à l'entrée de Katama Beach, en train d'allumer une cigarette.

— J'en prendrais une avec plaisir, merci, dit Kirby, aussi charmeuse que possible.

Tommy porte une seconde cigarette à ses lèvres et les allume toutes les deux sans commentaire. Kirby l'apprécie tout de suite plus.

— Tu veux marcher ? demande-t-elle quand il lui donne la cigarette.

Il acquiesce et enlève ses mocassins. Kirby s'appuie sur son épaule pour faire glisser la bride de ses sandales sur ses talons. Puis ils progressent difficilement sur le sable froid vers la plage. Depuis toujours, Kirby adore la plage la nuit. À Nantucket, elle allait à des soirées feu de camp à Madequecham, enfilant un jean et un pull irlandais par-dessus son bikini. Ses amis et elle buvaient de la bière, faisaient cuire des hot-dogs sur des bâtons, chantaient de vieilles chansons ringardes accompagnées à la guitare par leur ami Lincoln (« Michael, Row the Boat Ashore » et autres classiques de veillées). Ils partageaient des joints, puis des paquets de chips ou des sachets pleins de biscuits de la boulangerie Aime's Bakery. Immanquablement, quelqu'un se déshabillait et se ruait dans l'eau ; Kirby n'était pas la dernière. On pourrait penser que l'eau était plus froide la nuit, mais en réalité, elle paraissait plus chaude. C'était aussi effrayant. Elle ne voyait ni la taille des vagues qui arrivaient, ni ses propres jambes, ni ce qui se cachait dans l'eau. La peur des requins était bien réelle et d'après la rumeur, ils se nourrissaient la nuit. Mais l'euphorie de Kirby n'en était que plus grande. Faire la planche, les yeux rivés sur les étoiles et la lune n'avait pas son pareil.

Ces nuits-là lui manquent tant qu'elle envisage de proposer à Tommy de nager. Il faudrait y aller en sous-vêtements, probablement, ou nus. Elle rejette l'idée.

À la place, ils marchent – vers la droite, vers l'est. Tommy ne parle ni ne tend la main vers celle de Kirby et elle se dit qu'il est probablement en colère, mais elle n'a pas l'intention de s'excuser d'avoir dansé. Ce n'est pas un rendez-vous, pas vraiment. Ils ne sont que des spectateurs de la passion grandissante entre Patty et Luke. Kirby songe brièvement à partager ses inquiétudes au sujet de Luke avec Tommy, mais c'est le frère de Patty, et il n'a probablement pas très envie de discuter de la vie sexuelle de sa sœur.

Kirby zigzague vers l'eau et se mouille les pieds. L'eau étincelle là où elle l'agite.

— Regarde, dit-elle. C'est phosphorescent.

Tommy s'aventure dans l'eau et ils passent quelques minutes à s'éclabousser et à rire quand l'eau s'illumine.

Puis, sur la plage, Kirby remarque la forme blanche éclatante d'une coquille de palourde.

— Super, dit-elle en la ramassant. J'en cherchais justement une.

— Pour faire un cendrier ? demande Tommy.

— Un porte-savon.

Elle la rince au bord de l'eau ; elle est parfaitement intacte, avec un tourbillon bleu et blanc, comme l'océan, à l'intérieur.

— J'ai un budget serré, ajoute-t-elle.

Tommy rit et Kirby sait qu'elle est pardonnée. Il lui prend la main, l'attire contre lui et elle sait ce qui va arriver. Sans surprise, quand elle relève la tête, il l'embrasse. Il a bien choisi son moment – il fait sombre, ils sont sur la plage, les mollets dans l'eau étincelante. Les choses pourraient difficilement être plus romantiques. C'est son exécution qui pèche. Sa bouche est trop grande ouverte ; sa langue est épaisse et lourde et il semble déterminé à étouffer Kirby avec. Elle le tolère une seconde ou deux, se demandant s'il ne va pas miraculeusement s'améliorer, méditant sur le mystère de l'alchimie entre deux personnes. Tommy rencontrera-t-il un jour une femme qui pensera qu'il embrasse merveilleusement bien et qui ne pourra pas s'en passer ?

Kirby presse sa main sur son torse et, tout à son honneur, il s'arrête.

— On devrait y retourner, dit Kirby.

— Tu as sûrement raison, répond Tommy, tristement.

Quelques jours plus tard, Kirby a des nouvelles de Rajani.

— Les Aldworth sont à Cuttyhunk avec leur bateau et leurs deux petits monstres, dit-elle. Ils me payent pour rester chez eux avec le chat.

— Tu plaisantes ?

Elle a si peu vu Rajani qu'elle ne sait presque rien de la famille pour laquelle elle travaille ; elle ne savait pas qu'ils possédaient un bateau, que leurs enfants étaient de petits monstres ou qu'ils avaient un chat. Tout ce qu'elle savait, c'est qu'ils vivaient à Chilmark.

— Pourquoi tu ne viendrais pas ? propose Rajani. On pourrait nager sur leur plage privée puis aller à Menemsha pour le déjeuner. Ils m'ont laissé les clefs de leur Porsche.

Inutile de lui proposer deux fois. Kirby emprunte le vélo de Patty et roule jusqu'à l'adresse que lui a donnée Rajani, sur Tea Lane. C'est plus loin que ce qu'elle pensait, mais le trajet sur State Road est joli ; elle dépasse des champs et des murs en pierre, des étangs et de grands arbres. Le paysage est différent de Nantucket, où la végétation est basse et battue par les vents et où la plupart des arbres sont des pins de Virginie.

Kirby tourne enfin dans Tea Lane et pédale jusqu'à l'eau. Au bout d'une allée, le numéro qu'elle cherche est gravé dans une pierre. Un petit peu plus bas, la maison apparaît. Elle est grandiose – un triplex avec une tourelle à l'extrémité. Sur le côté, il y a une piscine et un terrain de tennis. Alors que Kirby pousse la béquille du vélo, Rajani apparaît à l'entrée, les bras grands ouverts.

— Bienvenue dans mon deuxième chez-moi, dit-elle.

La maison est magnifique. Il y a un piano blanc, des tapis en peau de léopard et ce que Kirby pense être un Andy Warhol dans la cuisine, à côté du frigo, à la place où une autre famille accrocherait les dessins des enfants. La cuisine est moderne. Tous les appareils électroménagers sont vert avocat, une couleur qui ressort contre le carrelage blanc et la crédence en mosaïque rose et orange.

Kirby suit Rajani à l'extérieur. La piscine est sur la gauche. Trois marches à descendre, une petite dune à escalader, et c'est l'océan.

— Tu me fais marcher ? dit Kirby. Tu travailles ici tous les jours ? Pourquoi tu ne me l'as pas dit ?

— J'étais trop occupée à courir après Eric et Randy, répond-elle. Les jumeaux démoniaques.

Kirby est stupéfaite. Elle a été épatée par la maison de Luke Winslow à Nashaquitsa Pond, et d'une certaine manière, elle la préfère à celle-ci. Qui a besoin d'un piano à queue, de tapis en peau de léopard et d'un Warhol dans une maison de vacances ? Kirby s'est toujours sentie privilégiée à cause de leur maison sur Fair Street en ville, de la fresque dans le salon et de leur place au Field & Oar Club. Mais maintenant qu'elle a vu cette maison et celle de Luke, elle comprend que Fair Street n'a rien de spécial.

— On va nager ? demande Rajani.

Kirby se met en bikini et court vers l'eau.

À l'heure du déjeuner, Rajani prend les clefs de voiture dans un bol en verre couleur rubis. («Je crois que les Aldworth font des soirées échangistes, le genre où les femmes prennent une clef au hasard dans un bol et rentrent avec le propriétaire de la voiture », murmure-t-elle.) Elles grimpent dans la Porsche 911 de Mme Aldworth et filent dans Chilmark vers Menemsha.

Kirby a beaucoup d'attentes concernant Menemsha, parce qu'on lui a dit que c'était une destination incontournable, mais quand elles arrivent, elle découvre que c'est un minuscule village de pêcheurs. Il y a un petit port plein à craquer de bateaux de pêche. Tous ces bateaux sont, en ce moment-même, à midi, en train de décharger leurs prises ; les avalanches de poissons argentés glissants ressemblent à des pièces de vingt-cinq cents qui s'écoulent d'une machine à sous. Il y a de gigantesques casiers en bois pleins à craquer de homards.

Kirby cligne des yeux derrière ses lunettes de soleil papillon.

— Qui va manger tous ces homards ?
— Nous, répond Rajani. Allez, viens.

Elle entraîne Kirby dans un bâtiment quelconque, avec une enseigne Homeport. Les clients à l'hôtel ne tarissent pas d'éloge sur le Homeport, et Kirby aime que l'établissement ne paye pas de mine. Si les gens ne viennent pas pour la décoration, ils doivent venir pour la nourriture. Rajani se dirige vers le comptoir et commande deux menus homards. Kirby est éblouie par la confiance en elle et la beauté de son amie, avec sa peau hâlée, ses cheveux sombres et ses yeux noisette. Elle est tellement plus détendue maintenant que c'est l'été et qu'elle est loin de la pression de l'université.

Le menu homard se révèle être une demi-livre de homard bouilli, un épi de maïs, une tasse de chaudrée de palourdes, une assiette de salade de chou, une petite miche de pain blanc et dense et des quantités de beurre clarifié, en petits paquets. Malgré les protestations de Kirby, Rajani paye leurs deux déjeuners.

— Le salaire que me donnent les Aldworth est indécent.

Elles s'assoient à la seule table libre et Rajani écrase une pince entre les bras argentés de la pince à crustacés.

— Alors, quoi de neuf ?

Kirby souffle sur une cuillère de chaudrée crémeuse parsemée de persil frais. Que dire ? Elle a déjà tout raconté à Rajani au sujet de son travail – la sérénité qu'elle trouve dans les heures du petit matin, les clients gentils et le formidable M. Ames, l'arrivée imminente de chanteurs, de stars de cinéma et de sénateurs. Devrait-elle parler de Patty et Luke ? Devrait-elle parler de Darren ? Rajani connaît Darren depuis des années, mais s'il lui avait dit que Kirby et lui s'étaient rencontrés et avaient eu un rendez-vous au carrousel, Rajani n'aurait-elle pas dit quelque chose ?

La bonne nouvelle, c'est qu'avant que Kirby soit obligée de décider de ce qu'elle va dire, leur déjeuner est interrompu.

La mauvaise nouvelle, c'est que le déjeuner est interrompu par... Darren en personne. Kirby n'en croit pas ses yeux. Darren se tient à côté de leur table, affichant ce sourire à tomber, comme s'il ne pouvait croire à sa chance. Il est avec un monsieur âgé dont le crâne complètement chauve étincelle comme une poignée de porte lustrée. C'est son père, le juge.

— Quelle surprise de voir deux filles d'Oak Bluff aussi loin de chez elles, dit Darren.

— Darren !

Rajani se lève d'un bond pour l'embrasser puis elle se tourne vers son père :

— Votre Honneur.

— Rajani, répond le juge.

Il lui prend la main, puis l'embrasse sur la joue.

— On ne t'a pas vue de tout l'été. Comment est-ce possible ?

Pendant que Rajani parle de son travail, Darren se tourne vers Kirby.

— Je suis content de vous avoir croisées, dit-il d'une voix qui ne s'adresse qu'à elle. Je voulais passer te voir pour m'excuser pour dimanche soir. J'ai eu un imprévu.

Un imprévu. Kirby voudrait savoir quoi, exactement, mais elle ne peut décemment pas se lancer dans une discussion approfondie avec lui maintenant, alors elle hausse les épaules et dit :

— Ne t'en fais pas.

Darren lui prend la main et la serre furtivement. Kirby sent un frisson remonter le long de sa colonne.

— Je vais te présenter à mon père, dit Darren avant de s'éclaircir la voix. Papa, voilà l'amie de Rajani, Kirby Foley.

Le juge serre la main de Kirby.

— Ravi de te rencontrer, Kirby.

— On est à Simmons ensemble, dit Rajani. Et j'ai converti Kirby à la vie à Martha's Vineyard, alors même que sa famille a une maison à Nantucket.

Le juge hausse un sourcil.

— Ah ! C'est toi qui vis à Nantucket. Ma femme m'a dit qu'elle avait fait ta connaissance.

Kirby sent son sourire se rétracter quelque peu.

— Martha's Vineyard est un changement bienvenu, dit-elle. Je travaille à la réception du Shiretown Inn.

— Bien, transmets mes amitiés à Mme Bennie, répond le juge. Darren, on devrait rapporter ce déjeuner à la maison avant qu'il soit froid.

Il sourit à Rajani.

— Bon appétit.

Sur le trajet du retour à vélo depuis Tea Lane, Kirby se repasse l'interaction en boucle. Le juge a été parfaitement aimable, pense-t-elle, jusqu'à ce qu'il comprenne qui est Kirby. Puis il a coupé court à la conversation. Ou alors elle est paranoïaque.

Un sac en papier contenant le reste de son déjeuner se balance sur son guidon. La mauvaise nouvelle, c'est qu'après le départ de Darren et de son père, Kirby a été incapable d'avaler quoi que ce soit.

La bonne nouvelle est que Rajani était si occupée à décrire les soirées échangistes des Aldworth qu'elle ne l'a même pas remarqué.

Le lendemain matin, quand il ne reste qu'une maigre demi-heure de service à Kirby, M. Ames entre dans le bureau, tenant à la main, enroulée dans du cellophane, une rose rouge entourée de feuilles et de gypsophiles.

— Pour moi ? demanda Kirby.

Elle sait que la fleur n'est pas de M. Ames – il est marié et n'a jamais rien montré d'autre qu'un intérêt presque paternel envers Kirby – mais elle a peur qu'elle puisse être de la part de M. Rochester, chambre 3. M. Rochester est un chauve rondelet à lunettes d'au moins trente ans, envoyé par l'Association des automobilistes américains pour noter l'hôtel. Il a lorgné sur Kirby à son retour de ce qui devait être une soirée chez Giordano's arrosée au chianti et à la sambuca et il l'a invitée dans sa chambre pour un verre, ce qu'elle a naturellement refusé, même si elle comprenait que cela pouvait anéantir leurs chances d'être bien notés.

— Ce n'est pas de M. Rochester ? demande Kirby.

— J'ai juré de garder le secret.

Kirby met la rose dans un soliflore qu'elle pose sur le comptoir. Elle imagine qu'elle pourrait venir de Bobby Hogue, revenu à l'hôtel cette semaine. C'est un homme gentil, même s'il est encore plus vieux que Scottie Turbo. Kirby se demande si elle pourrait avoir une relation avec un homme à qui il manque une main. Oui, décide-t-elle. Elle aimerait bien Darren, même s'il était manchot.

Quand il est l'heure de rentrer, M. Ames dit à Kirby de l'attendre devant l'hôtel ; il doit passer voir Mme Bennie. Kirby trouve cela étrange – ils ne croisent habituellement pas Mme Bennie, qui arrive à neuf heures – mais elle sort tout de même.

Là, garé le long du trottoir, se trouve Darren dans sa Corvair rouge.

Quand il aperçoit Kirby, il sort de la voiture et se dépêche de faire le tour pour lui ouvrir la portière.

— Je te ramène chez toi ? dit-il.

Elle parvient à peine à croire ce qui arrive. Darren est là à l'hôtel, à sept heures du matin, pour la ramener chez elle. Il ne porte pas son t-shirt et son short, ce qui veut dire qu'il n'est pas en chemin pour le travail. Il n'est venu que pour la voir. Et M. Ames est au parfum. C'est Darren qui lui a apporté une rose !

Kirby garde son sang-froid.

— Avec plaisir, dit-elle tout en pliant gracieusement ses jambes pour s'asseoir à l'avant. Merci.

I Heard It Through the Grapevine

Kate ne s'en serait jamais doutée, mais Bitsy Dunscombe boit encore plus qu'elle. C'est un vendredi soir de juillet et elles ont réussi à obtenir une table correcte au restaurant l'Opera House. C'est déjà quelque chose à fêter. Bitsy interpelle le serveur et commande du champagne, le meilleur, un Krug millésimé.

Bitsy Dunscombe, Entwistle de son nom de jeune fille, de Park Avenue, New York et de Main Street, Nantucket, est née aristocrate. Elle a épousé Ward Dunscombe, dont la famille possède des mines de platine et, désormais, Bitsy a plus d'argent que tous les habitants de Nantucket réunis – ou pas loin. L'étalage de richesse de Bitsy énerve Kate, à part dans des situations comme celle-ci.

Au son du piano et des rires des habitués à la table 1, Kate et Bitsy sifflent le Krug et Kate mange l'une des petites gougères apportées par le serveur avant de commander des martinis.

Le choix de Kate ne se serait pas vraiment porté sur Bitsy pour un dîner de vendredi soir, mais elles ont toutes les deux l'habitude de se voir une fois dans l'été, et comme ni David ni Ward ne viennent sur l'île ce week-end, quand Bitsy a appelé, Kate s'est dit *Pourquoi pas* avant d'accepter l'invitation.

David a téléphoné la veille pour dire qu'il ne se sortait pas d'un dossier et qu'il ne pouvait pas partir, mais Kate sait qu'il garde délibérément ses distances. Il viendra quand elle aura réduit sa consommation d'alcool, quand elle pourra venir à bout d'une courte conversation téléphonique sans avoir le hoquet ou manger ses mots, ce qui n'est pas arrivé une seule fois depuis qu'elle est à Nantucket.

Quant à Ward... eh bien, tout le monde sait que Ward Dunscombe a une maîtresse à Long Island; elle s'appelle Kimberly Titus, c'est la fille de Reggie Titus, le roi de la farine. Même Bitsy est au courant et semble l'accepter comme si c'était tout naturel. Quand Kate l'a informée que David ne viendrait pas ce week-end, Bitsy lui a demandé :

— Est-ce qu'il a une Kimberly à Boston ?
— Non, a répondu Kate. Il a un travail.

À peine les mots sortis de sa bouche, elle savait que Bitsy devait la trouver trop naïve et beaucoup trop confiante, mais Kate a déjà été mariée à un coureur de jupons et elle n'était pas assez folle pour retenter l'expérience. David a des principes ; d'ailleurs, il en a trop. C'est Kate qui a un lourd secret et qui manque de sens moral.

Un martini, deux martinis. Pour commencer, Kate commande les escargots et Bitsy l'entrée chaude – une crêpe de fruits de mer couverte de béchamel – qu'elle touche à peine.

— Est-ce qu'on commande du vin ? demanda Bitsy.

Cela semble excessif. Kate voit déjà double et l'ail des escargots lui donne des renvois, alors elle mange un morceau de pain recouvert de délicieux beurre français. Mais la question, bien entendu, était rhétorique. Bitsy interpelle le serveur et le garde à leur table bien plus longtemps que nécessaire, lui tenant le bras, posant des questions idiotes sur la différence entre le sancerre et le chablis alors qu'elle a déjà annoncé qu'elle commanderait du bœuf comme plat de résistance.

Quand le pauvre Fernando ou Arnoldo – impossible pour Kate de se souvenir de son nom – s'échappe enfin, Bitsy regarde Kate droit dans les yeux et déclare :

— Je couche avec lui.

Kate manque de s'étouffer avec son morceau de pain.

— Avec qui ?

— Avec Arturo, répond Bitsy. Il vient chez moi après son service et jette des graviers contre ma fenêtre.

Kate se cache derrière son menu pour camoufler l'expression atterrée dont elle ne peut pas se défaire. Bitsy Dunscombe couche avec un serveur de l'Opera House. Kate sait bien qu'une révolution sexuelle souffle sur le reste du pays, mais elle ne pensait pas qu'elle infiltrerait les hauts rangs de la bonne société ici à Nantucket.

— Ne me juge pas, Katie Nichols, dit Bitsy.

Kate n'aime pas ce surnom d'enfance, même si Bitsy est l'une des rares personnes à connaître Kate depuis assez longtemps pour l'utiliser. Elles ont pris des leçons de voile ensemble lorsqu'elles avaient onze ans.

— Je sais que tu as toujours pensé que tu étais mieux que moi avec tes quatre enfants parfaits, mais je vais te dire une chose...

Voilà donc Bitsy Dunscombe avec un coup de trop dans le nez, pense Kate. Ce n'est pas beau à voir – non seulement ses mots, mais aussi son visage. Son expression se déforme en un masque hideux, avec des yeux étroits et accusateurs, des lèvres tordues. Si elle dit quoi que ce soit au sujet de Tiger, Kate la giflera ou lui jettera son verre au visage. Le pianiste s'arrêtera au milieu de « Try to Remember » et les fêtards de la table 1 seront d'abord bouche bée, puis ils se mettront à cancaner, et qui pourra leur en vouloir ? Kate Levin et Bitsy Dunscombe sont deux femmes respectables entre deux âges, l'une comme l'autre d'origine et d'éducation impeccables, qui devraient pouvoir dîner à l'Opera House sans faire de scène.

Hors de question, pense Kate. Elle sort ses bonnes manières comme si c'était un accessoire qu'elle tenait rangé dans son sac à main.

— Je n'ai jamais pensé être meilleure que toi, Bitsy. Tu as des jumelles magnifiques. Tu as été beaucoup plus intelligente que moi – tu n'as pas fait l'erreur de te marier trop jeune.

— Ne m'infantilise pas, siffle violemment Bitsy. Je ne le tolérerai pas.

À ce moment-là, Arturo apporte le vin, un cabernet qui s'accordera à la fois avec le bœuf de Bitsy et le canard de Kate. Alors que Bitsy goûte le vin avec des mimiques exagérées, Kate balaye la salle du regard. L'Opera House est petit, une véritable boîte à bijoux, sombre et magique, avec la fameuse cabine téléphonique bordée de velours dans le coin où elle a une fois surpris Wilder en train d'embrasser la jeune fille au pair suédoise des Broussard. Wilder était ivre, trop ivre pour savoir ce qu'il faisait, alors elle lui avait pardonné, malgré l'humiliation publique.

Kate pense à la pauvre Blair, probablement étendue sur le canapé devant la télévision comme un morse sur sa banquise, se goinfrant de sandwichs au fromage fondu et de crèmes desserts. Kate l'a encouragée à tenir bon avec Angus alors même qu'il a une liaison avec une femme nommée Trixie (qui ne peut être qu'une prostituée) parce que c'est ce qu'elle-même a fait – elle a tenu bon. Mais pourquoi Blair devrait-elle souffrir comme Kate l'a fait ? Pour les convenances ? Les convenances n'ont plus aucun sens par les temps qui courent, comme Bitsy Dunscombe en fait si clairement la démonstration. Pourquoi Blair ne pourrait-elle pas être avec le frère d'Angus, Joey, si c'est lui qu'elle aime réellement ? Blair mérite d'être adorée. Toutes les femmes le méritent.

— Je suis désolée, Bitsy, tes mots me surprennent beaucoup, dit Kate.

Elle baisse la voix et ajoute :

— Je te l'assure, jamais je ne te jugerai…

— Tu devrais avoir honte de ta fille, répond Bitsy.

Bitsy boit une longue gorgée de vin ; il tache ses lèvres d'une nuance de violet. Kate se demande si Bitsy est au courant pour Blair ; sa présence sur l'île peut difficilement être gardée secrète. La nouvelle des difficultés conjugales de Blair et Angus a dû circuler et peut-être que quelqu'un a eu vent de l'histoire sordide d'Angus la chassant de leur appartement parce qu'il l'a surprise avec son propre frère. Mais qui aurait divulgué une telle histoire ? Exalta ? Exalta boit des mimosas avec Mme Winter tous les matins. Elle a peut-être laissé échapper quelque chose et tout le monde sait que Mme Winter en veut à Blair d'avoir plaqué son petit-fils, Larry.

Ou peut-être que Bitsy veut parler de Kirby ? Peut-être que la nouvelle des arrestations de Kirby a fait le trajet entre Boston et New York ? Ou peut-être qu'elle a été impliquée dans quelque chose d'encore plus abominable ? Au printemps, elle est rentrée de l'université sans prévenir au milieu de la semaine, pour trois jours. Elle n'a donné aucune explication et est restée terrée dans sa chambre, refusant tous les repas. Kate était traumatisée par le récent départ de Tiger, mais tout de même, elle était inquiète et lui a posé des questions, qui lui ont été renvoyées au visage comme des balles de tennis. Au fil des années, Kate a appris qu'avec Kirby, les émotions étaient d'abord bouillantes et fortes – un peu comme la douche extérieure d'All's Fair – avant de revenir à la normale. Sans surprise, quand le week-end est arrivé, Kirby est repartie à Simmons, résignée sinon gaie. Kate est secrètement soulagée que sa fille ait décidé de passer l'été à Martha's Vineyard, ça lui fait une inquiétude de moins au quotidien. Quatre enfants lui avaient paru si parfait, si convenable, si carré, mais Kate devait bien l'admettre, souvent c'était trop.

— De laquelle de mes filles parles-tu ? demande Kate.

Elle goûte le vin – il est délicieux, mais ça ne fait que l'énerver – et considère Bitsy avec une curiosité non dissimulée.

— Jessica, siffle Bitsy. Elle a volé cinq dollars dans le sac de Heather quand elle était aux toilettes au club. Cinq dollars et un gloss. Heather ne voulait rien dire mais Helen était dans la cabine d'à côté et elle a épié Jessie à travers l'embrasure de la porte. Elle a dit que Jessie a foncé vers le sac de Heather, a pris l'argent et le gloss avant de sortir.

Kate lève les yeux au ciel.

— Épargne-moi ça, pitié. Jessie ne ferait jamais ça. J'en mettrais ma main à couper.

— Helen l'a vue, Katie. Et Heather a avoué que l'argent avait disparu. Elle a gagné cet argent en…

— Faisant la lecture aux aveugles ? coupe Kate.

Elle en a marre d'entendre à quel point Heather est une bonne samaritaine. Elle fait partie des scouts, elle nourrit les chiens errants, elle emmène les personnes âgées en fauteuil roulant faire des promenades. Certes, Heather est beaucoup mieux que cette petite garce de Helen, qui a toujours été une fauteuse de troubles. De toute évidence, elle essaye de mettre le vol sur le dos de Jessie. Helen a probablement pris l'argent elle-même !

— Helen a probablement pris l'argent elle-même, ajoute Kate. Et elle essaye de faire porter le chapeau à Jessie. Tu n'y as pas pensé ?

— Helen a dit que Jessie l'avait fait. C'est une preuve suffisante à mes yeux. Helen n'est pas une menteuse.

— Jessie n'est pas une voleuse.

— Peut-être qu'elle tente d'attirer l'attention, répond Bitsy.

Elle s'enfonce sur sa chaise, allume une cigarette et poursuit :

— Je suis certaine que c'est ça, pauvre enfant. Une sœur enceinte de jumeaux, une autre qui sème la zizanie à Martha's Vineyard et son frère parti à la guerre. Je suis désolée pour elle, c'est ce que j'ai dit à mes filles. Qu'elle garde l'argent et le gloss si ça peut l'aider à se sentir mieux.

Arturo s'approche avec les plats et Kate se lève.

— Bon appétit vous deux, dit-elle. Moi, je rentre.

Elle jette sa serviette sur sa chaise et zigzague à travers la salle, passe devant cette cabine téléphonique de malheur et sort sur le patio où elle fait un signe de la main à Gwen, la propriétaire, en pleine conversation avec l'artiste Roy Bailey.

— C'était une très belle soirée, comme d'habitude, lance Kate. Merci.

Sur le chemin du retour, elle enrage. Bitsy Dunscombe est une… une… une… eh bien, pour tout dire, le mot approprié lui échappe, mais il n'y a pas de doute, Bitsy sait comment mettre fin à une amitié de très longue date. Kate ne lui adressera plus jamais la parole. Comment ose-t-elle accuser Jessie d'être une voleuse et insinuer que c'est parce que Kate ne fait pas assez attention à elle !

Kate passe devant le Bosun's Locker et envisage de s'arrêter pour boire un verre. Tous les habitués tomberaient à la renverse de leur tabouret de bar ou la chasseraient à coups de grands éclats de rire. Wilder allait souvent au Bosun's et Kate devait soit appeler pour qu'on le renvoie chez lui, soit se déplacer et le tirer de là elle-même. Ces nuits-là étaient toujours mieux que celles où elle déboulait dans le bar, s'attendant à l'y trouver, et où il n'était pas là.

Elle n'ira pas au Bosun's Locker.

Mais peut-être au Charcoal Galley ? Les six escargots et le morceau de pain n'ont pas suffi à la rassasier. Elle ne serait pas contre un cheeseburger bien gras accompagné d'oignons grillés et de frites avec de la sauce, mais elle se dit qu'à cette heure de la nuit, elle risque de rencontrer les habitués du Bosun's au Charcoal Galley, se remplissant l'estomac après une journée de boisson ou prenant des forces avant une nuit d'ivresse.

Elle tourne à droite dans Fair Street. Elle est prête à en découdre, comme le veut l'expression. Elle a laissé assez de temps à Bill Crimmins. Elle ira toquer à sa porte – qu'est-ce qu'elle en a à faire qu'il puisse dormir ! – et exigera une réponse. A-t-il des nouvelles de son beau-frère au sujet de la démobilisation de Tiger ?

Elle sait que ce n'est pas le cas. Sinon, il lui en aurait parlé. Mais Kate demandera quand même. Elle attend des résultats – et vite !

Kate n'est plus qu'à deux maisons quand elle aperçoit un taxi qui s'arrête devant All's Fair. L'espace d'un instant, son cœur tressaille. C'est Tiger, venu lui faire une surprise. Ou Kirby – oui, sa rebelle de fille lui manque terriblement. Elle serait ravie que ce soit Kirby ; sa soirée serait sauvée. Ou peut-être... est-ce

David. Kate regrette d'avoir bu une demi-bouteille de champagne, deux martinis et un verre de cabernet. David est enfin venu, mais il va voir que rien n'a changé. Kate est une alcoolique. Pire – une ivrogne.

Même dans l'obscurité, elle discerne la silhouette d'un homme. Alors c'est bien David. Elle se dépêche, pensant qu'à ce stade son seul espoir est d'implorer sa merci. Mais alors qu'elle s'approche, elle constate que l'homme n'est pas David. C'est Angus, le Dr Angus Whalen, qui ne voit pas de problème à tromper sa femme enceinte de jumeaux.

— Arrête-toi là, dit Kate, et Angus se fige sur le trottoir devant la maison.

Angus est intelligent mais pas particulièrement fort ou intimidant. Avec ses lunettes et son nez pointu, il ressemble plus à une souris savante qu'à autre chose. Kate se sent offensée pour sa fille et en plus elle est furieuse après Bitsy. Cela ne présage rien de bon pour Angus.

— Qu'est-ce que tu fais là ? demande Kate.

— Je suis venu voir ma femme, répond-il.

Son regard suit le taxi qui descend Fair Street.

— Premièrement, elle dort. Et deuxièmement, tu as du culot de te montrer ici sans prévenir après avoir chassé ta femme, enceinte.

Kate plisse les yeux. La rue est sombre et elle a du mal à bien discerner Angus. Elle est contente que la colère dans sa voix dissimule son état d'ébriété avancé.

— Comment oses-tu ?

— Je l'ai surprise avec mon frère, répond Angus. Est-ce qu'elle vous l'a dit, ça ?

— Oui, elle me l'a dit, Angus. Elle a dit que tu avais mal interprété leur étreinte. Elle recherchait simplement du réconfort auprès de Joey parce qu'elle avait découvert ton infidélité.

— À ce sujet...

Mais Kate ne veut entendre aucune excuse ou explication de la part d'Angus ; elle a été mariée dix ans à un coureur de jupons ! Elle a entendu assez de justifications et accepté assez d'excuses pour le restant de ses jours ! Kate remarque à quel point il est satisfaisant de rejeter ce comportement abject au lieu de l'accepter comme Bitsy Dunscombe le fait et comme elle-même l'a fait par le passé. Blair finira peut-être par divorcer mais, au moins, elle gardera sa fierté.

— Je te demande gentiment de quitter cette île et de ne jamais revenir. Blair mérite mieux. Peut-être que ton frère saura comment la traiter et, s'il ne le fait pas, elle trouvera facilement quelqu'un d'autre. Nous le savons tous les deux, toi et moi, Angus. Va-t'en, s'il te plaît.

— Il faut que je lui parle. Il faut que je la voie.

Il tire sur ses cheveux – *comme un malade mental*, pense Kate.

— Elle porte mes enfants.

— Tu aurais dû y penser avant d'avoir une aventure. Et avant de lui demander de partir. Bonne nuit, Angus et au revoir.

— Kate, s'il vous plaît.

Kate essaye de se souvenir si Angus l'a déjà appelée par son prénom. Il a dix ans de plus que Blair alors il se sent peut-être son égal, mais il ne l'est pas et ils ne s'apprécient pas assez pour qu'il l'appelle belle-maman. Il devrait l'appeler Mme Levin, mais le reprendre maintenant ne ferait que prolonger sa présence ici.

— Si tu ne pars pas, j'appelle la police, lance Kate.

Quiconque connaît Katie Nichols Foley Levin sait qu'il n'y a aucune chance qu'elle implique sirènes et gyrophares dans une affaire familiale. Mais Angus Whalen ne connaît pas Kate, alors il recule vers la rue, les mains en l'air.

— Très bien, très bien, je m'en vais. S'il vous plaît, dites à Blair que je suis venu la voir.

Kate hoche la tête, un geste qui pourrait dire tout et n'importe quoi. Elle attend à l'extérieur qu'Angus descende Fair Street, tourne dans Main Street et disparaisse.

Summertime Blues
(Reprise)

Le collier de sa grand-mère n'est plus là. Chaque fois qu'elle répète ces mots dans sa tête, elle ressent une vague de nausée. Deux fois déjà, elle a vomi, bien qu'elle n'ait pas mangé grand-chose depuis la disparition du collier, il y a déjà plusieurs jours. Tous les matins, sa mère lui demande si elle va bien. Elle a l'air patraque, dit Kate. Et puis à Blair, elle glisse, à mi-voix :

— C'est probablement la puberté. Jessie ne va pas tarder à devenir une femme.

Ce à quoi Blair répond :

— La pauvre.

Aucune d'entre elles n'a la moindre idée de la situation dans laquelle Jessie se trouve. Le collier avec le nœud en or et le diamant a disparu. Jessie l'a perdu.

Seul Pick est au courant. À l'instant où Jessie a fait la terrible découverte, elle s'est mise à trembler et à pleurer, et ses espoirs de premiers instants romantiques ont complètement basculé vers autre chose.

— Qu'est-ce qui ne va pas ? a demandé Pick. Jessie, qu'est-ce qu'il y a ?

Elle était de nouveau Jessie, et non Jess. Elle était

redevenue une enfant à qui on avait confié un objet de valeur – en réalité, quelque chose d'inestimable – et elle l'avait perdu. Elle a essayé d'expliquer la situation à Pick entre deux sanglots, mais elle devait rester discrète, elle ne voulait surtout pas alerter M. Crimmins. M. Crimmins, sans aucun doute, irait tout droit en parler à Exalta.

— Le collier de ma grand-mère… Je l'avais mis pour le dîner et maintenant il a disparu, a dit Jessie.

— Oh zut, a répondu Pick, mais à son ton, il était clair qu'il n'avait pas compris la situation.

C'était un garçon. Les garçons n'en avaient rien à faire des bijoux ou de la valeur sentimentale, mais Jessie lui a tout de même expliqué que son grand-père maternel, Penn Nichols, mort depuis longtemps, avait offert le collier à Exalta pour leur premier anniversaire de mariage, en 1919. Le collier avait également de la valeur, il était en or avec un diamant. Cela, Pick l'a plus facilement compris, alors ils se sont mis à quatre pattes et ont examiné chaque centimètre du sol de Little Fair.

Puis ils se sont faufilés à l'extérieur et ont passé l'allée pavée de dalles et la bande d'herbe entre les maisons au peigne fin. Pick avait pris une lampe de poche dans le tiroir de la cuisine mais les piles étaient presque mortes ; la lumière était faible et ne servait pas à grand-chose. Ils ont inspecté la terrasse et, une fois à l'intérieur d'All's Fair, ont passé leurs mains tout le long du lino de la cuisine ; ils ont ramassé des miettes de pain, des pépins de tomate secs et des flocons de céréales, mais pas de collier. Ils sont ensuite passés au couloir et c'est à ce moment-là qu'ils ont entendu des bruits de pas dans l'escalier. Pick a pris la main de Jessie et l'a attirée par la petite porte dans le cellier, le placard exigu où Kirby avait été punie il y a des années de ça. Le cellier était sombre et sentait la brique humide et la moisissure mais c'était une bonne cachette ; personne ne penserait à chercher quelqu'un ici. Ils se sont accroupis côte à côte, leurs corps pressés l'un contre l'autre par nécessité. Pick a serré la main de Jessie, mais elle était trop nerveuse pour en profiter. Au poids et au rythme des pas, elle a deviné que la personne éveillée était Exalta. Un instant plus tard, ils ont entendu des voix, tout bas, dans la cuisine, l'une était celle d'un homme, qui devait être M. Crimmins. Jessie tremblait comme une feuille. Pick a passé son bras par-dessus son épaule et a peut-être essayé de l'embrasser mais tout ce qu'il a réussi à faire c'était enfouir son nez sous la mâchoire de Jessie.

— Tourne ton visage, a-t-il dit.

Alors c'était cela, il était en train d'essayer de l'embrasser – mais à ce moment-là, les bruits de pas sont revenus, Jessie s'est figée et n'a pas pu s'empêcher de penser à Anne Frank, cachée dans le grenier de la petite maison d'Amsterdam, et à quel point elle avait dû être terrifiée par la menace constante des nazis.

Exalta est retournée à l'étage. Pick et Jessie sont restés silencieux et immobiles quelques minutes, attendant que tous les bruits de la maison aient disparu, puis Jessie a poussé la porte du cellier pour sortir, Pick derrière elle.

Sans un mot, ils sont retournés à Little Fair, et une fois en haut de l'escalier, Jessie a dit :

— Il y a des restes. Sers-toi.

— Tu vas te coucher ? Tu ne veux pas aller sur la terrasse pour manger ?

Elle a secoué la tête. La boule dans sa gorge l'empêcherait d'avaler quoi que ce soit. Elle voulait se rouler en boule et se laisser mourir d'anxiété. Ça aurait pu être, ça aurait dû être, la plus belle nuit de sa jeune vie, la nuit de son premier baiser, mais tout était gâché. Elle ne méritait pas le bonheur.

Tout de même, elle est parvenue à lui adresser un sourire faible.

— Je chercherai le collier demain matin. Je referai le chemin jusqu'au Mad Hatter, si nécessaire.

— Bonne idée, a répondu Pick, la bouche pleine.

Il avait déjà mis le nez dans les langoustines.

Jessie a dormi par intermittence, se réveillant pour de bon avec le lever du soleil à cinq heures et demie. Elle s'était endormie dans sa robe, qu'elle a enlevée et envoyé valser au fond de son placard. Elle ne la porterait plus jamais, jamais. Elle a enfilé un short, un t-shirt et une paire de tennis Keds et s'est dépêchée de descendre l'escalier, de passer la porte et de sortir par le côté.

Nantucket était jolie à sept heures et demie, quand Exalta et elle marchaient jusqu'au club pour les cours de tennis, mais à cinq heures et demie, c'était encore plus beau. L'air était chargé de rosée, la lumière nacrée. Fair Street était silencieuse ; Jessie était peut-être la seule personne éveillée. Elle aurait voulu pouvoir en profiter, mais elle était trop inquiète. Si le collier était tombé dans la rue et que quelqu'un l'avait trouvé, alors il était perdu pour toujours. Il avait pu être ramassé par un oiseau et venir consolider un nid. Il avait pu passer sous les roues d'une voiture, la chaîne brisée, le nœud aplati, le diamant desserti. Il avait pu tomber dans une grille d'égout et s'enliser dans l'eau grise et boueuse qui coulait sous la surface de l'île.

Jessie fixait le sol tandis qu'elle retraçait le chemin exact que Kate et elle avaient pris depuis le Mad Hatter pour rentrer à la maison. Des lueurs sur le bitume se sont révélées être du mica, ce qui lui semblait être un tour bien cruel, comme les languettes de canettes de bière et de soda qui jonchaient les briques devant le Bosun's Locker. Alors qu'elle traversait Main Street, elle examinait les crevasses entre les pavés. Ce faisant, elle tentait de s'imaginer expliquer à Exalta qu'elle avait perdu le collier. Jessie n'était même pas censée l'avoir ; elle l'avait, au fond, volé dans la chambre d'Exalta. C'était encore pire – deux choses à avouer au lieu d'une seule.

Jessie a atteint l'autre bout de la ville sans rencontrer personne, heureusement puisqu'elle aurait été incapable d'expliquer ce qu'elle faisait dehors si tôt. Quand elle est arrivée au Mad Hatter, elle a grimpé les marches du perron et a toqué à la porte vitrée, mais pas de réponse. Elle pouvait difficilement être surprise ; il était à peine six heures du matin. Alors qu'elle se demandait à quelle heure arrivaient les éboueurs, si par hasard ils n'avaient pas trouvé le collier hier soir – sous sa chaise, peut-être –, elle a poussé un cri de surprise. Le collier n'était pas au Mad Hatter parce que Jessie l'avait touché à son cou sur le chemin du retour. Sur Main Street !

Jessie s'est dépêchée de traverser la ville jusqu'à l'endroit devant la Pacific National Bank où elle se souvenait d'avoir touché le collier. Elle a commencé par là et a cherché chaque centimètre de trottoir avec application jusqu'à être de retour à All's Fair.

Il devrait bien être quelque part, se disait-elle.

Mais ce n'était pas le cas. Il avait disparu.

Maintenant, une semaine plus tard, l'inquiétude au sujet du collier s'est changée en crise généralisée. Chaque jour, Jessie se réveille terrorisée, s'attendant à ce qu'aujourd'hui soit la journée où Exalta remarque la disparition du collier.

Jeudi soir, quand Exalta se rend au bridge à l'Anglers' Club, Jessie se faufile de nouveau dans sa chambre. L'atmosphère est fraîche, le haut lit simple est fait avec des draps blancs impeccables et l'écrin en velours bordeaux est posé sur la table triangulaire. La vue de la boîte est aussi effroyable pour Jessie que celle d'une main coupée.

Elle a un soupçon d'espoir en ouvrant la boîte ; l'espace d'un instant, elle imagine qu'elle peut changer le passé, qu'une semaine auparavant, elle n'a pas pris le collier parce qu'elle était en colère mais l'a laissé là où il était.

La boîte est vide. Son estomac se rétracte.

Elle envisage de prendre l'écrin. Nonny remarquera-t-elle son absence ? Prendre la boîte minimisera-t-il les chances qu'Exalta lui suggère de porter le collier pour une occasion future ?

Peut-être Jessie pourrait-elle prendre tous les bijoux

sur la table triangulaire. Elle pourrait laisser les écrins ouverts et de travers, pour que ça ressemble à un cambriolage.

Oui! pense Jessie. *Cela résoudrait tout.* Et ce n'est pas trop tiré par les cheveux. Elles ne verrouillent jamais les portes; n'importe qui pourrait rentrer et repartir avec les bijoux.

Mais la maison n'est que rarement, voire jamais, complètement vide, surtout maintenant que Blair est là. Et bizarrement, Jessie sait que si elle met en scène un cambriolage, on accusera Pick.

Blair, pense Jessie. Elle se confiera à Blair et lui demandera conseil. Blair a l'air complètement abattue; une distraction ne lui fera pas de mal. Peut-être qu'avec un peu de chance, elle lui donnera l'argent nécessaire pour remplacer le collier. Jessie pourra aller chez S. J. Patten sur Main Street, décrire le collier et en faire faire un nouveau.

Jessie laisse l'écrin bordeaux là où il est et se dirige vers sa chambre, qui est maintenant celle de Blair. La porte est fermée, Blair est donc à l'intérieur et non en bas devant la télévision, Dieu merci. Impossible de l'arracher à un épisode de *La Sœur volante*.

Quand Jessie toque à la porte, Blair lance un «Entrez» d'une voix rauque.

Le climatiseur ronfle et Blair garde les rideaux fermés pour se protéger du soleil qui, à sept heures du soir, est encore plutôt éclatant. Blair porte une robe jaune dont les coutures commencent à lâcher. En apercevant Jessie, elle sourit et se soulève pour s'asseoir. Ses cheveux sont en bataille; elle ne porte pas de maquillage, pas même de rouge à lèvres et sa corpulence est impressionnante, on dirait qu'elle cache une famille entière sous sa robe.

— Coucou, dit Blair.

— Coucou, répond Jessie.

Elle ferme la porte et s'assoit sur le lit à côté de Blair.

— J'ai un problème.

— Une histoire de garçons ? demande Blair.

Jessie secoue la tête tout en repensant au moment dans le cellier, serrée contre Pick, à la façon dont il lui a pratiquement demandé de l'embrasser et à l'occasion qu'elle a ratée. Pourtant, ce problème est bien pâle et lointain à côté de l'urgence du collier perdu.

— Est-ce que... est-ce que tu as eu tes...

— Non, répond Jessie.

Elle repense à sa dernière soirée à Brookline – Leslie annonçant qu'elle avait officiellement atteint la puberté, Doris se tenant le ventre sous l'effet de crampes imaginaires – et elle s'émerveille d'avoir un jour été si innocente. Elle prend une profonde inspiration.

— Nonny m'a offert un collier pour mon anniversaire. C'est un nœud en or avec un petit diamant au centre, sur une chaîne en or. Je crois que Gramps le lui a donné pour leur premier anniversaire de mariage.

— Ouah, répond Blair. Et elle te l'a donné... pour que tu le gardes ? Enfin, de façon permanente ?

Les yeux de Jessie se remplissent de larmes.

— Oui. C'était censé être un collier pour les grandes occasions.

— J'imagine bien.

— Mais elle le gardait pour moi dans sa chambre. Et jeudi dernier, quand maman et moi on est allées au Mad Hatter, je l'ai mis... sans demander à Nonny, je veux dire. Elle était au bridge, alors je ne pouvais pas lui demander...

— Oui ? dit Blair prudemment.

— Et je l'ai perdu ! Il a dû se détacher de mon cou. J'ai cherché partout dans la maison, j'ai retracé mes pas en ville, j'ai vérifié qu'il n'était pas pris à l'intérieur de ma robe. Il a disparu, Blair.

Blair se laisse tomber sur les oreillers, les doigts entrelacés sur son ventre.

— Jessie, dit-elle.

— Je sais ! se lamente Jessie. Tu n'as pas besoin de me faire la leçon parce que je me sens déjà très mal, et inutile de me dire que je suis irresponsable avec les objets de valeur parce que c'est évident.

— Oh, Jessie. Je suis désolée.

— Il est inestimable, répond Jessie, en essuyant son nez. Gramps le lui a offert en 1919. Il a tenu cinquante ans, puis je l'ai porté une soirée et maintenant il a disparu.

— Je suppose que tu ne l'as pas dit à Nonny.

— Je ne peux pas lui dire. Je n'y arrive pas.

— Elle va le découvrir tôt ou tard, pourtant. Tu le sais, n'est-ce pas ?

— J'espérais que tu pourrais me donner de l'argent pour que j'aille chez le joaillier lui demander de m'en faire un nouveau, explique Jessie. Il n'a pas besoin d'être exactement pareil. Nonny ne voit plus si bien que ça. Si elle ne le regarde pas attentivement, elle ne remarquera rien. Et je te rembourserai jusqu'au dernier centime, je te le jure.

Blair rit.

— Oh, ma chérie.

Jessie prend ça pour un non. Elle courbe la tête. Son seul espoir, c'est qu'Exalta ne remarque pas la disparition du collier pendant les six prochaines semaines, moment où Jessie ira avec Pick à Woodstock et ne reviendra jamais.

— Attends ici, lui dit Blair.

Elle traverse la pièce d'un pas lourd vers la bibliothèque et passe les titres en revue. La plupart des livres sont vieux. Certains appartenaient à leur mère dans sa jeunesse ; d'autres à Nonny. Blair prend un mince volume et le lui donne.

— Lis ça, dit-elle. Et ensuite tu sauras quoi faire.

Le livre s'appelle *La Parure et autres nouvelles* de Guy de Maupassant.

Jessie emporte le livre à Little Fair et s'allonge sur son lit pour le lire ; elle n'a pas d'autre choix. La première histoire, « La Parure », parle d'une femme qui veut impressionner les autres convives lors d'une soirée huppée et qui emprunte un collier hors de prix à une connaissance – et puis elle le perd. Elle trouve un collier similaire dans une joaillerie et son mari et elle vendent tout ce qu'ils possèdent et prennent plusieurs emprunts pour l'acheter. Elle rend le collier à son amie et le couple passe des années dans le dénuement, la femme travaillant comme fille de cuisine pour rembourser les dettes. Une décennie plus tard, elle croise son amie et découvre que le collier qu'elle avait perdu ne valait rien ; les bijoux étaient en verroterie.

Quand Jessie finit l'histoire, elle referme le livre d'un coup sec. Ça ne l'aide pas parce que le collier qu'elle a perdu n'est pas un faux. C'était un vrai, le vrai collier que Nonny a reçu de Gramps. N'est-ce pas ? Il avait le poids de l'or et le diamant avait l'air vrai. Peut-être que Blair pense que Nonny lui a donné un faux pour voir si elle était prête à prendre soin d'un bijou précieux.

Ce serait un tel soulagement ! Mais Jessie doute que ce soit vrai.

Elle comprend pourquoi Blair lui a suggéré de lire le livre. Il n'y a qu'une seule chose à faire : dire la vérité à Nonny.

Comment choisir le bon moment ? Sur le chemin du cours de tennis ? Sur le chemin du retour ? Le soir, quand Nonny a bu quelques gin tonic ? Jessie se met à scruter les humeurs de sa grand-mère. Chaque fois qu'elle imagine dire la vérité à Exalta, elle en est malade. Elle en est incapable.

Puis, après le 4 juillet, Exalta passe une grande partie de la journée dans le petit salon à regarder Wimbledon à la télévision. Son joueur préféré, Rod Laver, gagne les quarts de finale, puis la demi-finale. Et enfin il remporte la finale contre John Newcombe. Il est une fois de plus le champion de Wimbledon et Exalta applaudit à tout rompre. Quand Jessie s'assoit à côté d'elle sur le canapé, Exalta se tourne vers elle et dit :

— Est-ce que ce n'est pas formidable ?

Jessie voudrait lâcher les mots *Nonny, j'ai perdu le*

collier. Mais elle ne peut se résoudre à gâcher la bonne humeur d'Exalta.

Ce soir-là, après dîner, Jessie retourne à Little Fair et trouve une enveloppe sur la table de la cuisine. Elle s'en approche à pas de loup, comme si c'était une colombe qui pouvait s'envoler. Quelle est la probabilité que quelqu'un ait trouvé le collier et l'ait laissé dans cette enveloppe pour Jessie ? Elle ferme les yeux un instant puis les ouvre avec bravoure, se disant que peu importe le contenu de l'enveloppe, tout ira bien.

C'est une lettre, à son nom, adressée à Little Fair.

L'adresse de retour est *Soldat Richard Foley, Armée des États-Unis.*

Ça vient de Tiger.

Jessie se laisse tomber sur une chaise et touche l'enveloppe ; elle voudrait l'ouvrir. Elle la tient à deux mains et étudie la question – mais d'une certaine façon elle sait qu'elle doit attendre.

Attendre d'avoir dit la vérité à Nonny.

Le lendemain matin, Jessie se réveille au son d'une pluie battante. Elle enfile sa tenue de tennis et se fait une queue-de-cheval, sans douter une seule seconde qu'il n'y aura pas de tennis aujourd'hui ; rien qu'avec les quelques foulées à travers le jardin pour rejoindre All's Fair, elle est déjà complètement trempée. Nonny est assise dans la cuisine dans son kimono vert brodé d'hibiscus qu'elle a rapporté du Japon avant la Seconde Guerre mondiale. Elle boit une tasse de café en lisant le journal, ce qui est inhabituel, puis Jessie remarque qu'elle lit la rubrique sportive. Il y a une grande photo de Rod Laver.

— Le cours de tennis est annulé, dit Exalta.

Elle adresse un sourire tendre à Jessie.

— Tu peux retourner te coucher.

Si Jessie attendait un signe, elle l'a trouvé. Retourner à Little Fair et s'enterrer sous les couvertures tout en écoutant le crépitement de la pluie contre le toit est un choix tentant – mais c'est lâche.

Jessie s'assoit en face d'Exalta.

— Nonny, je dois te dire quelque chose.

Sa grand-mère la regarde avec intérêt. Exalta ne porte pas de maquillage, ses rides sont visibles et elle a des poches sous ses yeux bleus. Ses lèvres sont de la même couleur que sa peau. Ses cheveux, d'un blond argenté quand ils sont peignés, ont maintenant l'air gris, de la couleur de l'acier. Jessie essaye d'imaginer sa grand-mère à treize ans. Bien entendu, ce serait en 1907, bien avant que la plupart des gens aient une voiture ou prennent l'avion, avant que la Russie ne devienne l'ennemi.

— J'ai perdu ton collier, dit Jessie. Celui que Gramps t'a offert pour votre anniversaire.

Exalta cligne des yeux, et la seconde durant laquelle sa grand-mère enregistre ce qu'elle vient de dire est le pire moment de la vie de Jessie.

Le silence qui suit est tout aussi horrible. Jessie ne voit pas d'autre choix que de le combler.

— J'ai pris le collier dans ta chambre. Je l'ai porté au dîner avec maman jeudi dernier.

Exalta a un hochement de tête si imperceptible que

Jessie se demande si elle ne l'a pas imaginé, mais il est suivi d'un changement dans son expression. Les coins de sa bouche s'affaissent d'un iota. Elle n'est pas hors d'elle ou atterrée. Elle est simplement déçue. Jessie s'est montrée aussi peu digne de confiance qu'Exalta le craignait. Indigne du collier. Indigne de la famille.

— Tu l'as pris sans demander, dit Exalta. Tu sais ce que c'est, Jessica ?

— Du vol, répond Jessie.

Une version plus téméraire, plus courageuse d'elle-même – Jessica Levin à dix-huit, ou même seize ans – aurait peut-être fait remarquer que Nonny lui avait donné le collier, qu'il était à elle et que, par définition, elle ne pouvait pas voler ce qui lui appartenait déjà. Nonny aurait peut-être fait remarquer qu'elle avait décrété que le collier n'était que pour les grandes occasions – mais un dîner au Mad Hatter en faisait partie, non ? Nonny n'avait pas voulu dire qu'elle devrait attendre sa remise de diplôme ou son mariage, n'est-ce pas ?

— Du vol, répète Exalta.

Dans sa bouche, le mot semble si vil. Il n'y a que les criminels qui volent – Bonnie et Clyde, John Dillinger.

— Et ce n'est pas la première fois que tu as volé quelque chose, n'est-ce pas, Jessica ?

— Je... bafouille Jessie.

Comment Nonny est-elle au courant ? Jessie prend une inspiration et se prépare à... quoi ? Mentir ? Les lâches mentent. Elle reste silencieuse un instant et rassemble ses esprits. Dire la vérité quand on a fait quelque chose de mal est la chose la plus terrifiante au monde. Peu importe que Jessie ait été en colère – son prof de tennis l'avait touchée de façon inappropriée, sa grand-mère refusait de lui laisser utiliser son nom de famille, son frère a été appelé sous les drapeaux –, ses actions n'étaient pas justifiées.

— Non, dit-elle. Ce n'était pas la première fois.

— Mme Winter m'a informée que Bitsy Dunscombe lui avait dit que tu as pris cinq dollars et un rouge à lèvres dans le sac de Heather Dunscombe. Et je lui ai dit que je mettrais ma main à couper que ce n'était pas vrai. Tu sais pourquoi je lui ai dit ça, Jessica ?

Des larmes lui viennent à l'idée de sa grand-mère la défendant devant Mme Winter et Bitsy Dunscombe.

— Pourquoi ? demande Jessie.

— Parce que je te pensais différente des trois autres enfants, répond Exalta. Je pensais que tu étais sensible et prévenante. Digne de confiance.

À ces mots, les larmes roulent sur les joues de Jessie.

— Mais je vois que je me suis trompée.

Jessie pleure. Elle sanglote. C'est trop horrible – non pas qu'Exalta soit déçue ; cela, elle aurait pu le prévoir. Ce qui est horrible c'est qu'Exalta ait cru en elle, qu'elle lui ait attribué de formidables qualités comme la sensibilité et la prévenance et que Jessie ne s'en soit pas rendu compte. Elle savait qu'elle était différente des trois autres, oui, mais elle s'est toujours sentie moins bien, d'une certaine façon – petite, sombre, étrange.

— Je vais rester ici pendant que tu vas chercher les cinq dollars et le rouge à lèvres, dit Exalta. Je vais les rapporter.

Exalta va les rapporter ? La punition appropriée n'est-elle pas d'obliger Jessie à rapporter l'argent et le gloss à Heather avec des aveux complets et horriblement gênants et des excuses ? Puis Jessie comprend qu'Exalta doit sauver la face.

Jessie court sous la pluie vers sa chambre à Little Fair. Elle ouvre le tiroir du haut et en tire le billet de cinq dollars et le gloss Bonne Bell – ainsi que les bracelets et les Twizzlers. Quand elle revient dans la cuisine et pose les objets sur la table, Exalta ne semble pas surprise.

— Tout y est ?

— Sauf le collier, répond Jessie.

Le sujet du précieux bijou de famille, perdu à tout jamais, semble avoir été oublié.

— M. Crimmins a trouvé le collier pris entre les lattes dans l'entrée, répond Exalta. Tu as eu de la chance. Et je l'ai mis en sécurité.

Il n'y a pas de mots pour décrire le soulagement de Jessie. Elle se sent si légère qu'elle pourrait s'envoler. M. Crimmins a trouvé le collier ! Elle est heureuse non pas parce qu'elle est en partie tirée d'affaire mais parce qu'elle s'inquiétait réellement au sujet du collier.

— Ne t'inquiète pas, je ne te le reprends pas. Mais c'est moi qui vais le garder jusqu'à ce que tu sois plus âgée. Seize ans, peut-être.

— Je ne le mérite pas.

C'est ce qu'elle pense sincèrement. Le collier serait plus en sûreté avec Blair ou Kirby, ou même, à terme, avec l'un des enfants de Blair.

— Ne sois pas ridicule. Tu es parfaitement digne du collier, Jessica. Tu as simplement besoin de grandir encore un peu.

Les coins de la bouche d'Exalta se soulèvent très légèrement.

— Pour rien au monde je ne souhaiterais revenir à mes treize ans.

Jessie voit très bien pourquoi. Pour le moment, treize ans est un âge horrible.

— Tu seras punie pour le vol, dit Exalta. Privée de sortie pendant une semaine. Corvées supplémentaires. Tu continueras les cours de tennis mais tu n'auras pas le droit d'aller au snack-bar après. Tu rentreras déjeuner à la maison. C'est contre ma nature de garder un enfant enfermé en été mais tu ne me laisses pas d'autre choix. Tu resteras à la maison l'après-midi et, bien sûr, le soir aussi. Tu me comprends ?

— Oui, répond Jessie. Elle déglutit. Est-ce que ma mère est au courant ?

— Ta mère n'a pas besoin d'une autre raison de s'inquiéter. Maintenant, file. Hors de ma vue.

De retour sous la pluie, puis dans l'escalier de Little Fair et dans sa chambre, elle ferme et verrouille la porte, se débarrasse de sa tenue de tennis humide et remet son pyjama. Elle a honte, bien entendu, mais curieusement, elle se sent mieux, et non pire. Elle se sent propre. Elle se sent guérie.

Elle prend son exemplaire d'*Anne Frank* et en tire la lettre de Tiger. Ses mains ne tremblent pas.

20 juin 1969

Chère Jessie,

Il faut que tu me promettes que tu ne montreras cette lettre à personne.

Notre unité est tombée dans une embuscade la semaine dernière près d'un village dans la province de Đăk Lăk. Nous avons perdu la moitié des hommes.

Puppy et Frog ont tous les deux été tués, Jessie. Frog a été touché par un tir de sniper – une balle dans la tête. Puppy a couru chercher le corps de Frog et il a marché sur une grenade. Sa jambe droite a été arrachée. Alors je suis allé chercher Frog et je l'ai amené là où était Puppy. J'ai arraché la chemise de Frog pour fait un garrot à la jambe de Puppy et j'ai pensé que je pourrais peut-être le sauver. Il parlait encore, priait le Seigneur Jésus-Christ, puis appelait sa mère et je priais aussi, je disais «Dieu, s'il te plaît ne prends pas mes deux frères dans la même journée, mais si tu le dois, prends-moi aussi».

Puppy est mort dans mes bras alors qu'on attendait l'hélicoptère.

Il y a eu tant de pertes qu'ils ont réaffecté ceux qui ont survécu dans d'autres compagnies. Je pars en mission secrète alors je ne pourrai pas te contacter pendant un moment. J'écrirai dès que possible.

La maison me manque, Jessie-Cracra. Je ne sais même pas si tu sais la vraie raison pour laquelle je t'appelle comme ça; toutes ces années tu as dû penser que je te taquinais, comme un grand frère doit le faire. Mais en vérité, je t'appelle comme ça parce que quand tu étais bébé, maman me laissait te donner des petits pots. Je tenais la cuillère avec ta bouillie ou ta purée de prune et la moitié du temps, tu ouvrais la bouche comme un petit oiseau et prenais ce qu'il y avait dans la cuillère. L'autre moitié du temps, tu tendais ta petite mimine, attrapais la nourriture et l'étalais sur ton visage. Puis tu riais si fort que je me mettais aussi à rire.

C'est pour ça que je t'ai surnommée Jessie-Cracra.

Depuis la mort de Puppy et de Frog, je me demande à quoi ça rime – pas seulement la guerre, mais la vie en général. J'ai eu des pensées très sombres. J'ai essayé de visualiser ton visage de bébé couvert de prune et d'entendre ton rire comme les cloches du paradis et c'est ça qui me permet de garder les pieds sur terre. Ma petite sœur. Qui l'eût cru ?

S'il te plaît, ne parle ni à maman, ni à Nonny, ni à personne d'autre de cette lettre ou du fait que je pars en mission secrète. J'ai déjà écrit à Magee pour le lui dire. Puisque je partage des secrets dans cette lettre je peux tout aussi bien te dire que j'ai demandé Magee en mariage. Je lui ai envoyé la bague de Harvard de Gramps pour tenir lieu de diamant. On fera un très grand mariage, si je sors d'ici vivant.

J'espère que j'y arriverai, Jessie-Cracra. Je l'espère.

Je t'embrasse, ton frère, Tiger.

Nineteenth Nervous Breakdown

Personne n'a osé le dire à voix haute, mais le 7 juillet, quand Blair est à moins de quatre semaines de son terme, il devient clair qu'elle ne retournera pas accoucher à Boston. Elle donnera naissance aux jumeaux ici, à Nantucket. Ensevelie sous les innombrables couches d'émotions que Blair ressent chaque jour se trouve une fierté, et même de la joie, à ce sujet. Ses enfants seront des natifs de Nantucket. Ils auront la même prétention à cette île que les Coffin et les Starbuck et (ce qui enchante vraiment Blair) un lien plus profond encore que les résidents estivaux qui viennent sur cette île depuis des décennies – les gens comme Exalta.

Devant les toasts du petit déjeuner (quand Kate est là, Blair n'a droit qu'à des toasts secs sans beurre, pour essayer de limiter sa prise de poids), Blair annonce à sa mère qu'elle devrait probablement aller voir le Dr Van de Berg, qui a mis au monde tous les bébés de l'île.

— Je suppose que tu as raison, répond Kate avec un profond soupir. Je vais arranger quelque chose pour aujourd'hui.

Le rendez-vous est pris pour midi trente et, malgré la chaleur, Blair est heureuse de sortir de la maison.

Elle a regardé passer les belles journées allongée dans son lit ou devant des feuilletons dans le petit salon.

— Est-ce qu'on pourrait déjeuner dehors ensuite ? demande Blair.

Kate surprend Blair en répondant :

— Où veux-tu qu'on aille ?

— Au Galley, répond Blair.

Elle a envie de petits pains au homard avec des frites et d'un grand verre de thé glacé avec plein de citron et de sucre. Il y a à peine quelques jours, envisager de déjeuner au Galley aurait été une idée trop contraignante parce que c'était l'endroit préféré de Blair pour déjeuner l'été précédent, lorsqu'elle était mariée mais pas enceinte, lorsqu'elle était mince, lorsqu'elle était elle-même. Mais la date du terme approchant, elle se rend compte que la grossesse n'est pas une peine à perpétuité. La fin approche. Elle donnera naissance aux bébés et sa souffrance ne sera plus qu'un lointain souvenir.

Kate acquiesce.

— Très bien, dit-elle. Ils font les meilleurs cocktails.

L'hôpital de Nantucket est un hôpital rural, mais ce qui lui manque de sophistication citadine, il le rattrape en prévenance et en attention. Quel agréable changement entre le Dr Van de Berg et la condescendance du fiérot Dr Sayer de la maternité de Boston ! Dr Van de Berg est un petit homme à l'allure d'elfe guilleret. Il est bronzé et respire la bonne santé ; on dirait que mettre des enfants au monde est un passe-temps entre les régates et les parties de golf. Il porte une blouse blanche sur un polo bleu layette et un pantalon en madras. Blair aime tout chez le Dr Van de Berg ; il est la quintessence d'un médecin d'été. Ça ne la dérange même pas quand il lui demande de s'allonger sur la table en métal pour l'examiner.

Dans le cas présent, être examinée signifie que le Dr Van de Berg plonge la main en elle, chose qui lui rappelle la cuisinière Julia Child expliquant comment enlever les gésiers d'un poulet cru. Elle se remémore ses trois tentatives ratées de préparer un *poulet au porto** l'automne dernier. Elle se demande si Trixie est une cuisinière accomplie, dont les déglaçages ne tranchent jamais. Blair est si dévorée par sa jalousie envers Trixie qu'elle n'écoute pas quand le Dr Van de Berg lui parle, depuis son poste entre ses jambes.

— Je suis désolée, quoi ?
— Votre col de l'utérus est complètement effacé et dilaté de deux centimètres. Les bébés devraient arriver dans une semaine, peut-être deux. Peut-être encore plus tôt.

Blair se hisse sur ses coudes.
— Quoi ?

Quand Blair revient dans la salle d'attente, Kate lui demande comment ça s'est passé et elle répond :
— Tout va bien. Allons déjeuner, je meurs de faim.

Alors qu'elles conduisent jusqu'au Galley, Blair travaille sa respiration. Il faut qu'elle se calme. D'un côté, la nouvelle est grisante – une semaine, peut-être deux, peut-être plus tôt. D'un autre côté, elle est obligée de regarder sa situation en face. Si elle accouche demain, la semaine prochaine ou dans deux semaines, elle le fera toute seule. Elle n'a pas eu de nouvelles d'Angus, et pas plus de Joey. Cette situation est suffisante pour lui donner envie de retrouver le réconfort de son lit, mais elle ne va pas manquer ce qui est peut-être sa dernière chance de sortir de la maison.

Le Galley propose un déjeuner simple et se trouve sur Cliffside Beach, à quelques dizaines de mètres des vagues du Nantucket Sound. Kate et Blair sont assises à la très convoitée table pour deux sur le bord extérieur du restaurant, contre la balustrade de corde. Blair positionne son bras pour qu'il soit au soleil. Le maître d'hôtel est le même que l'année dernière, mais il ne la reconnaît pas. Quand il l'a vue approcher, il a dégagé le chemin comme si elle était un semi-remorque qui s'apprêtait à foncer dans le restaurant. Blair est si heureuse d'être là qu'elle ne se sent même plus complexée par sa robe jaune. Le Galley n'est pas un restaurant chic ; presque tous les clients sont en maillot de bain et en paréo.

Si le but de Blair en venant ici est de sortir de la maison et de manger un petit pain au homard et des frites, Kate est ici pour boire.

— Je voudrais un gimlet, demande Kate à la serveuse, une fille d'environ dix-sept ans avec des couettes. Et un second dans dix minutes.

Derrière ses lunettes de soleil, Blair fronce les sourcils mais ne dit rien. Elle commande un thé glacé et étudie sa mère – Katharine Nichols Foley Levin, dans sa version estivale. Kate semble avoir pris dix ans depuis le départ de Tiger. Sa peau est légèrement bronzée et ses cheveux sont lâchés, retenus par un bandeau en gros-grain, mais elle a des rides tendues autour de la bouche et marquées sur le front, et Blair sait que si Kate enlève ses lunettes de soleil, elle aura des yeux fatigués. Avec ses perles et son chemisier à manches courtes blanc impeccable, elle demeure égale à elle-même, mais elle vide le premier gimlet en moins d'une minute. Trois longues gorgées. Blair les compte alors qu'elle sirote son thé glacé.

— Maman, dit Blair.

Kate contemple la mer jusqu'à l'arrivée du second gimlet et une fois que celui-là est vide, elle se tourne vers Blair et dit :

— J'ai des choses à te dire qui vont peut-être être difficiles à entendre.

Blair s'attend à ce que sa mère lui fasse la liste des raisons pour lesquelles elle devrait renoncer à Joey Whalen et se réconcilier avec Angus.

— Maman...

— Écoute-moi, répond Kate.

Elle interpelle la serveuse et commande :

— Deux petits pains au homard, s'il vous plaît, avec des frites. Et un autre gimlet.

— Oui, madame.

La serveuse aux couettes s'en va. Que doit-elle penser d'une femme qui est bien partie pour boire une demi-douzaine de gimlets avant la fin du déjeuner ?

Kate se penche en avant et dit :

— Ton père, Wilder Foley, était un coureur de jupons. Il a couché avec... une multitude de femmes durant notre mariage.

Blair touille le sucre au fond de son verre avec sa paille. Elle n'est pas vraiment surprise d'entendre que son père a fait des écarts – elle a toujours eu cette impression – mais une multitude ? Kate exagère sûrement.

— Je n'exagère pas, dit Kate. Il y en a eu plus de quarante.

Elle tapote des doigts sur le bois patiné de la table.

— Et ça, ce n'est que celles dont j'étais au courant, ici. Quand il était à la guerre…

Elle rit jaune.

— Eh bien, tout est possible.

— Pourquoi est-ce que tu es restée ? demande Blair.

— Trois jeunes enfants. Et puis, c'était ce qu'on faisait à l'époque. Les femmes détournaient les yeux. Et j'avais peur de ce que ta grand-mère dirait si je le quittais. Elle adorait Wilder.

Oui, ce n'est pas un secret dans la famille ; Nonny avait une préférence pour Wilder, comme pour Kirby maintenant. Et pour Angus aussi, pense Blair, le cœur lourd. Nonny aime beaucoup Angus.

— Est-ce que tu étais… triste quand il est mort ? demande Blair.

Elle a souvent imaginé le moment où Kate a cherché Wilder dans la maison et l'a trouvé mort dans l'atelier. Kate aurait lancé un cri perçant. Ou peut-être pas. Après tout, les enfants dormaient.

— Il n'y a pas de mots pour décrire ce que j'ai ressenti. Il n'y a… pas de mots. Quelqu'un est vivant, la seconde d'après, il est mort. L'esprit humain ne peut pas vraiment l'appréhender. La tristesse vient longtemps après toutes les autres émotions, quand les plus difficiles et les plus destructrices sont passées. Mais oui, à un moment, j'ai été triste. Profondément triste, répond Kate.

Elle allume une cigarette et en propose une à Blair, qui refuse. Elle a déjà assez de mal à respirer comme ça. Blair sort tout de même son briquet en argent de son sac à main pour allumer la cigarette de sa mère et ce geste menace de la renvoyer à son désespoir au sujet d'Angus et de Joey mais, après la première bouffée, Kate ajoute :

— Nous avons eu une engueulade. Juste avant sa mort.

— Une engueulade ?

Ce n'est pas un mot que Blair a déjà entendu dans la bouche de sa mère.

— À quel sujet ?

À ce moment-là, leurs petits pains au homard arrivent, avec le troisième gimlet de Kate. Le moment délicat éclate comme une bulle de savon ; Blair comprend à l'expression de Kate que sa mère ne lui en dévoilera pas plus.

Blair considère son copieux déjeuner – petits pains au homard grillés et beurrés débordant de gros morceaux de chair de homard enrobés de mayonnaise et des dés de céleri pâle, pour ajouter du croquant, accompagnés de frites dorées et craquantes. La nourriture a un charme presque érotique. Blair se promet de manger doucement et de profiter de chaque bouchée.

— Maman ?

Elle lui en veut d'avoir abordé un sujet puis de le laisser mourir sur pied.

— Parle-moi de l'engueulade.

Kate trempe une frite dans le ketchup. Quoi qu'elle fasse, elle a toujours l'air élégante, pense Blair. Ce n'est pas juste.

— Ce que je veux dire, répond Kate, c'est que je ne veux pas que tu aies peur de moi comme j'avais peur de Nonny. Angus a une liaison, il l'a admis, et tu n'es pas obligée de faire avec.

Elle lève son petit pain au homard et en prend une bouchée, puis s'essuie le coin des lèvres avec une serviette.

— C'est pour ça que je l'ai renvoyé.
— Renvoyé qui ? demande Blair.

Elle aussi commence par une frite, mais elle n'a pas assez de retenue pour n'en grignoter qu'une seule. Elle en prend quelques-unes et fait de son mieux pour ne pas les fourrer tout entières dans sa bouche.

— Angus, répond Kate. Il est venu à la maison il y a quelques jours. Vendredi, je l'ai vu quand je rentrais de mon simulacre de dîner avec Bitsy Dunscombe.

Blair déglutit péniblement.

— Angus est venu ici ? À All's Fair ? Il était ici à Nantucket ?
— Oui, ma chérie. Mais s'il te plaît, ne t'inquiète pas. Je l'ai renvoyé et lui ai dit de ne jamais revenir.

Blair pourrait lui passer un savon pour s'être mêlée de son mariage, puis se lever de table, claquer la porte du restaurant et héler un taxi jusqu'à Fair Street. Mais ce qu'elle fait en réalité, c'est prendre une bouchée copieuse et satisfaisante de son petit pain au homard. Sur le plateau se trouve aussi un accompagnement de salade de chou poivrée et de gros cornichons.

Angus est venu à Nantucket et Kate l'a renvoyé. *Oui*, pense Blair, *c'est tout ce qu'il mérite.* Elle est secrètement ravie – et très, très soulagée – qu'Angus ne l'ait pas complètement abandonnée. Même si elle suppose qu'il est possible qu'Angus soit venu demander le divorce.

Elle l'appellera plus tard. Elle doit lui parler des bébés de toute façon.

Ce soir-là, Kate et Exalta vont au Straight Wharf Theater pour voir une représentation de la comédie musicale *Damn Yankees*. Elles ont leur billet depuis des semaines, bien avant l'arrivée de Blair, et elles en avaient acheté un pour Jessie, mais elle est punie pour avoir perdu le collier. Elles ont proposé à Blair de venir, mais elle ne peut absolument pas rester deux heures enfoncée dans l'un de ces sièges étroits, alors elles ont invité M. Crimmins. Une fois que tout le monde a passé la porte, Blair prend le téléphone. La ligne est occupée, alors elle raccroche et essaye à nouveau cinq minutes plus tard, puis dix minutes, tout en maudissant Exalta de ne pas dépenser un dollar supplémentaire par mois pour une ligne privée.

Quand Blair décroche le téléphone la troisième fois, la ligne est libre. Il est six heures et demie, l'heure à laquelle les gens normaux s'installent à la table du dîner, mais elle sait qu'Angus sera encore au travail. Elle compose le numéro du bureau mais Ingrid a dû rentrer chez elle parce que la ligne sonne dans le vide. Au bout d'un moment, Blair obtient le répondeur de l'université mais elle ne veut pas laisser de message.

Elle prend une inspiration et s'en veut de ne pas avoir appelé plus tôt, mais cette maison ne lui laisse aucune intimité.

Elle appelle l'appartement sur un coup de tête. Pas de réponse. Elle raccroche et appelle Joey Whalen à son hôtel. Il décroche à la quatrième sonnerie. Derrière lui, elle entend de la musique et le rire d'une femme.

— Blair ? dit-il. Tout va bien ? C'est l'heure ?

— Non, répond-elle. Pas encore. J'espérais discuter. Te demander comment est Newport. Mais si tu es au milieu de quelque chose...

— Là tout de suite, je reçois. Si je t'appelais demain – hé, passe-moi ça ! – depuis le bureau ?

Blair peut presque sentir le haschich, goûter les martinis et voir le corps svelte de la brune sexy dans sa robe rouge moulante au décolleté plongeant. Une fille que Joey a rencontrée à Newport, sans doute, qui travaille au comptoir de cosmétique des grands magasins Filene's. C'est ce genre de personne que Joey devrait fréquenter. Il ne s'est jamais vraiment intéressé à elle. Enfin, peut-être au début, quand elle était célibataire et libre, mais toute cette attention récente, elle le comprend soudain, n'est qu'une vieille rivalité entre Angus et lui.

Blair raccroche sans dire au revoir. Elle tire le briquet en argent de son sac, l'emporte à l'arrière de la maison et le jette aussi loin que possible – ce qui, à vrai dire, n'est pas très loin. Il passe tout de même le portail et rebondit sur Plumb Lane. Une voiture l'écrasera ou peut-être qu'un passant le verra, le ramassera, lira l'inscription et songera à ce type, Joey, et à cette femme qui a la chance de recevoir son amour éternel.

Blair a prévu d'appeler Angus à la première heure le lendemain matin, mais elle ne se réveille qu'un peu avant dix heures. Jessie et Exalta sont au club pour le cours de tennis de Jessie et Kate fait les magasins en ville. (Ou elle boit, pense Blair. Et elle n'a pas oublié cette histoire d'engueulade.) La ligne est occupée alors elle patiente dix minutes, puis quinze, puis décroche le téléphone et demande, aussi gentiment que possible, à la femme qui parle de finir son appel parce qu'elle a une affaire urgente à régler. La femme ne lui promet rien et, en vérité, elle reste sur la ligne jusqu'à dix heures quarante-cinq, heure à laquelle Blair appelle enfin Angus à son travail.

Ingrid lui dit :

— Je suis désolée, madame Whalen. J'ai peur qu'il ne soit parti.

— Parti ? répète Blair. Que voulez-vous dire, parti ?

L'espace d'un instant épouvantable, elle songe qu'Angus est mort, peut-être de sa propre main après avoir été banni de Nantucket par sa belle-mère.

— Il a pris l'avion pour Houston tôt ce matin, explique Ingrid. Il sera là-bas jusqu'à la fin de la mission. Il n'est pas prévu qu'il revienne avant le vingt-cinq.

Blair raccroche. Le vingt-cinq est dans deux semaines. Blair pose les mains sur son ventre.

— Restez là deux semaines, dit-elle. Ne bougez pas.

A Whiter Shade of Pale

Aux yeux de Kirby, chaque été est défini non seulement par ses événements marquants mais aussi par sa routine. Par exemple, l'été 1957, quand elle avait neuf ans et Blair douze, les filles ont tenu un stand de citronnade, appelé Foley's Finest, au coin de Main et Fair Street et gagnaient au moins un dollar cinquante cents par jour et parfois plus. Blair économisait sa part de l'argent pour acheter un fer à friser électrique, mais Kirby allait souvent avec sa mère ou Nonny jusqu'au magasin Robinson's pour acheter du chewing-gum, un yo-yo ou une bande dessinée *Archie*. Puis il y a eu l'été où Kirby avait quatorze ans et Blair dix-sept. Blair sortait avec Larry Winter, pour qui Kirby avait un béguin terrible. Pour ne rien arranger, cet été 1962, son travail consistait à surveiller les petites sœurs de Larry, Eve et Carolyn, respectivement quatre et deux ans, chez les Winter sur Quaise Pasture Road parce que les filles faisaient une longue sieste l'après-midi. Souvent, après son service à la boulangerie Aime's Bakery, Larry était chargé de raccompagner Kirby et ces minutes seule avec lui dans la voiture avaient consolidé son ardeur. Larry Winter était grand et beau et il jouait dans l'équipe de squash de la Phillips Exeter Academy. Son chemin pour l'une des prestigieuses universités de l'Ivy League était tout tracé, mais elle avait appris pendant ces trajets qu'il avait jeté son dévolu sur Georgetown ; il voulait étudier les sciences politiques et devenir un jour président des États-Unis. À l'époque Kirby avait été éblouie, mais elle voit aujourd'hui le manque d'originalité des rêves de Larry Winter. On était en 1962 et les journaux étaient remplis de photos des Kennedy, insouciants et hâlés, en vacances à Hyannis Port. Absolument tout le monde voulait être président.

Larry avait l'habitude de rapporter des douceurs de la boulangerie, des boîtes de donuts ou de cookies à l'avoine parsemés de canneberge séchée. Il offrait toujours un petit quelque chose à Kirby, mais ces petites attentions étaient des marques de gentillesse et non une indication qu'il partageait ses sentiments. À chaque fois, lorsque Kirby descendait de la voiture devant All's Fair, Blair était là, attendant d'y monter, et parfois Larry et elle se bécotaient, juste là, dans la voiture, jusqu'à ce que Kate ou Exalta apparaisse sur le pas de la porte pour y mettre fin.

Cet été, l'été 1969, la routine est bien évidemment différente – Kirby est sur une île différente ! – mais elle soupçonne que lorsqu'elle repensera à cette année, elle se souviendra de la maison sur Narragansett – Patty, Barb, les « trois M », Evan ; le porridge et le pain complet au petit déjeuner ; le soulagement, après avoir monté deux étages, de retrouver son antre climatisé. (Les autres filles, lui a confié Patty, sont vertes de jalousie et Kirby peut difficilement leur en vouloir. Elle a eu tant de chance au sujet de son logement qu'elle a peur de devoir le payer d'une façon ou d'une autre avant la fin de l'été.) Elle se souviendra de ses tâches à la réception du Shiretown Inn – vérifier les notes, préparer le café, arranger les journaux et les donuts – et elle se souviendra de la gentillesse de M. Ames, de Bobby Hogue et des heures passées dans un demi-sommeil tandis que la radio diffusait « Up on Cripple Creek » et « Crystal Blue Persuasion ».

Alors que la première moitié de juillet s'écoule, il semblerait que Kirby se souviendra aussi du début de son histoire avec Darren Frazier. Depuis le matin où il est passé la prendre au Shiretown Inn pour la raccompagner, ils se voient tous les jours. Il travaille comme maître nageur de neuf à cinq heures et passe presque toutes ses soirées avec ses parents et le reste de la famille Frazier, qui ont un emploi du temps chargé – dîner de homards, feux de camp, fêtes chez des amis, soirées sur un bateau, soirées cochon à la broche, bingo, après-midi crème glacée, soirées dansantes et coquillages le dimanche. Darren ne lui propose jamais de venir à aucun de ces événements, ce qu'elle comprenait au début – ils apprennent encore à se connaître – mais elle suppose que ce n'est qu'une question de temps. Darren quitte ces événements tôt pour pouvoir prendre Kirby à dix heures et la conduire au travail et le lendemain il est posté devant l'hôtel à sept heures tapantes pour la conduire à Narragansett Avenue avant de devoir se présenter à la plage.

La nuit, ils s'embrassent à l'avant de la voiture – ils se garent dans Thayer Street, une rue peu fréquentée

– mais le matin, ils se contentent de se toucher la main au cas où les colocataires de Kirby regarderaient par la fenêtre. Elle voudrait être plus intime avec Darren – sexuellement, bien sûr, mais aussi émotionnellement. Ils discutent dans la voiture et s'embrassent ; à la simple vue de la Corvair rouge au coin de la rue, son cœur bondit, comme les baleines hors de l'eau. Mais elle veut un autre rendez-vous. Elle a envie d'aller au cinéma, d'aller dîner au Boston House ou de jouer au billard au bar Lou's Worry. Elle aimerait faire une sortie à quatre avec Patty et Luke, bien que depuis cette nuit avec Tommy O'Callahan, Patty et Luke restent dans leur coin et Kirby les comprend. Tout ce qu'elle veut, c'est être seule avec Darren.

— Est-ce qu'on peut retourner au carrousel ? lui demande Kirby. Peut-être ce soir avant le travail ?

— C'est l'anniversaire de ma tante, répond-il. Le juge va faire son ragoût d'huîtres.

— J'adore le ragoût d'huîtres, dit Kirby, alors même que c'est un mensonge pur et simple.

Elle aime les palourdes, les crevettes, les moules et elle raffole du homard, mais les plaisirs de l'huître lui échappent encore. Elle va simplement à la pêche à l'invitation.

Mais ça ne mord pas.

— On retournera au carrousel, dit Darren. Mais pas ce soir.

Et puis... jour de chance ! Ils ont le même jour de congé, le mardi, et Darren propose une sortie à la plage.

— Je m'occupe de tout, explique-t-il. Prends juste ton maillot de bain et un livre.

Kirby adore le fait qu'il lui ait dit de prendre un livre – à quoi bon aller à la plage sans un bon livre ? – mais elle espère qu'ils seront trop occupés à nager, s'embrasser, s'éclabousser et batifoler dans le sable pour trouver le temps de lire. Tout de même, elle emporte *Myra Breckinridge*, qu'elle n'a même pas encore ouvert, et décide qu'elle est assez bronzée pour porter son bikini en crochet blanc.

Darren demande à Kirby de le retrouver à l'épicerie Tony's Market ; il veut passer prendre de la bière et des glaçons et ils pourront partir de là. Kirby est d'accord... mais alors qu'elle est sur le chemin entre Narragansett Avenue et l'épicerie, elle passe devant chez Darren et sa voiture est encore là. Devrait-elle frapper à sa porte ou poursuivre sa route et le retrouver là-bas, comme prévu ?

Son esprit lui conseille de continuer son chemin. Son cœur lui dit le contraire.

Elle remonte l'allée et toque à la porte.

— Entrez ! résonne une voix depuis l'intérieur.

Kirby ouvre la porte moustiquaire et entre. Elle jette un coup d'œil à la pièce ensoleillée et à son mobilier lumineux ; sur une table blanche en forme de haricot se trouve un pichet en verre avec des hortensias bleus qui donnent à la pièce un air encore plus estival et accueillant. En plus d'être belle et d'avoir du succès, le Dr Frazier a beaucoup de goût. Kirby voudrait éperdument lui plaire. Elle avance dans le couloir, dépasse des toilettes tapissées de papier peint vert à motifs bambous, jusqu'à la dernière porte à droite, qui s'ouvre sur une cuisine-salle à manger décorée comme une brasserie parisienne. Carrelage noir et blanc, plan de travail en marbre, plafonnier globe en verre dépoli et pancarte en bois qui annonce Café, Chocolat, Pâte et Sirops au-dessus d'un évier en cuivre. On entend un air de clarinette joyeux.

Le juge est appuyé sur le comptoir, ses lunettes sur le nez, le journal étalé devant lui. Il porte un pantalon de golf vert et un polo jaune. Un couple, assis à la table de bistrot ronde, boit du café et pioche dans un arc-en-ciel de fruits et un plateau de muffins.

— Bonjour, dit Kirby.

L'homme et la femme à la table sont plus âgés, de l'âge du juge, et Kirby tâche d'être naturelle, comme si elle rencontrait des amis de ses propres parents.

— Je suis désolée de vous interrompre. Je cherche Darren.

Les trois adultes la fixent un instant comme si elle était une extraterrestre débarquée de la planète Mars. Pour être honnête, Kirby est soulagée que le Dr Frazier ne soit pas là. Elle peut peut-être charmer le juge. Elle lui adresse son plus beau sourire.

— Votre Honneur, je suis Kirby Foley. Nous nous sommes rencontrés au Homeport, avec Rajani.

— Oui, répond le juge. Je me souviens. Bonjour.

La femme se lève.

— Je suis Cassandra Frazier, dit-elle en tendant la main.

Ses cheveux sont rassemblés en un imposant chignon enroulé d'un foulard coloré. Elle porte des bracelets en bois qui s'entrechoquent quand elle serre la main de Kirby.

— Et voici mon mari, Hank, ajoute-t-elle en se rasseyant.

Hank a la bouche pleine de muffins mais il se lève pour serrer la main de Kirby, et une fois qu'il a avalé sa bouchée, dit :

— Hank Frazier, le cousin de l'honorable juge.

Kirby se tourne vers Cassandra.

— Êtes-vous par hasard la sœur de la femme de M. Ames, Susanna ?

Cassandra penche la tête et lui adresse un sourire en coin.

— Oui, c'est bien moi. Comment connaissez-vous Susanna ?

— Oh, je ne l'ai jamais rencontrée. Mais je travaille avec M. Ames, je fais le service de nuit au Shiretown Inn, et quand j'ai mentionné que j'étais amie avec Darren, il m'a dit que la sœur de sa femme avait épousé le cousin du juge.

Kirby ressent un petit sentiment de triomphe, comme si elle avait posé la dernière pièce d'un puzzle.

— Mais oui ! s'exclame Cassandra. Vous êtes la jeune fille de Nantucket, n'est-ce pas ? Cal ne tarit pas d'éloges.

— Je suis flattée.

Elle jette un coup d'œil pour s'assurer que le juge Frazier en a pris bonne note : le mari de la sœur de la femme de son cousin ne tarit pas d'éloges à son sujet. *Vous voyez ?* voudrait-elle dire. *Quelqu'un que vous connaissez, même de façon si lointaine, pense que je mérite des éloges.*

Le juge demande :

— Et vous êtes là pour voir Darren ?

— Oui, répond Kirby. On va à la plage.

— La plage ? répète le juge comme si c'était la première fois qu'il entendait parler de cet endroit.

Il se tourne vers le cadre de la porte et dit :

— Darren ! Tu as de la visite !

Kirby voudrait complimenter la pièce – elle est tellement cool, avec tous ces détails Art déco, si étonnamment amusante et moderne. Elle voudrait photographier mentalement le plateau de fruits pour, un jour dans sa vie d'adulte, quand elle aura assez d'argent pour des produits aussi magnifiques, le recréer à l'identique – tranches vert pâle de melon vert, kiwi d'un vert plus éclatant, ananas frais, rondelles de banane pâle, fraises coupées en éventail, une pile de myrtilles et de mûres au centre. Elle voudrait demander à Cassandra où elle a acheté son foulard et ses bracelets. Le foulard vient-il de Paris ? Les bracelets ont vaguement l'air africains ; ont-ils été achetés sur un marché à Nairobi ? Kirby voudrait aussi parler de la musique. D'habitude elle écoute du rock'n'roll, mais la clarinette a un rythme gai, parfait pour une matinée estivale. Est-ce que c'est Benny Goodman ? Kirby voudrait tout simplement être invitée dans ce monde, mais elle a peur de paraître insistante, alors elle ne dit rien et ils attendent tous les quatre dans un silence gêné jusqu'à ce que Darren arrive. Quand il l'aperçoit, son expression est totalement paniquée.

— Qu'est-ce que tu fais ici ? demande-t-il.

Kirby essaye de sourire.

— On va à la plage… non ?

— Je ne savais pas que ton amie travaillait avec Cal au Shiretown Inn, dit Cassandra. Tu aurais dû me dire.

Darren adresse un hochement de tête distrait à sa tante. À Kirby, il dit :

— Je croyais qu'on avait dit qu'on se retrouvait devant l'épicerie.

— C'est vrai, mais j'étais dans le quartier.

— Vous allez à la plage ? demanda le juge.

— La plage nudiste ? plaisante Hank.

— Lobsterville, répond Darren. On va retrouver des gens là-bas.

Vraiment ? Première nouvelle, pense Kirby.

Le juge prend son temps pour plier son journal et tout le monde l'observe. Kirby devine qu'il est en pleine délibération. Quel sera son verdict ?

— Allez, vas-y, dit-il. File avant que ta mère ne rentre.

Ils se dirigent vers la voiture en silence. Kirby sent qu'elle doit des excuses à Darren ; c'était impoli de venir sans prévenir. Elle voulait prouver quelque chose, mais quoi ? Qu'elle n'avait pas peur ? Qu'elle pouvait passer du temps avec la famille de Darren et s'intégrer ? En fin de compte, elle n'a rien prouvé et maintenant Darren est en colère. Il gare la Corvair devant le Tony's Market et y entre sans un mot. Kirby manque de l'interpeller pour lui proposer de payer mais en fin de compte, elle pose ses mains sur les genoux et courbe la tête. *File avant que ta mère ne rentre*. Pas besoin de sortir de Harvard pour comprendre ce qu'a voulu dire le juge.

Quand Darren sort du magasin, il sourit à pleines dents. Il est de nouveau lui-même. Il pose la glace et la bière sur le sol à l'arrière de la voiture, allume le moteur et la radio. C'est Dylan qui chante « Lay, Lady, Lay ».

— Partons d'ici, dit-il. J'ai envie de me détendre.

C'est la quatrième fois que Kirby se rend au nord de l'île et elle commence à reconnaître des monuments – l'Agriculture Hall et le magasin général Alley's à West Tibury, et puis la longue étendue de Middle Road. Ils dépassent le virage pour entrer dans Tea Lane, là où Rajani s'occupe des jumeaux démoniaques dans le château en bord de mer avec le Warhol, et puis une fois que Middle Road devient State Road, Kirby reconnaît l'allée qui mène à la maison de Luke sur Nashaquitsa Pond. Ils traversent Menemsha, tournent à droite et arrivent à Lobsterville Beach.

— J'ai beaucoup entendu parler de cette plage par des clients à l'hôtel, dit-elle. Un homme a pris un immense coup de soleil, il a dit que le nom de la plage avait beau vouloir dire « la ville des homards », elle l'avait changé en écrevisse.

Darren rit, et son rire semble sincère. Le début de la journée a été un peu chaotique, mais Kirby sent que tout rentre dans l'ordre.

Lobsterville Beach est presque vide ; visiblement ils ne vont retrouver personne. Darren porte les chaises et la glacière dans une crique isolée, où l'on peut voir les falaises de Gay Head avancer dans l'océan. C'est l'endroit le plus pittoresque de l'île, pense Kirby, et il l'a choisi pour elle. Il installe les chaises et les serviettes puis enlève son t-shirt. Sa peau est d'une si belle couleur que Kirby voudrait lui faire un compliment, mais elle ne sait pas vraiment quel mot utiliser.

Il remarque qu'elle le fixe.

— Tu viens nager ?

— Allons-y ! lance-t-elle et ils font la course.

Darren a acheté de la bière Schlitz, la préférée de Kirby, et elle est glacée. Ils en ouvrent une chacun et puis, parce qu'il n'y a personne d'autre en vue, Kirby sort un joint qu'elle a glissé dans son porte-monnaie avant de quitter la maison.

— Tu fumes ? demande-t-elle.

— D'habitude non, répond-il. Mais aujourd'hui, je vais faire une exception.

Kirby allume le joint, en tire une bouffée et le passe à Darren, qui inhale avec un plaisir certain. Ils fument le joint en entier puis Kirby se rallonge sur sa serviette, entourée d'un nuage de douce fumée et d'un profond sentiment de bien-être. Les drogues sont un fléau social et pourtant elles améliorent absolument tout, au moins temporairement. Avant qu'elle ne comprenne ce qui lui arrive, Darren la tire par la main et l'entraîne derrière un immense rocher au bout de la crique. Il se met à l'embrasser. C'est nouveau pour eux d'être debout, leurs hanches serrées l'une contre l'autre, et puis, comme si cela n'était pas déjà assez émoustillant, Darren la soulève. Son dos s'érafle contre la roche, mais elle s'en fiche. Elle serre ses jambes autour de lui et se perd dans leurs baisers, dans l'étreinte et la chaleur de leurs deux corps. Quand elle ouvre les yeux, elle voit la mer verte et tumultueuse derrière et elle sait qu'elle n'oubliera jamais ce moment.

Elle s'écarte.

— Je veux attendre.

— Vraiment ? répond-il.

Il la fait redescendre sur le sable.

— Je veux dire, pas de problème, ça me va. On peut attendre.

— Je préférerais être dans un lit, explique Kirby. Je sais que ça doit sembler terriblement vieux jeu.

Darren l'embrasse.

— Non, pas du tout. Je ne serais pas contre un lit non plus. Tu mérites un homme qui te couvre d'attention, qui prend son temps avec toi.

Sans raison, des larmes brûlent les yeux de Kirby. Ou peut-être pas sans raison. Elle est soudain assaillie de souvenirs de ses rapports avec l'agent Scottie Turbo. C'était rapide, brutal, centré sur son plaisir à lui, et non le sien ; centré sur ses besoins à lui, son emploi du temps, sa vie.

Il l'a utilisée avant de la jeter.

— Eh, dit Darren, en passant son pouce sous l'œil de Kirby. Qu'est-ce qui ne va pas ?

— Tes parents ne savent pas qu'on se fréquente, n'est-ce pas ?

Elle utilise l'expression « se fréquenter » parce que c'est tout ce que c'est. Ils ne sortent pas ensemble. Ils ne vont jamais nulle part. Ils ne se sont jamais vus tous les deux en public. Elle est un secret, tout comme elle l'était avec Scottie Turbo.

Darren soupire.

— Non, répond-il. Ils ne le savent pas.
— C'est ta mère qui est contre.
— Oui, et elle a persuadé mon père que tu es… je ne sais pas. Inconvenante ? Je ne sais pas pourquoi.
— Je sais pourquoi, répond Kirby.

Elle observe la plage ; elle est déserte.

— Tu veux marcher ?
— D'accord, répond Darren.

L'histoire est plus facile à raconter s'ils sont en mouvement. Kirby peut regarder droit devant elle au lieu de regarder Darren, ce qui lui permet de prendre un peu de distance émotionnelle.

— Tu te souviens quand je t'ai parlé du policier avec qui je sortais ? dit-elle.
— Oui, répond Darren. Il me hante depuis que tu en as parlé.
— Je suis allée à une manifestation contre la guerre cet hiver. À Cambridge.

Darren hausse les épaules.

— Je ne suis allé à aucune. Enfin, je suis contre la guerre, mais j'avais tellement de travail…
— Manifester prend beaucoup de temps. Tu n'as pas à te justifier.

Elle a passé d'innombrables heures à fabriquer des pancartes et à convaincre d'autres femmes de Simmons d'y aller. C'était en février, après la deuxième année d'attaques surprises au Têt mais avant que Tiger soit mobilisé, alors, à ce moment-là, l'opposition de Kirby était pure et facile. Elle a manifesté, chanté, désobéi à la police qui donnait l'ordre de se disperser, de quitter les rues et de rentrer chez eux. Elle a traité un policier de vache et s'apprêtait à cracher sur son bouclier, tout comme elle avait craché sur le bureau de Roger Donnelly toutes ces années auparavant, quand il l'a attrapée, lui a mis les mains derrière le dos, passé les menottes et dit :

— Tu viens avec moi, poupée.

Kirby a des frissons rien que d'y penser.

Une fois menottée, elle s'est calmée ; rapidement, sa situation est devenue très réelle, et elle ne pouvait que penser à la colère de ses parents, sans parler de l'état d'Exalta. Kirby était en train de se faire arrêter. Le policier est resté silencieux, faisant de son mieux pour contourner la foule et amener Kirby à sa voiture de patrouille. Il la tirait par le bras, mais sa prise se relâchait, il était presque délicat avec elle, protecteur. Kirby a été soulagée l'espace d'un instant. Cet homme allait la délivrer du chaos. Que faisait-elle ici, de toute façon ? Elle voulait que la guerre prenne fin et que les gens haut placés entendent sa voix – Nixon, John Mitchell, Spiro Agnew, Henry Kissinger. Mais il y aurait maintenant des conséquences bien réelles à son idéalisme – amende et humiliation publique.

— Désolée de vous avoir traité de vache, a dit Kirby. Je ne pense pas vraiment que les policiers sont des vaches. Je ne sais pas pourquoi j'ai dit ça.

Le policier a haussé les épaules.

— Personne n'a raison si tout le monde a tort.

Kirby a retenu un sourire. Il venait de citer une chanson de Buffalo Springfield ! Avait-elle réussi à se faire arrêter par le seul agent un peu rebelle de la police de Boston ?

Quand ils ont atteint la voiture, le policier lui a lu ses droits, mais son cœur ne semblait pas y être. Kirby s'est concentrée sur son nom, Turbo, et a pensé que c'était un nom plus approprié pour un pilote d'avion de chasse. Puis elle a remarqué qu'il avait les yeux verts, sa couleur préférée, et qu'il y avait quelque chose d'espiègle dans son expression, chose qui était depuis longtemps son point faible chez un homme.

— Quel âge as-tu, poupée ? a-t-il demandé.

— Vingt et un. Je suis en troisième année à Simmons.

— Ah, vraiment ? Je pensais que tu faisais partie de ces petites prétentieuses de Wellesley College.

— Je n'ai pas été acceptée.

Blair était allée à Wellesley, mais les notes de Kirby n'étaient pas aussi bonnes et elle n'avait pas été admise, au grand dam d'Exalta.

— Ne pas t'accepter, toi, poupée ? Tu te moques de moi.

— Arrêtez de m'appeler comme ça.

Poupée. C'était un terme si dégradant. Elle n'était pas une poupée. Elle était une femme, une personne.

Avant qu'elle comprenne ce qui était en train de se passer, l'agent Turbo a pris son menton entre ses mains et l'a embrassée. Elle a envisagé de résister, de le repousser et même de lui foutre un coup de pied dans les parties. Il abusait de son pouvoir ! Mais elle s'est sentie instantanément attirée par lui. Elle était de toute façon sans défense, les mains menottées dans le dos, mais le fait est que tout cela l'excitait. C'était si mal, tellement contraire à tous les principes d'une femme forte, elle se sentait trahie par son propre corps.

C'est lui qui s'est écarté. Il avait l'air aussi surpris qu'elle.

— Je suis contre la guerre aussi, a-t-il dit.

Mais avant qu'elle puisse répondre, il a ajouté :

— Je ne vais pas t'amener au poste. Mais je vais te mettre une amende pour trouble à l'ordre public.

Elle a pensé *Ça alors ! Quelle ironie !* C'était Richard Nixon qui troublait l'ordre public, la paix du pays – et Johnson avant lui, et McNamara. Kirby est restée silencieuse pendant que l'agent Turbo rédigeait l'amende, détachait les menottes et lui donnait le papier comme si rien ne s'était passé, comme s'il ne lui avait pas offert le meilleur baiser de sa jeune vie.

— Je m'appelle Scottie, a-t-il dit. Tiens-toi à carreau.

Kirby a transformé sa mésaventure en anecdote valorisante. Oui, elle a été arrêtée, menottée et tout le tintouin mais dans sa version largement modifiée de l'histoire elle a raisonné le policier et il l'a laissée partir avec une simple amende. Soixante-quinze dollars. C'était trop d'argent pour son budget d'étudiante, alors elle a dû en parler à ses parents. Ils devraient s'estimer heureux, leur a-t-elle dit. Il l'a laissée s'en tirer à bon compte.

Kate et David ne s'estimaient pas heureux ; ils étaient consternés. Mais Kirby a fait remarquer qu'elle n'avait fait que manifester contre la politique étrangère du gouvernement, une liberté garantie par la Constitution des États-Unis. C'était le policier qui aurait dû être sermonné, et non elle.

— Il s'appelait comment, ce policier ? a demandé David.

— J'ai oublié, a menti Kirby.

David était un avocat influent et aurait probablement trouvé un moyen de le faire punir ou même mettre à pied, mais ce n'était pas ce que voulait Kirby. Ce qu'elle voulait, c'était revoir Scottie Turbo – mais comment ? Tout ce qu'elle savait de lui, c'est qu'il faisait partie de la police de Boston, et qu'il avait été affecté aux manifestations à Cambridge ce jour-là. Elle n'avait aucun moyen de savoir quel était son secteur habituel. Dressait-il des contraventions de stationnement dans le quartier de Fenway, enquêtait-il sur des cambriolages à Back Bay ou s'occupait-il d'un radar sur la route 93 ? Kirby s'est rendu compte que sa meilleure chance de revoir Scottie Turbo était de faire ce qu'elle avait fait la première fois. Alors quelques semaines plus tard, quand une nouvelle manifestation a été organisée à Harvard, Kirby s'y est rendue.

Elle a essayé de se souvenir de l'endroit où elle se trouvait quand il l'avait arrêtée ; elle pensait que c'était sur Russell Street, de l'autre côté de la Coop, la coopérative de l'université. Et sans surprise, il était là, exactement au même endroit.

— Vache ! a-t-elle crié.

Elle a envisagé de faire semblant de cracher mais elle ne pouvait pas s'y résoudre. À la place, elle lui a fait un clin d'œil et il l'a immédiatement prise par le bras – plus fort cette fois-là –, lui a mis les mains derrière le dos et l'a menottée.

— Salut, poupée, lui a-t-il glissé à l'oreille.

Il l'a emmenée près de sa voiture, lui a lu ses droits, puis a ouvert la portière arrière.

— Monte, a-t-il dit.

La peur lui tordait les entrailles. L'arrêtait-il pour de vrai cette fois-ci ? Elle a baissé la tête et s'est pliée pour s'installer sur la banquette arrière, qui était séparée de l'avant par une grille en métal. Elle se sentait comme un animal. Il a conduit vers le sud de Boston, au-delà de l'université du Massachusetts, de la ville limitrophe de Quincy et jusqu'à Braintree, où il s'est arrêté derrière un entrepôt abandonné. Il s'est mis à pleuvoir, ce qui n'a fait qu'assombrir l'ensemble. Que faisaient-ils ici ? L'agent Turbo s'est garé et est sorti pour inspecter les environs. Kirby n'a pu s'empêcher de tendre le cou elle aussi. Il n'y avait personne aux alentours. Il pouvait l'abattre, se débarrasser de son corps et il ne serait jamais pris.

Il a ouvert la portière arrière.

— Décale-toi, a-t-il dit.

Il s'est glissé à côté d'elle et a défait ses menottes.

Ils ont commencé à se voir de temps en temps. Ils sont devenus de plus en plus intimes, progressivement – mais Scottie s'arrêtait toujours. C'était de la torture. Kirby voulait qu'il s'introduise en douce dans sa chambre de dortoir, mais elle avait une colocataire qui était toujours là.

— Et chez toi ? On ne peut pas y aller ? a-t-elle demandé.

— Non. Je vis avec ma mère. Elle est âgée mais elle a encore toute sa tête. Et elle a un berger allemand qui défend son territoire.

— Un motel ?

Cela semblait sordide et vulgaire, mais avaient-ils le choix ?

— J'ai une meilleure idée. Je possède une petite cabane de pêcheur sur le lac Winnipesaukee. Dès qu'il fait beau, on y va.

Les premiers jours de soleil sont venus la deuxième semaine d'avril, juste après Pâques. L'agent Scottie Turbo s'est garé sur le campus de Simmons dans une Dodge décapotable bleu roi et ils ont emprunté la I-95 vers le nord, jusqu'à une ville sur le lac nommée Wolfeboro, dans l'État voisin du New Hampshire.

— Je suis allé à l'école dans cette ville, a-t-il expliqué.

— Vraiment ? a répondu Kirby.

Elle s'est rendu compte à ce moment-là qu'elle ne savait presque rien de la vie de Scottie, à part qu'il vivait avec sa mère et un berger allemand, qu'il avait eu son diplôme de l'école de police avec des résultats dans la moyenne et qu'il s'était illustré dans la gestion de foule. Ses secteurs habituels incluaient Fenway Park et Alumni Stadium.

— La Brewster Academy. Mes parents m'ont envoyé ici après mon expulsion du lycée Weymouth pour m'être battu.

Il a montré l'établissement du doigt – un ensemble de bâtiments à bardeaux blancs sur un gazon avec une jolie chapelle – et Kirby essaye d'imaginer un Scottie Turbo adolescent en chemin pour ses cours. C'était presque impossible ; il était si costaud, sérieux, bourru. Il semblait être né adulte.

La cabane de pêcheur portait bien son nom – une

structure en bois, avec quatre murs, un sol et un toit. Le mobilier était spartiate ; un évier en métal, un petit réfrigérateur, un lit de camp avec un matelas nu. Scottie a ouvert en grand deux portes et l'obscurité a laissé place à la lumière du jour. À l'extérieur se trouvait une petite terrasse avec une table et deux chaises, et au-delà s'étendait une berge boueuse et raide qui descendait jusqu'au lac Winnipesaukee.

Le lac était d'une beauté austère. Les arbres avaient à peine commencé à bourgeonner mais la journée, chaude pour la saison, préfigurait à quel point l'endroit devait être séduisant en été et au début de l'automne. Ne sachant exactement ce qu'elle devait faire, Kirby s'est appuyée contre la rambarde de la terrasse, regardant le paysage. Scottie s'est approché d'elle par-derrière, a déplacé ses cheveux et a embrassé sa nuque.

Ils ont fait l'amour trois ou quatre fois ce jour-là, puis ont dormi entrelacés sur le lit de camp ; ils sont même allés nager nus dans le lac. L'eau était si froide qu'elle brûlait, mais quand Kirby est sortie de l'eau, elle s'est sentie propre et forte, comme si elle avait été trempée dans l'acier. Lorsque le soleil a commencé à décliner, ils sont remontés dans la Dodge et ont conduit jusqu'à une petite taverne en centre-ville pour manger des sandwichs chauds au rôti de bœuf et boire de la bière bien fraîche.

Quand Scottie a déposé Kirby à Simmons, elle savait qu'elle était amoureuse.

Bien entendu, Kirby ne dit pas tout cela à Darren, mais seulement l'essentiel et elle ne se tourne pas pour voir comment il le prend. Ils atteignent l'extrémité de la plage, où le chemin s'arrête, et cela semble un endroit logique pour faire demi-tour.

Et maintenant, le plus difficile, pense Kirby.

Une fois que Kirby et Scottie avaient couché ensemble, impossible de remettre le diable dans sa boîte. Kirby passait des journées entières à se demander comment ils pourraient se retrouver. Une autre virée à Winnipesaukee était peu pratique, alors ils se sont résolus à de rapides et furtives escapades dans les recoins sombres de Boston. L'arrière de l'entrepôt à Braintree était leur lieu de prédilection, ainsi qu'un certain recoin caché dans le parc qui bordait la rivière Charles ; une fois, c'était dans les toilettes d'un pub irlandais à côté du stade de Fenway Park durant l'un des premiers matchs des Red Sox de la saison.

Et puis Kirby a senti un changement. Elle avait des vertiges ; ses seins étaient sensibles ; elle était fatiguée.

Non, a-t-elle pensé. Blair était enceinte mais elle était mariée à Angus, ce qui rendait l'événement heureux et convenable. Pour Kirby, être dans la même situation était un déshonneur. Et puis il y avait aussi le fait bien établi qu'elle ne voulait pas d'enfants, jamais.

Quand elle s'est mise à avoir des nausées, elle a pris rendez-vous au dispensaire à Roxbury, sous le nom de Clarissa Bouvier – le nom Clarissa avait été emprunté au livre qu'elle lisait pour son cours de littérature contemporaine, *Mrs Dalloway*, et Bouvier était un hommage à l'ancienne première dame, Jackie Kennedy. L'infirmière lui a confirmé que, oui, elle était bien enceinte, depuis environ six semaines, et a ajouté :

— Le médecin va venir vous examiner.

La femme qui est entrée s'appelait Dr Frazier. Kirby s'est mise à pleurer.

Le Dr Frazier a haussé un sourcil.

— Donc... je suppose que ce n'était pas prévu ?

Non, ni prévu ni voulu.

— Je ne peux pas mettre cet enfant au monde, a expliqué Kirby. C'est impossible. Je ne peux même pas partir, accoucher et revenir. Je suis à l'université. Mon frère vient de partir à la guerre. Ma famille ne supportera pas un choc de plus. En plus, ils me déshériteront.

— J'en doute beaucoup. Où vivez-vous ?

— À Brookline.

— Alors vous avez des ressources.

Si par ressources, elle voulait dire de l'argent, alors oui. Les Foley-Levin avaient des ressources financières. Mais leurs ressources émotionnelles venaient à manquer.

— Je ne peux pas avoir cet enfant. Ce n'est pas une option.

— Légalement, c'est votre seule option, a dit le Dr Frazier.

Kirby se souvient d'avoir haï le Dr Frazier à cet instant. Le docteur avait une quarantaine d'années et était très belle, très élégante, trop élégante pour travailler dans ce dispensaire miteux. Kirby en a déduit qu'elle devait être bénévole ici un jour ou deux par semaine.

— Il doit bien y avoir un endroit.

Il y avait des rumeurs à Simmons sur les façons de s'occuper d'une grossesse non désirée, comme une adresse à Chinatown. Si on connaissait le mot de passe, ils vous donnaient une potion magique et quand on se réveillait, c'était fait.

— À Chinatown ?

Le docteur a soupiré.

— Je pourrais avoir des ennuis pour ça, mais voilà une adresse. N'attendez pas – le Dr Frazier regarda le dossier –, Clarissa. C'est sûr, mais ce n'est pas donné.

C'était le pire moment de la vie de Kirby, mais pour le docteur, ce devait être une journée de travail comme une autre. L'adresse était sur Washington Street, quelque part dans le quartier désolé de South End. Kirby a serré fort le morceau de papier comme la bouée de sauvetage qu'il représentait.

N'attendez pas, avait dit le Dr Frazier, mais Kirby devait s'occuper de quelque chose d'abord. Elle s'est arrangée pour retrouver Scottie ce soir-là, derrière l'entrepôt à Braintree. Elle n'a pas laissé transparaître qu'il y avait un souci, mais quand elle l'a vu, explique-t-elle à Darren, elle s'est mise à bégayer, jusqu'à ce qu'elle parvienne à prononcer les mots : *Scottie, je suis en-enceinte !*

— Et qu'est-ce qu'il a dit ? voulait savoir Darren. Est-ce qu'il a bien agi et t'a demandé de l'épouser ?

Serait-elle ici si c'était le cas ? Elle avait été si aveuglément éprise de Scottie que s'il avait dit qu'il voulait l'épouser et garder l'enfant, elle aurait dit oui. Mais Scottie Turbo n'a rien dit de tout ça. Il a sorti tout l'argent qu'il avait dans son porte-monnaie – cent quarante-deux dollars – et lui a dit qu'il espérait que ça suffirait. Kirby n'a pas demandé : *Assez pour quoi ?*

Elle savait pour quoi était cet argent. Et même si un avortement était ce qu'elle voulait, elle avait souffert que lui veuille la même chose.

Elle a pris l'argent et dit :

— Tu ne vis pas avec ta mère, n'est-ce pas ? Tu es marié, c'est ça ?

Il a répondu :

— Tu travailles dans la police ?

Puis il l'a embrassée sur le front et s'est dépêché de retourner à sa voiture de patrouille.

Elle n'a jamais plus entendu parler de lui.

Plus tard cette nuit-là, elle a été réveillée par des crampes douloureuses et, au matin, elle s'est mise à saigner.

— Les choses se sont réglées d'elles-mêmes, dit Kirby à Darren. Mais j'ai eu du mal à y croire quand Rajani m'a amenée chez toi et… que j'ai revu le Dr Frazier. Au début, j'ai cru qu'elle ne m'avait pas reconnue. Mais maintenant je sais que si.

Darren presse la main de Kirby.

— Je suis désolé que tu aies eu à traverser tout ça. Ça ne change rien du tout à mes sentiments pour toi. Tout le monde a un passé, Kirby. Je me fiche de ce que pense ma mère.

— Mais ce n'est pas entièrement vrai. Tu es là avec moi, certes – sur cette plage déserte. Mais tu aurais dû voir ton visage quand tu es entré dans ta cuisine aujourd'hui.

— Tu m'as pris par surprise…

— Tu ne voulais pas que je sois là. Et ton père nous a dit de filer avant le retour de ta mère.

— Je ne pense pas que ma mère te jugerait, dit Darren. Elle n'est pas comme ça. Elle voit des filles dans cette situation tout le temps.

— Je pense que ta mère est une personne admirable. Et elle m'a aidée quand j'en avais désespérément besoin. Mais elle ne veut pas que tu sortes avec moi. Tu es son fils unique, son fils qui va à Harvard. Elle veut que tu sois avec quelqu'un de vertueux, de pur, qui a des principes. L'important, ce n'est pas qu'en fin de compte je n'ai pas avorté. Ce qui pose problème, c'est que j'ai été imprudente, que j'ai manqué de jugeote et que je me suis mise dans le pétrin.

Ils arrivent près de leur serviette. Le cœur de Kirby est lourd et froid, comme un morceau de glace dans sa poitrine. Elle rassemble ses affaires.

— Ramène-moi chez moi.

— Kirby.

— Darren.

Ils se regardent et comprennent qu'ils sont dans une impasse.

— Bats-toi pour moi, alors, dit-elle. Invite-moi à pique-niquer à Lambert's Cove Beach un vendredi ou à manger des coquillages un dimanche. Dis à tes parents et à tes oncles, tantes et cousins qu'on sort ensemble et tant pis si ça les dérange.

— J'ai peur qu'ils te mettent mal à l'aise.

— Tu as peur qu'ils te mettent mal à l'aise.

— Je pense que si on avance doucement...

— Tu veux dire qu'on reste dans le secret.

— Tu n'es pas juste avec moi.

— C'est perdu d'avance !

Être avec Scottie Turbo lui a appris à reconnaître une relation vouée à l'échec.

— Il y a des choses qu'on peut changer et d'autres qu'on ne peut pas. Je peux changer la façon dont ta famille me voit, je te le promets, mais seulement si tu me donnes une chance de passer du temps avec eux.

— Kirby…

Il sait qu'elle a raison, elle le voit sur son visage, mais elle voit aussi qu'il a trop peur pour y faire quelque chose.

— Ramène-moi à la maison, Darren, dit-elle. S'il te plaît.

Darren replie consciencieusement les chaises et les serviettes, range la glacière et se dirige vers la voiture, Kirby dans son sillage. Alors qu'elle s'installe sur le siège passager de la Corvair, dans son esprit, elle voyage quatre semaines en arrière, jusqu'à la première fois où elle a posé les yeux sur Darren, quand il s'est arrêté pour la prendre en stop. Elle n'avait aucune idée qu'accepter mènerait à cette terrible déception mais elle doit bien l'admettre, si c'était à recommencer, elle dirait encore oui.

Whatever Lola Wants

Les soirées que Kate a passées au Straight Wharf Theater au fil des années font partie des plus heureuses de son existence et, bien qu'elle ait été malheureuse comme les pierres cet été, elle se réjouit lorsque Exalta lui rappelle qu'elles ont trois tickets, au premier rang, pour la représentation du soir de *Damn Yankees*. Kate n'a jamais vu le spectacle, mais elle aime beaucoup les compositeurs Adler et Ross et elle adore les spectacles à Nantucket, dans ce théâtre intimiste, avec des visages familiers parmi la distribution.

Elles avaient prévu d'emmener Jessie mais elle est punie parce qu'Exalta a eu vent des vols commis au club et que Jessie a confirmé que c'était vrai. Quand Exalta le lui a appris, Kate a répondu : « Je vais avoir une discussion avec elle » et Exalta a dit : « Je m'en suis occupée, ma chérie. Crois-moi, elle a retenu la leçon. »

Kate sait qu'elle devrait tout de même en parler avec Jessie, mais elle n'en a pas la force. Jessie est punie pour le reste de la semaine – ni plage, ni ville, ni théâtre ce soir. Très bien.

Blair déclare qu'elle est bien trop grosse pour rester confortablement assise pendant deux heures, alors

Exalta offre le troisième billet à Bill Crimmins, ce qui est logique puisqu'il n'y a aucun autre adulte dans la maison, mais cela met Kate mal à l'aise.

— Vraiment, mère ? demande Kate. Bill vient avec nous ?

— Il adore le théâtre, répond Exalta. Et s'il te plaît, ôte cette expression de ton visage, ma chérie. Ce n'est pas non plus notre domestique.

— Pas notre domestique, évidemment, répond Kate, bien qu'il soit leur employé et aussi, cet été, leur locataire.

Mais Kate tient sa langue car elle sait que son vrai problème avec Bill Crimmins n'est pas son statut social ; il travaille pour elles depuis si longtemps qu'il fait pratiquement partie de la famille. Le problème de Kate avec Bill Crimmins, c'est qu'il lui doit une réponse au sujet de son fils et qu'il semble ignorer l'agonie de l'attente qu'elle endure. Des interactions normales avec cet homme sont impossibles.

Donc, pour cette sortie au théâtre, elle devra faire appel à ses propres talents d'actrice. Kate, Exalta et Bill quittent la maison avec beaucoup d'avance, le lever de rideau est prévu pour sept heures et demie. Bill a l'air plus que convenable dans son pantalon de costume impeccablement repassé et sa veste bleu marine. Il est attentionné et poli, prenant garde à escorter à la fois Exalta et Kate. Il connaît absolument tout le monde sur l'île et on dirait qu'on le salue une centaine de fois sur le trajet vers le théâtre et encore une centaine de fois à l'intérieur.

— Vous êtes un vrai mondain, dit Exalta.

Elle semble énervée, presque jalouse, et Kate a très envie de lui rappeler que si elles ne connaissent personne, c'est parce que depuis toutes ces décennies, leurs fréquentations lors des séjours sur l'île sont réduites à un seul endroit : le Field & Oar Club. Le club semble parfois être le centre de l'île, mais alors que Kate regarde autour d'elle, elle voit toute une communauté – estivants et résidents à l'année – qu'elle ne connaît pas. Ce n'est pas cet été qu'elle va se soucier de son cercle limité ; c'est un luxe pour une femme dont le fils n'est pas parti à la guerre. Pour le moment, tout ce qu'elle peut faire, c'est se concentrer sur la représentation. Il n'y a aucun thème militaire dans le spectacle, une bonne chose ; elle n'aurait pas pu supporter *South Pacific*, par exemple, ou même *Bye Bye Birdie.* Cette comédie musicale-ci parle de baseball.

Mais alors que les lumières baissent et que le spectacle commence, Kate se sent de plus en plus mal à l'aise. Le synopsis semble relativement inoffensif – un grand fan des Washington Senators souhaite désespérément que son équipe batte les Yankees et gagne le grand prix. Mais très vite, l'histoire bascule et parle de vendre son âme au diable. Le personnage de M. Applegate va transformer le vieux Joe Boyd en Joe Hardy, qui aura le talent de mener les Senators à la victoire… en échange de son âme.

Kate a du mal à ne pas établir un parallèle. Bill et elle ont conclu un marché, un accord. Son petit-fils et lui peuvent rester indéfiniment… s'il trouve un moyen de ramener Tiger à la maison.

Mais si ça n'arrive pas ?

Le spectacle est divertissant. Kate se perd dans l'histoire pendant de longs moments. Bill Crimmins est assis entre Exalta et elle et Kate remarque qu'Exalta se penche en avant, captivée par les acteurs et la musique.

La femme qui joue Lola est sensationnelle. Kate la reconnaît, elle était l'une des personnes assises à la table 1 à l'Opera House l'autre soir. Quand elle chante « Whatever Lola Wants, Lola Gets[1] », Exalta chantonne doucement.

Ah ça, pense Kate, c'est bien une chanson pour sa mère.

Kate parlera à Bill Crimmins ce soir, c'est décidé. Elle ne peut pas attendre un jour de plus. Nixon a promis de commencer à rapatrier les soldats, mais ils sont toujours un demi-million au Vietnam et ceux qui partent les premiers sont ceux qui sont là-bas depuis longtemps, c'est-à-dire pas Tiger. Kate veut croire que les négociations de paix qui se déroulent à Paris vont fonctionner, mais si les diplomates ne parviennent même pas à se mettre d'accord sur une table ronde ou rectangulaire, comment peuvent-ils aplanir leurs divergences idéologiques ?

Le spectacle finit bien – Joe gagne le grand prix, échappe à la damnation éternelle et retrouve son grand amour, sa femme. *Je n'ai pas besoin que tout me soit apporté sur un plateau d'argent*, songe Kate. Elle a juste besoin que Tiger rentre à la maison.

Au rappel, Exalta bondit sur ses pieds, applaudissant à tout rompre, puis Bill Crimmins se lève,

---

1. « Tout ce que Lola veut, elle l'obtient. »

probablement par égard pour Exalta. (*Tout ce qu'Exalta veut*, pense Kate, *elle l'obtient.*) Et très vite, tout le public est debout. Il y a des bravos et des cris de félicitations. Les acteurs saluent une fois, puis deux.

Les lumières se rallument, et même si le spectacle lui a plu, Kate est contente qu'il se termine.

En descendant Fair Street, Exalta se répand en compliments :

— C'était tout bonnement formidable, n'est-ce pas ?

— Oui, acquiesce de tout cœur Bill Crimmins.

— Allons dîner, propose Exalta.

— Mère, répond Kate.

— Au Woodbox, renchérit Exalta. Je n'y suis pas encore allée de tout l'été et c'est juste de l'autre côté de la rue !

— Je ne serais pas contre un Yorkshire pudding, ajoute Bill Crimmins. Et Mme T. m'apprécie beaucoup, vous savez.

— Tout le monde sur cette île vous apprécie beaucoup, Bill, fait remarquer Exalta.

— Je vais passer mon tour, répond Kate.

Elle aime manger au Woodbox quand ils viennent ici pour un week-end en automne, mais en été, il y fait une chaleur accablante, et en plus, Kate n'a pas la patience de s'asseoir et de faire la conversation au sujet du spectacle quand une discussion pressante l'attend avec Bill Crimmins. Elle est certaine qu'une fois qu'elle aura décliné, Exalta la suivra, que pourrait-elle faire d'autre ? Aller dîner seule avec Bill Crimmins ?

Apparemment, oui. Bill Crimmins passe son bras

sous celui d'Exalta et ils traversent la rue d'un pas tranquille, laissant Kate toute seule devant All's Fair.

Kate se répète qu'elle s'en fiche. Elle rentre pour se servir un verre de vodka.

Kate a déjà bu trois verres quand elle entend sa mère et Bill Crimmins rentrer. Ils échangent de rapides *bonne nuit* puis Kate entend les bruits de pas d'Exalta dans l'escalier et Bill Crimmins entre dans la cuisine en sifflant «Shoeless Joe from Hannibal, Mo.», sa veste se balançant au bout de ses doigts. En apercevant Kate, assise dans la pénombre, un verre de vodka avec des glaçons devant elle, il est surpris et son expression devient craintive, comme s'il avait croisé le diable en personne.

— Bill, dit-elle.

— Katie.

À nouveau, ce surnom détestable. Kate se lève, utilisant la table pour se stabiliser.

— Il faut que je sache, au sujet de Tiger.

Le visage de Bill se décompose et Kate s'agrippe au bord de la table.

— J'ai surestimé l'influence de mon beau-frère, explique-t-il. Il ne peut pas faire jouer ses relations pour que Tiger rentre.

— Bill, répond Kate.

Elle ne sait pas quelle émotion laisser parler en premier, la colère ou la douleur. Elle savait que les choses tourneraient ainsi – l'armée américaine n'est pas du genre à accorder des faveurs, même quand la requête vient de tout en haut – et pourtant, elle a l'impression d'avoir été flouée. La proposition de Bill avait été poussée par le désespoir. Il avait besoin d'un endroit pour vivre avec le garçon ; il aurait pu tout aussi bien mentir pour obtenir Little Fair. Son beau-frère connaît-il vraiment le général ? Son beau-frère a-t-il vraiment servi pendant la Seconde Guerre mondiale ? Bill a-t-il seulement un beau-frère ?

— J'ai des informations, en revanche, dit Bill. J'ai au moins réussi à obtenir ça.

— Des informations ? demande Kate. Qu'est-ce que ça veut dire ?

Bill tire une chaise comme s'il allait s'asseoir, mais Kate secoue la tête.

— Dites-moi tout de suite.

— Tiger a été envoyé en mission spéciale.

Bill serre sa veste entre ses mains et baisse les yeux.

— C'était inattendu. La compagnie de Tiger a fait face à des combats difficiles – Kate ferme les yeux – et beaucoup d'hommes de sa compagnie ont été tués, tant et si bien que les survivants ont été réaffectés dans d'autres compagnies et Tiger a été envoyé…

— Où ? demande Kate.

— Au Cambodge, répond Bill. Il a été envoyé en mission spéciale au Cambodge.

Le Cambodge, pense Kate alors qu'elle s'écroule sur le lit. Tiger a prétendument été envoyé en mission pour perturber la circulation du ravitaillement le long de la piste Hô Chi Minh. Kate est sceptique. Cette information est-elle fiable ? Bill Crimmins s'est montré indigne de sa confiance ; qui sait s'il n'invente pas tout cela ? Même si cela expliquait qu'elle n'ait pas reçu de lettres.

Quand Kate lui a demandé depuis combien de temps il était au courant pour le Cambodge, il a répondu :

— Je l'ai appris il y a quelques jours seulement. J'attendais le bon moment pour vous le dire.

Cette réponse a fait pâlir Kate. Certes, elle ne l'a pas beaucoup vu ces derniers jours, mais il vient de passer toute une comédie musicale sans donner le moindre signe ou indice qu'il avait des nouvelles de ce genre. Quand il est entré dans la cuisine, il sifflotait ! Cette information n'avait visiblement aucun poids pour lui. Si elle ne lui avait pas directement demandé, aurait-il gardé cette information secrète, pour que Pick et lui puissent continuer à vivre à Little Fair ?

Oui, sans l'ombre d'un doute.

Kate était si furieuse – et si bouleversée au sujet de Tiger au Cambodge, un endroit qu'elle ne pouvait pas se représenter et qu'elle n'était pas sûre de savoir placer sur une carte – qu'elle a ordonné à Bill Crimmins de quitter les lieux. Il pourrait rester jusqu'à la fin du week-end, lui a-t-elle dit. Mais c'était tout.

Malgré la pénombre de la cuisine, elle a vu le visage de Bill blêmir.

— Mais nous sommes en juillet, Katie, a-t-il répondu. Où irions-nous ? Toutes les locations saisonnières sont pleines et je ne pourrais de toute façon pas me le permettre.

— J'ai accepté de vous laisser vous installer parce que vous m'aviez dit pouvoir aider Tiger. Vous aviez promis.

Kate n'était pas certaine que Bill ait promis, en ces termes, mais le message dans sa lettre était clair : il allait utiliser ses contacts pour mettre Tiger en sécurité. Mais il ne l'avait pas fait, et maintenant il devait assumer les conséquences. Sa bonne volonté ne suffisait pas, pas quand la vie de Tiger était en jeu.

— Pick a un travail ici, a dit Bill. Il travaille d'arrache-pied tous les jours. Et j'ai une entreprise. Des clients qui comptent sur moi.

— Eh bien, dans ce cas, peut-être qu'un autre de vos clients vous proposera une solution.

— Katie. Voyons. Ça ne vous ressemble pas.

C'est vrai ; Kate n'était pas comme ça. Exalta était dure et inflexible. Kate, elle, avait toujours été connue pour sa gentillesse, sa bonté, son empathie, sa charité – des qualités qui étaient des faiblesses aux yeux de sa mère. Ce n'est qu'avec la mobilisation de Tiger que Kate avait développé une carapace autour de son cœur.

— Avez-vous déjà songé à comment je le vivais ? De l'avoir ici ?

— Il n'est presque jamais là…

— Tout de même, a répondu Kate en avançant vers le couloir. Bonne nuit, Bill.

— Vous ne voulez pas faire ça, Kate, a-t-il répliqué.

Sa voix, depuis l'obscurité de la cuisine, était menaçante.

— Je sais que j'ai promis de ne jamais rien dire au sujet de ce qui s'est passé… mais vous me mettez dans une situation délicate, où il serait difficile de garder le silence.

Il la menaçait – et dans d'autres circonstances, cela aurait pu fonctionner. Bill Crimmins était la seule personne au monde à connaître le secret de Kate. Mais étrangement, cela ne l'effrayait pas. S'il racontait à quelqu'un ce qu'elle lui avait avoué toutes ces années auparavant, ce serait sa parole contre la sienne. Personne ne croirait Bill Crimmins.

À part Exalta. Si Exalta apprenait ce qu'il avait à dire, elle saurait que c'était la vérité.

Mais Kate n'en avait plus rien à faire. Plus rien n'avait d'importance, à part ramener Tiger à la maison.

Sunshine of Your Love

Durant sa misérable semaine de captivité, Jessie termine *Le Journal d'Anne Frank*. Le journal se finit de façon abrupte, et sans surprise, la postface explique qu'Anne et sa sœur Margot ont été débusquées de leur cachette et emmenées à Auschwitz, puis à Bergen-Belsen, où elles sont mortes du typhus. Jessie retient des larmes brûlantes, pensant qu'elle a dû mal comprendre. Elle pensait qu'Anne avait survécu ; pourquoi donnerait-on ce livre à lire à des cinquièmes si elle était morte ? Mais le relire ne change pas la fin. Anne est morte ; seul Otto Frank, son père, a survécu. Miep Gies a trouvé le journal d'Anne ; elle l'a donné à Otto Frank, qui a autorisé sa publication.

La phrase qui fait finalement éclater Jessie en sanglots est : « Je crois, je continue à croire, malgré tout, que dans le fond de leur cœur, les hommes sont réellement bons. »

Jessie pleure à chaudes larmes. Et Helen Dunscombe ? se demande-t-elle. Est-elle réellement bonne ? Et Garrison Howe ? Et Exalta ? Jessie est tellement en colère contre Exalta qu'elle soupçonne que non, Exalta n'est pas réellement bonne. Elle est toujours prompte à critiquer, et elle est pleine de préjugés. Mais comment est-elle devenue comme ça ? Elle a tout pour être heureuse.

Jessie essaye de se ressaisir, mais les larmes continuent de couler. Tiger est en mission secrète. Jessie ne connaît aucun détail, mais ça semble dangereux, encore plus dangereux que la guerre du Vietnam habituelle.

Et les Vietcongs, sont-ils bons ?

Certains d'entre eux, probablement. Les Vietcongs soutiennent le communisme, un système dans lequel tout le monde partage. C'est mal parce qu'en échange de ce partage, les individus abandonnent leur liberté, et aux yeux des Américains, il n'y a rien de plus important que la liberté.

Jessie a été privée de sa liberté cette semaine, alors elle en comprend la valeur.

On frappe à la porte et Jessie tend la main vers un mouchoir pour essuyer son visage.

— Oui ? dit-elle.

La porte s'entrouvre et Pick passe la tête.

— Tout va bien ? demande-t-il. Je t'ai entendu pleurer.

Jessie ne peut tout simplement pas admettre qu'elle pleure à cause de sa lecture estivale obligatoire.

— Mon frère a été envoyé en mission secrète, dit-elle.

Pick entre, ferme la porte derrière lui et s'assoit sur le lit de Jessie, en face d'elle. Il est si près qu'elle pourrait le toucher en tendant la main. La mère de Jessie exploserait comme une grenade si elle savait que

Pick et Jessie sont dans sa chambre, la porte fermée. Elle serait punie pour une semaine supplémentaire, au moins, mais elle n'est pas près de lui demander de partir.

— C'est trop cool. Peut-être qu'il doit assassiner quelqu'un de haut placé, ou quelque chose comme ça. Peut-être qu'il va être un héros.

Jessie voudrait lui dire que Tiger est déjà un héros ; tous les soldats américains au Vietnam sont des héros.

— Peut-être, répond-elle. Qu'est-ce que tu fais à la maison ?

Il est onze heures et demie du matin, heure à laquelle Pick est habituellement à la plage.

— Le temps est plutôt bof, explique-t-il. En plus, je voulais faire la grasse matinée. Je vais à une fête après le travail ce soir. Une partie du personnel du restaurant va faire un feu de camp sur la plage.

— Ça a l'air bien.

— J'aimerais bien y aller avec toi mais c'est la première fois que je suis invité et je ne sais pas si ce serait cool d'amener un rancard.

Un rancard. Malgré sa profonde tristesse, Jessie se sent pousser des ailes.

— Je ne peux aller nulle part de toute façon, dit-elle. Je suis privée de sortie.

Pick se penche pour essuyer ses larmes et Jessie reste parfaitement immobile, savourant encore la chaleur de son contact.

— Privée de sortie ? Qu'est-ce que tu as fait ?

— Nonny a découvert que j'avais perdu le collier. Je l'ai pris sans demander.

— Une petite voleuse. Ça me plaît.

Sans prévenir, Pick se penche et l'embrasse, sur la bouche.

Jessie est stupéfaite. Le baiser était léger, bref, doux. *Recommence !* pense Jessie. *Recommence !*

Il doit lire dans son esprit, parce qu'il l'embrasse à nouveau et sa bouche reste contre la sienne, puis ses lèvres s'entrouvrent et elle sent sa langue. C'est étrange – la langue de quelqu'un d'autre dans sa bouche – mais c'est aussi électrisant. Elle a l'impression qu'on vient de la brancher à une prise. Leurs langues se touchent et l'instant suivant, ils se roulent des pelles, comme les gens dans les films, et Pick s'approche d'elle, met la main derrière sa tête et l'attire contre lui.

Combien de temps ça dure ? Quelques minutes, les minutes les plus sublimes, les plus enivrantes de la vie de Jessie. S'embrasser, c'est… bien, Jessie comprend maintenant le secret du bonheur. Elle voudrait ne jamais s'arrêter. Elle essaye de ne pas penser, de s'abandonner à leurs langues, aux lèvres si douces de Pick, à son odeur et à son goût.

Au bout d'un moment, il s'écarte. Elle a le tournis.

Il sourit à pleines dents.

— Ça fait longtemps que je voulais faire ça.

— Vraiment ?

— Ouais, dit-il. Pas toi ?

Elle n'a pas de réponse.

Pick se lève.

— Je vais aller chercher un déjeuner au Susie's Snack Bar. Tu veux que je te rapporte quelque chose ?

Jessie est encore étourdie.

— Du poulet ? dit-elle.
— Du poulet frit ? Très bien, je reviens.
De sa fenêtre, Jessie regarde Pick s'en aller. Il est si plein d'assurance, la façon dont ses hanches se balancent sur son vélo puis dont il se tient bien droit sur les pédales, la tête haute. Pick Crimmins est le garçon le plus magnétique et le plus irrésistible au monde. Jessie est amoureuse de lui et elle sera amoureuse de lui jusqu'à sa mort, et peut-être même encore après.

Jessie et Pick déjeunent sur la petite terrasse et quand ils ont fini, Pick jette les restes. Que va-t-il se passer maintenant ? se demande Jessie. Ce qu'il se passe, c'est qu'il l'attire à l'intérieur, loin de tous ceux qui pourraient passer sur Plumb Lane, et ils s'embrassent de nouveau. C'est encore mieux que la première fois ; elle est détendue, elle sait ce qu'elle fait – ou du moins jusqu'à ce que Pick soulève le bas de son chemisier.

Jessie chasse sa main d'une tape. Elle n'en avait pas vraiment l'intention ; c'est involontaire, un simple réflexe.

Pick s'écarte.
— Désolé, dit-il.
Il lève les deux mains en guise de capitulation.
— Je me suis laissé emporter. On ferait mieux d'arrêter. Je devrais me préparer pour le travail.

Jessie n'a pas envie d'arrêter et elle sait qu'il leur reste encore des heures avant qu'il doive partir pour le North Shore Restaurant. Mais elle n'est pas prête à aller plus loin que des baisers. Elle est ravie que Pick s'emporte, mais c'est aussi effrayant. Terrifiant.

Cette après-midi-là, Jessie écrit deux lettres identiques à Leslie et Doris.

Comment se passe ton été ? Le mien se passe bien. Je dois prendre des cours de tennis chaque matin au Field & Oar Club. Mon coup droit et mon revers s'améliorent, alors si je suis un jour invitée à passer un week-end à Hilton Head, je serai prête.

Jessie envisage de froisser cela et de recommencer. Leslie comprendra peut-être ce que veut dire passer le week-end à Hilton Head, mais cela passera certainement complètement au-dessus de la tête de Doris.

La seule « nouvelle » que j'ai, c'est que je sors avec quelqu'un. Il s'appelle Pickford Crimmins mais tout le monde l'appelle Pick. Il a quinze ans, vient de Californie et il est très mignon – cheveux blonds, yeux bleu clair et encore plus bronzé que George Hamilton ! Sa famille vit avec la mienne cet été, c'est comme ça qu'on s'est rencontrés. Je ne dirais pas que nous sommes déjà un couple, mais c'est sûrement pour bientôt.

Jessie se redresse et prend un moment pour mesurer à quel point Leslie et Doris seront épatées par cette nouvelle. Des trois, c'est Jessie Levin qui a un petit ami en premier. Le fait que Pick ne soit pas techniquement son copain n'a aucune importance, parce que Leslie et Doris ne le rencontreront jamais.

Et aussi, on va aller à Woodstock ensemble en août.

Jessie raye cela. Elle voit d'ici Leslie rapportant ce fait inquiétant à sa mère et puis la mère de Leslie appelant David Levin pour lui demander ce que diable il fabrique en autorisant sa fille de treize ans à aller à Woodstock.

Blair est enceinte de jumeaux ! Ils doivent naître tout début août. Elle est ici à Nantucket et elle accouchera à l'hôpital. Mon frère…

Jessie s'arrête. Elle ne veut pas dire trop de choses au sujet de la mission secrète de Tiger, même si Jessie a du mal à imaginer ce que deux adolescentes de Brookline dans le Massachusetts pourraient bien faire de grave avec cette information.

… m'envoie des lettres pleines de choses que je ne peux dire à personne. Kirby…

Jessie voudrait parler de Kirby parce que toutes ses amies, et particulièrement Leslie, sont obsédées par sa sœur. Mais Jessie ne l'a pas vue et ne lui a pas parlé de tout l'été. Kirby a envoyé un t-shirt *tie & dye* Martha's Vineyard et une carte qui disait *Tu me manques !* À part ça, c'est comme si elle avait disparu de la surface de la Terre.

… passe l'été à Martha's Vineyard. J'espère que je pourrai lui rendre visite mais ma mère ne me laissera

peut-être pas parce qu'elle est bouleversée au sujet de Tiger et ne veut pas dire au revoir à un autre de ses enfants, même pour quelques jours.

Jessie se rend compte que ce sont les mots les plus vrais de toute la lettre.

C'est tout pour le moment ! Écris-moi !
Ta meilleure amie,
Jessie

P. S. : Merci encore pour le disque. Je l'écoute tout le temps !

Un pieux mensonge, pense Jessie. Elle ne l'a pas écouté une seule fois, et maintenant qu'Exalta et elle sont brouillées, elle ne peut pas lui demander d'utiliser le Magnavox. En plus, il est dans le petit salon avec la télévision que Blair regarde à longueur de journée. Mais ça, Leslie et Doris ne le sauront jamais.

Jessie ferme les deux enveloppes et les timbre mais comme elle n'a pas le droit de sortir de la maison, la boîte aux lettres attendra.

Elle se rallonge sur son lit et pense aux baisers de Pick.

Je me suis laissé emporter.

Se laisser emporter n'est pas une expression à laquelle elle avait réellement réfléchi avant, mais maintenant elle remarque à quel point elle décrit bien son humeur. Elle se sent comme si le vent la portait, comme si elle était soulevée dans les airs ; elle a l'impression de s'envoler.

Depuis ce matin, sa vie a complètement basculé.

Alors que Jessie et Exalta rentrent du cours de tennis, le lendemain matin, Exalta dit :
— Bien. Jessica, aujourd'hui, c'est le dernier jour de ta punition. Demain tu seras libre de faire ce que tu veux.

Libre de faire ce qu'elle veut. Jessie repense à ce dîner au Mad Hatter avec sa mère. Kate lui a dit que son cadeau d'anniversaire serait la permission d'aller à vélo à la plage l'après-midi. Kate a-t-elle appris ce qu'il s'est passé avec le collier ? Elle pense que non, Kate n'a pas dit un mot à ce sujet. C'est possible – non, c'est probable – que même les vols de Jessie n'aient pas réussi à capter l'attention de sa mère, ce qui est une mauvaise chose, mais aussi, pour Jessie, une bonne.

Demain, elle ira à la plage avec Pick.

Cette nuit-là, Jessie est réveillée par des cris. C'est M. Crimmins. Elle se faufile hors de son lit et entrebâille la porte pour mieux entendre. Tous les mots ne sont pas distincts, mais elle comprend le gros des choses. M. Crimmins réprimande Pick pour avoir enfreint son couvre-feu.

Couvre-feu ? Jessie ne s'était pas rendu compte que Pick avait un couvre-feu ou des règles à suivre, quelles qu'elles soient. Il semble ne pas en avoir besoin ; il se tient à une routine – plage, boulot, dodo. Mais quand Jessie regarde son réveil, elle constate qu'il est trois heures du matin.

Trois heures du matin ? Pick vient-il tout juste de

rentrer ? Puis Jessie se souvient de la veillée – mais ça, c'était la nuit précédente. Peut-être que l'équipe du North Shore organise un feu de camp tous les soirs, comme Kirby et ses amis le faisaient. Peut-être que Pick a été accepté par ses pairs, qu'il a maintenant une invitation permanente et peut-être que dans une semaine ou deux, il pourra amener Jessie. (Aucune chance qu'elle soit autorisée à y aller, alors elle devra faire le mur et se fera sûrement prendre, et la seule punition assez sévère qu'elle peut imaginer pour deux infractions majeures le même été, c'est d'être envoyée en pension.)

Jessie s'inquiète que Pick soit puni juste au moment où la sienne a été levée.

— Tu veux qu'on soit chassés d'ici ? demande M. Crimmins.

— Non, grand-père.

— Nous sommes déjà en terrain glissant.

— Oui, grand-père.

Jessie entend les pas de Pick dans l'escalier, alors elle referme sa porte et grimpe dans son lit. Il n'y a eu aucune mention de privation de sortie. Jessie ferme les yeux. Demain, elle portera son bikini jaune.

Le lendemain matin, avant le tennis, Jessie vérifie la porte de la chambre de Pick, mais elle est bien fermée ; il dort encore. Quand elle rentre du tennis, son vélo n'est plus là et la porte de sa chambre est ouverte.

Il est allé à la plage, comme d'habitude.

Jessie enfile son maillot de bain et envisage d'emporter de quoi déjeuner, mais elle ne veut pas perdre de temps. Elle court jusqu'au petit salon, où Blair est étendue sur le canapé, un coussin serré entre les jambes. La grande nouvelle au sujet de Blair, c'est qu'elle porte une robe neuve que Kate lui a commandée sur catalogue. Elle est en velours côtelé orange avec un col froncé et des manches longues et, bien qu'elle ne soit pas de saison – Blair sue rien qu'en restant allongée là –, c'est toujours mieux que sa robe jaune qui tombe en lambeaux.

— Est-ce que je peux t'emprunter un dollar? demande Jessie. Je vais aller à vélo jusqu'à Surfside et je veux prendre un hamburger à la buvette.

Elle craint un instant que Blair aille vérifier si elle a vraiment le droit d'aller à vélo à Surfside ou qu'elle lui dise que dépenser cinquante cents pour un hamburger, vingt-cinq cents pour des frites et encore vingt-cinq cents pour un Coca est un gâchis d'argent quand ils ont de la nourriture parfaitement comestible dans la cuisine.

Mais Blair ne lève même pas les yeux.

— Mon sac à main est dans ma chambre, dit-elle. Prends ce que tu veux.

— D'accord, merci.

Elle observe Blair un instant. Devrait-elle s'inquiéter pour sa sœur? Elle ressemble à un énorme zombie orange triste, hypnotisé par les feuilletons télévisés.

— Tu veux que je te prenne quelque chose?

— Moi? répond Blair. Non. Merci quand même.

Jessie décide qu'elle ne tombera jamais enceinte.

C'est incroyable comme la liberté change tout. Le soleil est plus éclatant, le ciel plus bleu, les jardinières aux fenêtres de Fair Street méritent toutes le premier prix. Respirer est plus facile et les jambes de Jessie sont assurées et fortes sur les pédales du vélo.

Elle va retrouver Pick à la plage !

Une fois à Surfside, elle cherche le vélo de Pick sur le râtelier à vélos. Quand elle ne le voit pas, elle panique. Et s'il était allé autre part ? À Cisco, Madaket ou Steps ? Jessie s'imagine dans une quête folle aux quatre coins de l'île. Puis elle remarque son vélo tout au bout, sa couleur noir verdâtre si caractéristique, sa guidoline blanche. Il n'est pas attaché, ce qui est imprudent de sa part mais pas étonnant. Pick a probablement l'habitude de la vie dans la communauté, où tout le monde partage et où les cadenas sont inutiles. Jessie accroche son vélo à celui de Pick puis le sien au râtelier.

Une séduisante odeur de hamburgers et d'oignons grillés émane de la buvette. Jessie pense à s'arrêter mais elle veut trouver Pick d'abord. Elle a pris deux dollars dans le porte-monnaie de Blair, pour pouvoir proposer à Pick de lui payer son déjeuner.

Surfside Beach est bondée. La large bande de sable est parsemée de parasols colorés, de serviettes et de transistors d'où s'échappent diverses mélodies. D'abord, Jessie entend « Proud Mary » de Creedence, puis quelques secondes plus tard, « Touch Me » des Doors. La foule est majoritairement familiale, mais çà et là se trouvent des groupes d'adolescents – des garçons se lançant un ballon de football américain, des filles s'étalant de l'huile sur les bras et les jambes. Jessie balaye la plage des yeux à la recherche de Pick. Elle imagine qu'il nage beaucoup, puis fait la sieste ; peut-être qu'on l'invite à jouer au football. Elle espère que c'est le cas. C'est une plage animée et gaie, et pour cette raison, s'asseoir seul semble être une triste perspective.

— Jessie !

Jessie lève les yeux, et oui – près de l'eau, elle voit Pick dans son short de bain moutarde qui lui fait de grands signes. Elle ne peut dissimuler son sourire alors qu'elle avance dans le sable chaud avec ses tongs.

Pick lui adresse un large sourire.

— Je me disais bien que c'était toi, dit-il. Imagine ma surprise. Non seulement tu es sortie de prison, mais tu t'es aventurée jusqu'ici toute seule !

Il regarde derrière elle.

— Tu es ici toute seule, n'est-ce pas ? Ou est-ce que ta mère est là ?

— Je suis seule, répond Jessie.

Ses joues s'enflamment ; il ne pense pas réellement qu'elle viendrait à la plage avec sa mère ? Puis Jessie remarque que non loin, allongée sur une serviette de plage qu'elle reconnaît d'All's Fair, se trouve une fille en bikini noir. Quand Pick voit que Jessie la remarque, il dit :

— Oh, viens, je vais te présenter Sabrina.

Les jambes de Jessie faiblissent soudain. Elle se répète de respirer. Elle n'a aucune raison de s'inquiéter.

Sabrina se lève d'un bond. Elle a l'âge de Pick, quinze ou seize ans, et elle est belle. Elle a une queue-de-cheval blonde, un grand sourire, de vrais seins et des ongles de pied peints couleur fraise.

— Salut, dit Sabrina.

Elle tend la main, comme une adulte.

— Je m'appelle Sabrina. Tu dois être Jessie. Pick parle de toi tout le temps.

— Salut, couine Jessie.

Elle est un peu enhardie par ces mots – Pick parle tout le temps d'elle – mais elle a peur que ça ne veuille pas dire ce qu'elle voudrait. Et effectivement, Pick passe un bras autour des épaules de Sabrina et l'embrasse sur la joue.

— Sabrina est serveuse au North Shore, explique Pick. Et hier soir, elle a accepté d'être ma petite amie.

Il fait un grand sourire à Jessie. Elle a l'impression qu'il vient d'écraser son cœur sous la roue de son vélo ou qu'il l'a ramassé comme un coquillage sur la plage et l'a renvoyé dans la mer. *Accepté d'être ma petite amie.*

Sabrina donne un coup de coude dans les côtes de Pick.

— Tu sais que j'ai seulement dit oui parce que je meurs d'envie d'aller à Woodstock.

— Woodstock sinon rien ! lance Pick. Dans quatre semaines, je devrais avoir un joli magot mis de côté.

Sabrina sourit à Jessie.

— Pose tes affaires, dit-elle. On pourra aller nager après.

— Oh, répond Jessie. Je ne reste pas. Je suis juste venue dire bonjour.

Elle plisse les yeux vers l'océan derrière les larmes qui envahissent ses yeux. L'eau scintille et Jessie a chaud après le vélo, si chaud, mais impossible de rester ici à la plage, impossible de nager avec Sabrina et

Pick. Sabrina est la petite amie de Pick. Ils sont en couple et c'est elle, et non Jessie, qui ira à Woodstock avec lui. Mais, et l'autre jour ? Les baisers à Little Fair ? Ce n'était pas un simple bisou sur la joue ; ils s'embrassaient pour de vrai. Qu'est-ce qui a changé ? Pick est allé à une veillée, peut-être deux, et c'est vrai que Jessie ne l'a pas vraiment vu depuis lors, mais elle avait repassé ces baisers en boucle dans son esprit et croyait que lui aussi l'avait fait. Mais les baisers avec Jessie n'ont pas dû être à la hauteur de ses attentes parce que maintenant voilà – elle a été reléguée au rang de petite sœur.

Elle aurait dû le laisser aller plus loin. Elle aurait dû le laisser mettre la main sous son chemisier. Mais c'était si nouveau alors et elle n'était pas prête. Cela semble terriblement injuste que Pick embrasse maintenant Sabrina et mette la main sous son chemisier à elle. À présent Pick et Sabrina se laissent emporter et Jessie est laissée pour compte.

Elle se retourne et déambule à travers le labyrinthe de serviettes et de parasols ; elle prend garde, malgré son état troublé, à ne pas envoyer du sable sur quelqu'un.

L'une des radios joue «Suite : Judy Blue Eyes». *It's getting to the point where I'm no fun anymore*[1].

— Jessie ! appelle Pick.

Elle l'entend mais elle ne regarde pas en arrière. Ça au moins, elle sait qu'il ne faut pas le faire.

---

1. *On en arrive au point où je ne suis plus très amusant.* (Crosby, Stills & Nash.)

Sur le parking, elle détache son vélo de celui de Pick et du râtelier et, d'un petit geste puéril, fait tomber celui de Pick d'un coup de pied.

Quand Jessie arrive à All's Fair – *All's fair in love and war*, en amour comme à la guerre, tous les coups sont permis, songe-t-elle, et elle frissonne à l'idée de combien le nom de sa propre maison lui paraît maintenant cruel – elle entend la voix échauffée de sa mère dans la cuisine. Jessie s'en fiche. Elle écrira à son père et lui racontera que Garrison s'est frotté contre elle, ou lui parlera de l'antisémitisme d'Exalta, ou que Kate boit trop et que Jessie ne se sent pas en sécurité, et on l'autorisera à rentrer à la maison. Il faut qu'elle quitte cette île. Si elle reste, elle mourra, ou elle perdra au moins tout goût à la vie.

Déjà maintenant, son estomac lui fait mal. Elle est certaine qu'elle ne mangera plus jamais, ne dormira plus jamais, ne sera plus jamais ni heureuse ni insouciante. Elle a appris à ses dépens que l'amour gâche tout.

Alors que Jessie monte l'escalier de Little Fair, elle entend sa mère prononcer le nom de M. Crimmins, puis celui de Pick. Sa curiosité l'emporte et elle se dirige vers la cuisine.

Kate et Exalta sont face à face, les bras croisés. Jessie a fait irruption au milieu d'une confrontation.

— Qu'est-ce qu'il se passe ? demande-t-elle.
— Les Crimmins s'en vont, déclare Kate.
— S'en vont ? répète Jessie.
— Déménagent, explique Kate.

Jessie ne peut en croire sa chance. Elle se sent un peu plus légère.

— Hors de question, répond Exalta. Bill Crimmins a plus de soixante-dix ans et le garçon en a quinze. On ne peut pas simplement les mettre à la rue.

— Bien sûr qu'on peut. Bill Crimmins est un escroc.

— Je suis certaine qu'il a fait de son mieux. Et ça me peine de te le rappeler, ma chérie, mais c'est ma maison et la seule personne qui décide qui reste ou part, c'est moi.

— Mère, s'il te plaît. Essaye de te mettre à ma place. Pense à quel point c'est difficile pour moi de…

— Jessie et Pick sont amis. C'est bien pour elle d'avoir une autre personne de son âge ici.

Elle lève les yeux et aperçoit Jessie.

— Tu aimes bien le jeune Pickford, n'est-ce pas, Jessica ?

Jessie se met enfin à penser comme une joueuse de tennis. On dirait qu'Exalta vient de lui lancer une balle haute. *Monte au filet !* pense-t-elle.

— À vrai dire, Nonny, je n'aime pas trop Pick. Je ne l'aime pas du tout. Je le trouve…

Elle essaye d'être stratégique dans le choix de ses mots.

— … commun.

Elle regarde sa mère.

— Et dangereux. Une mauvaise influence. Il m'a demandé d'aller à Woodstock avec lui.

— Woodstock ! s'écrie Kate.

Exalta semble déconcertée.

— Pense à la façon dont ce garçon a été élevé. Ou

plutôt, pas élevé, dans son cas. On peut difficilement l'expulser. Et je ne ferai pas ça à Bill, pas après toutes ces années, ces décennies, où il a loyalement servi cette maison.

— Il nous a causé plus d'ennuis qu'il ne nous a rendu service, répond Kate.

— Tu dis n'importe quoi et tu le sais, Katharine, réplique Exalta. Le sujet est clos. Ils restent où ils sont.

— Mère, dit Kate.

— Nonny…

— Ça suffit.

Jessie traîne les pieds vers sa chambre. Elle se sent doublement lésée, maintenant. Triplement lésée – pas de plage, pas de Pick, pas d'occasion de se débarrasser de Pick.

Elle ne peut pas se résoudre à détester Sabrina. Sabrina a été gentille. Pick a eu raison de la choisir comme petite amie. Elle est jolie, aimable, sympa et plus âgée. Le problème n'est pas Sabrina, c'est Jessie elle-même.

Le ventre de Jessie lui fait un mal de chien. Alors que la journée est belle et ensoleillée, Jessie décide de se mettre en pyjama et de grimper dans son lit. Elle a un livre à lire pour ses lectures personnelles : *Fugue au Metropolitan*, au sujet de gamins qui s'enfuient de chez eux et finissent par vivre à l'intérieur du Metropolitan Museum of Art, à New York.

Jessie voudrait s'enfuir. C'était toute la raison d'être de Woodstock, mais Pick ne doit même pas se rappeler qu'il lui a demandé d'y aller avec lui. Il ne doit pas se souvenir d'avoir essayé de l'embrasser dans le cellier et puis de l'avoir embrassée, passionnément, deux fois.

C'est arrivé. Elle ne l'a pas rêvé – même si maintenant, c'est l'impression qu'elle a.

Jessie pousse un cri en enlevant son bas de maillot de bain. Il est taché de sang. Ses règles, pense-t-elle. Elles sont arrivées. C'est quelque chose qu'elle avait espéré, pour laquelle elle avait prié, même, mais maintenant, ça n'a aucune importance. Maintenant, elle s'en fiche.

Can't Find My Way Home

Tiger est au Cambodge. Exalta a empêché Kate d'expulser Bill Crimmins pour son inefficacité. David refuse de venir sur l'île. Kate l'a appelé au bureau avec l'intention de lui parler du marché passé avec Bill, mais quand sa secrétaire a transmis l'appel, il a dit :
— Je suis très occupé. On peut discuter plus tard ?
Kate a bien failli insister et répondre « Plus tard quand ? Si on disait ce soir huit heures ? » mais elle ne pouvait supporter de l'entendre dire que huit heures n'irait pas, qu'aucune heure n'irait, parce que le problème n'est pas qu'il était occupé ; il était toujours occupé. C'était qu'il ne voulait pas lui parler du tout.

Ses problèmes, se rend-elle compte, sont tous liés. Puisqu'elle n'a pas le droit d'expulser Bill, elle pourrait le persuader qu'il reste uniquement grâce à son bon cœur, du moment qu'il continue à faire pression sur son beau-frère pour avoir des informations au sujet de Tiger. Une part d'elle s'accroche à l'idée que cette mission au Cambodge – interrompre les ravitaillements des Vietcongs – est moins dangereuse que les combats au Vietnam, mais de qui se moque-t-elle ? Tout est dangereux. Une fois qu'elle saura de source sûre que

Tiger est, au moins, sain et sauf, elle pourra arrêter de s'anesthésier avec de l'alcool et elle retrouvera grâce aux yeux de David.

Kate intercepte Bill aux aurores, alors qu'il se dirige vers son pick-up, garé sur Plumb Lane et lui dit :

— Je suis désolée de m'être énervée l'autre jour, Bill. J'étais folle d'inquiétude au sujet de Tiger…

Bill s'adoucit immédiatement ; elle lit le pardon sur son visage. C'est un homme bon et Exalta a raison, il s'est mis au service de cette maison et de leur famille pendant plus de trois décennies. La colère et la rancœur, et, pire, cette déception qu'elle nourrit envers lui, lui brise le cœur, comme tant d'autres choses dans sa vie.

Bill pose une main sur son épaule.

— Je comprends, Katie. J'ai moi-même perdu un enfant.

Kate se retient de répondre : « Ah bon ? » Elle se demande si peut-être la femme de Bill, qui est morte il y a si longtemps et que Kate n'a jamais connue, a perdu un enfant. Puis elle comprend qu'il parle de Lorraine et elle manque de grogner.

Lorraine n'est pas perdue comme l'est Tiger. Kate est offensée qu'il compare les deux situations, mais elle laisse passer. Elle se dit que, quelles que soient les circonstances, sa fille doit lui manquer.

— Je serais heureuse de vous laisser rester. Vous… et Pick, dit Kate.

Le nom du garçon est comme une arête dans sa gorge.

— Restez aussi longtemps que vous voudrez, bien

entendu. C'était cruel de ma part de vous mettre devant le fait accompli. Mais si vous aviez l'obligeance de continuer à demander à votre beau-frère des nouvelles de Tiger…

— Bien sûr, répond Bill, les yeux brillants. Il me manque aussi, Katie. Je le considère comme mon propre fils.

Il y a un grand fossé émotionnel entre avoir son propre enfant et considérer celui de quelqu'un d'autre comme le sien, même si Bill connaît Tiger depuis sa naissance et qu'ils ont toujours été proches. Ils aiment tous les deux les Red Sox et bricoler des voitures. Tiger mettrait-il sa vie entre les mains de Bill Crimmins? Probablement, doit admettre Kate.

— Merci, murmure-t-elle.

Il y a autre chose qu'elle peut faire pour arranger le pétrin dans lequel elle se trouve. Quelque chose qui aurait été impensable auparavant. Une fois Jessie et Exalta parties pour le club, Kate noue un foulard autour de ses cheveux, chausse ses lunettes noires et grimpe dans la Scout.

La voilà qui remonte les pavés de Main Street ; elle a l'impression d'être dans un shaker à cocktails. Kate zigzague entre les monuments de la guerre de Sécession et remonte Upper Main Street. Elle passe devant ses deux maisons préférées. Elles donnent toutes les deux sur les pelouses qui bordent la colline de Quarter Mile. L'une est rustique et a des airs de grange avec ses ferronneries quadrillées qui recouvrent des vitraux ondulés ; l'autre est un séduisant ouvrage blanc avec un portique à colonnes ioniques et deux portails vitrés. Ces maisons sont des mélanges parfaits d'architecture citadine et rurale et Kate fantasme sur l'idée d'annoncer à Exalta qu'elle a acheté une maison sur Upper Main, la seule adresse supérieure à Fair Street aux yeux de tous. Mais hélas, Kate n'a pas les moyens et ces maisons restent dans les mêmes familles pour cinq, six, voire dix générations.

Au mât sur le rond-point de Caton Circle, Kate regarde sa montre – quatre minutes. Quatre minutes, ce n'est pas trop mal. Mais elle est encore loin de sa destination.

Elle emprunte Madaket Road. Chase Barn, l'une des plus vieilles demeures de l'île, est à gauche, mais ensuite, les maisons sont moins nombreuses et plus espacées. Pour autant, c'est une jolie balade, n'est-ce pas ? Sur la droite, l'étang Maxey Pond scintille comme un miroir, puis Kate arrive au sommet de la colline, pour contempler les hectares vallonnés de Sanford Farm. Madaket Road compte vingt-sept virages ; Kate se demande ce que ça ferait de conduire ici dans la nuit noire, après quelques cocktails.

Tout au bout de la route se trouve le hameau de Madaket. Madaket Millie vit ici dans l'un des cottages qui bordent Hither Creek ; elle est ce que Nantucket a de plus proche d'une héroïne populaire. Elle a été experte en défense côtière lors de la Seconde Guerre mondiale et a passé de longues heures à l'affût de bateaux en détresse et de sous-marins allemands. Tout le monde sait qu'elle est grincheuse et ne se lie d'amitié qu'avec les enfants, les animaux et ses voisins de

Madaket. Kate envisage de se présenter et de l'inviter à déjeuner au Field & Oar Club. Cela semble une idée radicale, mais l'est-ce vraiment ? Bitsy Dunscombe ne lui parlera sûrement plus jamais ; Kate aurait bien besoin d'une nouvelle amie pour la remplacer, pourquoi pas Madaket Millie ?

Cette île est bien plus vaste qu'elle ne pensait.

Kate tourne à droite dans le premier chemin de terre non balisé après le port, Massasoit Bridge Road. Elle traverse doucement le pont éponyme et regarde sa montre – seize minutes depuis la ville. Quand la Massasoit Bridge Road se termine en cul-de-sac, Kate tourne à gauche et aperçoit immédiatement le bâtiment qui a donné son nom à Red Barn Road. La grange rouge a viré au rose poudré et une partie du toit s'affaisse. Elle n'est plus utilisée mais elle a gardé un certain charme ; Andrew Wyeth aurait pu peindre cette grange, avec ses arpents plats battus par les vents à l'arrière et l'océan à l'avant.

Il n'y a qu'un autre bâtiment sur cette route : la maison aux six chambres que David a trouvée dans les annonces « à vendre » du journal. Kate la repère droit devant. Elle se gare dans l'allée spacieuse. La maison a des bardeaux gris érodés et des cadres et rebords blancs qui s'écaillent, mais d'une façon évoquant plus l'aplomb et la prestance que la négligence. La bâtisse est haute et large ; All's Fair et Little Fair rentreraient toutes deux à l'intérieur. Du porche, il y a une vue dégagée sur l'océan. Kate est en extase ; ici, on est incontestablement sur une île.

Kate essaye la porte d'entrée. Elle n'est pas fermée

à clef, alors elle entre. La maison est tout de suite accueillante. Sur la gauche, il y a un salon, sur la droite, une salle à manger avec une immense table à pied central entourée de dix chaises, et au milieu, un escalier. L'arrière de la demeure contient une cuisine avec un coin repas et de grandes fenêtres qui donnent sur ce qui était des terres cultivées. À vrai dire, il y a assez de place pour un court de tennis et une piscine, et bien qu'elle ait raillé David de l'avoir suggéré (elle grimace en se remémorant sa remarque caustique – pourquoi reste-t-il avec elle ?), maintenant, elle songe que ce serait formidable de créer une résidence estivale en bonne et due forme ici. Elle avait trouvé ça tape-à-l'œil et maladroit, mais ce n'est plus le cas quand il n'y a pas de voisins pour le voir.

À l'étage, Kate découvre les chambres et les salles de bains. Tout l'étage est peint en blanc et à chaque coin, Kate tombe sur une autre chambre, une autre salle de bains. Certaines des chambres ont des lits jumeaux, d'autres des lits doubles ; deux des pièces sont reliées par une salle de bains partagée, avec une coiffeuse double. Il y a un placard à linge spacieux et une chambre d'enfant qui contient encore un berceau. Les murs de l'une des chambres sont recouverts de livres, les livres de poche gondolés de l'été, et Kate s'imagine un jour futur où son esprit sera assez apaisé pour lire à nouveau.

S'attendant à un autre placard, elle ouvre une porte qui dévoile un escalier, qu'elle grimpe jusqu'au grenier. La pièce est aménagée – mais il y fait une chaleur étouffante, il faudra un ventilateur puissant – et meublée de six lits superposés sur mesure. Les lits sont de très bonne qualité ; le bois est massif et sûr et les matelas ont l'air neufs. Kate imagine que le maître de maison les a construits pour ses petits-enfants, peut-être à leur demande, peut-être comme une surprise, et les frères et sœurs et cousins ont chéri leur temps ici loin des adultes, à se dire des secrets, à s'inventer des histoires de fantômes.

Kate se demande si elle aura un jour assez de petits-enfants pour remplir cette pièce.

Elle retourne à l'étage pour trouver la chambre qui sera celle de Tiger. L'une de celles à l'avant, décide-t-elle, avec un grand lit et une salle d'eau. Quand Tiger rentrera à la maison, il pourra épouser Magee et ils pourront dormir dans cette chambre et se réveiller à la lumière des premiers rayons du soleil sur la surface de l'eau.

L'autre chambre à l'avant sera la sienne et celle de David ; c'est la chambre principale, elle a une salle de bains attenante avec une baignoire à pattes de lion. Il y a des chambres pour Blair, Kirby et Jessie et une chambre d'amis pour les petits copains, les camarades de chambre de l'université ou les beaux-parents.

Kate se tient en haut de l'escalier et regarde en bas. Elle ne s'attendait pas à aimer autant la maison ; elle s'attendait à ne pas l'aimer du tout. Elle est venue ici avec deux buts, et aucun d'eux n'était très noble – échapper à Exalta et apaiser David. Mais ce qu'elle a trouvé, c'est un endroit que toute la famille pourrait appeler sa maison. Elle n'a rien de sophistiqué – ni moulures ni fresques inestimables, pas de place pour mettre de vrais rideaux. Il n'y a pas de briques au sol, ni de four en brique dans la cuisine ou de cellier pittoresque. Elle n'a pas vraiment d'histoire – si Kate devait deviner, elle dirait que la bâtisse a été construite avec de l'argent gagné à la Bourse dans la prospérité des années 1920, pour servir de maison de vacances à des gens qui aimaient la nature et l'intimité.

On se sent chez soi dans cette maison. C'est un endroit où David et elle pourraient passer d'heureuses années 1970, années 1980 et, s'ils ont de la chance, années 1990. Peut-être qu'ils verront le soleil se lever sur le nouveau millénaire ici.

L'an 2000; il n'est que dans trente et un ans, et pourtant on dirait de la science-fiction.

Cette idée-là la réconforte. Elle inaugurera le nouveau millénaire ici, sur Red Barn Road.

Kate ne peut pas prendre le risque de téléphoner à l'agence immobilière Laundry Real Estate de la maison et elle ne peut pas non plus s'y rendre en personne, quelqu'un qu'elle connaît pourrait la voir et en informer Exalta. Elle décide d'appeler depuis la rangée de cabines téléphoniques devant le bâtiment de Nantucket Electric Company. Il est midi et la chaleur est étouffante. La ville est déserte, ce qui est une bonne chose. Il y a toujours l'éventualité que quelqu'un la voie utiliser une cabine téléphonique et se demande si elle a une liaison. C'est exactement ce que Bitsy Dunscombe soupçonnerait.

Kate doit faire vite.

Il n'y a qu'une seule autre personne dans la rangée

de cabines, un adolescent blond qui lui tourne le dos. Il hurle dans le combiné :

— Où est-elle ? Tu as eu des nouvelles ? Non ? Rien du tout ?

Quand il raccroche brusquement le téléphone, Kate pousse un cri de surprise.

— Pick ? dit Kate.

C'est la première fois qu'elle l'appelle par son prénom. Avec tact, Bill Crimmins a évité des présentations en bonne et due forme, bien que, naturellement, Kate et Pick se soient croisés. Il est toujours sur son vélo, soit en route pour la plage ou son travail, soit revenant de l'un ou de l'autre. S'il lève la tête et la voit, il lui fait un signe de la main et elle répond.

Pick semble bouleversé par l'appel qu'il vient de passer et gêné d'être reconnu. Il passe son avant-bras sur ses yeux. Était-il en train de pleurer ? Kate repense à ses paroles et comprend soudain : il devait être en train de chercher sa mère.

— Bonjour, madame Levin, dit-il.

Il fait un grand geste théâtral vers le téléphone.

— Il est tout à vous.

Il se tourne pour s'en aller ; elle remarque son vélo appuyé contre le poteau téléphonique. En temps normal, elle serait soulagée d'avoir une porte de sortie aussi facile – elle a une affaire délicate à régler et elle ne veut pas qu'il l'entende, et puis elle se sent très mal à l'aise en sa présence. Elle ne peut se résoudre à l'observer trop attentivement. Mais il est dans un tel état de désarroi qu'elle ne peut pas faire semblant de n'avoir rien remarqué.

— Pick, est-ce que ça va ? Tout va bien ? Tu essayes de trouver Lorraine ?

Il acquiesce, les yeux rivés sur le sol, puis rencontre le regard de Kate.

— Vous l'avez connue, non ? Ma mère ?

— Oh, dit Kate.

Voilà qui lui apprendra à ouvrir sa bouche.

— Je l'ai connue, il y a très longtemps. Mais oui, elle a travaillé pour la famille pendant des années.

Kate déglutit.

— Elle gardait les enfants, mes plus grands, quand ils étaient tout petits.

— Je ne sais pas où elle est, explique Pick. Je ne sais pas où elle est allée ni quand elle va revenir. Il y a des choses que je veux lui dire. Tout cet été… je veux dire, j'ai trouvé un travail et j'ai eu une promotion en cuisine…

Kate sourit.

— Félicitations.

— Et j'ai une nouvelle petite amie. Elle s'appelle Sabrina. C'est la plus jolie serveuse du restaurant et elle est drôle et intelligente. Il y a deux femmes âgées qui viennent tout le temps au restaurant et Sabrina les surnomme Arsenic et Vieilles Dentelles.

Elle remarque que Pick a les yeux de Lorraine, le bleu glacé du verre poli par la mer.

— Je suis désolé, poursuit-il.

Kate pose la main sur son bras bronzé.

— Ne t'excuse pas. Je sais ce que c'est quand quelqu'un vous manque. Mon fils est à la guerre.

— Jessie m'a raconté. Vous devez être fière.

— C'est vrai. Mais c'est difficile, bien évidemment.

Ils se tiennent là tous les deux quelques instants sans rien dire, puis Kate se tourne vers le téléphone.

— Bien, je ferais mieux de passer mon coup de fil.

Pick grimpe sur son vélo.

— On se voit à la maison.

À la maison, pense-t-elle. Il a vécu ici quatre semaines avec des gens qu'il connaît à peine et à ses yeux, c'est déjà sa maison. C'est soit formidable, soit la chose la plus triste que Kate ait jamais entendue ; elle n'arrive pas à décider.

Elle glisse une pièce dans la fente et compose le numéro.

— Laundry Real Estate, annonce la réceptionniste.

— Allô, répond Kate. J'aimerais faire une offre sur une maison.

Fly Me to the Moon (Reprise)

Presque comme par magie, Blair se réveille un matin et se sent bien. Plus que bien ; elle est pleine d'énergie. Elle sort du lit et enfile sa robe. La robe en velours côtelé orange que Kate lui a achetée est trop chaude pour la mi-juillet, mais elle lui a donné l'occasion de laver, repasser et rapiécer sa fidèle robe jaune, qu'elle a surnommée « La Vieille Criarde ». Elle descend pour le petit déjeuner avant qu'Exalta et Jessie partent pour le cours de tennis de Jessie. Jessie fixe son bol de céréales, l'air morose. Deux jours plus tôt, elle a toqué à la porte de Blair pour lui annoncer qu'elle avait eu ses règles.

— Qu'est-ce que je fais ? a demandé Jessie.

Blair a manqué de répondre « Va chercher maman » mais ces jours-ci parler à Kate est aussi efficace que de parler à la télévision ; on ne peut ni compter sur elle ni rien lui confier. Mais tout irait bien ; Blair utiliserait cette occasion pour affûter ses compétences maternelles. Elle s'est hissée hors du canapé.

— Je vais aller à la pharmacie de Cogdon, a dit Blair. Monte en vitesse et va chercher mon porte-monnaie.

Plus tard, une fois qu'elle a montré à Jessie comment gérer au mieux, elle a dit :

— On devrait sortir t'acheter un soutien-gorge.
Jessie a rougi.
— Ce sont les choses de la vie, a dit Blair.

Ce matin, après qu'Exalta s'est excusée pour aller s'habiller avant de se rendre au club, Blair touche l'épaule de Jessie.

— Toi et moi, cette après-midi, dit-elle. Chez Buttner's.

Pour le petit déjeuner, Blair mange une banane avec du beurre de cacahouètes, puis elle lave la vaisselle de tout le monde et pose un verre de jus d'orange et un bol de fraises avec un peu de sucre devant la place de sa mère. Elle monte dans sa chambre et change ses draps pour la première fois depuis qu'elle est arrivée. Elle adore la sensation des draps frais et propres ; ceux qu'elle a choisis sont blancs avec des brins de lavande imprimés dessus. Quand le lit est fait et les oreillers retapés, Blair met les draps sales dans la machine à laver, puis elle installe la corde à linge dans le jardin. C'est une journée magnifique et elle ne veut rien de plus que de s'asseoir sur les marches et mettre son visage au soleil, mais il n'y a pas de temps à perdre. Elle a beaucoup de choses à faire.

Elle monte pour préparer son sac pour l'hôpital : une chemise de nuit qu'elle a dû abandonner il y a quatre mois et dans laquelle elle espère rentrer après l'accouchement, des chaussons, une brosse à cheveux, du parfum, des bigoudis, une brosse à dents, un poudrier et un exemplaire d'un livre du pédiatre Dr Spock qu'elle n'a pas encore ouvert.

Elle range sa chambre, époussette le haut de la

commode, puis prend l'aspirateur dans le placard de l'entrée. Elle le passe sur le parquet et sur le tapis tressé.

Elle descend, sort le linge de la machine à laver et l'étend sur la corde. Elle entend Exalta et Jessie qui rentrent à la maison. *Pile à l'heure !* pense-t-elle. Elle emmènera Jessie chez Buttner's puis au Charcoal Galley pour fêter son entrée dans sa vie de femme.

Blair intercepte Jessie alors qu'elle traverse le jardin vers Little Fair.

— Hé, change-toi, on va chez Buttner's puis on ira déjeuner.

— D'accord, répond Jessie.

Elle a l'air un peu plus heureuse que ce matin, mais ensuite Blair entend des voix et l'expression de Jessie retombe comme un soufflé. Blair jette un œil derrière les draps étendus et voit Pick qui arrive sur son vélo, une jolie blonde perchée sur le guidon. Ils s'arrêtent sur Plumb Lane dans un crissement de freins et la fille rit en dégringolant du vélo, tenant à peine sur ses pieds.

— Salut, Jessie ! lance Pick.

— Salut, Jessie, dit la fille qui l'accompagne.

Jessie entre en trombe dans Little Fair, sans un mot.

Oh oh, pense Blair. Elle s'écarte pour laisser passer les jeunes tourtereaux.

— Salut, Pick, dit-elle.

Elle tend la main à la jeune fille.

— Bonjour, je suis Blair.

— Sabrina, répond la fille.

Elle lui adresse un sourire charmeur. Elle est tout

en dents blanches, yeux bleus et seins rebondis. Elle évoque, pour Blair, un biscuit sucré.

— Je suis la petite amie de Pick.

La petite amie de Pick ! C'est la première fois que Blair entend parler d'une petite amie, mais elle se rend compte qu'elle n'a pas fait attention à grand monde à part elle-même cet été.

— Ravie de te rencontrer, répond Blair.

Elle soupçonne que la rebuffade de Jessie envers ces deux-là ne veuille dire qu'une seule chose.

— Où est-ce que vous allez, vous deux ?

— Je vais préparer un déjeuner pour Sabrina.

Il désigne Little Fair d'un mouvement de tête.

— À l'étage.

— Ton grand-père n'est pas là, dit Blair. Alors je vais devoir gâcher vos plans, j'en ai peur. Je ne peux pas vous laisser tous les deux sans surveillance.

Pick a une expression si familière que Blair en a des frissons. Elle doit avoir des réminiscences de Lorraine.

— Jessie est là, répond-il. Elle pourra faire le chaperon.

— Je vais sortir avec Jessie, dit Blair. Je suis désolée, Pick, je sais que c'est barbant, mais ce sont les règles de la maison. Elles sont là depuis l'époque où j'avais ton âge. Vous êtes les bienvenus dans la grande maison. Je crois que ma mère et ma grand-mère y sont.

Pick soupire.

— Non, merci. Je pense qu'on ira simplement manger un hamburger au Charcoal Galley.

Voilà qui tombe à l'eau! songe Blair. Mais ce n'est pas bien grave. Elle peut emmener Jessie manger au Cy's Green Coffee Pot.

— Ciao ciao, dit-elle.

Sur Main Street, en chemin pour Buttner's, Blair dit à Jessie :

— J'ai rencontré la petite amie de Pick.

Sa sœur ne répond pas.

— Elle a l'air sympa.

Jessie hausse les épaules.

— Elle est très jolie.

— Je suppose, répond Jessie.

— Pas aussi jolie que toi, bien sûr.

Jessie s'arrête tout net.

— Blair ?

— Oui ?

— Arrête, s'il te plaît.

Blair ressent une douleur dans son ventre, comme si ces mots l'avaient transpercée.

— D'accord, d'accord, désolée.

— Allons, finissons-en, lance Jessie en poussant la porte de Buttner's.

Buttner's n'a pas changé d'odeur, pense Blair. Le cuir neuf des nouvelles chaussures pour l'école, la laine bouillie des cabans, le parfum des vendeuses et l'encaustique. Blair a toujours fréquenté ce magasin ; elle le préfère à tous les magasins de Boston, y compris Filene's.

Elle emmène Jessie dans le rayon lingerie et trouve miss Timsy, la même femme qui a aidé Blair à choisir son premier soutien-gorge douze ans auparavant. Francesca Timsy est une vieille fille, une native de Nantucket qui vit avec sa sœur, Donatella Timsy, dans un petit cottage sur Farmer Street. Les sœurs Timsy chantent toutes les deux dans la chorale de Saint-Paul. Elles sont vieilles comme le monde et pourtant, curieusement, miss Timsy n'a pas changé en douze ans – cheveux d'un gris presque bleu (coiffée une fois par semaine chez Clair Elaine, juste à côté), lunettes à monture métallique, jupe crayon et mètre-ruban autour du cou.

— Katie Nichols ? dit miss Timsy. Est-ce bien toi ? Tu attends encore un autre bébé ?

Blair pose la main sur le bras maigre de miss Timsy.

— C'est Blair Foley, miss Timsy, la fille de Kate. J'attends des jumeaux.

Blair est ravie d'être prise pour sa mère, si élégante, même si elle est certaine que c'est parce que miss Timsy est presque complètement sénile.

Miss Timsy semble réintégrer l'été 1969 d'un coup parce qu'elle répond :

— Oh, Blair, ma chérie, bien sûr. Mes yeux me jouent des tours, ce n'est pas surprenant avec la chaleur qu'il fait. J'ai entendu dire que tu étais enceinte de jumeaux. Donatella a croisé ta mère au marché.

— Eh bien, aujourd'hui, nous sommes là pour acheter un soutien-gorge à ma sœur Jessie ! lance Blair.

Jessie se recroqueville sur elle-même et Blair se rend compte qu'elle parle plus fort que d'habitude parce qu'elle tente de s'adapter aux oreilles vieillissantes de miss Timsy.

— Son premier soutien-gorge !

Miss Timsy observe Jessie.

— Ta sœur ? dit-elle. Ce n'est pas Kirby. Kirby est blonde.

— Ce n'est pas Kirby, répond Blair.

Elle remarque que Jessie essaye de se faire encore plus petite et elle espère qu'elle n'aura pas à passer en revue tout l'arbre généalogique avec miss Timsy.

— C'est Jessica, la benjamine.

Heureusement, miss Timsy est passée aux choses sérieuses. Elle examine la poitrine de Jessie.

— Bien, je peux te dire que tu vas avoir une poitrine magnifique dans quelques années. Viens, on va te trouver quelque chose.

Jessie jette à Blair un regard suppliant, mais Blair fait semblant de ne rien voir. Miss Timsy est une professionnelle et recevoir ses conseils est un rite de passage. Blair y a survécu ; Jessie y parviendra aussi.

— Je serai au rayon layette ! lance Blair.

Elle erre à travers le rayon femme, admirant la collection automne – qui est déjà sortie, alors même que ce n'est que la mi-juillet – et elle ressent une autre douleur vive. Elle se demande si elle rentrera dans des vêtements normaux d'ici l'automne.

Elle entre dans le rayon enfants et est hantée par des souvenirs d'achats de rentrée scolaire avec Kate et Exalta. Elle se souvient même d'une année où Tiger était encore en landau, leur père devait donc encore être vivant. Elle se remémore une autre année où elle avait choisi un chemisier à motif cachemire avec une jupe orange assortie, mais la jupe n'était pas arrivée à Brookline et Blair avait pleuré parce qu'elle voulait porter cette tenue le premier jour d'école. Kate avait appelé Buttner's et ils avaient envoyé la jupe, mais était-elle arrivée à temps ? Blair ne s'en souvient pas. Tant de choses qui avaient semblé terriblement importantes à ce moment-là se sont effacées. Jessie est gênée de se faire conseiller un soutien-gorge maintenant, mais dans dix ans, quand elle aura la magnifique poitrine prédite par miss Timsy, elle achètera des soutiens-gorge en dentelle noire ou rembourrés pour impressionner ses petits amis et peut-être qu'un jour, en déjeunant avec des copines au Marliave, elle leur racontera l'histoire de l'achat de son premier soutien-gorge chez Buttner's.

Blair arrive enfin au rayon bébé – tout-petit, nourrisson, nouveau-né. Elle n'a rien pour les jumeaux et personne n'a rien envoyé. Blair décide de choisir quatre ensembles pour chaque sexe, pour parer à toute éventualité. Les vêtements sont adorables, tout petits et délicats, comme de jolis habits de poupée. Blair achète quatre barboteuses blanches simples, deux avec un passepoil rose, deux avec un bleu et quatre tenues de marin, deux pour les garçons, deux pour les filles. Les costumes de marin ne sont pas pratiques, elle le sait, mais elle ne peut pas s'en empêcher. Elle tend les vêtements à la vendeuse, qui les apporte à la caisse.

— Il faudra attendre pour les enregistrer, dit Blair. Ma sœur essaye des soutiens-gorge.

Blair retourne au rayon lingerie pour voir comme Jessie s'en sort. Elle entend le baratin incessant de miss Timsy :

— Tu vois, ma chérie, comment celui-ci apporte du soutien ? Les épaules en arrière, lève le menton…

Soudain, Blair ressent une douleur sidérante ; comme si des mains de géant lui serraient le ventre. Il y a un bruit, comme le bruit sourd d'un ballon qui éclate, et de l'eau coule à flots d'entre ses jambes.

Elle crie.

Miss Timsy passe la tête à travers le rideau de la cabine et la vendeuse se rue sur Blair pour lui prendre le bras.

— Ça va, mademoiselle ?

Puis la vendeuse remarque la flaque qui se forme aux pieds de Blair. Du liquide coule le long des jambes de Blair et elle est mortifiée et troublée à l'idée d'avoir perdu le contrôle de sa vessie, mais une seconde plus tard elle se rend compte qu'elle a perdu les eaux au beau milieu de Buttner's, juste à côté d'un présentoir de salopettes pour garçons. Une douleur l'envahit, si brutale et pressante que Blair sait que le moment est venu. Les contractions. L'accouchement.

— Jessie ! lance-t-elle. Il faut qu'on y aille, tout de suite !

Jessie sort de la cabine d'essayage, en short et en soutien-gorge blanc.

— Remets ton t-shirt. Il faut qu'on y aille. Je vais accoucher. C'est le moment.

Miss Timsy dit :

— On devrait appeler une ambulance.

— Non, non, répond Blair.

Elle n'est pas prête à faire une scène ; c'est déjà assez terrible de les laisser nettoyer derrière elle.

— Il faut y aller. Mon sac, mes affaires – ma mère m'emmènera, ça ira.

Une douleur atroce. Blair serre les dents, compte jusqu'à dix. La douleur passe.

Jessie et elle remontent Main Street, Blair se tient de toutes ses forces au bras de sa sœur. Juste devant la librairie Mitchell's Book Corner, Blair sent une autre contraction qui arrive; comme un camion qui s'apprête à lui passer dessus.

— Il faut qu'on s'arrête une minute, dit-elle.

Il y a un banc devant le magasin et Blair entend Jessie lui proposer de s'asseoir mais sa voix est faible et lointaine. Dans l'esprit de Blair, il n'y a de la place que pour ses propres pensées et cette douleur incandescente. Elle pense que s'asseoir ne l'aidera pas; cela pourrait même empirer les choses – comme s'il y avait pire qu'être sur le point d'accoucher sur Main Street, sous un soleil de plomb.

Les contractions la traversent. Les genoux de Blair flanchent mais Jessie la tient fermement.

— Est-ce que je dois aller chercher maman? demande Jessie.

Blair ne peut pas parler avant la fin de la contraction.

— Et me laisser ici? Non, allons-y.

Elles parviennent au croisement de Main et Fair, mais une autre contraction arrive.

Blair lance:

— Vas-y. Je reste là.

Jessie remonte la rue au pas de course. Blair prend appui contre un arbre. La Maison d'assemblée quaker se trouve de l'autre côté de la rue – silencieuse, calme, sereine. Blair tente de se concentrer dessus, mais la douleur la submerge. Elle la consume. Elle pleure, sue et maudit le jour où elle a rencontré Angus. Angus qui est à des milliers de kilomètres de là, à Houston. Blair essaye de se souvenir de la date d'aujourd'hui. Elle pense qu'on est le quinze, alors le lancement de la fusée est demain. C'est ça ? Ça n'a aucune importance. Angus est si indisponible qu'il pourrait tout aussi bien être sur la lune.

Une voiture arrive et Blair baisse les yeux, espérant qu'elle ne s'arrête pas. Ses jambes sont collantes de liquide amniotique, l'arrière de sa robe est trempé et elle voudrait disparaître ; ce qu'elle redoute le plus maintenant, c'est un bon samaritain.

— Blair !

C'est sa mère et Jessie dans la Scout. Jessie bondit hors de la voiture et l'accompagne jusqu'au siège passager, mais comment va-t-elle réussir à grimper dans la voiture ? Elle fait face au véhicule tandis que Jessie pousse sous ses fesses et parvient à la faire monter. Une autre contraction arrive.

— On ne peut pas rouler sur les pavés, dit Blair.

— Quoi ? répond Kate. Mais chérie, il n'y a pas d'autre chemin.

— On ! Ne peut pas ! Rouler ! Sur ! Les ! Pavés ! lance Blair d'une voix qui n'est pas la sienne. Recule.

— Recule ? répète Kate. Mais Fair Street est une rue à sens unique, ma chérie.

— Recule, maman, dit Jessie. Il n'y a personne derrière nous. Je vais surveiller.

Une autre contraction arrive. Blair hurle.

Kate fait marche arrière.

— Continue ! Continue ! dit Jessie. C'est bon jusqu'à Lucretia Mott Lane.

Merci, mon Dieu, pense Blair. Lucretia Mott Lane jusqu'à Pine Street, Pine Street jusqu'à Lyon Street, Lyon jusqu'à South Mill, qui croise Prospect Street juste en face de l'hôpital. Kate s'arrête brusquement sur le parking des urgences et deux aides-soignants arrivent avec un brancard.

— Tu ne me laisses pas, n'est-ce pas ? demande Blair à sa mère.

— On sera juste derrière toi, ma chérie, la rassure Kate. Tu ne seras pas toute seule.

Blair ferme les yeux. Elle ne sera pas toute seule. Kate et Jessie seront là. Il manque quelqu'un, songe Blair.

— Il manque quelqu'un, marmonne-t-elle à l'aide-soignant.

— Ah oui ? dit-il. Votre mari ?

Angus ? pense-t-elle. *Non.*

La personne qui manque, c'est Kirby.

L'accouchement de Blair dure dix-huit heures, ce qui semble éreintant, même si, en réalité, seuls le début et la fin sont éprouvants. Les contractions se rapprochent et se renforcent jusqu'à ce que le Dr Van de Berg arrive et ordonne à l'infirmière, Myrtle, de donner quelque chose à Blair pour la « mettre à l'aise ».

— Voilà votre verre de vin, dit Myrtle alors qu'elle injecte quelque chose dans la perfusion de Blair.

Elle passe la majorité de la nuit dans une demi-sédation. Elle se réveille aux aurores quand l'infirmière lui dit qu'il faut pousser.

Kate est là, à son chevet, et Jessie est assise sur un tabouret dans un coin de la pièce. Ce ne serait jamais autorisé dans un hôpital de grande ville, Blair le sait, et elle est contente qu'ils aient fait cette petite entorse au règlement. Jessie porte un masque qui lui donne un air étrange, et Blair rit.

Le Dr Van de Berg revient, vêtu d'une blouse stérile bleue.

— Alors, qui veut avoir un bébé ou deux ? lance-t-il.

Il examine Blair et annonce :

— Le premier bébé arrive, Blair. Préparez-vous.

Ça y est. Blair est submergée d'émotion. Elle va avoir un bébé, deux bébés. Elle est sur le point de créer une famille, juste ici, maintenant, le 16 juillet 1969, le même jour où l'homme se dirige vers la Lune. Angus doit être absorbé par le lancement imminent de la fusée, à vérifier et revérifier des calculs, en communication constante avec Cape Kennedy. Il n'a pas la moindre idée que sur une île à cinquante kilomètres de la côte du Massachusetts, ses enfants sont sur le point de naître.

— Poussez, Blair, poussez, dit le Dr Van de Berg.

Blair pousse.

— Encore, encourage le docteur.

— Pousse, ma chérie, ajoute Kate.

Blair regarde sa mère. Les cheveux de Kate sont dans son chignon habituel ; elle a des perles autour du cou ; elle porte une robe pêche. Elle a une prise ferme sur la main de Blair et Blair la sent lui transmettre de la force, lui offrir son courage. Elle sait que sa mère a déjà enduré ça et Nonny avant elle, et la mère de Nonny avant, et ainsi de suite. Blair espère que Jessie regarde, pour apprendre que toutes les femmes sont fortes et miraculeuses.

Forte, pense Blair. *Miraculeuse.*

— C'est une fille ! annonce le Dr Van de Berg. Elle est parfaite.

Une fille ! songe Blair, et son cœur s'envole. Jessie est debout, les yeux écarquillés, les poings serrés d'inquiétude ou de joie. Kate renifle, essuie une larme.

— Ma petite-fille, dit-elle.

Le Dr Van de Berg donne le bébé à Myrtle comme si c'était une miche de pain qu'il venait de sortir du four.

— Ce n'est pas fini, annonce-t-il. Vous pouvez reprendre votre respiration avant de continuer.

Blair se tourne vers sa mère.

— J'ai acheté des vêtements.

— Miss Timsy les a apportés à la maison, répond Kate. Ainsi que trois soutiens-gorge pour Jessie. Merci de t'en être occupée. J'avais l'intention de…

— C'est reparti, annonce le docteur. La tête se présente.

— Je parie que c'est une autre fille, lance Myrtle. Probablement de vraies jumelles.

— Poussez, reprend le Dr Van de Berg.

Blair s'arme de courage.

Kate lui serre la main.

— Tu es une vraie championne, ma chérie.

Blair laisse échapper un grognement alors qu'elle pousse de toutes ses forces.

— Encore, s'il vous plaît, dit le docteur.
— Je ne peux pas, gémit Blair.
— Tu vas y arriver, ma chérie. Allez, vas-y.

Blair pousse de nouveau et elle sent un relâchement, une détente.

— C'est un garçon, annonce d'une voix jubilante le Dr Van de Berg. Un magnifique petit garçon. Vous avez un garçon et une fille, maman. Un garçon et une fille.

Blair éclate en sanglots.

```
Télégramme pour le Dr Angus Whalen,
Centre de contrôle, Houston, Texas.
Genevieve Foley Whalen 2 kg 77 née à
6h38 du matin.
George Nichols Whalen 2 kg 65 né à 6h44
du matin.
Mère et enfants se portent bien.
```

Deux heures plus tard, les bébés ont été lavés et langés, Blair a expulsé les placentas, a été recousue et est parvenue à mettre au sein chacun des bébés pour leur premier repas, et elle demande à regarder la télé. Il est presque neuf heures du matin. Le lancement est prévu pour dans une demi-heure.

Myrtle fronce les sourcils.

— Vous ne préférez pas dormir ?
— Mon mari est astrophysicien, répond Blair. Il travaille sur cette mission depuis des années. C'est pour ça qu'il n'est pas là. Il est à Houston, au Centre de contrôle.

— Attendez un instant, dit Myrtle.

Elle disparaît dans le couloir et revient quelques minutes plus tard avec un petit poste de télévision carré en noir et blanc, qu'elle pose sur une table au pied du lit de Blair.

— C'est la télévision qu'on garde dans la salle de repos des infirmières, explique Myrtle.

Elle la branche et tripote les antennes jusqu'à ce que l'image soit claire – Cape Kennedy en Floride et les milliers de personnes venues assister au lancement. Les photos des trois astronautes – Neil Armstrong, Buzz Aldrin et Michael Collins – à l'écran donnent des frissons à Blair. Elle voudrait expliquer que même si ce sont ces hommes qui vont dans l'espace, beaucoup d'autres ont rendu cela possible – parmi eux, le Dr Angus Whalen. Les médicaments doivent fonctionner parce qu'après un rapide inventaire, Blair ne trouve en elle aucune once de colère ou de ressentiment vis-à-vis d'Angus d'avoir raté la naissance. Il était occupé à faire son travail pendant que Blair faisait le sien. Ce n'est pas une opinion très féministe, elle le sait, mais elle s'en contrefiche. Elle a des jumeaux ! Un de chaque sexe ! Une fille et un fils. Quand le Dr Van de Berg a dit : « Beau travail, maman », il parlait d'elle, Blair. C'est elle la maman !

L'aide-soignante de la maternité, Tracy, arrive dans le sillage de Myrtle. Elle apporte deux bouteilles d'asti spumante dans un bassin plein de glace.

— On a pris du mousseux, parce que les naissances de jumeaux sont rares ici, explique Myrtle.

Blair applaudit.

— On pourra trinquer quand la fusée décollera !

— On est de service. Mais une gorgée ou deux ne fera pas de mal. Après tout, c'est un événement considérable. Des jumeaux et le lancement de la fusée lunaire le même jour.

Tracy va chercher des gobelets en papier pendant que Myrtle fait sauter le bouchon.

Les moteurs s'enclenchent, un puissant nuage éclate sous la fusée, et le présentateur, l'excitation dans sa voix à peine dissimulée, fait le décompte :

— Cinq… quatre… trois… deux… un… décollage !

Blair lève son gobelet d'asti spumante et laisse échapper un cri de joie.

— Santé ! s'écrie-t-elle. Au monde de demain !

Ce toast, pense-t-elle, fonctionne à bien des égards.

Le Dr Van de Berger arrive sur le pas de la porte et regarde la fusée franchir l'atmosphère. Il se tourne vers la chambre avec une expression d'émerveillement sincère.

— Vos enfants entrent dans un monde remarquable, dit-il.

```
Télégramme pour Blair Foley Whalen,
Nantucket Cottage Hospital, maternité.
Reçu l'heureuse nouvelle des jumeaux.
Mes meilleurs vœux et félicitations. Serai
de retour à Boston le 25 juillet. Angus.
```

Ring of Fire

17 juillet 1969

Cher Tiger,

Jessie pense maintenant à Tiger comme à son propre équivalent de la Kitty d'Anne Frank, parce qu'elle n'est pas certaine qu'il lira un jour sa lettre. Ce doute lui offre une liberté. Si c'est une lettre qui ne sera jamais lue, alors elle peut écrire toute la vérité, sans fard.

La semaine a été très chargée.

Jessie commence presque par annoncer à Tiger qu'elle a eu ses règles mais elle hésite, et s'il finissait par vraiment la lire ? Il sera dégoûté – et à raison – alors il pourrait la chiffonner et la jeter, et ne jamais lire les bonnes nouvelles.

Mardi après-midi, Blair m'a emmenée chez Buttner's pour acheter de nouveaux vêtements.

Elle envisage de mentionner qu'elles étaient en réalité en train d'acheter des soutiens-gorge mais, de nouveau, elle se censure, même si elle sait que la déclaration de miss Timsy selon laquelle elle aurait un jour une magnifique poitrine ferait beaucoup rire Tiger.

Alors que j'étais à moitié habillée dans la cabine d'essayage...

Jessie était en soutien-gorge et en short, avec miss Timsy derrière elle, bidouillant la longueur des bretelles.

... j'ai entendu un cri. J'ai passé la tête hors de la cabine et Blair avait perdu les eaux, partout sur le sol de Buttner's. Elle était sur le point d'accoucher.
Les vendeuses de Buttner's ont proposé d'appeler une ambulance mais Blair a insisté pour marcher jusqu'à la maison, même si elle avait très très mal. On a dû s'arrêter plein de fois, une fois juste en face du Bosun's Locker et j'avais peur que les bébés sortent là et que l'un des habitués du Bosun's doive les mettre au monde, mais Blair m'a finalement permis d'aller chercher maman. Blair a refusé que l'on conduise sur les pavés alors maman a pris Fair Street en marche arrière pour aller à l'hôpital. Dieu merci Nonny n'a rien vu !
Alors maintenant les nouvelles importantes. Tu es officiellement tonton ! Tu as une nièce qui s'appelle Genevieve Foley Whalen et un neveu qui s'appelle George Nichols Whalen.

Jessie se demande si Angus verra un inconvénient à ce que les deux bébés aient des noms issus de la famille de Blair, puis elle se demande s'il a choisi les noms Genevieve et George, même si elle en doute un peu. Personne à l'hôpital n'a posé de question au sujet d'Angus, ce que Jessie a trouvé surprenant jusqu'à ce qu'elle se dise qu'historiquement, il y avait beaucoup de pêcheurs – baleiniers ou autres – à Nantucket, ainsi que beaucoup de femmes comme Kate en été, des femmes dont les maris travaillaient en ville durant la semaine, alors peut-être qu'une naissance sans la présence du père est plus courante que Jessie ne l'imaginait.

Angus n'était pas là parce qu'hier était le jour du lancement de la mission Apollo 11.

Est-ce que Tiger est au courant de la fusée lunaire ? se demande Jessie. Est-ce qu'ils reçoivent des journaux ? Tiger et Jessie avaient regardé Apollo 8 dans l'orbite de la Lune la veille de Noël et écouté les astronautes lire des versets de la Genèse, et ils s'étaient mis d'accord sur le fait que c'était une bonne manière de terminer une mauvaise année.

Il est à Houston, il travaille au Centre de contrôle et quand Blair l'a dit aux infirmières, elles ont installé la télévision dans sa chambre pour qu'on puisse regarder. Elles ont aussi apporté deux bouteilles de mousseux et j'ai même eu le droit à un verre !

Jessie songe à ce qu'elle veut réellement partager avec Tiger. Parce que le fait est que Jessie a bu plus d'un verre de mousseux. Tout le monde était si absorbé par la fusée, que lorsqu'elle a fini son verre, elle a vidé celui de Blair et de Myrtle, l'infirmière. Jessie n'avait jamais bu d'alcool avant, et après avoir été dégoûtée par la première gorgée – pétillant comme un soda mais acide et amer – elle a senti un frisson vif et bouillonnant et le monde s'est soudain changé en un endroit merveilleux, capable de contenir à la fois le miracle intime d'une naissance et le miracle commun du voyage dans l'espace.

Depuis l'espace, les astronautes verraient la Terre entière – l'île de Nantucket et le Vietnam, en même temps – et d'une certaine façon, cela rassurait Jessie.

Si elle s'était arrêtée au mousseux, les choses ne seraient peut-être pas devenues aussi incontrôlables. Mais quand Kate et Jessie sont rentrées de l'hôpital, plus tard dans la matinée, Jessie a senti un mal de crâne sourd la menacer et elle avait appris de sa mère et de sa grand-mère que cet état s'appelait une gueule de bois et que le seul moyen de le contrer efficacement était de continuer à boire.

Quand Jessie a grimpé l'escalier vers Little Fair, elle s'attendait à trouver Pick – son vélo était posé contre la palissade – mais la porte de sa chambre était fermée. Pour tout dire, elle était soulagée. Elle a ouvert le réfrigérateur. Le rayonnage en bas de la porte contenait un régiment de bouteilles de Budweiser. Jessie les comptées ; il y en avait neuf. Les bouteilles étaient là depuis le début de l'été. M. Crimmins remarquerait-il s'il en manquait une ? Jessie en doutait, mais par précaution, elle les a écartées pour dissimuler celle qui manquait.

Elle s'est retirée dans sa chambre avec la bouteille de bière et un décapsuleur pris dans le tiroir à ustensiles. Alors qu'elle l'ouvrait, elle s'est souvenue d'un cours sur les machines simples en classe de sciences. Un décapsuleur est un levier.

Elle a bu la bière. Elle avait un goût encore pire que celui du mousseux au début, mais après quelques grandes gorgées, Jessie a retrouvé le sentiment chaud et douillet. Elle était capable d'ignorer le goût et de la descendre d'un trait. Elle a roté.

Une autre bière ? a-t-elle songé. Elle commençait à avoir la tête qui tournait.

C'est à ce moment-là qu'elle a entendu des voix – celles de Pick et d'une fille. Sabrina. Ici, à l'étage, dans la maison. Étaient-ils dans la chambre de Pick ?

Jessie a brusquement ouvert la porte de sa chambre et est sortie en trombe.

— Salut, Jessie ! a lancé Pick. Il paraît que les bébés sont nés. Une fille et un garçon. C'est trop cool.

Jessie a jeté un regard noir à Sabrina.

— Vous savez que vous n'avez pas le droit d'être ici sans un adulte.

Sabrina, qui jusqu'alors n'avait été que gentillesse envers Jessie, s'est transformée en la peste que Jessie avait toujours espéré qu'elle était.

— Qu'est-ce que tu vas faire, nous dénoncer ?

— Je pourrais, a répliqué Jessie. Ma famille envisage déjà de virer Pick et son grand-père. Si ma mère découvre que Pick t'a amenée ici, je parie qu'elle ne sera pas très contente.

— Jessie, a dit Pick.

Il avait peur ; Jessie le voyait sur son visage. Jessie s'est rendu compte qu'elle avait du pouvoir.

Sabrina a haussé les épaules.

— Peu importe. Il faut que je rentre prendre une douche.

Elle s'est tournée vers Pick.

— On se voit au travail.

Elle l'a embrassé, et le baiser est devenu long et baveux. L'estomac de Jessie s'est soulevé, elle a manqué de vomir, mais Pick a repoussé Sabrina. Lui, au moins, avait le sens des convenances.

Sabrina a disparu dans l'escalier, laissant Jessie et Pick se regarder dans le blanc des yeux.

— Jessie, a-t-il dit.

— Il y a quelques jours, la personne que tu embrassais comme ça, c'était moi.

— Je sais, Jessie, mais...

— Mais quoi ?

— C'était avant que je sache que Sabrina m'aimait bien aussi.

Cette réponse était une claque, mais Jessie était fière d'elle – elle n'a pas bronché. Elle s'est contentée de le fixer avec toute la haine dont elle était capable.

— Je t'aime bien, Jessie, mais tu n'as que treize ans. Sabrina en a quinze. On travaille ensemble. Elle m'a plu dès le premier jour. Elle est si belle. Je veux dire... toi aussi tu es belle, et tu es très gentille, mais...

— Mais tu préfères Sabrina. Tu lui as demandé

d'être ta copine et tu lui as demandé d'aller à Woodstock avec toi. Tu te souviens que tu m'avais demandé d'aller à Woodstock, n'est-ce pas ?

— Oui, a répondu Pick. Mais je disais ça pour rire.

Il a dégluti.

— Pas dans le sens vraiment rire, mais, enfin, on sait tous les deux que tu n'aurais jamais eu la permission d'aller à Woodstock.

— Toi, tu n'as pas la permission d'aller à Woodstock ! a lancé Jessie, sa voix devenant hostile. Aucune chance que M. Crimmins te laisse y aller alors tu devras partir en douce avec Sabrina et je suis certaine que vous vous ferez prendre.

Jessie voulait y croire, mais elle ne doutait pas vraiment de la débrouillardise de Pick. Sabrina et lui iraient à Woodstock ensemble, écouteraient les concerts, danseraient et tomberaient de sommeil blottis l'un contre l'autre à l'arrière du camion de quelqu'un. Pick retrouverait sa mère et la présenterait à Sabrina, sa petite amie. Jessie voyait la scène d'ici : Pick et Sabrina – et non Jessie. Jessie serait ici à Nantucket, à se rendre scrupuleusement à ses cours de tennis, à changer des couches et à attendre d'apprendre si son frère était mort ou vivant.

— Jessie, a dit Pick. Je suis désolé. Je ne voulais pas... Je te trouve super. Je veux dire, on est toujours amis, non ?

Des larmes coulaient sur le visage de Jessie. La gentillesse de Pick la bouleversait, alors que tout ce qu'elle souhaitait, c'était le détester.

— Amis ? a répété Jessie.

Elle a relevé la tête.

— Je ne crois pas, Pick. Je ne crois vraiment pas.

Elle s'est sentie revigorée par cette réponse et elle avait regardé assez de feuilletons avec Blair pour savoir quoi faire ensuite. Elle a pivoté sur ses talons, s'est retirée dans sa chambre et a fermé la porte doucement mais fermement derrière elle.

Jessie décide que Tiger n'a pas besoin de connaître sa grande humiliation, son cœur brisé ou la gueule de bois qui avait suivi – un mal de tête si horrible qu'elle avait l'impression que son crâne allait éclater. Elle comprend maintenant l'attrait de la boisson, mais aussi les conséquences.

Le jeu n'en vaut pas la chandelle.

Voilà l'histoire de la naissance de ta nièce et de ton neveu. Blair ne revient pas à la maison avant dimanche – parce qu'elle a eu des jumeaux, elle va rester à l'hôpital longtemps – et quand les bébés seront là, je vais leur montrer ta photo et leur parler de leur courageux oncle Tiger.

Tu me manques. Écris vite !
Je t'embrasse, Jessie-Cracra.

Le lendemain, la vie revient à la normale, même si Jessie n'a pas du tout envie d'aller à son cours de tennis. Elle essaye d'y échapper en demandant à Kate si elle peut l'accompagner à l'hôpital pour voir les bébés, mais Kate lui explique que George va être circoncis ce matin et qu'il vaudra mieux leur rendre visite l'après-midi. Jessie ne sait pas exactement ce qu'est une circoncision mais quand elle pose la question, Kate secoue la tête comme pour dire que ce n'est pas un sujet de conversation approprié.

Alors Jessie et Exalta se mettent en route pour le club, en passant d'abord par le bureau de poste pour que Jessie puisse déposer sa lettre à Tiger dans la boîte. Exalta la regarde avec une expression d'indulgence et de pitié, comme si Jessie envoyait une lettre au père Noël.

La colère de Jessie envers Pick n'a pas disparu. Elle lance un regard noir à Exalta.

— Tu as déjà écrit à Tiger ?

— Viens ou on va être en retard, répond Exalta.

Mais Jessie insiste. Elle en a assez d'être ignorée et méprisée.

— Nonny, est-ce que tu écris à Tiger ? Tu lui as écrit au moins une fois depuis qu'il est parti ?

— Non, répond Exalta.

Cette syllabe plane dans l'air, nue et cruelle, et Exalta doit s'en rendre compte parce qu'elle ajoute :

— Peut-être que je devrais.

Jessie voudrait crier *Peut-être que tu devrais ? Peut-être ?* Mais elle a appris récemment que le silence est plus puissant qu'un furieux accès de colère.

Quand elles arrivent au club, Jessie ressent le besoin de voler à nouveau, de voler quelque chose juste sous le nez d'Exalta, mais cela se retournerait contre elle. À la place, elle se dirige vers les vestiaires pour se calmer avant son cours.

— Ne lambine pas, dit Exalta. Je vais retrouver Mme Winter.

Jessie claque la porte des vestiaires. Elle est si énervée qu'elle voudrait briser les miroirs avec sa raquette – mais elle s'arrête tout net. Assise sur la causeuse se trouve l'une des jumelles Dunscombe, pleurant, la tête entre ses mains.

— Coucou ? dit doucement Jessie.

Elle ne sait pas si c'est Helen ou Heather. Si elle était sûre que c'était Helen, Jessie se contenterait de l'ignorer, mais elle aime bien Heather et elle se sent coupable de lui avoir volé de l'argent.

La jumelle lève la tête. C'est Helen.

Jessie ne peut plus revenir en arrière.

— Tout va bien ? demande-t-elle sur un ton qu'elle espère rhétorique.

Helen s'efforce de reprendre sa respiration.

— Je déteste mon prof de tennis, sanglote-t-elle.

Jessie manque de lever les yeux au ciel. C'est bien Helen Dunscombe de pleurer pour quelque chose d'aussi stupide que le tennis.

— Je voudrais... je voudrais le tuer !

Ce qui retient l'attention de Jessie ne sont pas les mots – tout le monde veut tuer quelqu'un – c'est le ton guttural de la voix de Helen et la façon dont elle serre les poings. Jessie est sur le point de demander qui est le professeur de Helen, puis elle se souvient que c'est Garrison Howe. Et là, Jessie comprend. Elle a beau ne pas aimer Helen du tout, elle s'assoit au bord de la table basse en face d'elle.

— Garrison, dit-elle. Est-ce qu'il...

Elle ne trouve même pas les mots. Elle s'éclaircit la voix.

— Il t'a touchée, c'est ça ?

Helen s'arrête de pleurer un instant et regarde Jessie, ébahie, avant de murmurer :

— Comment tu sais ?

— Il s'est frotté contre moi pendant notre premier cours, répond Jessie. Je me suis enfuie.

— J'en ai parlé à ma mère la première fois que c'est arrivé, explique Helen. Elle m'a dit que j'en faisais des caisses et d'arrêter d'exagérer. Puis il a recommencé – il a passé le dessus de sa main contre mon sein quand il corrigeait mon service – et quand je l'ai raconté à ma mère cette fois-là, elle a répondu que tous les hommes étaient comme ça et que je devais simplement m'y habituer.

Jessie cligne des yeux. Elle n'a pas eu le courage d'en parler à Kate – ou à quiconque – pour cette raison précisément.

— On pourrait aller toutes les deux en parler à Ollie Hayward, dit-elle. Face à nous deux, il serait obligé de nous croire.

Helen secoue la tête.

— Il pourrait nous croire, mais il ne fera rien. Même Heather pense que je cherche juste un moyen de changer de prof pour avoir Topher.

Si Jessie ne connaissait pas Garrison, elle aussi aurait pu penser ça.

— Alors tu ne veux en parler à personne ? demande Jessie.

Elle fait une chose qu'elle croyait auparavant impensable – elle tend la main vers Helen.

Helen la prend et lui adresse un mince sourire.

— Eh bien, dit-elle. Je viens de t'en parler.

Jessie passe tout son cours de tennis à frapper la balle comme jamais auparavant. Son coup droit est une boule de feu, son revers précis et puissant, son service cinglant – ou du moins c'est comme ça qu'elle le voit parce qu'elle est tellement énervée. Garrison a pris des libertés dégoûtantes avec Helen Dunscombe et probablement avec toutes les autres élèves filles, peut-être même certaines encore plus jeunes que Helen et Jessie.

C'est cette pensée qui pousse Jessie à empocher la balle et à s'approcher du filet. Suze est de l'autre côté, courbée en avant, les deux mains sur le manche de sa raquette, en position.

— Oh, allez, lance-t-elle. Ne t'arrête pas maintenant. Tu as le vent en poupe. C'est ton meilleur jeu de tout l'été.

— Suze, dit Jessie. Il faut que je te dise quelque chose.

Jessie se souvient du conseil de son père : toujours réfléchir avant de parler.

— Avant que tu sois ma prof de tennis, j'étais avec Garrison.

Elle s'arrête pour prendre sa respiration.

— Pendant notre premier cours, il était en train de me montrer un revers à deux mains et il a frotté son corps contre le mien.

— Frotté… de façon suggestive ? demande Suze.

Elle pose les mains sur ses hanches.

— Tu plaisantes !

— Je me suis enfuie, explique Jessie. Et j'ai demandé

à ma grand-mère de changer de prof, je voulais une fille, et c'est toi qu'ils m'ont donnée.

— Tu as dit à ta grand-mère ce que Garrison a fait ? demande Suze. Tu l'as dit à quelqu'un ?

— Non.

— Oh, Jessie, dit Suze.

Sa voix est soudain tendre.

— Tu aurais pu me le dire. Tu sais que tu aurais pu venir me voir à n'importe quel moment.

— Je viens te voir maintenant, répond Jessie.

Le soleil cogne sur le court en terre battue. Jessie a si chaud, elle a l'impression de se tenir à la surface du soleil. Elle a besoin d'eau et d'ombre. Mais ensuite elle imagine l'autre fille ou les autres filles, certaines peut-être d'à peine onze ans ou même plus jeunes, dix ans, peut-être une fille qui aura douze ou treize ans l'année prochaine, si Garrison revient, et elle continue de parler.

— Il a touché Helen Dunscombe aussi. Elle pleurait dans les vestiaires à ce sujet. Il lui a touché les seins quand il lui montrait comment faire un service. Helen l'a dit à sa mère et sa mère lui a répondu que les hommes sont comme ça, c'est tout.

— Quoi ? s'exclame Suze.

Elle se dresse de toute sa taille et se met à faire rebondir sa paume sur le tamis de sa raquette.

— Enfin, oui, elle n'a pas tort. Les hommes sont comme ça. Mais on n'est pas obligées de faire avec. Jessie, tu me comprends ? On n'a pas à faire avec.

— Qu'est-ce qu'on va faire ? demande Jessie.

Elle regrette soudain sa décision de s'être confiée à

Suze et se rend compte qu'elle n'aurait pas dû mentionner le nom de Helen Dunscombe.

— Est-ce que tu vas en parler à Ollie Hayward ?

Jessie imagine être escortée dans le bureau d'Ollie et peut-être même dans celui de M. Bosley, le directeur du Field & Oar, ou – comble de l'horreur – devant le conseil de direction, des hommes âgés comme le mari de Mme Winter. Elle devra dévoiler l'embarrassante vérité et son nom sera souillé et celui de Helen Dunscombe aussi – ou peut-être que Helen changera d'avis et niera tout en bloc, et puis Jessie sera seule, à découvert. Dans tous les cas, ce sera pire pour Jessie que pour Garrison Howe.

— S'il te plaît. Ma grand-mère, ma famille... ils ne doivent pas l'apprendre.

Le visage de Suze est dissimulé par sa visière ; tout ce que Jessie peut voir clairement dans le soleil aveuglant, c'est la bande de zinc blanche sur le nez de Suze. Mais Jessie sait qu'elle est en pleine réflexion.

— Je ne vais pas en parler à Ollie, dit Suze. Ça ne l'intéressera pas et même si c'était le cas, il ne punirait pas suffisamment Garrison. Mais moi, je vais le punir convenablement. Je vais faire en sorte qu'il démissionne.

Jessie pousse un soupir de soulagement. Suze la comprend. Suze est son modèle.

— Comment tu vas faire ça ? demande Jessie.

— Je vais demander de l'aide à Jeffrey Pryor, qui m'a juré son éternelle dévotion, explique Suze avec un sourire en coin. Il fera tout ce que je lui demande.

Jessie est fascinée mais pas vraiment surprise. Suze est le genre de personne qui inspire la dévotion.

— Est-ce que tu vas lui demander de refaire le portrait de Garrison ?

— Encore mieux. Jeffrey occupe deux postes ici. Il tient le gril au snack-bar – ce qui veut dire, pense Jessie avec des regrets, que c'est à lui qu'elle a volé les Twizzlers – et il est responsable des vestiaires pour homme !

Suze lance les bras au-dessus de sa tête en signe de victoire.

Jessie est perplexe.

— Je ne comprends pas.

— Eh bien, laisse-moi t'expliquer, dit Suze. Je vais demander à Jeffrey de mettre du baume du tigre dans le slip de Garrison, du poil à gratter dans ses chaussettes et des laxatifs dans son Coca !

Suze sourit à pleines dents.

— Crois-moi, Garrison ne finira pas la semaine.

Jessie imagine Garrison se ruer vers les toilettes, au milieu d'un cours, craignant d'avoir un accident très gênant devant tout le monde. Elle voudrait faire un câlin à Suze. Elle a tellement hâte d'en parler à Helen Dunscombe !

— Allez, retourne sur la ligne de fond, dit Suze. Tu me dois encore une volée.

All Along the Watchtower

Dès qu'elle arrive à son travail vendredi, Mme Bennie informe Kirby que le sénateur Kennedy et son cousin Joe Gargan se sont installés dans leurs chambres mais qu'ils sont sortis pour la soirée.

Kirby sait déjà que le sénateur organise une fête à Chappaquiddick pour les Boiler Room Girls. La sœur de Patty, Sara, était l'une d'entre elles et elle est venue à Martha's Vineyard pour la fête. Cette après-midi, quand elle est passée à Narragansett Avenue pour dire bonjour, elle a proposé à Patty et à Kirby de venir. Sara O'Callahan n'est pas du tout comme le fade Tommy ; clairement les femmes de la famille ont reçu les meilleurs gènes. Sara a les cheveux bruns et la peau laiteuse de Patty ; mais ses cheveux sont coupés à la garçonne, à la manière de Mia Farrow, ce qui rend ses yeux bleus incroyablement grands et ronds. Elle était élancée et très chic dans sa robe trapèze rouge et ses boucles d'oreilles en or martelé. Sara est venue avec une amie, Mary Jo, une autre des Boiler Room Girls qui a travaillé comme secrétaire de Bobby Kennedy. Mary Jo portait une robe fourreau en lin bleu marine et des perles. Kirby était béate d'admiration devant Sara et

Mary Jo. Elles n'ont que cinq ou six ans de plus qu'elle mais elles semblaient brillantes et sophistiquées ; Kirby voudrait être exactement comme elles.

Elle le deviendra, a-t-elle décidé. Depuis qu'elle a mis fin à sa relation avec Darren la semaine précédente, Kirby s'agite dans tous les sens. Qui est-elle ? Qu'attend-elle de la vie ? Il faut qu'elle mette ses peines de cœur et ses désillusions derrière elle et qu'elle se forge une vraie identité. Elle redeviendra la personne qu'elle était le matin de sa première manifestation, quand elle avait enfilé son t-shirt *tie & dye* avec un signe de paix et fermé ses bottines en daim à franges. Cette femme-là était passionnée, maîtresse d'elle-même, insouciante et avait confiance en elle. Kirby a l'impression que son histoire d'amour avec Scottie puis sa relation avec Darren l'ont affaiblie, mais maintenant elle comprend que c'est l'inverse. Ces deux relations, même dans leur échec, lui ont donné quelque chose – de la force, suppose-t-elle, et de la détermination.

Quand elle rentrera à Simmons en septembre, elle choisira enfin une matière principale : les sciences politiques. Elle se concentrera sur ses études et postulera à un stage, peut-être dans le cabinet de Tip O'Neill, le député du Massachusetts à la Chambre des représentants. Ou peut-être, avec un peu de chance, que Kirby rencontrera le sénateur Kennedy à l'hôtel et qu'il s'entichera d'elle et lui donnera sa carte. La rumeur court qu'il pourrait se présenter contre Nixon à l'élection présidentielle.

Kirby ne peut pas, en revanche, se rendre à la fête à

Chappaquiddick. Elle doit travailler à partir de onze heures.

— Viens juste un petit moment, l'a pressée Patty. C'est un barbecue, ça commence à sept heures. Tu pourrais partir juste après manger. Je suis sûre que quelqu'un te raccompagnera au ferry, puis tu pourras marcher jusqu'à l'hôtel.

Elle a attrapé la main de Kirby et Kirby a vu les hématomes sombres de la taille de pièces de dix cents sur le poignet de Patty.

— J'aimerais bien, a répondu Kirby.

L'espace d'un instant, elle a envisagé d'appeler pour faire semblant d'être malade et aller à la fête – elle n'a pas manqué une seule nuit de tout l'été – mais c'était irresponsable et elle savait qu'il n'y avait aucun moyen qu'elle tienne toute la fête sans alcool ni joint. De toute façon, elle n'y aurait pas sa place. Elle serait une pièce rapportée – l'amie de la sœur de Sara. Son instinct lui disait que le meilleur plan d'action était de se présenter au sénateur Kennedy plus tard, à l'hôtel.

Pour autant, elle était terriblement jalouse en aidant Patty à choisir une tenue.

— Est-ce que Luke sait que tu vas à cette fête ? a demandé Kirby.

Si elle était jalouse, elle pouvait à peine imaginer ce que ressentait Luke.

— Ce ne sont pas ses affaires, a répondu Patty.

Et quand elle a aperçu l'expression de Kirby dans le miroir, elle a ajouté :

— Quoi ? Je ne lui appartiens pas.

Mme Bennie est rarement à l'hôtel si tard ; Kirby se dit qu'elle est là pour s'assurer que tout se passe sans encombre pendant le séjour du sénateur. Mais son rouge à lèvres s'est effacé et des mèches de cheveux s'échappent de son chignon. Elle a l'air lessivée, Kirby manque de lui dire de rentrer chez elle, qu'elle s'occupe de tout. Mais Mme Bennie se sent obligée de lui adresser un dernier rappel.

— Souviens-toi, Katharine, de faire preuve de discrétion. L'intimité et le confort du sénateur sont notre priorité.

— Oui, madame.

Kirby fait comme si tout était normal. Tout est normal, à part que sa vigilance est décuplée. À n'importe quel moment, le sénateur pourrait passer tranquillement le pas de la porte d'entrée. Le voir lui suffirait, décide Kirby, ou lui dire simplement *Passez une bonne nuit*. Teddy Kennedy est jeune et beau, bien que pas aussi beau que Bobby et très loin du président Kennedy. Qu'est-ce que ça ferait d'être membre d'une famille comme celle-ci ? songe Kirby. Elle suppose que Teddy Kennedy voit ses frères comme elle voit Blair et Jessie.

Deux par deux, les clients entrent à la réception, puis se dirigent vers leurs chambres. Quelques-unes des femmes complimentent Kirby sur sa robe, droite, jaune, brodée de marguerites, la robe la plus gaie et colorée qu'elle possède. Elle passe en revue les notes au bureau plutôt qu'à l'arrière pour être sûre de ne rater rien ni personne.

Quand elle a fini, elle s'accorde quinze minutes pour

songer à Darren. Il l'a ramenée chez elle de Lobsterville Beach dans le silence et elle a cru qu'il s'était rangé à sa façon de penser à elle : il était trop proche de ses parents pour que leur relation progresse. Mais avant qu'elle sorte de la voiture, il lui a pris la main et l'a pressée contre ses lèvres.

— Je ne veux pas que tu partes, a-t-il dit. Je t'aime beaucoup, Kirby.

— Oui. Moi aussi.

— Peut-être que quand on sera retournés en ville, à l'école, on pourra…

Elle a ouvert la porte et est sortie sans le laisser finir. Elle savait ce qu'il suggérait – qu'ils réexaminent la situation à l'automne, une fois à l'école, une fois loin de la maison de ses parents. Kirby voyait ce qu'il y avait de séduisant dans cette idée ; ils auraient neuf mois pour laisser leur amour fleurir et grandir loin des parasites de ce petit détail casse-pieds qu'on appelle la famille.

Mais ce ne serait pas réel.

Kirby était satisfaite que Darren ait le rôle du faible – mais aurait-elle eu le courage de l'amener chez elle, devant Kate et David ? Oui, bien sûr. Ses parents n'avaient pas de préjugés. Et Exalta ? Là, Kirby aurait presque pu comprendre la situation de Darren. Elle ne se réjouirait pas à l'idée de présenter Darren à sa grand-mère.

Ça n'aurait jamais pu marcher, pensait Kirby.

Elle a lancé son sac sur son épaule, est entrée dans la maison, montée jusqu'à l'igloo et s'est jetée sur le lit.

Le lendemain, on a toqué à la porte. C'était Michaela.

Kirby s'attendait à ce qu'elle lui dise d'arrêter de passer son album de Simon & Garfunkel en boucle.

— Va-t'en, a lancé Kirby.

— Darren est au téléphone.

— Dis-lui que je ne suis pas là.

Michaela a mis la main sur sa hanche.

— Tu me demandes de lui mentir ?

— Oui, a répondu Kirby. Si tu as une objection morale, alors raccroche et débranche le téléphone. S'il te plaît.

Michaela a haussé les épaules.

— Peut-être que je vais voir s'il veut sortir avec moi. Il est mignon.

Kirby essaye de se sortir cette conversation de la tête. Elle remet les notes en place jusqu'à ce qu'elles soient en pile nette, puis les range dans le dossier avec un soupir.

À une heure et demie du matin, un homme entre à grands pas à la réception et fonce vers le bureau.

Il lui faut un instant pour reconnaître Luke. Il n'a pas l'air lui-même ; ses cheveux sont en bataille et son visage rouge écarlate. Il sue et ses yeux sont exorbités, comme ceux d'un crapaud. Il porte un t-shirt vert avec une déchirure au cou et un pantalon en coton large avec un élastique. Il est en pyjama, comprend Kirby, et immédiatement, elle sait que quelque chose ne va pas.

— Luke, dit-elle. Patty va bien ?

Luke frappe des deux paumes sur le bureau et beugle :

— À toi de me le dire ! Où est-elle ? Elle n'est pas chez elle, elle n'est pas au cinéma et son frère, cet idiot, dit qu'il ne l'a pas vue, alors il ne reste que toi. Je pensais que vous faisiez les traînées ensemble puisqu'elle m'a dit que tu avais rompu avec ton basané de petit ami, mais voilà, tu es ici.

Il se penche sur le comptoir et attrape le poignet de Kirby.

— Lâche-moi, dit-elle doucement.

Elle ne veut pas risquer de réveiller un client.

— Où est ce qu'elle est ? demande Luke.

Il tord le poignet de Kirby et la douleur est si forte qu'elle est certaine qu'il va le casser.

— Je n'en sais rien, répond Kirby, mais ses mots ne sont pas assez convaincants, même à ses propres oreilles.

— Dis-moi ! rugit-il.

La douleur irradie dans son poignet ; plus elle lutte pour se libérer, plus la douleur est intense.

« Elle est allée à une fête, manque de dire Kirby, à Chappy » – mais avant qu'elle puisse prononcer ces mots, elle entend une voix grave.

— Hé !

Ils se retournent tous les deux et Luke lâche le poignet de Kirby. C'est M. Ames, le gentil, aimable et compréhensif M. Ames, qui, à cet instant, ne semble posséder aucune de ces qualités. Il attrape Luke par le t-shirt et le soulève presque du sol.

— Tu embêtes cette jeune fille ?

— Non, répond Luke.

— C'est Luke Winslow, le petit ami d'une de mes colocataires, explique Kirby. Il est venu parce qu'il cherche Patty, mais je ne sais pas où elle est.

M. Ames relâche Luke.

— Tu n'as pas le droit de venir ici pour harceler des gens. Je t'ai vu faire du mal à Mlle Foley. Et si j'appelais la police d'Edgartown ?

Il prend le talkie-walkie à sa ceinture.

Luke baisse la tête et se met à pleurnicher.

Kirby lève les yeux au ciel.

— Il doit être ivre, dit-elle. Comment tu es venu, Luke ? Tu as pris ta voiture ?

Il relève la tête.

— Où est-ce qu'elle est ? demande-t-il plaintivement. Je veux juste savoir la vérité. Est-ce qu'elle est sortie avec quelqu'un ?

— Pour l'amour de Dieu, lance M. Ames. J'appelle la police.

— Attendez, dit Kirby.

Elle fait le tour du bureau et murmure à l'oreille de M. Ames :

— Le sénateur ne va probablement pas tarder à rentrer. Je ne crois pas que nous devrions appeler la police.

M. Ames regarde sa montre.

— Tu as raison.

— Peut-être que je pourrais... emprunter votre voiture et le raccompagner ? demande Kirby.

— Où habite-t-il ?

— À Chilmark. Près de State Road.

— C'est trop loin. Tu seras partie quarante minutes au moins. Appelle-lui un taxi.

— D'accord.

Elle commande un taxi pendant que Luke s'écroule

sur le canapé de la réception, sous la surveillance de M. Ames. Kirby repense à toutes les nuits de travail calmes où elle a souhaité que quelque chose se passe, et maintenant qu'elle a de l'action... ça tombe le pire soir possible. Le sénateur Kennedy pourrait faire son entrée à tout moment, et au lieu de pénétrer dans une réception accueillante et chaleureuse, il verra Luke, qui pleure entre ses mains ou marmonne, furibond, qu'il va faire payer à Patty ce qu'elle a fait.

Peut-être qu'ils devraient appeler la police, songe Kirby. Oui, ils devraient. Luke est dangereux. Mais ensuite Kirby repense aux avertissements et aux rappels de Mme Bennie. Si Mme Bennie découvre que la police est venue à l'hôtel la première nuit du séjour du sénateur, à cause d'un ami de Kirby...

Il faut qu'il sorte d'ici.

— Il faut qu'on le sorte d'ici, dit Kirby, surtout pour elle-même.

À l'extérieur, le taxi s'arrête.

— Allons-y, Luke, lance Kirby avec un enthousiasme feint.

— Ça ira mieux après une bonne nuit de sommeil, petit gars, dit M. Ames.

À contrecœur, Luke se lève.

— Tu vas t'en sortir ? demande M. Ames. Je retourne à mon poste.

— Tout ira bien, répond Kirby.

Elle tire Luke vers la porte d'entrée.

— Allez, viens.

En allant vers le taxi, Luke trébuche sur les marches. Il est tellement ivre – et il est aussi, sans l'ombre d'un doute, un psychopathe. Cette histoire de jeu de rôle entre Patty et lui est tout bonnement un euphémisme ou alors juste un prétexte pour lui faire du mal.

Je ne lui appartiens pas, a dit Patty. Mais d'une certaine façon, si, Kirby le voit maintenant. Il lui fait du mal pour la contrôler et elle le laisse faire.

Le chauffeur de taxi sort pour lui ouvrir la portière. Il est jeune et mince, un freluquet. Pour tout dire, il a l'air d'avoir l'âge de Jessie. Kirby regrette qu'ils n'aient pas envoyé quelqu'un d'autre.

— Où allez-vous ? demande le chauffeur.

— Il va à Chilmark, répond Kirby. State Road.

— Je vais à Oak Bluffs, réplique Luke. Narragansett Avenue.

— Non ! rétorque Kirby.

Elle a pensé à prendre cinq dollars dans la caisse pour payer le taxi.

— Il va à Chilmark. L'adresse est... Luke, c'est quoi ton adresse ?

Luke rampe sur la banquette arrière.

— Narragansett Avenue, Oak Bluffs.

Kirby presse le billet de cinq dollars dans la main du freluquet.

— Emmenez-le à Chilmark, et seulement à Chilmark. Il vit sur State Road.

— Mais où à State Road ? demande le chauffeur. Il n'y a pas beaucoup de lampadaires dans cette partie de l'île et il y a beaucoup de maisons dissimulées dans les bois. Je ne veux pas passer la nuit à chercher la bonne maison.

— Oak Bluffs, grogne Luke.

Kirby jette un œil à l'hôtel. Elle ne peut pas partir – mais elle ne peut pas risquer que Luke aille à Oak Bluffs non plus. Il trouvera Patty et lui fera payer. Kirby imagine un œil au beurre noir ou pire.

M. Ames lui a dit qu'elle ne pouvait pas aller à Chilmark parce que ça prendrait trop longtemps et c'est évidemment contraire aux règles pour Kirby de quitter son poste alors qu'elle est en service ; peu importe si cela ne prenait que cinq minutes. Mais à cet instant, elle a l'impression que M. Ames ne se préoccupe pas de la sécurité de Patty, ce qui veut dire que techniquement, il se range du côté de Luke, ce qui est logique puisqu'ils sont tous les deux des hommes et que le pays entier est une immense société patriarcale et oppressive !

Kirby se glisse à l'avant ; hors de question qu'elle s'asseye à l'arrière avec Luke.

— Je vais vous dire où aller, dit-elle au chauffeur de taxi. Et ensuite vous me ramènerez ici. Allez-y. Faites aussi vite que possible.

Quand Kirby revient à l'hôtel – elle est partie presque une heure parce qu'ils ont raté un virage et ont dû faire demi-tour – la réception est silencieuse et la clef de la chambre du sénateur n'est plus au tableau. Le moral de Kirby est en chute libre. Est-ce que tout va bien ou non ? Elle avance dans le couloir pour trouver M. Ames assoupi dans son fauteuil près de l'entrée de service. Kirby lui touche doucement le bras et il se réveille en sursaut.

— Kirby, dit-il.

Il se lève et secoue la tête.

— Je t'avais dit de ne pas partir. Qui allait tenir la réception à l'arrivée du sénateur d'après toi ?

Kirby s'accroche à ce qui lui reste de colère justifiée.

— Il fallait que j'y aille, dit-elle. Luke voulait que le chauffeur l'emmène chez moi, à Oak Bluffs. Il aurait trouvé Patty. Il lui fait du mal, M. Ames.

— Je comprends que tu aies voulu aider ton amie, mais tu as un travail, Kirby, et ce travail implique des responsabilités. As-tu la moindre idée du souci que je me suis fait quand tu es partie sans prévenir ?

— Je suis désolée.

— Bien, tu as eu de la chance. Le sénateur est arrivé par l'entrée de service et j'étais juste ici alors je suis allé lui chercher sa clef. Il n'avait pas l'air mieux que l'autre voyou, pour être honnête.

— Vraiment ? demande Kirby. Il était ivre ?

— Il était dans un de ces états. On aurait dit qu'il était allé nager tout habillé. Il était déboussolé, je suppose, et c'est pour ça qu'il a frappé à la porte de service. Il n'a pas arrêté de me demander l'heure. Je lui ai dit qu'il était deux heures et demie et il m'a demandé si j'étais certain qu'il n'était pas plus tôt, alors j'ai dû l'amener devant l'horloge et lui montrer. Ce qui est drôle, c'est qu'il portait une montre.

M. Ames hausse les épaules.

— Peut-être qu'elle s'était arrêtée, ajoute-t-il.

Mme Bennie fait une apparition surprise à sept heures du matin. Elle a l'air fraîche et impeccable avec sa robe chemisier vert gazon et des perles. C'est la première fois que Kirby voit sa patronne avec les cheveux lâchés ; elle paraît dix ans de moins, plus douce, plus jolie. Kirby se dit qu'elle veut faire bonne impression auprès du sénateur. Comparée à cette nouvelle version glamour de Mme Bennie, Kirby se sent pâlichonne et épuisée. Malgré sa grande envie de rencontrer le sénateur, elle est soulagée quand Mme Bennie lui dit qu'elle peut rentrer.

— Je vais demander à M. Ames de rester jusqu'à neuf heures, dit Mme Bennie. J'ai bien peur qu'il faille que vous trouviez un autre moyen de rentrer à Oak Bluffs.

Ce n'est pas un problème. Kirby est trop déconcertée par les événements de la nuit pour abuser de la gentillesse de M. Ames de toute façon. Elle appelle un taxi et on lui envoie un chauffeur baraqué et couvert de tatouages, qui ressemble à un pêcheur au long cours. Pourquoi n'ont-ils pas envoyé ce gaillard-là la nuit dernière ? se demande Kirby. Ça aurait tout arrangé.

Kirby s'endort sur-le-champ sur la banquette arrière, et ne se réveille qu'alors qu'ils tournent dans Circuit Avenue, où elle se redresse et rassemble ses affaires. Elle n'arrive pas à croire qu'elle a raté le sénateur. Elle déteste Luke Winslow ! Et puis, comme si elle l'avait fait apparaître avec cette pensée, Kirby aperçoit Luke qui fait les cent pas sur le trottoir devant la maison.

Non ! pense-t-elle. Non, ce n'est pas possible, mais oui, c'est bien lui, les poings serrés, qui marmonne dans sa barbe. Au moins, il a pris une douche et s'est changé. Ses cheveux sont peignés et il porte un polo blanc et un bermuda en seersucker bleu. C'est presque pire, décide-t-elle ; il a l'air respectable.

— Je me suis trompée d'adresse, lance Kirby au chauffeur de taxi. Continuez.

— Continuer où ? demande le chauffeur de taxi.

Kirby se penche par-dessus le siège et remarque le tatouage d'un Elvis rugissant sur son avant-bras.

— Le camping méthodiste ? dit Kirby.

Elle ne connaît pas l'adresse exacte de Darren.

— La grande maison bleue ? Celle du juge Frazier ? Vous la connaissez ?

— En fait, oui, répond le chauffeur.

Il fait le tour d'Ocean Park et quelques instants plus tard se gare devant la maison de Darren.

— Un dollar vingt-cinq.

Kirby lui donne un dollar et cinquante cents, puis sort du taxi. Elle se tient une seconde devant le portail blanc, se demandant s'il ne vaudrait pas mieux réveiller Evan dans son sous-sol ou trouver une cabine téléphonique – il y en a une près de la confiserie – et appeler directement la police.

Mais… elle est ici. Elle remonte l'allée à grands pas et toque à la porte d'entrée. Un instant plus tard, elle est face à face avec le bon docteur. Le Dr Frazier porte un short de sport et un débardeur blanc ; ses cheveux sont dégagés de son visage par un bandeau rayé.

— Bonjour, dit-elle.

— Dr Frazier…

— Darren dort, dit-elle. Il ne doit pas être au travail avant midi.

— C'est une situation urgente. J'ai besoin de son aide.

— Quel genre de situation urgente ? demande le Dr Frazier.

Sa voix est dure. Kirby tient cette femme en haute estime et elle aimerait que ce soit réciproque, mais ce n'est pas le cas et maintenant elle ne peut même pas s'appuyer sur la bonne opinion que M. Ames a d'elle.

— C'est ma colocataire, explique Kirby. Elle sort avec quelqu'un qui lui fait du mal et il est devant la maison à Narragansett, à l'attendre.

Kirby regarde le Dr Frazier hésiter entre ses rôles de médecin et de maman. C'est la mère qui l'emporte.

— Qu'est-ce que Darren a à faire là-dedans ?

— Rien, mais...

— Je crois que c'est mieux qu'il ne soit pas impliqué, dit le Dr Frazier. C'est un bon garçon. Il se tient loin des ennuis. Je suppose que le petit ami de votre colocataire est blanc ?

Kirby acquiesce. Elle ne comprend pas ce que cela a à voir avec le problème.

— Si Darren se retrouve dans une altercation avec un garçon blanc... dit le Dr Frazier.

Elle plisse les yeux.

— Vous devriez trouver quelqu'un d'autre pour vous aider.

— Je pensais que Darren pourrait peut-être le raisonner.

— Les hommes qui font du mal aux femmes ne peuvent pas être raisonnés. Si c'est sérieux, appelez la police.

— C'est sérieux, répond Kirby.

— D'accord. Vous voulez téléphoner ?

Veut-elle téléphoner ? Le Dr Frazier la surveille de près, peut-être pour déterminer ses motivations réelles. Faut-il vraiment appeler la police ou est-elle uniquement ici pour voir Darren ?

— Vous pouvez entrer. Je n'ai rien contre vous personnellement, Kirby.

Sauf que si, pense Kirby. Bien qu'elle n'ait pas le temps de se défendre maintenant.

— Je vais chercher le logeur, répond Kirby. Merci, Dr Frazier. Désolée de vous avoir dérangée si tôt.

Kirby se retourne et se dépêche de descendre l'allée, tandis que, elle en est certaine, le Dr Frazier la regarde depuis le pas de la porte.

Kirby court vers Narragansett Avenue. Elle ne va pas réveiller Evan. Elle va s'occuper de Luke elle-même.

Elle n'est plus qu'à un pâté de maisons quand les choses s'accélèrent. Une berline noire s'arrête devant la maison et Patty sort du côté passager. Kirby ne peut pas voir qui conduit mais elle ne connaît pas la voiture. La voiture s'en va.

— Patty ! crie Kirby.

Patty se tourne vers la voix de Kirby mais Luke s'approche d'elle et... Patty le serre dans ses bras. Ils se mettent à s'embrasser là sur le trottoir et Kirby pense *D'accord ? Peut-être que Luke a réussi à se calmer.* Mais tout de même, Kirby est inquiète. Et sans surprise, Luke repousse Patty violemment, elle trébuche et il l'agrippe par les cheveux et la tire dans l'escalier vers la maison.

Kirby court.

— Lâche-la !

Luke ne lâche pas. Il jure dans sa barbe, traitant Patty de traînée, lui demandant où elle a passé la nuit, avec qui elle était, avec combien de gars elle a couché. Patty pleure doucement, en disant :

— J'étais avec ma sœur Sara. On était à une fête à Chappy. Lâche-moi, Luke, tu me fais mal.

— Je croyais que tu aimais bien que je te fasse mal.

Kirby monte l'escalier quatre à quatre et se met à tambouriner sur le dos de Luke.

— Lâche-la. Luke, arrête !

Luke fait volte-face et lui flanque une gifle du revers de la main.

Elle est sidérée. Personne ne l'a jamais frappée. Elle touche ses lèvres. Elle saigne.

— C'est une blague ? lance une voix.

Kirby recule de quelques marches tandis que Darren monte à toute vitesse. Il observe Luke un instant, puis lui donne un coup de poing. Le coup fait mouche ; le bruit est effroyable. Luke s'effondre par terre.

— Entre dans la maison, dit Darren à Kirby. Appelle la police.

Luke ne prend même pas la peine de se relever. Il reste étendu sur la pelouse, gémissant.

Patty s'agenouille à côté de lui.

— Il est blessé ! dit-elle.

Elle lance un regard furieux à Darren.

— Tu lui as fait mal ! ajoute-t-elle.

— Il a frappé Kirby, répond Darren. Un homme qui porte la main sur une femme ne mérite pas ta sympathie.

— C'était de la légitime défense. Kirby était en train de l'attaquer.

— De l'attaquer ? répète Kirby.

Son visage lui fait mal ; sa lèvre enfle.

— Il te tirait par les cheveux, comme un homme des cavernes.

— Combien de fois je dois te le dire ? Ce ne sont pas tes affaires !

— Tu ne mérites pas d'être traitée comme ça. J'ai vu tes hématomes Patty, et les marques de ses coups.

Patty lance un regard en coin à Darren et siffle entre ses dents :

— Ce ne sont pas vos affaires. Vous ne savez pas ce que j'aime et ce que je…

— On est en 1969, dit Kirby. Tu n'as pas à tolérer qu'il te frappe.

Patty se relève et fonce droit sur Kirby, et Kirby se demande si elle est sur le point de se faire frapper pour la deuxième fois de sa vie.

— Occupe-toi de tes fesses ! Je ne juge pas tes… préférences, alors pitié, ne juge pas les miennes.

Elle tire Luke sur ses pieds.

— Eh bien, le fait est qu'il m'a frappée, moi, répond Kirby. Je pourrais porter plainte.

— Eh bien fais-le !

Son regard est empli de fureur, mais derrière cela Kirby aperçoit de la peur ou un manque d'assurance – ou peut-être seulement de la fatigue. Kirby devine que Patty n'a pas beaucoup dormi à Chappy.

— Viens, Luke.

Patty le tire à l'intérieur de la maison, enfreignant

ostensiblement la règle concernant les visiteurs de l'autre sexe. La porte claque derrière eux.

Kirby et Darren se regardent dans un silence stupéfait.

— Qu'est-ce que je dois faire ? demande Kirby.

À ce moment-là, une voiture de police arrive et Kirby ressent une vague de soulagement. Peut-être que quelqu'un d'autre a signalé le tapage ; les cris de Patty auraient pu réveiller un mort.

— Edgartown ? dit Darren.

D'abord, Kirby ne comprend pas, puis elle remarque que c'est la police d'Edgartown et non celle de Oak Bluffs, ce qui est effectivement très inhabituel.

Un policier sort de la voiture et remonte l'allée. Il fait un signe de tête à Kirby et à Darren.

— Je cherche Patricia O'Callahan, dit-il.

Kirby ne sait pas si elle devrait rester pour essayer d'écouter aux portes ou si elle devrait simplement remonter dans l'igloo et dormir.

— Je devrais probablement aller chercher de la glace, dit-elle à Darren.

Doucement, il touche sa lèvre enflée.

— Je vais attendre qu'il sorte et lui donner une bonne raclée.

— La police s'en occupe, répond Kirby.

Elle se demande si c'est M. Ames qui a appelé la police d'Edgartown.

— Tu as raison, dit Darren.

Il lui sourit et Kirby s'autorise à se plonger dans la chaleur de ses yeux marron. Il est beau, franc, gentil et dépasse sans l'ombre d'un doute tous les autres petits amis qu'elle a eus – mais il ne sera jamais à elle. Kirby voudrait mettre ça sur le dos de l'histoire ou de la société, mais la vérité, c'est que ce sont ses mauvaises décisions à elle qui sont un obstacle.

— Merci d'être venu à mon secours, dit Kirby. Mon héros.

— À ton service, répond Darren.

Kirby est allongée à plat ventre sur son lit – trop fatiguée pour enlever sa robe jaune à marguerites mais pas assez pour ne pas mettre son disque de Simon & Garfunkel – quand elle entend le cri. Elle lève la tête d'un iota.

C'est Patty.

Bien que le premier instinct de Kirby soit de bondir, elle reste où elle est. Patty a été on ne peut plus claire : elle ne veut pas de l'aide de Kirby.

Il y a un deuxième cri puis des bruits de pas dans l'escalier et on tambourine à la porte de sa chambre. Elle se lève et trouve Michaela et Barb sur le seuil.

— Il faut que tu descendes, lance Michaela. Elle te demande.

— Il s'est passé quelque chose, ajoute Barb.

Kirby n'est pas sûre de ce qu'elle va découvrir mais elle ne s'attend certainement pas à trouver Luke et le policier debout, les bras ballants, tandis que Patty pleure à chaudes larmes. Quand elle descend, Patty lève les yeux. Son visage est écarlate et déformé par le chagrin.

— C'est Mary Jo, dit Patty.

Kirby cligne des yeux.

— Mary Jo, l'amie de Sara ? reprend Patty. Quelqu'un a fait une sortie de route sur Dike Bridge, et elle est restée coincée dans la voiture. Elle s'est noyée, Kirby. Elle est morte.

A Whiter Shade of Pale
(Reprise)

Quand Kate a appelé David pour lui annoncer l'heureuse nouvelle de la naissance des jumeaux, il a répondu :

— C'est formidable, Kate. Tu dois être folle de joie.

Le «tu» l'avait inquiétée. Elle n'aimait pas la façon dont il se distanciait d'elle et de la famille. Ce n'était pas dans ses habitudes. David adorait Blair, comme tous les autres enfants de Kate, et la traitait comme sa propre fille.

— Pourquoi ne viens-tu pas ce week-end pour les rencontrer ? a demandé Kate. S'il te plaît ?

David avait poussé un profond soupir. Ce moment-là, a pensé Kate, est celui où il allait lui annoncer qu'il voulait divorcer.

— Et si je nous prenais une chambre au Gordon Folger ? a-t-elle proposé.

C'est ce qu'il faisait quand ils sortaient ensemble, à l'époque où Exalta ne cachait pas sa désapprobation face à la nouvelle relation de Kate, si peu de temps après la mort de Wilder, et avec son propre avocat, par-dessus le marché ! Exalta avait soutenu qu'il y avait des règles pour ce genre de choses, mais en réalité, elle voulait parler de sa propre règle : Kate devait s'en tenir aux grandes familles de Boston et de la côte Est.

— Pas besoin d'une chambre au Gordon Folger, a répondu David. J'aimerais passer du temps avec ma fille.

— Notre fille.

— Notre fille, oui, Kate. Mais je n'ai pas le courage d'affronter la circulation du vendredi soir. Je prendrai le ferry samedi midi et je partirai dimanche après-midi avant l'heure de pointe.

Il serait à Nantucket dans vingt-quatre petites heures, a pensé Kate, et visiblement, c'était surtout pour voir Jessie. Apparemment, Kate n'était plus sa priorité et elle ne valait pas non plus la peine d'affronter les embouteillages. Mais elle avait eu un comportement abominable cet été ; elle ne se faisait pas d'illusions à ce sujet.

— Merci. Ça me rendrait très heureuse. Ça nous rendrait toutes très heureuses.

David a eu un rire sec.

— Préviens Exalta de mon arrivée imminente.

— À vrai dire, Mère m'a justement demandé pourquoi nous ne t'avons pas beaucoup vu cet été.

C'était un mensonge, mais au moins Exalta n'avait rien dit de réellement négatif au sujet de David, chose qu'elle faisait souvent.

— Kate, s'il te plaît. N'aggrave pas les choses.

Il a raccroché.

Le samedi matin, on frappe à la porte d'entrée d'All's Fair, un bruit qui se fait insistant. Kate est épuisée ; elle est restée à l'hôpital presque jusqu'à onze heures du soir la veille, tenant un bébé pendant que Blair nourrissait l'autre. Elle attend de voir si Exalta ou Jessie va répondre puis elle se souvient que c'est le week-end – pas de cours de tennis, alors elles ne seront pas levées. Kate s'active. Ça doit être David qui est arrivé plus tôt que prévu, pense-t-elle, et elle lisse ses cheveux avant d'attacher la ceinture de sa robe de chambre. Le bruit continue. Pourquoi faire un tel boucan ? se demande-t-elle. Pourquoi ne pas entrer, tout simplement ? Il sait qu'elles ne ferment jamais la porte. Il est probablement en train de marquer sa différence : ce n'est pas sa maison alors il agira comme un invité.

Au milieu de l'escalier, elle se fige. Ce n'est pas David parce que le premier ferry n'arrive pas avant dix heures. Qui d'autre pourrait frapper à la porte d'entrée si tôt un samedi matin ? Quelqu'un chargé d'une mission. Quelqu'un de l'armée américaine.

Kate est prise de vertige. Elle s'assoit sur la quatrième marche avant le bas. Elle n'ouvrira pas la porte. Elle en est incapable. Elle restera assise ici pour le restant de ses jours si nécessaire, elle se changera en pierre, mais elle n'ouvrira pas cette porte pour apprendre que Tiger est mort.

Le bruit persiste. Une voix de femme lance :

— Ouvrez ! Je sais que vous êtes là !

Une femme ? pense Kate. Elle se lève.

Sur les marches du perron se tient une femme aux longs cheveux noirs. Elle porte un t-shirt *tie & dye* noir et blanc, une jupe en jean et un bracelet de cheville avec des clochettes. Elle est pieds nus.

— Qu'est-ce que je peux faire pour vous ? demande Kate.

C'est une baba cool, une hippie et sans doute une mendiante, là pour quémander de l'argent pour une quelconque œuvre de charité inexistante. Mais parce que Kate est profondément soulagée, elle donnera à la femme vingt-cinq cents et lui demandera de s'en aller. Peut-être qu'elle l'enverra plus bas dans la rue, chez Bitsy Dunscombe. Kate s'illumine à l'idée de cette plaisanterie.

La femme porte une paire de petites lunettes de soleil miroir rondes. Quand elle les soulève, Kate remarque ses yeux bleu glacier.

Mon Dieu, pense Kate, et elle se retient de toutes ses forces de lui claquer la porte au nez.

— Katie ? demande la femme.

C'est Lorraine. Lorraine Crimmins.

Kate se retient à ses bonnes manières.

— Lorraine, dit-elle. Je suis désolée... tu m'as surprise. Je... nous... nous ne t'attendions pas, n'est-ce pas ? Bill... ton père... n'a rien dit...

— Il ne savait pas que j'allais venir. Il sera plus surpris que toi.

— Ah, répond Kate.

Elle est complètement perdue.

— Je suis sûre qu'il sera content de te voir.

— J'en doute. Mais je ne suis pas venue pour rendre visite au vieux. Je suis venue chercher mon fils.

— Bien, répond Kate.

La politesse voudrait qu'elle invite Lorraine à entrer, mais Kate ne peut pas s'y résoudre. Maintenant qu'elle s'est remise du choc, elle sent cette vieille haine qui remonte à la surface, comme la pollution d'une rivière.

— Il faudra que tu voies avec ton père à ce sujet. D'après ce que j'ai compris, tu es partie en laissant Pick tout seul. Je ne sais pas pour quelle raison une mère pourrait faire une chose pareille, mais si tu veux mon avis, tu ne mérites pas de le reprendre. Il est heureux ici avec nous. Il a un travail et une petite amie. À l'automne, il pourra aller au lycée ici.

— Ha !

Lorraine rit comme si Kate venait de faire une blague.

— Arrête ton char, Katie.

— Je l'ai entendu au téléphone l'autre jour, Lorraine, il essayait d'appeler le… l'endroit où tu vis, enfin où tu vivais, il te cherchait, et personne ne pouvait lui dire où tu étais. Il était bouleversé.

— Eh bien, il sera content de me voir.

Kate referme la porte et s'appuie contre. Lorraine se remet à frapper. Kate voudrait qu'Exalta se réveille, mais elle dort avec des bouchons d'oreilles alors il y a peu de chances qu'elle entende quoi que ce soit. Le plus furtivement possible, Kate ferme le verrou avec un bruit révélateur. Lorraine arrête de toquer.

Bien, pense Kate. Lorraine a compris – elle n'est pas la bienvenue. Kate envisage d'appeler la police mais elle ne peut pas se résoudre à faire une scène si tôt un samedi – ou n'importe quand.

Kate se rue dans le couloir, traverse la cuisine et le jardin. Il faut qu'elle réveille Bill Crimmins. Mais quand elle pénètre dans Little Fair, sa chambre est vide. Un rapide coup d'œil à la fenêtre confirme que sa camionnette n'est pas là. Il est tôt, mais pas si tôt. Bill est déjà parti travailler.

Kate sort de Little Fair juste à temps pour voir Lorraine ouvrir la porte arrière et s'introduire dans la cuisine d'All's Fair.

— Qu'est-ce que tu fais ? interpelle Kate dans un murmure furieux. Je ne t'ai pas permis d'entrer !

Elle file vers la cuisine à toute allure mais Lorraine est déjà assise à table. Lorraine choisit une pêche dans la corbeille à fruits et croque dedans négligemment, avec un regard de défi. Du jus coule le long de son menton.

— Sors d'ici !

Kate se dresse au-dessus de Lorraine. Elle est si énervée qu'elle voudrait la frapper.

— Vas-y, répond Lorraine. Frappe-moi. Je sais que tu en as envie. Tu en meurs d'envie depuis seize ans.

Elle se lève et présente sa joue à Kate.

— Ça me fera grand plaisir de voir Katie Nichols perdre son sang-froid.

— Tu es ignoble. Tu l'étais déjà à l'époque et tu l'es encore plus maintenant. Tu n'as donc pas de respect pour toi-même ? Tu débarques ici pieds nus comme une vagabonde. Tu empestes. Et je suis sûre que tu n'as pas un sou en poche.

— C'est vrai, répond Lorraine avec un petit sourire. Je n'ai rien. Mais mon père m'en donnera un peu.

Kate lui concède cela silencieusement.

— Tu ne resteras pas ici, Lorraine.

— C'est Lavender, maintenant. Si ça ne te dérange pas.

— Ce qui me dérange, Lavender, c'est que tu débarques dans ma maison sans y être invitée.

— Tu sais quoi, cette maison m'a vraiment manqué, poursuit Lorraine. Elle a tant de petits détails particuliers. La fresque, le cellier…

— Attention, Lorraine, coupe Kate.

Elle n'en revient pas de l'audace de cette femme. Elle doit avoir pris quelque chose.

— Et tant de jolies antiquités. Les bidules d'Exalta – et ce rouet. Hé, tu te souviens quand Kirby a été punie pour l'avoir cassé et qu'elle refusait de s'excuser ? C'est parce que c'est moi qui l'avais cassé. J'avais pris un tas de pilules minceur et je planais et je voulais voir à quelle vitesse il pouvait aller.

Kate dévisage Lorraine. Bien sûr qu'elle se souvient du rouet cassé. Lorraine avouait-elle réellement maintenant, après tant d'années, qu'elle avait volé les pilules minceur de Kate (elle avait eu du mal à perdre du poids après la naissance de Tiger) et que, défoncée, elle avait cassé l'objet le plus précieux de la maison puis mis cela sur le dos d'une enfant de cinq ans ?

— Tous les secrets de famille ressortent ! lance Lorraine avec un sourire dément.

Il lui manque une dent sur le côté.

— J'aurais dit quelque chose si Kirby avait eu de vrais ennuis, mais bien entendu il ne s'est rien passé. Elle était la petite chouchoute d'Exalta. D'ailleurs, comment va Blair ? Est-ce qu'elle a arrêté de sucer son pouce ? Et mon préféré, le petit Tiger ? Comment va le petit Tiger ?

— Tu es une traînée, lance Kate. Rien qu'une vulgaire traînée.

— Ça n'a pas déplu à ton mari, réplique Lorraine.

C'est la goutte d'eau ; Kate sort de ses gonds. Elle attrape Lorraine par le bras et la tire vers la porte, mais Lorraine plante ses talons sales dans le lino. Kate prie pour que sa mère vienne ; Lorraine a toujours tenu Exalta en haute estime. Mais la personne qui fait son apparition sur le porche à l'arrière est Jessie. Kate se demande depuis combien de temps elle est là et ce qu'elle a entendu. Derrière Jessie se trouve Pick dans son maillot de bain jaune moutarde, une serviette de plage autour du cou, qui monte sur son vélo.

Lorraine doit l'apercevoir, parce que tout à coup elle s'élance, impatiente d'aller exactement là où Kate veut qu'elle aille – dehors.

Ce sont des retrouvailles compliquées, et bruyantes. Lorraine sanglote ; elle implore son pardon et proclame son amour, mais Pick semble repousser sa mère. Toutefois, il finit par la laisser le prendre dans ses bras et puis ils s'étreignent et se balancent d'avant en arrière. Kate et Jessie observent depuis le porche arrière. Kate est incrédule. Elle a du mal à croire que Lorraine Crimmins soit revenue à Nantucket et qu'elle ait eu l'audace de frapper à la porte d'All's Fair après son départ scandaleux tant d'années auparavant.

Et pourtant, les retrouvailles entre la mère et le fils sont étrangement touchantes.

Tiger, pense Kate.

Mais Tiger est loin, il combat pour l'armée américaine.

Il se bat pour que des va-nu-pieds dans le genre de Lorraine Crimmins puissent errer à travers le pays.

— Est-ce qu'elle le ramène avec elle en Californie ? demande Jessie.

— Qui sait, répond Kate.

— Qu'est-ce qu'elle voulait dire quand...

— Je t'expliquerai plus tard. Là tout de suite, il faut que je trouve Bill Crimmins.

Kate commence par téléphoner au Charcoal Galley pour voir si Bill était là au petit déjeuner et s'il a dit où il irait ensuite.

La serveuse, Joelle, lui dit :

— Il fait des petits travaux toute la semaine à l'église congrégationaliste.

Formidable. Kate appelle l'église congrégationaliste et demande à la secrétaire du bureau de renvoyer Bill Crimmins à Fair Street.

— Sa fille nous a rendu une visite surprise depuis la Californie.

Bill arrive quelques minutes plus tard. Kate et Jessie sont attablées dans la cuisine ; Kate boit son café du matin et, par la fenêtre, elle le voit claquer la portière de sa camionnette et se précipiter à Little Fair. Kate n'a aucune idée de ce qui va se produire. Jessie, qui sirote du jus en grignotant un morceau de toast, l'observe aussi.

— Est-ce que tu penses que... demande Jessie.

— Je ne sais pas et je m'en fiche, répond Kate. Tu ne devrais pas t'en soucier non plus. Ce n'est pas notre famille.

Kate siffle ce qui reste de son café.

— Pas vraiment, ajoute-t-elle.

Pas vraiment.

Ça n'a pas déplu à ton mari.

Kate se ressert une tasse de café et résiste à la tentation d'y ajouter du whisky parce que David arrive aujourd'hui et qu'elle ne peut pas être, ne sera pas, ivre à son arrivée. Mais sans alcool, difficile de repousser les fantômes.

Wilder.

Dès le début de leur mariage elle avait su qu'il était infidèle – pendant la réception, il avait flirté avec la cousine de Kate d'une façon complètement inappropriée – mais il lui avait fallu du temps pour comprendre l'ampleur de ce batifolage. Ce que pouvait dire ou faire Kate n'avait aucune importance. Elle le menaçait de partir ; il lui promettait sincèrement d'arrêter. Quelques semaines ou un mois plus tard, il était de nouveau dans les bars, rentrant tard ou ne rentrant pas du tout.

Ça avait été, très honnêtement, un soulagement quand il était parti pour la Corée.

Quand Wilder était revenu, il semblait un homme nouveau – dévoué, contrit, passionné par Kate et elle seule. À Nantucket, cet été-là, Exalta était à ses pieds – racontant à toutes les dames du Field & Oar que Wilder était un héros de guerre – et le père de Kate, Penn, l'inondait de scotch et de bons cigares. Mais après quelques semaines seulement, l'humeur radieuse de Wilder s'est assombrie jusqu'à plonger vers une profonde dépression. Kate savait qu'il avait commencé à prendre de la benzédrine à la guerre pour rester alerte et elle soupçonnait que la dépendance ait continué ici. Elle savait quand il était défoncé – ses yeux avaient une lueur particulière et il parlait à cent à l'heure. La seule chose qui le faisait redescendre doucement, c'était l'alcool. Cet été-là, il y a eu de longues soirées au Bosun's Locker et puis une série de nuits où il n'est pas rentré. Un matin, il s'est présenté avec ses chaussures couvertes de boue ; il a expliqué qu'il s'était endormi sur une tombe du cimetière quaker, pleurant les hommes qu'il avait perdus en Corée. Une autre nuit, il a rapporté une tonne de sable dans le lit. Il a raconté à Kate qu'il avait marché jusqu'à Surfside Beach, puis de Surfside jusqu'à Cisco, puis de Cisco jusqu'à la maison.

Elle avait choisi de le croire.

Durant ce qui s'est avéré être la dernière de ces nuits, lorsque Kate s'est réveillée et qu'il n'était pas dans le lit, elle est allée dans la cuisine pour se préparer un lait chaud. Elle a entendu un bruit provenant du couloir et quand elle est allée voir, elle a trouvé Wilder, caché dans le cellier. Au début, elle a pensé qu'il était seul, ce qui n'était pas tellement surprenant – il était sans l'ombre d'un doute ivre et il avait pu la confondre avec Exalta ou Penn et tenter de se cacher. Mais ensuite Kate a entrevu un pied blanc comme neige dans le fond du cellier.

C'était Lorraine. Lorraine Crimmins, qui cuisinait pour Exalta et qui, cet été-là, s'occupait aussi des enfants.

L'été s'est achevé brusquement à cet instant. Kate a fait ses valises et celles des enfants cette nuit-là et ils sont partis par le premier ferry, avant même que ses parents se réveillent.

— Tu peux leur expliquer pourquoi je suis partie, a dit Kate à Wilder. Reste ici avec elle si c'est ce que tu veux.

Kate s'est tenue sur le pont supérieur du ferry, ses clefs de voiture serrées comme une arme entre ses doigts tandis qu'elle regardait Nantucket disparaître au loin. Lorraine Crimmins ; c'était une telle trahison. Lorraine avait commencé à travailler pour les Nichols quand elle avait seize ans et Kate vingt, en deuxième année au Smith College. C'était pendant la guerre. Elle avait invité Lorraine à écouter la radio avec elle le soir ; ensemble, elles tricotaient des chaussettes pour les soldats partis au combat. Kate avait été gentille avec Lorraine parce qu'elle avait pitié d'elle. C'était une pauvre fille – brisée par la mort de sa mère, quand elle était bébé, condamnée à décevoir à chaque étape de sa vie ensuite. Lorraine était très jolie, mais son style tirait sur le vulgaire. Elle se maquillait trop lorsqu'elle sortait le soir et ses vêtements étaient serrés et bas de gamme. Au Bosun's Locker, elle sortait avec des hommes – des pêcheurs de mollusques, des peintres en bâtiment, des VRP – l'un après l'autre, rien de spécial, rien de sérieux.

Wilder et Lorraine, serrés dans le cellier. Découverts parce que Kate a entrevu ce pied blanc. Ce n'était pas une image que Kate pouvait espérer oublier un jour.

Kate a dit à Wilder de rester avec Lorraine mais alors que le ferry traversait le bras de mer, elle craignait que ce soit exactement ce qu'il fasse. Kate aimait

Wilder et elle se détestait pour cela. Cela lui semblait être la chose la plus cruelle que la vie puisse offrir – que quelqu'un qu'elle aime si profondément puisse lui faire tant de mal et que pourtant cet amour ne meure pas. Au contraire, il devenait plus fort. Kate voulait que Wilder l'aime elle, qu'il la désire elle, et non Lorraine Crimmins.

Pourquoi elle ? Pourquoi Lorraine, pourquoi justement elle ?

Le lendemain, Exalta a appelé pour demander des nouvelles de la fièvre de Tiger.

— La fièvre de Tiger ? a dit Kate.

Oui, a répondu Exalta, Wilder a expliqué que Tiger avait tellement de fièvre que Kate était rentrée à Boston avec les enfants en quatrième vitesse.

Le grand héros de guerre était un lâche, a pensé Kate.

Alors que Kate rassemblait le courage de dire la vérité à Exalta – aussi humiliant que cela puisse être, Kate serait également très contente de briser les illusions d'Exalta au sujet de cet homme – Wilder était entré. Il s'est mis à genoux devant elle et elle a ressenti le plus grand soulagement qu'elle ait jamais éprouvé.

Quelques minutes après l'arrivée de Bill à Little Fair, Kate et Jessie regardent les trois Crimmins sortir de la maison – d'abord M. Crimmins, un sac en toile à la main, puis Lorraine, puis Pick. Pick se retourne, remarque Kate et Jessie et leur adresse un signe de la main peu enthousiaste. Jessie se lève et fait un pas en avant mais Kate lui dit :

— Laisse-les partir.

La dernière chose qu'elle souhaite, ce sont des adieux grandiloquents et pompeux et elle ne peut pas s'approcher de Lorraine de nouveau ou elle fera quelque chose qu'elle est certaine de regretter.

— Mais… dit Jessie.

Elle regarde sa mère, ses yeux marron pleins de larmes.

— Je suis amoureuse de lui.

Kate intègre cette information.

— Viens avec moi, dit-elle. Il faut que je te parle.

Midnight Confessions

Jessie suit sa mère dans l'escalier de Little Fair. Être ici maintenant que Pick est parti, pour de bon, est presque intenable. Jessie préférerait encore qu'il soit ici avec Sabrina. Elle repense au jour de son arrivée, quand elle a trouvé Pick en train de jouer avec cette raquette idiote. Elle a l'impression d'être tombée dans un piège. Il était si mignon avec ses cheveux blanchis par le soleil, son bracelet de corde et son charme, il lui posait des questions, s'intéressait à elle, lui préparait un déjeuner simple et délicieux quand elle avait si faim. Impossible de ne pas tomber immédiatement amoureuse de lui.

Kate lui fait signe de s'asseoir à la table et elle obéit, mais elle a le cœur en miettes parce qu'il ne lui a rien laissé, pas même un mot, aucune marque de leur amitié ou qu'elle allait lui manquer. Il s'inquiétait sûrement au sujet de Sabrina – ou peut-être pas. Peut-être qu'il était simplement heureux que sa mère soit venue le chercher. Jessie n'avait pas réussi à déchiffrer l'expression sur son visage.

— Tu sais quel a été l'été le plus heureux de ma vie ? demande Kate.

— Quand tu as eu treize ans ? tente Jessie.

— L'année de mes treize ans, c'était la Grande Dépression, alors non.

Jessie ne fait pas d'autre tentative. Très honnêtement, elle s'en fiche.

— C'est l'été où tu es née. Ton père et moi t'avons amenée ici quand tu n'avais encore que quatre semaines, juste un petit bout de chou. Et nous avons vécu ici à Little Fair tous les trois tandis que les trois autres enfants restaient dans la grande maison avec Nonny et Gramps.

— Oh, dit Jessie.

Elle ne se souvient que des moments où son frère et ses sœurs habitaient à Little Fair tout seuls.

— J'étais heureuse... eh bien, probablement parce que je pouvais prendre un peu de distance avec Nonny. On n'était que papa, toi et moi. C'était un nouveau départ... et j'en avais terriblement besoin.

Jessie fait glisser son Arbre de vie sur sa chaîne tandis que son esprit retourne à l'échange qu'elle a entendu entre Lorraine Crimmins et sa mère. Kate a traité Lorraine Crimmins de traînée et Lorraine, au lieu de s'énerver comme Jessie s'y attendait, a répondu *Ça n'a pas déplu à ton mari*. À ce moment-là, Jessie s'est sentie bizarre, comme si une porte s'ouvrait, une porte secrète, et qu'elle avait enfin un aperçu de ce qui se cachait derrière. Elle sait qu'une traînée est une prostituée, une femme qui a des relations sexuelles en échange d'argent et elle sait que quand Lorraine a dit *Ça n'a pas déplu à ton mari*, elle parlait de Wilder Foley, et non de David Levin.

Wilder Foley et Lorraine Crimmins ?

Jessie repense au cours sur la puberté à la fin de l'année scolaire et elle se sent rougir parce qu'elle comprend soudain ce dont sa mère veut lui parler.

Jessie ne fait pas attention à sa mère, qui lui raconte qu'elle et David l'amenaient partout cet été-là, dans un landau ou un couffin. Ils l'ont même emmenée en bateau de plaisance jusqu'à Tuckernuck, une petite île au large de Nantucket.

— Maman, dit Jessie en l'interrompant. Est-ce que Pick est...

Elle ne sait pas comment demander ce qu'elle veut savoir mais cela a peu d'importance parce qu'elle sait que la réponse est oui.

— Pick est le fils de Wilder Foley, répond Kate avec un ton neutre. Wilder a mis Lorraine Crimmins enceinte. Elle s'est enfuie en Californie et a eu Pick et je ne l'avais jamais revue depuis. Jusqu'à aujourd'hui.

L'espace d'un instant, Jessie est prise d'une panique totale, pensant qu'elle est tombée amoureuse de son propre frère – puis elle refait le calcul. Pick n'est pas son frère. Ses parents sont Lorraine Crimmins et Wilder Foley. Ses parents à elle sont Kate et David. Pick est, cependant, le demi-frère de Blair, Kirby et Tiger, tout comme Jessie est leur demi-sœur. Pick est elle, mais de l'autre côté.

Jessie a la tête qui tourne.

— Est-ce que Nonny est au courant ? demande-t-elle.

Kate hausse les épaules.

— Je suis sûre qu'elle s'en doute. Même si, en vérité,

je n'en ai aucune idée. Ta grand-mère et moi n'en avons pas parlé parce que nous ne parlons de rien. J'ai eu une vie très solitaire.

— Vraiment ?

Dans son esprit, Kate est le centre du monde. Elle est la fille d'Exalta ; elle était la femme de Wilder et maintenant elle est celle de David ; elle est la mère de Blair, de Kirby, de Tiger et de Jessie. Comment peut-elle être solitaire ?

Les yeux de Kate se remplissent de larmes et Jessie la contemple, émerveillée. Sa mère est si belle, même dans sa robe de chambre et son pyjama en soie rose, même sans ses perles ou son rouge à lèvres. Jessie sait que sa mère est folle d'inquiétude au sujet de Tiger mais là, tout de suite, il s'avère qu'elle est triste pour plein d'autres raisons, des raisons plus anciennes.

— La nuit où Wilder est mort… dit Kate.

— Tu n'es pas obligée d'en parler, répond Jessie.

— Il faut que je le dise à quelqu'un, tu comprends ?

Kate serre la main de Jessie, et pour la première fois de sa vie, Jessie comprend que sa mère est une personne à part entière.

C'est une révélation. Sa mère est un être humain qui ressent de la douleur – tristesse, solitude, confusion. Il lui avait toujours semblé que tous les adultes vivaient dans une atmosphère différente, qui ressemblait à un gel frais et transparent. Les adultes ont des problèmes, Jessie le sait – l'argent et les enfants –, mais l'un des avantages de l'âge adulte, pensait-elle, c'est qu'on avait dépassé le chaos des émotions brutes et violentes de l'adolescence.

— La nuit où Wilder est mort, c'était quelques jours après que j'ai reçu une lettre de Lorraine m'annonçant qu'elle était enceinte de lui.

L'estomac de Jessie se noue.

— Je voulais lui parler face à face quand les enfants dormaient, explique Kate. Je l'ai trouvé à son établi, en train de nettoyer son pistolet.

Jessie baisse la tête et ferme les yeux. Elle sait qu'elle devrait être honorée que sa mère l'ait choisie comme confidente... mais elle ne veut pas entendre un mot de plus. Cette histoire est déjà différente de celle que Jessie a crue vraie toute sa vie. Elle pensait que Kate était entrée et avait trouvé Wilder mort.

— Je lui ai fait lire la lettre de Lorraine, continue Kate, et j'ai dit : « On dirait que tu vas avoir un petit bâtard. Je prends les enfants et je te quitte. Je vais retourner à Beacon Hill, chez mes parents. C'est fini, Wilder, et il n'y a rien que tu puisses faire. J'ai contacté un avocat et je vais demander le divorce. »

Jessie retient sa respiration. Il y a longtemps, on lui avait dit – mais qui, elle ne sait plus – que Wilder s'était accidentellement tiré dessus et que Kate avait engagé David Levin pour prouver que ce n'était pas un suicide, et c'est ce qu'il avait fait.

— J'ai fermé la porte et je suis partie. Mais tu sais ce que je regrette ?

Jessie sent qu'elle ne doit pas répondre, et elle est de toute façon incapable d'émettre le moindre son.

— Je regrette de ne pas avoir claqué la porte. Si j'avais montré de la colère, Wilder aurait peut-être repris ses esprits et m'aurait suivie pour qu'on se dispute, qu'il se défende. Il avait... des sautes d'humeur dramatiques, des problèmes avec les médicaments et le whisky... mais je ne m'étais pas rendu compte que ses mauvaises passes étaient aussi graves. Honnêtement, Jessica, je ne pensais pas à lui à ce moment-là. Je pensais à moi. Je pensais à sa trahison. Il m'avait trompée avec quelqu'un que je connaissais, quelqu'un que j'appréciais. Et il avait été assez imprudent pour la mettre enceinte, ce qui voulait dire que le monde entier allait savoir que Wilder me préférait Lorraine Crimmins et qu'en plus d'avoir le cœur brisé, je serais humiliée.

— Que s'est-il passé ? demande Jessie.

— Une seconde après avoir refermé la porte, doucement mais fermement, avec un petit bruit, et m'être éloignée, j'ai entendu un coup de feu.

— Il s'est suicidé, dit Jessie.

— Oui. Je n'étais pas sûre à cent pour cent au début parce que Wilder avait tendance à faire du cinéma. J'ai pensé qu'il avait peut-être tiré une balle dans le mur pour me faire croire qu'il s'était suicidé. Et il était si instable que j'ai aussi pensé que si j'ouvrais cette porte, il aurait le pistolet braqué sur moi.

— Qu'est-ce que tu as fait ?

— J'ai attendu quelques minutes et comme je n'ai rien entendu d'autre, j'ai ouvert la porte et j'ai vu ce qu'il avait fait.

Les yeux de Kate sont secs, son visage est calme. Elle pourrait aussi bien être en train de lui raconter qu'elle a ouvert la porte et que Wilder avait réparé l'aspirateur.

— Ma première émotion a été complètement irrationnelle : la colère. J'étais furieuse que Wilder ait choisi la solution de facilité. Je voulais qu'il affronte ce qu'il avait fait. Je voulais qu'il ressente de la honte devant mon père, devant ma mère.

C'est si inattendu que Jessie ne sait pas quelle expression afficher.

— Et puis je me suis sentie coupable, comme si une vague s'écrasait sur moi, une vague vraiment puissante, celle qui te renverse et remplit ton nez et ta bouche d'eau salée brûlante. Parce que...

Kate rit tristement.

— Je n'arrive pas à croire que je suis en train de te raconter ça. Je devrais m'arrêter.

Oui, pense Jessie. *Arrête, arrête !* Mais d'une certaine façon elle sait que Kate est incapable de s'arrêter.

— Je me sentais coupable parce que j'avais menti à Wilder. Je n'avais pas contacté d'avocat et je n'avais pas prévu de divorcer. Je me serais installée chez Nonny quelque temps, puis on aurait réussi à régler le problème. Je n'ai dit ça que pour l'énerver.

Kate fait une pause, réfléchit un instant puis ajoute :

— La seule personne au monde qui connaît la vérité est Bill Crimmins.

— M. Crimmins ?

— Je l'ai appelé à Nantucket et lui ai raconté ce qui s'était passé. Il a pris le ferry et il est arrivé à la maison vers minuit. Il a tout arrangé.

— Arrangé comment ? demande Jessie.

Ses mains sont engourdies, ses lèvres tremblotent. Elle ne sera plus jamais, jamais, la même. Plus rien n'a d'importance désormais – ni Pick, ni l'Arbre de vie, ni Anne Frank débusquée par les nazis et morte dans un camp de concentration. Sa mère a menti au sujet de la mort de Wilder Foley. Il s'est suicidé à cause de quelque chose que Kate a dit. Et M. Crimmins le sait.

— Il a tout arrangé. Il a fait passer ça pour un accident.

— Et papa ? demande Jessie.

— Papa était la personne qu'on essayait de berner, explique Kate. Lui et la compagnie d'assurance, bien sûr, parce qu'ils n'auraient rien versé pour un suicide. Et je voulais cacher la vérité aux amis et aux voisins. Quand ils ont appris que Wilder s'était accidentellement tué alors qu'il nettoyait son arme, ils étaient désolés pour nous. Ça, c'est une tragédie. Le suicide, en revanche, est une marque d'infamie. Je ne pouvais pas transmettre cela aux enfants. Alors, Bill est le seul à savoir. Et toi maintenant. Je te confie ce secret, mais je ne veux pas qu'il te pèse. Si tu veux appeler la police, fais-le.

Ses yeux sont brillants de larmes.

— Ce serait peut-être un soulagement. Tu n'as pas la moindre idée de l'enfer que j'ai vécu pendant toutes ces années. J'ai attendu ma punition chaque jour. Parce que personne ne s'en tire comme ça, Jessie. Et quand ils ont mobilisé ton frère, même si pour le reste du monde ce n'est que la faute à pas de chance, je savais que c'était à cause de moi. Et il va sûrement mourir.

— Maman, murmure Jessie. Ne dis pas ça, s'il te plaît.

— C'est ma faute, répond Kate tristement.

Elle pose sa tête sur la table et enfin, les larmes coulent.

— C'est ma faute. J'ai conduit Wilder à sa mort.

Jessie se remémore la destruction causée par la Bonneville quand elle s'est écrasée dans la vitrine de Buttner's. Les dégâts semblaient irréparables. Et pourtant, la vitrine de Buttner's a fini par retrouver sa place, comme neuve. La même chose se produit avec la confession stupéfiante de Kate. Kate pleure pendant un moment ; Jessie lui tend quelques mouchoirs, Kate essuie ses larmes, puis se dirige vers All's Fair. Quand Jessie revient la voir un peu plus tard, Kate semble plus heureuse. Elle suggère qu'elles aillent à la plage, juste toutes les deux.

— On est le 19 juillet, dit Kate d'une voix parfaitement normale. Et j'y ai à peine mis les pieds.

— Et papa ? demande Jessie.

Elle essaye de garder une voix assurée mais maintenant tout son monde ne repose plus que sur l'arrivée de son père. Sa mère doit savoir que jamais Jessie n'appellerait la police pour la dénoncer, mais Jessie va en parler à son père. Elle déteste que Kate et M. Crimmins l'aient berné. Il faut qu'il sache la vérité.

— Il arrive par le ferry de trois heures quinze, répond Kate. Si on part avant onze heures, on pourra y passer une demi-journée.

Jessie a peur que si elle décline, sa mère pense que c'est parce qu'elle est horrifiée par son secret. Même si c'est le cas ; elle est horrifiée par le secret. Pendant seize ans, sa mère a menti à tout le monde. Et maintenant, Kate est punie – non, ils sont tous punis, parce que Tiger a été envoyé au Vietnam et pourrait revenir dans un cercueil.

Ce qui est incompréhensible, c'est que Jessie aime toujours autant sa mère, peut-être même plus. Jessie se souvient dans les moindres détails de sa souffrance la semaine où elle avait pensé que le collier de Nonny était perdu à jamais ; sa culpabilité lui donnait l'impression d'avoir une tonne de gravier dans le ventre, qui ballottait et pesait sur elle. Qu'avait ressenti sa mère qui avait gardé ce secret toutes ces années, sans rien dire à Nonny, à David et à ses propres enfants ? Pas étonnant qu'elle se soit sentie si seule.

Jessie le dira à David et il aura une discussion avec Kate, et même si les choses sont compliquées, la vérité sera mise au jour, Kate se sentira mieux et peut-être que Tiger sera sauvé.

— D'accord, dit Jessie. Je vais mettre mon maillot de bain.

— Je vais préparer des sandwichs, répond Kate.

— Maman, dit Jessie.

Kate s'arrête. Elles se regardent, et c'est quitte ou double, Jessie le sent.

— Pas de moutarde, dit Jessie.

La journée se passe beaucoup mieux que Jessie l'aurait cru. Kate et Jessie vont à Ram Pasture Beach. Exalta a essayé d'arracher une invitation mais Kate a dit :

— J'aimerais passer un peu de temps seule avec Jessie, merci, mère.

La plage est pratiquement déserte. Le soleil est chaud mais pas écrasant et parce qu'Exalta n'est pas là, Jessie a le droit de s'asseoir dans son fauteuil, une dormeuse, qui porte bien son nom. Jessie s'endort au soleil, mais sa mère n'a pas oublié la crème solaire Coppertone alors elle ne prend pas de coup de soleil. Quand elle se réveille, Kate et elle vont nager. L'eau est fraîche, revigorante et purifiante. Quand elles ressortent, elles mangent leur sandwich sur leur serviette. Jessie a du jambon et du fromage dans du pain portugais légèrement grillé avec une fine couche de beurre, de la laitue et des cornichons, et c'est le meilleur sandwich qu'elle ait mangé de tout l'été, sans compter le Bacon-Laitue-Tomate que Pick lui a préparé le premier jour.

Après déjeuner, Jessie s'allonge sur le ventre pour lire *Fugue au Metropolitan*. Elle s'arrête toutes les quelques pages pour rêvasser à une vie future, sa remise de diplôme et son déménagement à New York, à Paris ou à Amsterdam, là où vivait Anne Frank.

À trois heures moins le quart, elles rangent leurs affaires et remontent dans la Scout, et elles arrivent au ferry au moment exact où David Levin descend la passerelle.

— Vas-y, dit Kate.

Jessie sort de la voiture et court dans les bras de son père, qui la serre contre lui et dit :

— Oh, ma chérie, comme ça fait plaisir de te voir.

Jessie le serre fort et pense que c'est lui qui fait plaisir à voir ; avant cet instant, elle ne s'était pas rendu compte combien il lui avait manqué.

Il s'écarte et dit :

— J'ai du mal à croire que tu aies autant grandi. Tu deviens si belle.

Elle rougit, ou peut-être que c'est l'effet du soleil.

— N'oublie pas, on doit aller manger une glace, dit David. Mais maintenant, je veux embrasser ta mère.

Ils retournent à la maison, Kate et David disparaissent à l'étage et Jessie prend une longue douche à l'extérieur puis elle monte à Little Fair et trouve une enveloppe sur la table. Son cœur s'arrête. Tiger ? Mais quand elle s'approche, elle constate que ce n'est qu'une lettre de Doris. Jessie l'emmène dans sa chambre et s'allonge sur le lit. Sa peau est tendue à cause du soleil et, malgré la douche, il y a encore des grains de sable dans ses cheveux et dans le pavillon de ses oreilles, mais c'est toujours comme ça l'été.

Chère Jessie,

Je n'arrive pas à croire que tu as un petit ami. J'espère qu'il pourra venir à Brookline pour qu'on puisse le rencontrer en personne.

Jessie se rend compte que cette phrase veut dire exactement ce qu'elle dit : Doris ne croit pas qu'elle ait un petit ami. Et Doris a raison, mais elle n'aura jamais besoin de le savoir.

Ici il s'est passé quelque chose de fou : Leslie s'est fait prendre en train de voler une paire de perles chez

Filene's. Elle est allée faire les magasins avec Pammy Pop et lui a dit que c'était facile de prendre ce qu'on veut sans payer. Pammy a dit qu'elle voulait des perles. « Du gâteau », a répondu Leslie. Elle a enlevé ses boucles d'oreilles en or et les a mises dans sa poche. Au comptoir de joaillerie, elle a demandé à essayer des perles. Elle les a mises et a fait semblant de s'admirer dans le miroir et quand la vendeuse a regardé ailleurs, Leslie s'est glissée dans le rayon d'à côté, puis le suivant, jusqu'à ce qu'elle pousse doucement la porte de la sortie. Pammy était bouche bée. Elle pensait que Leslie s'en était tirée.

Leslie a été arrêtée par la police deux rues plus loin.

Ils l'ont amenée au poste, ont appelé ses parents, lui ont expliqué qu'ils avaient vu le vol sur une caméra cachée et qu'ils pouvaient l'inculper et qu'elle irait au tribunal et peut-être même dans un centre pour jeunes délinquants. Le père de Leslie a réussi à convaincre la police de le laisser ramener Leslie à la maison.

Mais maintenant... les parents de Leslie ont décidé de l'envoyer dans un pensionnat en Suisse (là où vit sa grand-mère) parce qu'ils ne veulent pas que Leslie sorte du droit chemin.

Alors je suppose qu'il ne reste que toi et moi pour affronter la cinquième ensemble !

À dans quelques semaines.

Ta meilleure amie, Doris.

Les événements de la journée et le soleil à la plage l'ont épuisée. Elle a la ferme intention d'utiliser le dollar que son père lui a donné pour aller manger de la pizza chez Vincent's, mais dès que ses parents partent pour aller dîner au Skipper, elle monte dans sa chambre et s'écroule de fatigue.

Elle se réveille au milieu de la nuit, avec une faim de loup. Elle sait que les propositions du frigo de Little Fair sont bien maigres – un demi-pot de cornichons, de la confiture de raisin, un paquet de hot-dogs qui demanderait de faire bouillir de l'eau, ce qui lui semble trop d'efforts. Jessie descend sur la pointe des pieds, mais elle trouve la porte de la chambre de M. Crimmins ouverte. La chambre est vide et sombre et Jessie se demande si M. Crimmins va retourner à Pine Street maintenant que Pick est parti. Elle suppose que oui.

Jessie traverse le jardin et entre dans la cuisine d'All's Fair, espérant que Kate a rapporté des restes du dîner au Skipper; sa mère n'a pas mangé un repas entier depuis le départ de Tiger. Bingo, il y a un sac en papier sur le comptoir et, à l'intérieur, une boîte contenant du poulet frit froid. Jessie est si affamée qu'elle mord tout de suite dans le pilon. Elle entend alors des voix. Peut-être qu'elle n'est pas la seule éveillée ou que la télévision est restée allumée.

Jessie se faufile dans le couloir. Personne n'a allumé la télé depuis que Blair est partie pour l'hôpital. Mais Jessie remarque la lumière pâle qui clignote dans le couloir.

Elle s'arrête sur le pas de la porte, le pilon à la main, et regarde dans la pièce. Elle voit la silhouette de ses parents, assis sur le canapé, mais ce qui attire son attention, c'est l'écran du poste. Il y a un homme en costume d'astronaute qui sort d'une fusée.

— On vous voit maintenant en train de descendre l'échelle, dit une voix.

C'est l'alunissage ! Jessie savait que ça allait bientôt arriver mais avec tout ce qui s'est passé, elle avait oublié que c'était ce soir. Elle est tellement heureuse de s'être réveillée.

Il y a une autre voix, lointaine et déformée, comme un homme qui parle dans une boîte de conserve. La voix dit :

— Un petit pas pour l'homme, un grand pas pour l'humanité.

Ses parents se lèvent – mais Jessie se rend compte que ce ne sont pas ses parents. C'est... Nonny et M. Crimmins. Nonny se tourne vers M. Crimmins, lui tendant les mains.

— Bill, dit-elle. Tu aurais cru un jour qu'on vivrait assez vieux pour voir ça ?

M. Crimmins attire Exalta contre lui et l'embrasse – un vrai baiser, comme un personnage de l'un des feuilletons de Blair.

Jessie est bouche bée. Derrière Exalta et Bill Crimmins, Neil Armstrong marche sur la Lune.

L'homme marche sur la Lune !

Exalta ne repousse pas M. Crimmins. Elle l'embrasse aussi. Ils s'embrassent et Jessie comprend qu'Exalta aussi est réelle. C'est une vraie personne qui a des sentiments pour M. Crimmins.

Exalta recule.

— Viens à l'étage avec moi, dit-elle.

Jessie détale dans le couloir le plus silencieusement du monde en direction de la cuisine.

Le lendemain matin, le soleil inonde la chambre de Jessie et elle se réveille, fixant le plafond. Puis elle se met à rire. C'est drôle, non ? Drôle et bizarre, mais vraiment drôle, quand même. Exalta est vieille ! M. Crimmins est encore plus vieux ! Et pourtant... Jessie se demande depuis combien de temps dure leur relation. Était-ce simplement spontané, inspiré par le miracle du voyage spatial ? Ou est-ce que ça dure depuis le début de l'été ? Ou... Jessie va-t-elle découvrir qu'Exalta et M. Crimmins ont une histoire d'amour depuis des années, depuis la mort de Penn Nichols, ou même avant ?

Jessie bondit hors de son lit, passe à pas feutrés devant la porte fermée de la chambre de M. Crimmins, traverse le jardin et entre dans la cuisine, où elle trouve son père en train de lire le journal. Étalé sur la une, le gros titre annonce *Ils ont marché sur la Lune* et il y a une photo en noir et blanc d'Armstong et Aldrin plantant le drapeau.

— On a raté l'alunissage, dit David. Trop de vin au dîner. Je suis désolé, Jessie. Je voulais te réveiller pour qu'on le regarde.

— Ce n'est pas grave, répond Jessie.

Elle ne peut pas regarder son père dans les yeux ou elle va sourire comme une folle furieuse. Elle passe la tête dans le frigo à la recherche de jus de fruits.

— Ta mère est allée à l'hôpital pour ramener Blair et les bébés à la maison, que dirais-tu de sortir tous les deux pour les laisser respirer ? On pourrait aller jouer au tennis. Tu pourrais me montrer ce que tu as appris.

Du tennis le dimanche ; encore pire que l'église. Mais Jessie a besoin de parler seule à son père, et cela lui en donnera peut-être l'opportunité.

— D'accord, dit-elle.

Après le petit déjeuner, Jessie et son père enfilent leur tenue de tennis, attrapent leur raquette et marchent jusqu'au club. Jessie a des nœuds dans l'estomac, qui ne font que se multiplier à mesure qu'ils s'approchent. Elle est bien entendu nerveuse à l'idée de dévoiler le secret de sa mère, mais là tout de suite, elle est inquiète parce que son père va s'enregistrer à la réception du club. Et s'ils ne le laissaient pas rentrer parce qu'il est juif ? Elle manque de proposer qu'ils marchent quatre cents mètres de plus pour jouer sur les courts publics près de Jetties Beach mais elle ne veut pas alerter son père quant à un éventuel problème ou lui faire penser qu'il n'est pas assez bien pour le Field & Oar Club.

Quand ils s'approchent du comptoir, le cœur de Jessie tambourine dans sa poitrine. Ce n'est même pas Lizzie à la réception ; c'est une remplaçante qui ne reconnaîtra pas Jessie et ne saura pas qu'elle est membre.

David sourit.

— Bonjour, dit-il à la remplaçante, qui a des cheveux emmêlés, des cernes sous les yeux et l'air d'avoir été tirée du lit il y a cinq minutes.

— Je suis David Levin, le beau-fils d'Exalta Nichols. Ma fille et moi allons jouer au tennis.

La fille qui vient de se réveiller – BRENDA, d'après son badge – ne sourcille même pas.

— Signez ici, dit-elle, encore ensommeillée.

Jessie regarde son père signer : *Nichols N-3*.

Il se tourne vers Jessie.

— Prête à jouer ?

— Pourquoi tu n'as pas signé Levin ? demande-t-elle alors qu'ils marchent vers les courts.

— Parce que c'est ta grand-mère qui est membre.

— Oui, mais ton nom est Levin.

Et c'est le mien !

— Est-ce que tu n'as pas signé avec ton nom parce que tu ne veux pas que les gens découvrent que tu es juif ?

David rejette sa tête en arrière et rit. Il passe un bras autour de Jessie et l'attire contre lui.

— Crois-moi, tout le monde ici sait que je suis juif. Mais tu sais ce qu'ils savent aussi ?

— Quoi ? demande Jessie.

Ils sont juste devant le court 11, le plus près de l'eau. C'est le seul court où Jessie a joué tout l'été mais elle était si rongée par l'inquiétude au sujet des cours qu'elle n'a pas une seule fois remarqué la beauté du paysage. Aujourd'hui, le ciel est d'un bleu éclatant et un drapeau américain bat au vent. Le port est moucheté de bateaux. La vue est à couper le souffle, et c'est un vrai luxe d'y avoir accès.

— Ils savent que je suis intelligent, que je fais un travail important et que je suis un très, très bon joueur de tennis. Ils savent aussi à quel point j'aime ta mère, tes sœurs, ton frère et toi. Et pour la plupart des gens ici, Jessie, des gens bien, c'est tout ce qui compte. D'accord ?

Des larmes lui montent aux yeux mais elle espère qu'elles sont cachées par sa visière. Elle acquiesce et mène son père sur le court.

Ils échangent quelques balles, Jessie accepte les compliments de son père – « Ton revers est puissant et précis ! Ton service est presque parfait ! » – mais au bout d'une heure, le soleil est haut et brûlant, et Jessie et David en ont tous les deux assez.

— Et si on allait au Sweet Shoppe ? dit David. Pour manger cette glace que je t'ai promise.

On est déjà le 20 juillet mais c'est la première visite de Jessie au Sweet Shoppe de tout l'été. Le magasin a l'odeur de tous les bons glaciers : les guimauves grillées, le chocolat fondu et les effluves de malt et de vanille des cornets de gaufrette tout juste sortis du four. Jessie commande deux boules de pépites de malachite dans une coupe argentée et David demande un cornet de framboise noire et ils s'assoient à l'une des petites tables circulaires en marbre, sur les chaises en fer forgé inconfortables.

— Le moment est venu de me parler, dit David. Je ne suis pas là pour juger. Je suis là pour t'écouter.

Pas là pour juger. C'est une phrase inhabituelle, pense Jessie, ça doit être le signe qu'elle doit confier le terrible secret de sa mère.

Elle ne peut pas le dire.

Elle se demande si elle ne peut pas y aller progressivement. Il y a plein d'autres choses par lesquelles commencer : les libertés prises par Garrison, sa série de vols, la perte du collier de Nonny et la punition, être tombée amoureuse de Pick, son premier baiser, son premier chagrin d'amour lors de sa rencontre avec Sabrina, l'achat de soutien-gorge interrompu par Blair qui a perdu les eaux chez Buttner's, le problème d'alcool de sa mère, ses premières règles, sa colère qu'Anne Frank n'ait pas survécu à la guerre, la dispute avec Lorraine Crimmins et le départ de Pick, peut-être pour toujours, la lettre de Tiger lui disant que deux de ses amis, Frog et Puppy, ont été tués et qu'il était envoyé en mission secrète, la découverte qu'Exalta et M. Crimmins sont… en couple ?

Jessie ouvre la bouche mais sa langue est gelée, au sens propre comme au sens figuré. Elle a l'impression d'être une ratée, un échec. Elle est incapable de partager ce qui lui est arrivé cet été. Elle n'y arrive pas.

À la place, elle mange sa glace aux pépites de malachite – qui n'est qu'un nom sophistiqué pour le parfum menthe-pépites de chocolat – qui a atteint un stade délicieusement fondu.

Elle sent le poids de son pendentif Arbre de vie contre la peau de son sternum. Quand son père a remarqué qu'elle le portait, son regard s'est illuminé. *La maturité et la responsabilité*, pense-t-elle. Et puis, une idée radicale s'empare d'elle.

Quand elle était enfant, elle disait tout à ses parents : *J'ai faim, je suis fatiguée, il faut que j'aille aux toilettes, je me suis écorché le genou, j'aime, j'aime pas, je veux, j'ai besoin*. Et si grandir signifiait garder des choses pour soi ? Les expériences de cet été feront partie d'elle, au même titre que ses os et ses muscles, son cerveau et son cœur. Dans dix ou vingt ans, lorsqu'elle repensera à cet été 1969, elle songera : *C'est l'été où je suis devenue réelle. Une personne à part entière.*

Elle fait courir la cuillère le long du bord fondant de sa glace et dit :

— Je n'ai même pas encore pu écouter mon nouvel album une seule fois.

— Celui de Joni Mitchell ?

Jessie adore que son père s'en soit souvenu. Et puis une autre idée radicale la frappe : aux yeux de son père, elle est déjà une vraie personne.

— Bien, nous y remédierons dès notre retour à la maison.

Il penche la tête et la regarde dans les yeux.

— Alors, on peut dire que cet été s'est mieux passé que tu le pensais ?

— Oui, répond Jessie. Beaucoup mieux.

For What It's Worth

Le sénateur Kennedy a des ennuis.

Juste après que Patty a annoncé à Kirby l'horrible nouvelle au sujet de Mary Jo Kopechne, Mme Bennie lui demande de se présenter au travail. L'esprit de Kirby est sur le point de craquer à cause du trop-plein d'agitation et du manque de sommeil, mais elle n'a pas d'autre choix que d'y aller. Elle retourne à l'hôtel, toujours dans sa robe jaune à marguerites, et est immédiatement conduite dans le bureau où se trouvent Mme Bennie et un agent de la police d'Edgartown nommé sergent Braga.

— Où est M. Ames ? demande Kirby.

— Il a déjà fait sa déposition au sergent, répond Mme Bennie.

Kirby remarque qu'elle a retrouvé son chignon habituel et que toute frivolité a été remplacée par une solennité lugubre. Kirby aimerait savoir ce que M. Ames a dit au sergent.

— On essaye de corroborer la version du sénateur, explique le sergent Braga. Il a supposément quitté la fête au Lawrence Cottage aux alentours de onze heures quinze et a proposé à miss Kopechne de la raccompagner au ferry pour qu'elle regagne son logement à Edgartown. Cependant, le sénateur s'est perdu dans l'obscurité et il a fait une sortie de route sur le Dike Bridge, où la voiture s'est retournée et a été submergée. Le sénateur affirme qu'il a plongé à plusieurs reprises pour tenter de délivrer miss Kopechne, qui était dans le siège passager, mais sans succès. Après un bref instant de repos, le sénateur est retourné au Lawrence Cottage à pied pour alerter son cousin M. Gargan et un ami. Ils ont eux aussi essayé de plonger pour délivrer miss Kopechne, mais sans succès.

Kirby calme sa respiration. Elle n'arrive pas à croire que Mary Jo Kopechne, l'amie de Sara O'Callahan, avec sa robe fourreau bleu marine et ses perles, quelqu'un que Kirby avait rencontré seulement la veille, soit morte.

Morte.

Le sénateur a quitté la fête avec Mary Jo. Cela semble compromettant, n'est-ce pas ? Ou peut-être était-ce innocent. Peut-être qu'il était, comme il le déclarait, en train de reconduire Mary Jo au ferry. Si Kirby était allée à la fête, ça aurait pu être elle qu'il aurait raccompagnée au ferry. Ça aurait pu être Kirby prisonnière de la voiture sous l'eau.

— Le sénateur dit qu'il est arrivé à l'hôtel aux alentours d'une heure et quart. Cela vous paraît juste ?

Une heure et quart ? Ça ne semble pas correct. Luke est arrivé à la réception à une heure et demie, se souvient Kirby. Le taxi est arrivé à deux heures et Kirby est retournée à l'hôtel à trois heures moins dix. M. Ames lui a dit que le sénateur était arrivé à deux heures trente. C'est ça ? Assurément, c'est ce qu'a dit M. Ames à la police, mais si ça diffère de la version du sénateur, alors les souvenirs de Kirby seront d'une importance considérable – sauf qu'elle n'était pas là.

— Je n'ai pas vu le sénateur, répond Kirby.

— Mais il est monté dans sa chambre, dit Mme Bennie. Vous avez dû lui donner sa clef.

— C'est M. Ames qui lui a donné la clef, explique Kirby.

Elle fixe ses mains sur ses genoux.

— Je n'étais pas là quand le sénateur est revenu.

— Quoi ? dit Mme Bennie.

— Je m'occupais d'un intrus.

— Un intrus ?

— Le petit ami de ma colocataire est arrivé à la réception. Il avait un comportement inapproprié, il haussait la voix. Il était ivre et en colère. Nous l'avons mis dans un taxi.

— Encore heureux ! s'exclame Mme Bennie.

— J'ai dû l'accompagner, ajoute Kirby.

Elle en appelle au sergent Braga parce qu'elle a trop honte pour regarder Mme Bennie.

— Je savais que je ne devais pas quitter l'hôtel mais je devais m'assurer que Luke rentre directement chez lui. J'avais peur qu'il cherche ma colocataire pour lui faire du mal.

Au lieu d'être impressionné par la courageuse démonstration de dévouement et d'amitié de Kirby, le sergent semble déçu.

— Alors, vous n'avez pas vu le sénateur du tout ? Vous n'avez pas eu de contact avec lui ?

— Aucun, répond Kirby.

Le sergent se lève.

— Très bien, j'ai fini. Merci pour votre coopération, Mme Bennie. Je vous tiendrai au courant si nous avons besoin de quelque chose d'autre.

Mme Bennie se lève tout en posant une main ferme sur l'épaule de Kirby pour lui intimer de rester là où elle est.

— N'hésitez pas, sergent, dit-elle.

À l'instant où la porte du bureau se referme, Mme Bennie dit :

— Le sénateur n'a pas tué cette fille. C'était un accident. Quand on choisit de monter dans une voiture, on est responsable de sa propre vie.

Kirby comprend le désarroi de Mme Bennie ; à vrai dire, elle le partage. Il n'y a rien d'aussi démoralisant que de découvrir qu'un héros n'est qu'un homme ordinaire. Toutefois, contrairement à Mme Bennie, Kirby pense que le sénateur est peut-être responsable de la mort de Mary Jo Kopechne. Il semble que c'est lui qui conduisait, qui a provoqué la sortie de route et il aurait quitté les lieux sans délivrer Mary Jo de la voiture. Le sénateur a demandé à M. Ames s'il était certain qu'il n'était pas plus tôt que deux heures et demie. Il cherchait sûrement un alibi qui le placerait à l'hôtel et non à Chappaquiddick !

Les réflexions de Kirby sont interrompues par le soupir de Mme Bennie.

— Malheureusement, je vais devoir me séparer de vous.

— Quoi ? répond Kirby.

— Vous avez quitté les lieux sans permission. Je ne vous paye pas pour aller par monts et par vaux, peu importe la noblesse de votre cause.

— Mais… mais…

La protestation de Kirby se termine en balbutiement.

Mme Bennie ôte ses lunettes de lecture et les laisse reposer contre sa poitrine.

— Je sais que c'est difficile, Katharine. Nous avons été très satisfaits de votre travail ici. J'aimerais que tout ceci ne soit jamais arrivé. Ce pauvre sénateur…

— Et pauvre Mary Jo ! lance Kirby. Mary Jo est morte.

Kirby mentionne presque qu'elle l'a brièvement rencontrée. Elle a rencontré la jeune femme qui s'est noyée dans un accident probablement causé par le sénateur Kennedy. Peut-être que l'histoire ne se souviendra pas du nom de Mary Jo Kopechne, mais Kirby, elle, ne l'oubliera pas.

— Je vous écrirai une lettre de recommandation élogieuse, répond Mme Bennie. Et je vous payerai le reste de la semaine.

Kirby voit bien qu'elle aura beau supplier tant qu'elle voudra, cela ne lui rendra pas son travail et elle sait que Mme Bennie se montre plus généreuse que nécessaire au sujet de la lettre de recommandation et du salaire – probablement parce qu'elle souhaite que Kirby s'en aille discrètement au lieu d'ajouter d'autres complications à toute cette situation sordide.

Alors que Kirby se tient sur le porche de l'hôtel

pour attendre son taxi vers Oak Bluffs, elle réfléchit à la façon dont la vie peut basculer d'une seconde à l'autre.

Edgartown va lui manquer – les maisons à bardeaux blanches avec leurs volets noirs et leurs jardinières débordantes, la bande bleue du port visible au-delà des jardins. Tout cela lui semble familier, presque comme une deuxième maison, ce qui veut dire qu'elle n'a plus rien à prouver.

Elle retournera à la maison de Narragansett Avenue pour faire ses valises. Demain matin, elle partira pour Nantucket.

À vol d'oiseau, il n'y a que dix-huit kilomètres entre Martha's Vineyard et Nantucket, mais elle doit tout de même prendre d'abord un ferry pour Woods Hole puis un autre pour Nantucket.

Darren propose de la conduire au quai mais Kirby insiste pour marcher.

— Avec tous tes bagages ? demande Darren. Laisse-moi faire ça. S'il te plaît, Kirby.

Kirby accepte mais elle lui explique qu'elle a l'intention de s'en aller tôt, avant que les autres filles descendent déjeuner. Elle déteste les adieux et surtout dans le cas présent, parce qu'elle s'en va au milieu de l'été, dans des circonstances affreuses. La seule personne qui va réellement lui manquer est Patty – même si Patty et Luke sont plus proches que jamais. À la fin de l'été, lui a annoncé Patty sur un ton suffisant, elle déménagera à New York avec Luke. Elle poursuivra son rêve de devenir actrice, à l'ancienne – en lisant les annonces dans le magazine *Backstage* et en courant les castings.

— Je t'attendrai devant à sept heures, dit Darren. Pas de fanfare.

Il est là, comme promis, adossé à sa voiture. Quand Kirby arrive, il se précipite pour l'aider avec ses valises. Elle monte dans la Corvair et lance un dernier regard à la maison. Elle a laissé un mot aux filles et elle suppose que bientôt, elles se disputeront pour savoir qui récupérera son igloo.

Malgré les protestations de Kirby, Darren arrête la voiture devant l'embarcadère, parce qu'il veut mettre ses bagages sur un chariot. *D'accord, d'accord, merci*, pense-t-elle, *maintenant, va-t'en*. Son aversion pour les adieux est encore plus forte quand il s'agit de dire au revoir à Darren.

Quand il a fini de s'occuper des valises et que Kirby a acheté son billet, il la prend dans ses bras. Kirby est surprise.

— Il y a du monde, dit-elle.
— Je m'en fiche.

Il ne s'en fiche pas – c'est bien pour ça qu'ils en sont là. Ce que Darren veut dire, c'est qu'il s'en fiche parce qu'il ne connaît pas les gens ici. Ce sont des touristes, et la plupart – mais pas tous – sont blancs. Il y a des familles qui essayent de calmer des enfants en pleurs réveillés trop tôt ; des couples en lune de miel qui prennent des Polaroïds ; un couple noir âgé, le mari s'appuyant sur sa femme alors qu'ils avancent lentement vers la rampe.

— Darren...

— Je te verrai à l'automne, dit-il.

— Je ne suis pas sûre que ce soit une bonne idée.

— Juste un rendez-vous. Laisse-moi t'emmener manger un hamburger chez Mr. Bartley's. D'accord ? C'est un endroit légendaire. Ou si tu préfères, on pourra aller au Rathskeller...

— Un hamburger, ça me va très bien.

Elle ne l'avouera pas mais elle est contente qu'il veuille la revoir une fois sur le continent. Et un seul rendez-vous ne peut pas faire de mal.

Darren l'embrasse et le baiser est plus long et plus intense qu'elle ne l'avait prévu. Assez vite, ils s'embrassent à pleine bouche ; c'est si plaisant qu'elle ne peut se résoudre à s'arracher à lui. Elle sent les regards désapprobateurs du couple noir âgé, ou peut-être qu'elle les imagine. Peut-être que c'est l'été 1969, que les choses ont changé et qu'un garçon noir et une fille blanche peuvent s'embrasser en public et que tout le monde s'en fiche.

— Waouh ! fait une voix.

Kirby s'écarte pour voir un garçon très maigre et très grand, de leur âge, avec une immense coupe afro orange. Il porte un pantalon en velours à rayures arc-en-ciel, un gilet assorti et un haut-de-forme noir. Il est pieds nus. Il adresse un pouce levé à Kirby et Darren et lance :

— L'amour est plus fort que tout !

Kirby se sent plutôt bien quand elle monte sur le ferry. La corne de brume retentit, ce qui lui fait d'habitude un pincement au cœur parce que cela signifie qu'elle quitte Nantucket. Aujourd'hui, cependant, elle est en route pour Nantucket. Ce soir, elle posera la tête dans son lit, sur son île ; il lui reste six semaines d'été. Elle pourra rencontrer sa nièce et son neveu ; elle se rendra utile en conduisant Jessie ici et là ; elle fera de son mieux pour mettre des idées révolutionnaires – comme l'égalité raciale – dans l'esprit étriqué d'Exalta. Et peut-être, peut-être, que cet été sera de ceux sur lesquels on écrit des chansons.

Alors que Kirby se tient à la proue du bateau, quelque chose attire son regard. Un homme. Il y a une femme avec cet homme.

Elle est surprise, parce qu'elle pensait en avoir fini avec la période où elle dévorait des yeux chaque homme qui ressemblait vaguement à Scottie Turbo. Mais visiblement non, car ce qui attire son œil, c'est une coupe en brosse et une carrure incroyablement forte et carrée, comme un homme fait de briques. Au début, Kirby n'est pas certaine à cent pour cent. Elle s'approche doucement. Il y a plein de gens sur le pont alors elle peut aisément épier tout en se fondant dans la foule.

Il se tourne et son profil est un coup de poing dans ses entrailles. Pas l'ombre d'un doute. Kirby s'agrippe à la rambarde. Scottie Turbo est sur ce ferry. Ce qui veut dire qu'il était à Martha's Vineyard. Cela la surprend. Quand elle avait dit à Scottie que sa famille avait une maison à Nantucket, il avait fait la grimace et avait tapoté son nez.

— Des snobs, avait-il dit. Ces îles en sont infestées.

Elle avait eu du mal à imaginer inviter Scottie Turbo à All's Fair et le présenter à sa grand-mère. Elle avait essayé de l'imaginer complimenter la fresque du salon ou apprécier la collection de bibelots d'Exalta ; de se le représenter à une table du Field & Oar Club, commandant un gin tonic. Elle n'y était pas arrivée.

L'atmosphère plus démocratique de Martha's Vineyard devait lui convenir. Kirby se demande où il était, puis elle s'imagine un scénario catastrophe où Scottie et cette femme entrent au Shiretown pendant son service.

Quelle horreur !

Au bout d'un moment, le choc de Kirby s'estompe suffisamment pour lui permettre d'examiner correctement la femme. Une épouse, pense-t-elle. Pas une petite amie. Elle voit cela au désintérêt qu'ils se portent l'un à l'autre. Leurs avant-bras sont posés sur la rambarde côte à côte, sans se toucher. La femme a les cheveux clairs, mais pas aussi blonds que Kirby, et coupés en carré aux épaules, comme ceux d'Exalta. Kirby se rapproche un peu plus, pour mieux voir Bobonne ; pour y arriver, elle se positionne dans le dos de Scottie. Bobonne a une peau cireuse et des marques rougeâtres sur les joues. Elle ne porte pas de maquillage et ses yeux se perdent dans son visage. Elle est quelconque. Elle ressemble un peu à Scottie. Ils ont le même teint, la même tristesse dans la forme de leur bouche, comme s'ils attendaient perpétuellement de mauvaises nouvelles. Que fait-elle dans la vie ? se demande Kirby. Elle n'a pas l'air d'appartenir à la classe ouvrière, mais elle ne dégage ni la gentillesse ni l'empathie d'une infirmière ou d'une enseignante. Elle est probablement secrétaire. Oui, pense Kirby. Elle semble organisée et efficace et elle est sans doute indispensable à son important patron – un cadre dans une entreprise industrielle ou peut-être un magnat de l'immobilier. Elle peut certainement taper cent dix mots minute et connaît la sténo ; elle lui apporte son café, commande son déjeuner et va chercher ses affaires au pressing. Peut-être que Scottie est même un peu jaloux de son patron parce qu'elle est si dévouée.

Kirby se projette simplement ; elle n'a aucune idée de ce que fait Bobonne.

Y a-t-il plus fascinant au monde que la femme face à laquelle on a perdu ? songe Kirby. Elle n'arrive pas à comprendre ce que Scottie lui trouve.

Puis Bobonne se tourne et Kirby comprend. Elle est enceinte – vraiment enceinte – de peut-être cinq ou six mois. Kirby fait un rapide calcul. Bobonne attendait déjà un enfant quand Kirby a annoncé à Scottie qu'elle était enceinte.

Ah. C'est donc ça.

Bobonne remarque que Kirby la fixe et lui rend son regard avec un air de défi, droit dans les yeux.

— Je peux vous aider ? demande-t-elle.

Kirby est paralysée. Son esprit tourne comme la roue d'un jeu télévisé. Que doit-elle dire ? Elle pourrait faire semblant d'être en extase devant la grossesse de Bobonne. Blair lui a dit qu'une fois enceinte, une femme devient une propriété publique et que n'importe qui dans la rue se sent le droit de faire des commentaires et parfois de lui toucher le ventre sans demander la permission.

Scottie fait volte-face pour regarder qui Bobonne interpelle. Il aperçoit Kirby et son visage se pétrifie.

Ce n'est pas de la haine ; elle le voit clairement. C'est de la peur.

Kirby s'avance, rayonnante.

— Excusez-moi de vous avoir fixée, dit-elle. C'est juste que j'ai l'impression de vous avoir déjà vue. Je suis Kirby Foley. Comment vous appelez-vous ?

— Ann, répond-elle. Ann Turbo. Mon nom de jeune fille est Herlihy. Je suis allée au lycée Mount-Alvernia. Est-ce que je vous connais de là-bas ? Vous êtes beaucoup plus jeune que moi.

Plus jeune de cinq ans ou quelque chose comme ça, estime Kirby. Elle connaît une fille qui était à Mount-Alvernia – Deirdre Metcalfe – mais elle ne peut pas faire semblant d'y être allée.

— Je suis allée au lycée de Brookline, dit-elle en haussant les épaules. Dans le public.

Scottie prend la parole.

— Vous devez faire erreur, mademoiselle. Vous ne nous connaissez pas.

C'est soit le « mademoiselle » soit le « nous » qui l'agace. Il agite sa matraque de mots, pour la faire circuler. C'est sûr, ça l'arrangerait bien. Il est pétrifié. Il doit avoir des nœuds dans le ventre, comme du linge dans une machine à laver.

— Peut-être que vous m'avez seulement attirée parce que vous êtes enceinte, dit Kirby. Je l'étais moi-même il n'y a pas si longtemps.

— Vraiment ?

Ann regarde derrière Kirby, à la recherche du moindre signe d'un enfant.

— J'ai perdu le bébé, explique Kirby.

Ann sursaute comme si Kirby l'avait frappée.

— Non ! s'exclame-t-elle.

— C'était probablement pour le mieux, dit Kirby.

Elle montre à Ann sa main gauche sans bague.

— J'ai eu des ennuis. Et le père – elle fait un pas de plus vers Scottie. Elle est près, si près qu'elle pourrait lui donner une baffe… ou l'embrasser – était un homme marié. Bien entendu, je ne le savais pas à l'époque.

Ann en a le souffle coupé, visiblement trop submergée pour trouver les mots. Scottie ouvre la bouche pour parler mais Kirby lève une main, comme un policier faisant la circulation.

— Cet homme n'avait absolument aucune intégrité, une vraie lavette, poursuit Kirby. Mais je suis sûre qu'il en payera le prix un jour ou l'autre.

— J'espère bien ! lance Ann.

Elle prend maintenant la défense de Kirby et Scottie sort un mouchoir pour essuyer la sueur de son front.

— Heureusement pour vous, vous semblez avoir trouvé un homme bien, ajoute Kirby avec un signe de tête à Scottie. Un homme honnête et droit.

— Il est policier ! annonce fièrement Ann.

— Vraiment ? dit Kirby.

Elle s'autorise à regarder droit dans les yeux verts de Scottie ; elle pourrait tout aussi bien se jeter à l'eau depuis la proue.

— *What a field day for the heat*, chante-t-elle. *A thousand people in the street*[1].

---

1. *Quelle journée de chaleur. Un millier de personnes dans la rue.* (*For What It's Worth,* Buffalo Springfield.)

Elle s'attend à rencontrer une barrière, un roc, un mur de béton – mais à la place elle trouve quelque chose de plus doux. Une étendue d'herbe.

Je suis désolé, disent ses yeux. *J'avais une femme et un bébé en route. Mais sache que je suis vraiment tombé amoureux de toi. Je t'aime et je t'aimerai toujours.*

Ou du moins c'est ce que Kirby imagine que ses yeux disent. Ça lui suffit.

Elle sourit de toutes ses dents.

— Passez une bonne journée ! lance-t-elle avant de se diriger vers l'arrière du bateau d'un pas nonchalant.

Parce que tous les ferries pour Nantucket sont complets – « nous sommes en juillet, jeune fille », lui dit la guichetière désabusée – Kirby prend le cargo de fret du soir, avec ses deux valises perchées à tribord sur des caisses. Kirby est fatiguée – physiquement et émotionnellement – mais elle se redresse quand les lumières scintillantes de Nantucket apparaissent à l'horizon. Elle discerne la flèche de l'église congrégationaliste et le clocher de l'église unitarienne, qui marquent le nord et le sud du port, mais ce qu'elle aime le plus, c'est la façon dont les lumières des bateaux éparpillées dans l'obscurité ressemblent aux étoiles du ciel nocturne.

Aucun taxi ne vient à la rencontre du bateau quand il accoste, alors Kirby progresse lentement dans Easy Street et Main Street avec ses valises – toutes les deux si lourdes qu'elles pourraient contenir des lingots d'or – et son tourne-disque Silvertone adoré. Au moment de tourner à gauche dans Fair Street, elle voudrait courir.

Chez elle ; enfin !

Elle laisse ses bagages sur la dernière marche du perron – elle ira les chercher demain matin – et se faufile à l'intérieur, puis dans l'escalier. Elle n'est pas assez imprudente pour entrer dans la chambre de sa grand-mère ou dans celle de ses parents mais elle n'a pas de problème à réveiller Jessie.

Surprise ! La troisième chambre est pleine à craquer – une silhouette ronde dans un lit, cernée par deux couffins. Kirby ne veut pas déranger Blair mais elle prend un instant pour contempler les petits visages de sa nièce et de son neveu. Elle ne sait pas qui est qui mais ça n'a aucune importance. Elle fera leur connaissance demain matin.

Elle descend, traverse le couloir et la cuisine qui a encore l'odeur du four en brique traditionnel bien qu'il n'ait pas été utilisé depuis un siècle, elle passe la porte et franchit la pelouse vers Little Fair.

La chambre du bas est vide et sombre. Celle de Tiger, pense Kirby avec douleur. Puis elle monte. Il fait noir comme dans un four mais elle n'a pas besoin de lumière ; le chemin est incrusté dans ses muscles et ses os. Elle pourrait s'y repérer les yeux fermés.

La première chambre, celle de Blair, est vide et Kirby pourrait aisément s'y allonger et dormir pendant deux jours d'affilée, mais à la place, elle pousse doucement la porte de la deuxième chambre.

Jessie dort, étendue sur le lit comme si elle était tombée d'un avion. Ses cheveux sont étalés sur son oreiller. Kirby en a toujours été jalouse ; les cheveux de Jessie sont épais et brillants comme du vison. Elle n'a pas une seule tache, ni sur son visage ni sur son âme. Oh, comme Kirby aimerait avoir à nouveau cet âge et tout recommencer.

Elle soulève le poids mort du bras de Jessie et se glisse dans le lit à côté d'elle. Jessie s'agite et ouvre un œil.

— Qui est-ce ?

— C'est moi. Kirby.

Jessie la serre dans ses bras avec un enthousiasme d'enfant et une force d'adulte.

— Bon retour à la maison, dit Jessie. Tu m'as manqué.

Kirby soupire en fermant les yeux. La journée a été longue.

Get Back

Les jumeaux ont huit jours quand Neil Armstrong, Buzz Aldrin et Michael Collins réintègrent l'atmosphère terrestre. Le seul message que Blair ait reçu d'Angus est le télégramme, qui a maintenant lui aussi huit jours. Il ne l'a appelée ni à l'hôpital ni à la maison, ce qui veut dire… quoi ?

Blair a reçu une douzaine de roses roses de Joey Whalen, avec une carte *Félicitations, sœurette !* Cela, remarque-t-elle, est bien loin de *Je t'ai aimée le premier. À toi pour toujours, Joey*.

Blair a perdu tous ses repères, comme un astronaute dont le filin qui le relie au vaisseau a été coupé. Elle est seule, abandonnée, sans but.

Kirby débarque tout juste du ferry depuis Martha's Vineyard pour le plus grand plaisir de Blair. Elle a retrouvé sa confidente. Mais quand Blair lui explique combien elle se sent démunie parce qu'elle a perdu Angus et Joey, Kirby met les mains sur les hanches et lui fait la leçon.

— Que dirait Betty Friedan ? Tu n'as pas besoin d'un homme. Tu peux élever les jumeaux toute seule. Je t'aiderai. On t'aidera tous.

Blair est sceptique. Et pour couronner le tout, elle a toujours l'air enceinte ! Elle n'est pas aussi grosse que juste avant l'accouchement ; elle est revenue à son poids du quatrième ou cinquième mois. Ses seins sont énormes et aussi lourds que des sacs de sable, ses tétons, deux pointes en feu.

Malgré ça, Blair adore donner le sein aux jumeaux. Quand leurs petites bouches tirent, le lait s'écoule, comme il se doit, et son corps rayonne presque de soulagement. Le seul moment où elle est détendue, c'est quand l'un des jumeaux est au sein, même si elle a peur d'avoir l'air d'une vache. Kate n'arrête pas de lui dire qu'il n'y a « pas de honte » à passer au lait en poudre.

— Ils ont besoin de moi, maman, répond Blair. Laisse-moi faire ça.

Tout le monde adore les bébés ! Kate, David, Jessie et même Exalta. C'est Kirby qui s'avère la plus utile. Elle est douée avec eux et elle n'oublie jamais d'apporter à Blair un grand verre d'eau glacée et une bouteille de bière bien fraîche avant chaque tétée. Blair meurt de soif dès qu'ils sont au sein et la bière est réputée augmenter la lactation. Ce n'est peut-être qu'un conte de bonne femme, mais Blair ne veut pas le savoir. La bière la détend.

Kirby n'est pas dégoûtée par les zeppelins que sont devenus les seins de Blair et elle l'encourage toujours, appelant Blair « maman ». Dès qu'un des jumeaux a fini de manger, Kirby l'emmène dans le rocking-chair jusqu'à ce qu'il ou elle fasse son rot.

— Pour ton information, dit Kirby, je leur murmure des chansons contestataires à l'oreille.

— Je n'en attendais pas moins, répond Blair.

C'est aussi Kirby qui, enfin, lui apporte un second télégramme d'Angus.

```
REVIENS DEMAIN. ARRIVERAI NANTUCKET
SAMEDI À MIDI.
```

— Angus vient à Nantucket, annonce Blair. Samedi.

Soudain elle se sent fébrile.

— Qu'est-ce que je vais faire ?

— Tu vas lui parler, répond Kirby. Et tu ne vas pas te laisser marcher sur les pieds. Tu es une mère formidable, mais tu as aussi beaucoup d'autres talents qui seront gâchés si tu ne les utilises pas. Il faut qu'Angus le reconnaisse.

— D'accord.

— Je vais te dire, si tu penses que tu pourras t'occuper des bébés toute seule pour un petit moment, je vais emmener tout le monde loin d'ici samedi. Je vais organiser une sortie en bateau pour qu'Angus et toi ayez un peu de temps pour vous.

— Merci, répond Blair.

Elle décide de ne pas dire à Kate et Exalta qu'Angus vient – au cas où il ne resterait pas.

Le samedi, Kirby tient sa promesse et emmène toute la famille – y compris David, qui est revenu pour le week-end – à Coatue, dans le Boston Whaler. Kate ne veut pas laisser Blair seule, mais celle-ci lui assure que tout ira bien. Il faudra bien qu'elle apprenne à prendre soin de ses enfants sans aide extérieure à un moment ou un autre.

Dès qu'ils se mettent en route en direction du Field & Oar Club avec les gilets de sauvetage et un panier à pique-nique, Blair nourrit et fait faire leur rot aux bébés l'un après l'autre, et ils s'agitent à peine. Ils regardent tous les deux Blair avec leurs yeux ronds et alertes, comme s'ils savaient que quelque chose d'important allait arriver.

— Eh oui. Vous allez rencontrer votre papa aujourd'hui.

Elle se met à pleurer – depuis l'accouchement ses émotions sont incontrôlables – et elle comprend que sa plus grande peur n'est pas qu'Angus ne veuille pas d'elle mais qu'il ne veuille pas des bébés. C'est lui qui l'a mise enceinte, mettant fin à ses espoirs de poursuivre ses études, et c'est lui qui a le culot d'avoir une liaison. Son comportement est impardonnable et pourtant Blair a très, très envie de lui pardonner. Elle adore ses enfants et neuf jours seulement après leur naissance, elle ne peut pas imaginer sa vie sans eux.

Mais ils ont besoin d'un père.

Et – au diable Betty Friedan ! – Blair aimerait retrouver son mari.

Dès que les jumeaux s'endorment, Blair prend une longue douche chaude à l'intérieur, ce qu'Exalta n'aurait jamais autorisé si elle était là, puis elle se brosse les cheveux et enfile une nouvelle robe, en vichy bleu clair, une robe de maternité mais qui la met tout de même à son avantage. Elle se maquille, se parfume et met des perles à ses oreilles. Puis elle fume une cigarette et attend.

À midi douze, Blair entend une voiture se garer devant la maison, puis une portière claquer.

Elle se dépêche de rentrer mais elle attend au bout du couloir qu'on frappe à la porte. Puis lentement, très lentement, elle avance vers la porte d'entrée.

Blair ouvre la porte et trouve… son mari ?

— Blair ! s'exclame Angus.

Il a l'air… différent. Il ne s'est pas rasé depuis des semaines ; il a une barbe et ses cheveux ont tellement poussé qu'ils sont presque hirsutes. Avec ses lunettes, il ressemble à John Lennon ou à Abbie Hoffman, à un révolutionnaire. Et il porte un jean – Blair essaye de se rappeler si elle a déjà vu Angus en jean – et un t-shirt gris avec MIT inscrit en lettres vertes. Aux pieds, il a des sandales en cuir. C'est presque comme s'il n'avait pas été au Centre de contrôle mais qu'il avait plutôt traîné dans le quartier de Haight-Ashbury à San Fransisco avec les membres de Jefferson Airplane.

Et pourtant ce nouveau look – tendance et détendu – donne de l'espoir à Blair. Peut-être qu'Angus a changé. S'il était venu ici en costume avec les cheveux courts, Blair n'aurait pu que s'attendre à ce que les choses restent pareilles entre eux – c'est-à-dire, peu satisfaisantes.

Ou, pense Blair, ce nouveau style est l'influence de Trixie. Peut-être que Trixie est l'une de ces femmes qui ne se rasent pas les jambes et ne se lavent pas les cheveux ; peut-être qu'elle participe à des cercles de percussions et prend du LSD.

Blair tient la porte ouverte.

— Entre.

Alors qu'Angus passe devant elle dans le couloir, elle renifle ses vêtements pour voir s'il sent la marijuana.

Non, Dieu merci.

Blair ferme la porte, puis se retourne pour faire face à son mari, un homme qui l'a volée à son frère avec une simple référence à Edith Wharton. Blair envisag de lui proposer de s'asseoir dans le grand salon ou dans la cuisine pour boire un café ou une bière, mais elle ne veut pas qu'il se mette trop à son aise.

Elle reste plantée dans le couloir, au bas de l'escalier, où elle peut entendre les bébés s'ils pleurent.

— Parle-moi de Trixie, dit Blair. La vérité.

— C'est le Dr Cushion qui me l'a présentée, répond Angus.

Le Dr Cushion! pense Blair. Le célèbre professeur émérite de microbiologie au MIT qui a organisé le tragique pot du personnel de l'université ? Blair se disait bien que les « garçons dans le petit salon » ne discutaient pas uniquement de sciences. Ils parlaient aussi de femmes. Leonard Cushion a tout appris à Angus dans l'art de trouver une maîtresse !

— Le Dr Beatrix Scofield, continue Angus. C'est une psychanalyste réputée. Elle a un doctorat de l'université Johns Hopkins et une chaire subventionnée au MIT.

— Je n'ai pas besoin de son CV. Je veux seulement savoir si tu es amoureux d'elle.

— Ce n'est pas ma maîtresse, Blair. Je suis son patient. Mes crises ? Elles sont dues à une dépression clinique. Je travaille avec Trixie – le Dr Scofield – et on a fait des progrès.

Blair est perdue, mais elle sent un poids en moins sur ses épaules.

— C'est une psychanalyste ? Comme Freud ? Tu t'allonges sur un divan ?

— À vrai dire, oui. Mais parler n'est que la moitié du traitement. L'autre partie est médicamenteuse.

Il sourit timidement.

— Et ça marche. Je me sens mieux.

— Pourquoi est-ce que tu ne me l'as pas dit, tout simplement ?

— J'étais gêné. J'avais honte. Je ne voulais pas que tu penses que j'étais détraqué. Je ne voulais pas que tu regrettes de m'avoir épousé... ou d'avoir eu des enfants avec moi.

Il déglutit.

— Je ne voulais pas que tu regrettes de ne pas avoir épousé Joey à ma place parce qu'il est amusant et facile à vivre. Et puis, quand je vous ai vus tous les deux, je n'ai rien dit car j'avais envie que tu croies que moi aussi j'avais quelqu'un.

— Embrasser Joey était une erreur, répond Blair.

— Trixie me l'a expliqué. Elle m'a dit que Joey essayait juste de prendre sa revanche à cause de vieilles rancunes.

Je n'en suis pas si sûre, songe Blair. Joey et elle ont toujours eu une attirance. Blair est tentée de raconter à Angus l'histoire de Joey allant chercher de la crème chantilly pour son gâteau, mais à la place elle dit :

— Tu n'as pas à avoir honte de demander de l'aide.

— J'ai été intelligent toute ma vie. Et je suppose que j'étais en colère de ne pas trouver un moyen de me guérir tout seul.

— Non, Angus.

— Tu sais comment j'ai enfin pris la décision de voir Trixie ? J'étais jaloux chaque fois que je songeais aux astronautes.

Il tend la main pour caresser la joue de Blair.

— Et non, non pas parce que tu penses qu'ils sont beaux ou parce que tu avais leurs photos aux murs de ta chambre d'étudiante.

Il se racle la gorge.

— J'étais jaloux parce qu'ils pouvaient quitter ce monde. Voilà à quel point je n'avais pas envie d'être ici.

— Angus ! s'écrie Blair.

— Je ne me sens plus comme ça maintenant. Trixie – le Dr Scofield – m'a vraiment aidé.

Merci, Trixie, pense Blair.

Angus semble plus doux qu'il ne l'a jamais été. Mais est-il malléable ?

— Trixie n'est pas notre seul problème. Je veux retourner à l'université. Je veux obtenir ma maîtrise en littérature américaine et devenir professeure, comme toi.

Angus la dévisage et elle pense qu'il a peut-être changé, mais pas tant que ça. Il veut que Blair reste à la maison, pour élever les enfants, épousseter les bibelots sur les étagères et parfaire son *poulet au porto**.

— On pourrait engager quelqu'un, je suppose, répond-il. Et je suis certain que je pourrais apprendre à changer une couche.

Blair lâche un soupir de frustration. Elle n'est mère que depuis neuf jours mais elle a déjà compris que la vague idée qu'elle se faisait de s'occuper d'enfants – de jumeaux – a été largement dépassée par la réalité quotidienne, d'heure en heure, de leurs besoins.

— Ce sera beaucoup plus compliqué que changer des couches, dit-elle d'une voix ferme. Et il faut que tu le saches. J'ai besoin que tu sois un vrai partenaire.

Alors, Betty Friedan, tu es fière de moi ? pense-t-elle. Son cœur martèle dans sa poitrine et ses poings sont serrés ; elle sait que ces derniers mois d'angoisse et de tristesse remontent maintenant à la surface, ici dans la maison de sa grand-mère, alors qu'Angus se tient, impassible, devant elle. Il lui prend les mains et pose sur elle ce regard qui l'avait captivée dans l'appartement de Cambridge.

— Je comprends, Blair, dit-il. Vraiment, je comprends. Je veux être là pour toi et les bébés. Et je veux que tu puisses faire ce qui te rend heureuse.

— Je vais te prendre au mot.

— Je t'aime, Blair.

Elle n'est pas encore tout à fait prête à lui répondre.

— Je suis fière de toi, dit-elle, en regardant vers le haut. L'alunissage, Angus. C'était vraiment remarquable.

— Tu as donné la vie. Il n'y a rien de plus remarquable que ça.

À vrai dire, elle est d'accord avec lui, mais elle se contente de hausser les épaules.

— Est-ce que je peux voir nos enfants ? demande-t-il.

— Une fois que tu m'auras embrassée.

Il s'exécute et cela lui semble à la fois familier et étranger. Sa barbe pique et Blair enfonce ses doigts dans ses longs cheveux et s'accroche. Puis elle le prend par la main et l'emmène à l'étage.

Both Sides Now (Reprise)

Bill Crimmins retourne dans son studio sur Pine Street. Il explique que c'est la chose à faire et Kate est d'accord, mais elle craint qu'il mette maintenant fin à ses efforts pour obtenir des informations sur Tiger. Elle le lui dit et il répond :

— Katie, voyons. Je vais faire tout mon possible pour en savoir plus.

C'est une réponse généreuse, surtout à présent que Bill a lui-même perdu sa fille – une nouvelle fois – et non seulement Lorraine, mais aussi Pick. Kate lui demande s'il a eu des nouvelles et il lui adresse un sourire qui contient quatre décennies de chagrin.

Angus arrive et la maison est en effervescence. Angus et Blair sont de nouveau ensemble, Angus a un peu de temps libre avant que les cours au MIT reprennent en septembre et ils décident de rester à All's Fair jusqu'au Labor Day, le premier lundi de septembre. Kate est heureuse pour Blair, heureuse d'avoir ses petits-enfants à la maison, même si elle s'est mise à dormir avec des bouchons d'oreilles.

Kirby trouve un travail trois jours par semaine à la réception du Gordon Folger Hotel, pour remplacer un étudiant dont la grand-mère est décédée subitement. Elle explique à Kate que, pendant toute la première partie de l'été, elle a pensé faire des études de sciences politiques, mais le scandale Kennedy l'a désenchantée. Maintenant, elle veut travailler dans l'hôtellerie et aimerait passer un semestre à l'étranger, en Suisse, l'épicentre de l'hôtellerie de luxe. Elle espère qu'Exalta le lui payera.

Les jours où elle ne travaille pas, elle emmène Jessie à la plage.

Même si Kate adore voir ses filles passer du temps ensemble, elle s'inquiète que Jessie grandisse trop vite.

— Je ne veux pas que tu boives quand tu es avec ta sœur, dit Kate. Ou que tu fumes de la marie-jeanne. Promets-le-moi.

— C'est promis, répond Kirby avec un sourire en coin qui veut dire Dieu sait quoi. On bouquine, on dort, on se retourne toutes les quinze minutes, on nage, on se balade pour ramasser des coquillages. On discute.

Discuter de quoi ? se demande Kate. Jessie connaît maintenant le secret de Kate et elle suppose qu'elle devrait craindre que Jessie vende la mèche, mais ce n'est pas le cas. Le secret pèse moitié moins lourd depuis qu'elle l'a partagé. Certains jours, il lui semble même que son pouvoir s'est dissipé, comme lorsqu'on allume la lumière et qu'on découvre qu'il n'y a pas de monstre dans le placard.

Kate n'a pas bu un seul verre – et n'en a pas eu envie – depuis une semaine.

Le défilé de belles journées chaudes et ensoleillées

est interrompu par une tempête isolée. Kate a toujours aimé les journées pluvieuses sur l'île. En temps normal, elle allumerait un feu de cheminée et proposerait de jouer à des jeux de société, mais Kirby annonce qu'elle va au bowling avec Jessie.

Kate se fige. Le bowling était le truc de Tiger.

Est son truc.

— Tu veux venir avec nous, Maman ? demande Kirby.

Le premier réflexe de Kate est de répondre non, mais vraiment, qu'a-t-elle d'autre à faire ? Ces derniers temps, Exalta n'arrête pas de faire des sorties mystérieuses, jour et nuit ; elle prétend s'être fait une amie qui vit à quelques pâtés de maisons d'ici et plus tôt dans la journée elle s'est élancée dans Fair Street avec son parapluie, ses bottes de pluie et ses espadrilles à la main pour qu'elles ne soient pas mouillées.

Kate pourrait rester à la maison et aider Blair et Angus avec les bébés mais Angus a imposé une méthode scientifique sur l'heure des tétées et des siestes qui marche à merveille. Alors pourquoi ne pas se joindre à ses deux filles ? Pourquoi ne pas aller faire du bowling ?

Le bowling est au milieu de l'île, au bout d'une route non goudronnée appelée Youngs Way. Kate n'est pas venue ici depuis l'époque où elle déposait Tiger, il y a des années, avant qu'il apprenne à conduire. La dernière fois que Kate est entrée c'était pour l'un de ses tournois – il les gagnait tous haut la main – et Kate se souvient d'avoir entendu des vieux de la vieille de Nantucket dire que Tiger était assez bon pour passer pro, ce qui l'avait fait glousser. Comme si son fils unique allait gâcher sa vie pour être joueur de bowling professionnel !

Maintenant, elle accepterait ce destin pour lui en un battement de cils.

Le bowling sent les cacahouètes grillées, la cigarette et l'humidité. L'endroit est plein à craquer aujourd'hui parce qu'il pleut, mais l'ambiance est douillette et conviviale. Kirby s'avance jusqu'à l'accueil et obtient la piste 10, qui est contre le mur du fond, et non, Dieu merci, au milieu de la pièce où les gens pourraient les regarder. Elles mettent chacune une paire de ces hideuses chaussures qui iraient mieux à un gangster ou à un clown. (Kate tremble à l'idée de tous les autres pieds qui ont été dans ces chaussures et puis elle revoit Exalta descendre Fair Street, insouciante dans ses bottes. Curieux.) Elles achètent un grand sachet de cacahouètes chaudes et trois sodas. Elles sont prêtes à jouer !

C'est un jeu faussement simple – il suffit de renverser les quilles avec une boule lourde – mais il faut du temps à Kate pour comprendre comment mettre ses doigts dans les trous, le bon nombre de pas à faire et comment lâcher la boule avec force et précision. Après quelques boules qui atterrissent dans la gouttière, elle prend le coup de main et les quilles se mettent à tomber. Durant la première *frame*, Kate en abat six, Kirby sept et Jessie fait un *spare*. Kate aime les bruits du bowling, le grondement plein d'anticipation de la boule qui roule sur le plancher brillant et le claquement de la boule contre les quilles. Il y a de la musique de fond : Bill Haley & His Comets, Chuck Berry et

Chad & Jeremy. Kate boit son soda et laisse les coques de cacahouètes tomber par terre. Quand c'est son tour, elle prend la boule qui ressemble à un tourbillon de marbre vert et blanc et la tient devant son visage. Elle sent la présence de Tiger à cet instant, si profondément qu'elle croit presque que, si elle se retourne, elle le trouvera là, assis entre ses sœurs. Elle entend son rire. Il est là. Il est dans l'air ambiant. Kate projette son bras en arrière et lâche la boule. C'est un *strike*.

Ce soir-là, Kate regarde Walter Cronkite seule. Blair est à l'étage avec les bébés, l'un d'eux pleure ; Angus est sorti chercher des pizzas ; Jessie et Kirby sont au cinéma Dreamland pour voir *Butch Cassidy* et Exalta est allée jouer au bridge à l'Anglers' Club avec Bill Crimmins.

Exalta et Bill Crimmins, pense Kate. Elle se demande soudain s'il y a anguille sous roche. Bill Crimmins habite sur Pine Street, dans la même direction que prend Exalta pour ses sorties mystérieuses. Cela expliquerait peut-être pourquoi Bill a déménagé alors qu'il pouvait vivre gratuitement à Little Fair. Il voulait son propre espace pour qu'Exalta et lui puissent être seuls, loin des regards indiscrets.

Kate est si absorbée par l'aspect si incroyable et pourtant si crédible de sa nouvelle théorie qu'elle rate la première partie du bulletin de Cronkite, mais elle se met à écouter quand elle l'entend mentionner la frontière cambodgienne et la piste Hô Chi Minh.

— Plus tôt dans la journée, il y a eu dix-sept victimes américaines confirmées dans une frappe aérienne sur une position près de la ville de Svay Rieng, annonce Cronkite.

Dix-sept victimes. Le long de la frontière cambodgienne. La piste Hô Chi Minh. Des victimes voulant dire... morts ? Ou blessés ? Certains morts et d'autres seulement blessés ?

Tiger !

Kate téléphone à David. Elle parvient à peine à respirer. Le journal du soir est arrivé et il n'y avait aucune mention de cela. David dit qu'il veillera pour regarder les nouvelles du soir. Il appellera à la première heure demain matin.

Kate essaye d'expliquer l'après-midi au bowling à David. Elle a senti l'esprit de Tiger ; quand elle a soulevé la boule, c'était comme si la main de Tiger était sous son coude et elle a fait un *strike*. Ça ressemblait à des inepties, mais maintenant elle sait que c'était un signe. C'est à cet instant-là qu'il est mort. Il a été touché par la frappe aérienne et son âme a immédiatement été transportée à Nantucket, au Mid-Island Bowl, où il a aidé sa mère à faire tomber toutes les quilles.

Tiger !

Angus passe la porte avec la pizza et Kate se lève pour éteindre la télévision. Elle le suit dans la cuisine comme un zombie.

— Voulez-vous une part, Kate ? demande-t-il.

Kate secoue la tête et se sert un verre de vodka.

Quand David appelle le matin, il ne sait rien de plus. Dix-sept victimes américaines sur la piste Hô Chi Minh, près de Svay Rieng.

— On ne sait pas s'il était parmi eux, dit David. On ne sait pas, Katie.

Mais Kate sait. Elle l'a senti. C'était différent des autres fois où elle a pensé à lui. C'était immédiat, viscéral.

— Viens aujourd'hui, dit-elle.

On est vendredi. David a réservé sur le ferry de six heures avec tous les autres avocats, docteurs et hommes d'affaires de Boston.

— Viens tout de suite. Ne va pas au travail. S'il te plaît, David.

— Si Tiger est mort, ils enverront quelqu'un à Brookline.

— Laisse un mot sur la porte. Pour qu'ils puissent nous trouver.

— D'accord, répond David dans un murmure.

Elle n'ose rien dire aux filles parce qu'elle a peur de leurs réactions. Toute la famille savoure le mois d'août. Tout le monde est heureux. Jessie et Exalta rentrent de leur pèlerinage quotidien au club. C'était le dernier jour de cours de Jessie ; elle a reçu un certificat et un mot de la main de sa professeure, Suze, qui dit : *J'ai adoré apprendre à connaître Jessica cet été. Elle a toutes les qualités pour devenir une grande joueuse de tennis et une personne extraordinaire.* Kate sourit et dit : « Quel gentil message ! » mais son ton sonne creux.

— On devrait fêter son bon travail, dit Exalta. Et si on déjeunait dans le jardin du Chanticleer ?

— Je ne peux pas, mère, répond Kate.

— Pourquoi pas ?

— David arrive avec le prochain ferry.
— Plus tôt que prévu ? demande Exalta.
Elle n'a pas l'air très contente.
— Je vais attendre papa ici, dit Jessie.
— Non, non, va avec ta grand-mère. Et emmenez Kirby avec vous.

Quand David arrive, Kate est assise sur le bord du lit, une photo de famille de l'été dernier sur ses genoux. Elle a peur de descendre l'accueillir au cas où il aurait de mauvaises nouvelles. Ils finissent par se rencontrer au milieu de l'escalier et il dit :
— Rien de nouveau.
Rien. Personne n'est venu à la maison hier soir, personne n'a appelé. Combien de temps cela va-t-il prendre ? se demande Kate.
— Est-ce que tu viendrais à l'église avec moi ? dit Kate. J'ai besoin de prier.
David hausse un sourcil.
— L'église ?
— S'il te plaît.
Il acquiesce.
— Que ce soit bien la preuve, dit-il, que je ferais n'importe quoi pour toi, Katharine Nichols.
Ils sortent de la maison et descendent Fair Street. David est juif et les juifs ne prient généralement pas dans des églises chrétiennes. Kate et David ont été mariés au capitole de l'État du Massachusetts par un juge que David connaissait. Les parents de David, Bud et Freda, sont venus en avion de Floride pour être témoins et ensuite, ils ont invité les jeunes mariés à

dîner au Locke-Ober. Exalta a refusé de venir et a interdit à Penn d'y aller – mais il a secrètement réservé une limousine pour conduire Kate et David dans un hôtel dans les monts Berkshire, pour une lune de miel de trois jours. Tout le monde a compris qu'Exalta n'approuvait pas le mariage parce que David était juif.

Jamais, de tout leur mariage, le fait qu'il soit juif n'a eu d'importance. Kate emmène les enfants à l'église pour Pâques et Noël et une fois par été ils se rendent aux vêpres à Saint-Paul.

Kate pense d'abord à aller à Saint-Paul. C'est une magnifique église avec un grand orgue et de vrais vitraux Tiffany. La famille Nichols fréquente la paroisse depuis des générations, mais Kate reconnaît que c'est une activité plus sociale que religieuse. Elle pourrait s'installer sur l'un des prie-Dieu tapissés, contempler la lumière traversant les somptueuses fenêtres et prier – et David prierait avec elle. Mais au dernier moment, elle change d'avis et traverse la rue pour aller à la Maison d'assemblée quaker. David se détend. Il tire la porte en planches de bois et ils entrent dans le modeste lieu de culte. Des bancs en bois sont disposés de chaque côté d'une allée qui mène à une estrade avec un banc ; il y a quatre fenêtres composées de vingt-quatre vitres, sans fioritures. La pièce a une atmosphère de sainteté, de pureté et une luminosité dont Kate a besoin ; elle sait que les quakers accordent de l'importance à l'introspection silencieuse. Pour les quakers, une église, c'est quand deux personnes ou plus prient ensemble ; ça n'a rien à voir avec les briques et le mortier.

Kate s'assoit ; David aussi. Kate courbe la tête ; David lui prend la main.

Ils forment une église.

Richard Pennington Foley. Tiger. Quand Kate ferme les yeux, elle voit ses jambes potelées de bébé et ses joues rondes. Elle entend ses gloussements quand les filles le chatouillaient. Elle le revoit bouder à cause des haricots de Lima dans son assiette ; plus tard, Kate les trouverait, écrasés sous la nappe, à la place de Tiger. Elle se souvient de lui chassant les mouettes à la plage, faisant des ricochets, soulevant des crabes par leurs pattes arrière et les secouant – les pinces claquantes – en direction de ses sœurs. Elle se rappelle avoir reboutonné correctement sa chemise et lissé ses cheveux avant un dîner avec Exalta à l'Union Club. Elle se remémore son odeur après un entraînement de football américain – sueur, herbe, fierté. Elle le voit bondir dans les airs pour attraper la balle, se frayant un chemin dans la zone de but. Il était si doué que Kate en était presque gênée. Elle le voit avec Magee la veille de son départ, le menton sur la tête de la jeune fille, les yeux fermés, mémorisant la moindre sensation de cette étreinte. Kate s'était détournée, pensant que leur relation n'était pas authentique parce qu'elle n'avait pas eu le temps de se développer. Magee le quitterait pour un garçon disponible. Mais Kate ne quitterait jamais Tiger. Elle ne le remplacerait jamais. Elle était sa mère. Pour toujours.

S'il n'est plus, songe Kate, elle ne s'en remettra jamais. Voilà tout.

Elle se sent en sécurité ici, protégée par les murs

blancs. Elle entend les oiseaux chanter à l'extérieur et par la fenêtre elle aperçoit les feuilles vertes d'un chêne, le bleu éclatant d'un ciel sans nuages. Dieu est là-haut, suppose-t-elle. Elle l'espère.

Protégez-le, répète-t-elle dans sa tête. C'est la religion des tranchées dans sa plus simple expression. La seule personne qui veut que le soldat survive plus que lui-même est la mère du soldat. Kate aimerait prier avec un cœur pur, avec un passé décent. Elle regrette de ne pas avoir été plus pieuse, plus dévouée, plus repentante. Tout ce qu'elle peut dire pour se défendre, c'est qu'elle se connaît. Elle comprend ses péchés, reconnaît ses défauts, admet ses erreurs.

Tant de péchés.

Tant de défauts.

Tant, tant d'erreurs.

S'il est parti, c'est sa faute.

Elle se lève.

— Allons-y.

— Tu es sûre ? demande David.

— Oui, répond-elle. Merci.

Alors qu'ils approchent d'All's Fair, ils aperçoivent Exalta et Bill Crimmins debout dans l'allée.

Bill Crimmins tient une enveloppe dans les mains.

Un télégramme, pense Kate. *Chère Mme Levin, C'est avec le plus grand regret que nous vous faisons part...*

Elle crie. Elle hurle ; elle se plie en deux au milieu de Fair Street et puis elle s'étouffe, a des haut-le-cœur, fond en larmes, David la prend par la taille pour essayer de la redresser.

— Katharine ! tonne Exalta – elle la gronde.

Kate se fiche de l'air qu'elle peut avoir. Elle se moque de qui la voit ou du spectacle qu'elle donne à voir. Son fils est mort.

Bill Crimmins court vers eux, en serrant l'enveloppe mais Kate ne veut pas qu'il s'approche d'elle. Elle agite les bras et crie :

— Allez-vous-en ! Allez-vous-en ! Vous aviez promis que vous l'aideriez ! Vous aviez promis de le ramener à la maison !

— Katie, lance Bill. J'ai vu les informations aussi, mais ce n'est pas ce que vous pensez. C'est juste une lettre. Une lettre de Tiger. Lisez-la et voyez ce qu'elle dit. C'est une lettre de Tiger.

Chère maman,

Quand tu recevras cette lettre, je serai assis sur une plage à Guam pour une semaine de permission. Guam est un territoire américain au milieu de l'océan Pacifique, ce que tu sais peut-être déjà, mais c'était du nouveau pour moi. J'aurais dû mieux écouter en cours de géographie !

J'ai eu le droit à une perm' parce que j'étais dans des combats où presque toute la section a été tuée et j'ai ramassé les morceaux du corps de mon ami Puppy et je suis resté avec lui jusqu'à ce que l'hélicoptère arrive et puis j'ai été affecté en mission spéciale au Cambodge où nous avons réussi à saisir vingt tonnes de matériel destiné aux forces Vietcongs. C'était dangereux et fatigant – on travaillait la nuit et on se cachait pendant la journée et on ne savait jamais vraiment à quels Cambodgiens on pouvait faire confiance et lesquels étaient des sympathisants communistes et il n'y avait pas de source fiable d'eau potable alors certains des gars ont cédé à la tentation de boire directement dans le Mékong sans même essayer de purifier l'eau et certains d'entre eux ont attrapé la dysenterie et certains sont morts. Puis j'ai été réaffecté pour une mission de reconnaissance avec cinq autres soldats, l'un d'eux s'appelle Banjo et il vient de Cape Girardeau, dans le Missouri, et il est à la fin de son service – en gros, dès qu'on aura fini cette mission, il pourra rentrer auprès de sa femme, de sa fille de trois ans et de son petit garçon qu'il n'a pas encore vu. Banjo était un peu cinglé, on le savait tous, mais il avait passé plus de temps ici que nous tous réunis alors j'espérais que l'expérience compenserait ce qui était clairement une case en moins. On a traversé la frontière à pied pour revenir au Vietnam – trente heures sur deux jours – et on a enfin rencontré l'ennemi le long de la piste mais ils ne nous ont pas repérés alors les ordres étaient de les laisser et de leur tendre une embuscade par-derrière mais Banjo a perdu les pédales et s'est mis à tirer avec son M16 et puis on s'est retrouvés au milieu d'un vrai combat. On a battu en retraite mais on était dans la jungle et on s'est égarés et quand Banjo a été touché, il a fait tomber notre radio. Un autre gars, Romeo, est tombé dans un piège et s'est pris un bâton de bambou en travers du pied alors il ne pouvait pas aller plus loin, et en plus il hurlait. Je suis allé chercher la radio parce que sans ça on était perdus – et je l'ai trouvée. Un gaillard du nom de Fitz a pris Romeo sur son épaule et j'ai pris Banjo et on s'est frayé un chemin à travers la jungle à coups de machette jusqu'à une clairière. La clairière était en fait un village qui avait été bombardé. L'endroit était complètement rasé, noir et calciné, avec des débris encore en feu et j'ai tiré en l'air avec mon M16 pour voir si quelqu'un viendrait. C'est là que j'ai entendu des pleurs. J'ai fait le tour des environs jusqu'à trouver un petit garçon, cinq ou six ans, assis près d'une femme, sans doute sa mère, qui avait été tuée. J'ai pris l'enfant et j'ai demandé un hélicoptère par radio et le petit garçon est venu avec nous. J'ai essayé de lui demander son nom. La seule chose qu'il disait c'était « Luck, luck ». Alors j'ai dit « Très bien, ton nom, c'est Luck et je vais te dire, petit gars, c'est un nom qui te convient parce que tu es un sacré veinard ».

Quelques jours plus tard, j'ai été appelé pour voir l'une des huiles, le colonel J. B. Neumann et j'ai eu un entretien avec lui. J'ai pensé que j'avais peut-être des ennuis. Je n'avais rien fait de mal, à ma connaissance, mais quand même, j'étais plutôt nerveux.

Je me suis assis devant le bureau du colonel Neumann et il a dit : « Eh bien, Foley, on dirait que vous avez un ange gardien. »

« Mon colonel ? »

Puis il m'a dit que quelqu'un d'encore plus haut placé – au niveau stratosphérique – avait demandé de mes nouvelles. Le colonel avait ensuite fait quelques recherches et appris « mes exploits héroïques » sur le terrain – être resté avec les corps de mes amis Puppy et Frog, être retourné chercher la radio et avoir aidé Banjo, et avoir secouru l'enfant Vietcong du village. Parce que ce que j'ai oublié de te dire, c'est que la mère *de Luck portait l'habit noir de l'ennemi. Le colonel m'a dit : « Un autre soldat aurait pu trouver plus simple de tuer l'enfant. »*

J'ai répondu : « C'était un petit garçon, mon colonel, trop jeune pour comprendre pourquoi son pays est en guerre. Il a grimpé dans mes bras et s'est accroché à mon cou. Je n'allais pas laisser quelque chose lui arriver. »

Le colonel a dit : « Vous êtes un bon soldat, Foley, et un patriote en plus de ça. Nous avons besoin de plus d'hommes comme vous. Je vous mets en lice pour une promotion et une semaine complète de permission. Vous l'avez mérité. Vous pouvez disposer. »

Je me suis levé, j'ai salué et j'ai dit : « Oui, mon colonel, merci, mon colonel. »

C'est seulement quand je suis sorti que je me suis demandé qui avait demandé de mes nouvelles. Je me suis dit que c'est toi qui avais utilisé l'une de tes relations, ou Nonny. Et je ne vais pas te le cacher, maman : pendant notre entretien, le colonel m'a proposé un poste plus peinard – un travail au magasin, qui consiste à être assis dans un hangar toute la journée à gérer les stocks de provisions. J'ai décliné, maman, et voilà pourquoi.

J'aime être un soldat. Je suis bon. J'ai vu mes camarades – disons-le, mes frères – être réduits en miettes et j'ai besoin d'honorer leur mémoire en restant en première ligne pour finir ce que nous avons commencé ensemble. Je ne peux pas simplement me planquer parce que ma famille est privilégiée et que nous avons des relations.

Quand je rentrerai de Guam, je vais être affecté à une

nouvelle section en tant que sergent. Je vais avoir des hommes sous ma responsabilité, maman.

Je veux te dire une autre chose et je veux que tu m'entendes distinctement, pas comme si je te parlais de la pièce d'à côté ou de l'autre bout de l'allée comme je le fais tout le temps, mais comme si j'étais devant toi, maman, tes mains dans les miennes, mes yeux droits dans les tiens. J'ai prévu de rentrer sain et sauf à la maison. Mais le plus important, ce n'est pas si je vis ou si je meurs, maman. Le plus important, c'est que tu te couches chaque soir en sachant que tu as élevé un héros.

Je t'embrasse, ton fils, Tiger.

PARTIE 3

Novembre 1969

Someday We'll Be Together

C'est un week-end de premières fois. Magee n'est jamais allée à Nantucket et elle n'a jamais passé Thanksgiving loin de sa famille. Quand Mme Levin l'a appelée pour l'inviter, disant : « Maintenant que Tiger et vous êtes fiancés, vous devez rencontrer la famille. », Magee pensait que sa mère serait contre. Au contraire, c'est tout juste si sa mère lui a fait son sac et l'a jetée dehors.

— C'est comme ça que vont les choses, a dit Jean Johnson. Tu as vingt ans. Il est temps de commencer ta propre vie.

Magee sait que ses parents ont ses petits frères, des triplés de huit ans, à nourrir et vêtir, et en plus, sa mère aime beaucoup Tiger. Elle était folle de joie quand Magee lui a montré la lettre où Tiger lui a fait sa demande. Magee lui a répondu et a accepté, et ils sont convenus d'une date : samedi 4 juillet 1970.

Tiger rentrera à la fin du mois de mai, juste à temps pour faire ajuster son smoking.

Magee et les clans Levin-Foley et Whalen arrivent à Nantucket en ferry le mercredi après-midi. Magee s'inquiète d'avoir le mal de mer – elle est née et a grandi dans le petit hameau de Carlisle, dans le Massachusetts, et son expérience de la navigation se réduit à des allers-retours en barque sur l'étang de Walden – mais le ferry est immense, un véritable bâtiment flottant, assez grand pour transporter quarante voitures. Ils quittent le bateau dans la file indienne des voitures ; Magee est dans un break avec les parents de Tiger et ses sœurs Jessie et Kirby ; l'autre sœur de Tiger, Blair, son mari et leurs jumeaux de quatre mois suivent dans une Ford Galaxie noire. Dans la voiture, la mère de Tiger, Kate, annonce qu'elle a une surprise.

Kirby et Jessie râlent à l'unisson. Kirby est aussi jolie qu'un mannequin – une brindille avec des traits fins et les mêmes cheveux dorés que Tiger – tandis que Jessie est sombre et mystérieuse comme une bohémienne. Magee a toujours voulu avoir une sœur. Elle espère vraiment que les sœurs de Tiger vont l'accepter, alors elle étudie leur moindre geste.

— Quel genre de surprise ? demande Kirby.

Un large sourire se dessine sur le visage de Kate. Magee trouve Kate plutôt réservée et comme il faut, alors son enthousiasme est étonnant.

— Une grosse, très grosse surprise. David, ne tourne pas ici.

Le mari de Kate, David, a été très gentil et très accueillant avec Magee. Avant qu'ils quittent Boston, il l'a prise à part et lui a dit : « Ne laisse pas cette famille t'intimider. Il y a beaucoup de femmes fortes. Sois toi-même. »

À présent, il dit à Kate :

— Qu'est-ce que tu as manigancé, Katie Nichols ?
— J'ai fait quelque chose de formidable ! lance Kate, en frappant dans ses mains comme une enfant. Suis mes indications.

Magee sera soulagée s'ils vont à l'hôtel au lieu de la maison de la grand-mère. Dans sa dernière lettre, Tiger a dit à Magee qu'elle devrait prendre sa douche dehors tout le week-end. Ce détail a déclenché une panique complète chez elle. Il fait trois degrés à l'extérieur ; il gèle depuis des semaines. Tiger devait plaisanter, n'est-ce pas ?

La caravane de deux voitures gronde sur les pavés de la grande rue bordée de charmantes vitrines. Magee contemple les citrouilles aux fenêtres, les épis de maïs qui cernent les portes d'entrée, les dernières feuilles orange et rouge qui s'accrochent aux arbres qui bordent la route.

— Est-ce que Blair sait où on va ? demande Jessie.
— Non, répond Kate.

Kate baisse sa fenêtre et fait un signe de la main à la voiture de derrière.

— Mais qu'est-ce que ma mère fabrique ? Où est-ce qu'on va ? dit Blair à Angus.
— On dirait qu'elle veut qu'on les suive, répond Angus. Peut-être pour aller voir la mer ? C'est une tradition de Thanksgiving que vous avez ?
— Non, répond Blair.

D'habitude, ils fêtent Thanksgiving dans la maison d'Exalta à Beacon Hill comme ils l'on fait l'année dernière, quand Blair a mangé un clam qui ne lui a pas réussi et découvert le lendemain qu'elle était enceinte. Ils sont venus à Nantucket pour Thanksgiving une fois, lorsqu'elle était adolescente. Le temps était froid et pluvieux et Kate a allumé la cheminée dans le salon en oubliant d'ouvrir le conduit, la pièce s'est remplie de fumée et Exalta s'est mise dans tous ses états au sujet de la suie qui allait détériorer la fresque. Puis il s'est avéré que Nonny avait oublié d'aller chercher la dinde commandée chez Savenor's avant de partir et ils ont fini par manger le dîner de Thanksgiving au Woodbox – et pour protester contre la tournure que les vacances avaient prise, Blair a commandé un bœuf Wellington. Blair n'avait pas envie de retourner à Nantucket cette année. Il n'y a simplement pas assez de place pour tout le monde, encore moins depuis que sa mère a invité Magee – mais Kate a insisté en disant qu'ils se serreraient.

— Je ne sais pas où ils vont mais je ne suis pas d'humeur à courir aux quatre coins de l'île, peste Blair. À la seconde où les bébés seront réveillés, il faudra les nourrir.

— Ils viennent juste de s'endormir. On a au moins une heure devant nous, peut-être plus. Je vais les suivre. Pourquoi pas ?

Il tend la main pour caresser la cuisse de Blair.

— Ce sera une aventure, ajoute-t-il.

Blair prend la main d'Angus et se renfonce dans son siège. Angus est un homme nouveau, insouciant et spontané. Il a reçu une prime énorme de la NASA – dix mille dollars ! – mais il a décliné l'offre de travailler sur la prochaine mission. Il va enseigner une charge de cours classique, s'occuper de ses étudiants et aider avec les bébés.

Blair s'est demandé si la psychanalyse d'Angus avec Trixie n'était pas de la sorcellerie pure et simple, mais elle doit bien l'admettre, il semble vraiment aller mieux. Il n'a pas eu de crises et son attitude générale est plus décontractée et plus détendue. Il sourit et rit ; il est présent et à l'écoute. Blair a appelé le bureau des admissions à Harvard pour demander où en était son ajournement et on l'a informée qu'elle pouvait entamer ses études en janvier. À leur retour de Nantucket, Blair commencera à sevrer les bébés et ils se mettront à la recherche d'une nourrice.

Les parents de Kate se dirigent sur Madaket Road. S'ils voulaient voir l'océan, pourquoi ne pas aller à Cisco ? C'est beaucoup plus près.

— Mais où est-ce qu'on va ? demande Blair.

Kirby a du mal à croire qu'il y ait une surprise pour Thanksgiving. Cette fête n'est qu'une immense affaire de tradition, de monotonie – mais cette année n'a été qu'un perpétuel changement imprévisible, alors pourquoi Thanksgiving serait-il différent ?

Kirby se demande si sa grand-mère est au courant de la surprise. Exalta est arrivée sur l'île lundi, du jamais vu, et Kirby s'est demandé si Jessie avait dit la vérité en racontant qu'elle avait vu de ses yeux vu Exalta et M. Crimmins s'embrasser, et pas qu'un peu, le soir de l'alunissage.

Kirby n'est pas certaine que cela signifie qu'Exalta et M. Crimmins couchent ensemble – Dieu l'en préserve ! – mais elle reconnaît qu'Exalta s'est adoucie. Cet automne, Kirby a passé une bonne partie de son temps à s'attirer ses bonnes grâces. Elle déjeune avec elle à l'Union Club une fois par semaine parce qu'Exalta a accepté de lui donner les trois mille dollars dont elle a besoin pour son semestre en Suisse.

Pendant leur dernier déjeuner, Exalta a commandé une bouteille de champagne et elles étaient toutes les deux un peu pompettes. Exalta s'est penchée sur la table et a dit :

— Katharine, parle-moi de ta vie amoureuse. Il doit bien y avoir un jeune homme.

Kirby a senti le rouge lui monter aux joues, une sensation nouvelle. Elle ne savait pas si c'était de l'embarras, de la nervosité ou l'amour. Elle fréquentait Darren. Il y avait eu ce rendez-vous chez Mr. Bartley's, puis une virée à l'aquarium une après-midi et ensuite ils s'étaient retrouvés à la bibliothèque de Boston pour travailler ensemble et étaient allés manger des nouilles à Chinatown. Kirby ne voulait rien de sérieux, parce qu'elle partirait pour la Suisse juste après le Nouvel An et qu'elle ne voulait pas d'un attachement sentimental trop lourd à porter. Mais ensuite Darren avait annoncé qu'il passerait le même semestre dans une université à Gênes, en Italie, à seulement deux heures de train, et soudain Kirby fantasmait le genre d'histoire d'amour torride qu'ils pourraient mener dans des villes où personne ne les connaissait, sur un continent où personne ne les jugerait.

— Personne en particulier, a répondu Kirby.
— Personne ? a demandé Exalta.

— Eh bien...

Le regard d'Exalta était implacable et Kirby voyait qu'elle souhaitait réellement en apprendre plus sur sa vie. Kirby s'est vue en 2019, quand elle aurait peut-être elle-même des petits-enfants. N'aimerait-elle pas connaître la vérité sur leurs vies ? (À quoi ressemblerait avoir vingt et un ans en 2019 ? Kirby n'en a pas la moindre idée.)

— Il y a quelqu'un que je vois de temps en temps.

— Je le savais, a répondu Exalta. Tu as cet éclat. Parle-moi de lui.

— Eh bien, il va à Harvard.

— Excellent ! Un homme de Harvard, comme ton grand-père !

Très différent de Gramps, a pensé Kirby.

— Sa mère est médecin et son père est un juge. Il a une maison sur Martha's Vineyard. C'est là que je l'ai rencontré.

— Tout ça m'a l'air formidable. Pourquoi est-ce que tu caches ce garçon ? Il a l'air parfait. Dis-moi, est-ce qu'il est beau ?

— Très.

— Bien sûr qu'il est beau !

Elle a versé du champagne dans leurs deux verres. Kirby a regardé les bulles pétiller, éclater et disparaître. Exactement ce qui arriverait à l'enthousiasme d'Exalta au sujet de l'homme mystère de Kirby.

— Pourquoi est-ce que tu ne l'invites pas pour Thanksgiving ?

— Il a une famille, a répondu Kirby. Ses parents, des oncles, des tantes et des cousins.

Elle a bu une gorgée de champagne. Il faudrait une autre bouteille si Kirby disait la vérité au sujet de Darren.

Mais pourquoi ne pas simplement le dire ? a songé Kirby. Elle a pensé au sénateur Kennedy, qui était apparu à la télévision le 25 juillet et a fait un discours d'explications et d'excuses pour l'accident de Chappaquiddick. L'État de Massachusetts n'a pas soudainement pris feu, pas plus que ses habitants n'ont réclamé la tête de Kennedy, ne l'ont mis en prison ni ne lui ont retiré son siège de sénateur. Si le pays a accepté le récit de Kennedy – avoir été désorienté, chamboulé et dans un état de choc après l'accident, à tel point qu'il n'avait même pas appelé la police –, alors Exalta pourrait accepter la relation de Kirby avec Darren Frazier.

Ou du moins, elle l'espérait.

— Darren est noir, a dit Kirby.

Elle a posé les mains de chaque côté de ses couverts sur la nappe et s'est forcée à prononcer les mots en regardant Exalta dans les yeux.

— Il est noir.

Exalta a cligné des yeux et a dit :

— J'ai appris beaucoup de choses durant mes soixante-quinze années, Katharine.

Elle a baissé la voix et pris ce que Kirby considérait comme son ton sérieux.

— J'ai eu quelques révélations très récemment. Je suis certaine qu'il a été difficile pour toi de me dire ça, peut-être parce que tu t'attendais à ce que je réagisse d'une certaine façon. Ton jeune homme – comment s'appelle-t-il ?

— Darren, a répondu Kirby. Darren Frazier.

— Tu peux amener Darren Frazier pour me rencontrer quand tu veux. J'en serai honorée.

Inexplicablement, Kirby a eu les larmes aux yeux en entendant ces mots.

— Vraiment ?

— Bien sûr, a répondu Exalta. Les gens sont ce qu'ils sont.

Les gens sont ce qu'ils sont. Sa grand-mère n'aurait rien pu dire qui lui fasse plus plaisir.

Maintenant Kirby concentre à nouveau son attention sur sa mère.

— Alors… est-ce que Nonny a conduit jusqu'ici toute seule lundi ?

Cela semble peu probable. Exalta a son permis et une voiture mais elle n'a jamais, à la connaissance de Kirby, fait le trajet jusqu'à Cape Cod.

— Non, répond Kate. Bill Crimmins est passé la chercher.

Jessie pince la jambe de Kirby.

— Je te l'avais dit, murmure-t-elle.

Sa grand-mère et M. Crimmins. La dame patronnesse et le gardien.

Les gens sont ce qu'ils sont, songe Kirby.

Ils sont en route pour le bout du monde, pense Jessie. Quand ils atteignent presque Madaket Beach, le meilleur endroit pour voir le coucher du soleil, Kate dit à David de tourner à droite. Ils descendent une route de gravier et de sable, bordée de pins gris et d'oliviers espagnols. Ils traversent un vieux pont en bois à une voie et ensuite le paysage s'ouvre. Il y a des champs des deux côtés de la route et une bande gris acier à l'horizon – l'océan Atlantique.

Jessie est muette d'admiration. Cette partie de l'île est sauvage ; rien à voir avec les rues manucurées de la ville. Elle essaye de mémoriser chaque détail pour pouvoir le décrire à Tiger et à son nouveau correspondant, Pick.

Jessie a reçu une lettre de Pick au début du mois de septembre, juste après la rentrée scolaire. Il vit dans une communauté dans les environs de Pottstown, en Pennsylvanie. Sa mère a fini par l'emmener à Woodstock et au vu des descriptions dans sa lettre, Jessie est contente de ne pas y être allée. Pick et Lorraine ont fait le trajet jusqu'au concert dans un bus Volkswagen avec un couple de leur communauté. Un pneu a crevé juste avant Eldred, dans l'État de New York, et Pick a expliqué qu'il avait été plus simple d'abandonner le bus pour faire du stop que de chercher un autre pneu ; le bus n'avait pas de roue de secours. Pick et Lorraine ont dû faire du stop dans des voitures différentes. La route n'était qu'un immense embouteillage de véhicules en route pour la ferme de Yasgur et certaines voitures étaient si pleines que des gens étaient assis sur le toit ou sur le capot. Il avait peur de ne jamais retrouver sa mère.

Une aiguille dans une botte de foin, lui a-t-il écrit. *Quatre cent mille personnes, une moitié de femmes, et toutes avec la même apparence et le même comportement que Lavender.*

Pick s'est lié avec un couple venu avec leur petit

garçon de sept ans, Denny, et en échange de la garde de l'enfant, ils ont accueilli Pick et ont partagé la nourriture qu'ils avaient emportée.

Le festival avait eu de bons moments. Le groupe préféré de Pick, Creedence, a joué après minuit le samedi soir, mais il s'est endormi avant Janis Joplin. Il s'est réveillé à nouveau pour écouter Jefferson Airplane. *J'avais oublié où j'étais*, a-t-il écrit, *puis j'ai entendu la voix de Grace Slick. Parfois je m'ennuyais, j'étais fatigué et j'avais faim, mais d'autres fois je faisais partie de cette masse humaine qui fourmillait, tournait, fumait, chantait. Je me suis senti fier de vivre dans ce pays.*

Quand le lundi est arrivé et que Jimi Hendrix, le dernier artiste, a joué une version psychédélique de « The Star-Spangled Banner », Pick n'avait toujours pas retrouvé sa mère. Il s'est dit qu'elle avait dû rester pour voir Hendrix, mais il a décidé que s'il ne la retrouvait pas, il trouverait une voiture pour retourner chez son grand-père à Nantucket.

Mais ensuite il s'est passé quelque chose d'extraordinaire. Denny a vu un garçon avec un ballon en forme d'animal et a déclaré qu'il en voulait un aussi. Par chance, Pick, en demandant à une personne puis à une autre, a trouvé l'homme qui faisait les ballons. Il était clairement défoncé – il portait un short en satin et un nœud papillon rouge – et Pick hésitait à lui parler. C'est Denny qui s'est rué sur l'homme aux ballons et Dieu merci, parce que Pick a vu que la femme qui tenait la caisse pour lui – les ballons coûtaient dix cents chacun – était Lavender.

On est retournés dans la communauté à temps pour

que je fasse ma rentrée dans un lycée normal, a écrit Pick. *Ils m'ont mis dans la classe d'en dessous, mais personne ne me connaît ici alors ce n'est pas trop grave. Tu me manques, Jessie. Écris-moi. Ton ami, Pick.*

Jessie ne va pas se voiler la face ; elle a beaucoup aimé recevoir une lettre de Pick et elle s'est empressée de répondre. Elle a envisagé de lui révéler qu'ils sont, d'une certaine façon, de la même famille. Ils sont tous les deux les demi-frère et demi-sœur de Blair, de Kirby et de Tiger. Si elle dévoilait ce secret, qui sait quel genre de terribles problèmes en découleraient ?

À la place, Jessie lui a raconté les deux choses incroyables qui sont arrivées depuis qu'elle a commencé la cinquième. La première c'est qu'elle a été invitée au mariage de miss Flowers et de M. Barstow. L'invitation était sur du beau papier ivoire avec une calligraphie noire si élégante qu'elle était difficile à lire. L'enveloppe était au nom de miss Jessica Levin et même les parents de Jessie étaient impressionnés. Kate a étudié l'invitation comme si elle contenait un message secret des Russes.

— Tu crois qu'elle a invité chaque élève de l'école ? Ce serait juste mais je pense que c'est impossible.

Jessie a discrètement mené l'enquête pour vérifier. Elle a demandé à Doris :

— Qu'est-ce que tu fais samedi 20 ?

Doris a grimacé. Pendant l'été, elle s'était mise à avoir de l'acné, probablement parce qu'elle avait mangé tant de frites McDonald's.

— Je ne sais pas, a-t-elle répondu. La grasse matinée ?

Jessie a décidé qu'elle irait à la cérémonie à l'église adventiste de Beacon Hill, mais pas à la réception à Hampshire House ; de cette façon, Kate pourrait déposer Jessie, rendre une petite visite à Nonny sur Mount-Vernon Street, puis revenir la chercher.

Jessie était placée au centre de l'église, du côté de la mariée, au milieu d'un océan de visages inconnus ; non seulement elle était la seule enfant de l'école, mais elle était la seule enfant tout court, à part un bébé qui a pleuré quand l'orgue a commencé à jouer et que tout le monde s'est levé pour voir miss Flowers avancer vers l'autel.

Miss Flowers en robe de mariée était la plus belle femme que Jessie ait vue de toute sa vie. Ses cheveux bruns étaient ramenés dans un chignon lisse et elle portait une longue robe droite en satin et un long voile en soie fine. Le plus incroyable, c'est que lorsqu'elle est passée devant le rang de Jessie, elle lui a adressé un sourire radieux et lui a tendu la main ; quand elle l'a serrée, ses yeux étaient bordés de larmes.

Cher Pick,

Samedi dernier, j'ai été invitée au mariage de ma conseillère d'orientation avec le prof de sport des garçons. Miss Flowers était très élégante dans sa robe blanche et son voile. Elle pleurait un peu en avançant vers l'autel. Au début, je pensais qu'elle était triste parce que, l'année dernière, elle aurait dû épouser un homme du nom de Rex Rothman, qui a été tué pendant l'offensive du Têt. Puis j'ai compris que ses larmes étaient des larmes d'espoir et de gratitude, car elle avait eu une deuxième chance de trouver l'amour, avec M. Barstow.

La deuxième chose incroyable, c'est que Jessie a un nouveau petit ami, Andy Pearlstein. Il était dans son cours d'anglais. Pendant l'appel, leur enseignante, miss Malantantas, a mal prononcé le nom de famille de Jessie, et elle s'est surprise à prendre la parole pour dire :

— C'est Levin, qui rime avec «heaven», le paradis.

— Levin, qui rime avec «heaven», a répondu miss Malantantas. Merci. Ça me plaît beaucoup.

Andy, assis trois sièges à l'avant et un rang à gauche, s'est tourné pour lui faire un clin d'œil.

Plus tard cette semaine, alors qu'ils parlaient de leur lecture estivale du *Journal d'Anne Frank*, Andy a levé la main et dit :

— Je trouve que c'est nul qu'elle meure à la fin. Le livre aurait été mieux si elle était restée en vie.

Shane Harris a ensuite soutenu que tout l'intérêt du livre, c'était qu'Anne meure. Si elle avait vécu, a dit Shane, tout le monde se ficherait de son journal.

— Tu dis seulement ça parce que tu n'es pas juif, a rétorqué Andy.

La main de Jessie s'est portée à son collier Arbre de vie et miss Malantantas s'est dépêchée de reprendre le contrôle de la conversation.

Après le cours, Jessie est allée voir Andy. Il faisait quelques centimètres de plus qu'elle ; il devait faire partie des garçons qui avaient poussé pendant l'été. Jessie a levé les yeux vers lui et dit :

— Je suis d'accord avec toi. Je pense que c'est nul qu'Anne soit morte. J'ai pleuré à la fin.

— Vraiment ? a dit Andy.

Il semblait sur le point d'admettre qu'il avait lui aussi versé une larme – mais aucun garçon de cinquième au monde n'aurait avoué cela.

Ce week-end-là, Pammy Pope a appelé pour savoir si Jessie voulait jouer au tennis au lac de Chestnut Hill. (Pammy Pope avait entendu Jessie parler du mariage de miss Flowers à Doris dans les vestiaires des filles et cela lui avait donné une cote imprévue.) Jessie a enfilé sa tenue de tennis et pris sa visière, mis sa raquette avec la signature de Jack Kramer dans son panier et est allée à vélo jusqu'au parc. Elle a vu Andy et quelques garçons de l'école qui jouaient au foot. Il a couru jusqu'à elle, lui a demandé ce qu'elle faisait et elle a répondu :

— Je vais jouer au tennis avec Pammy Pope.

Ce n'était pas aussi glamour qu'être invitée dans un match double mixte à une fête à Hilton Head, mais cela aurait eu le même effet sur Andy. Il a eu l'air impressionné et a dit :

— Je t'attendrai et quand tu auras fini, on pourra aller chez Brigham's manger une glace.

Il lui donnait rendez-vous.

Jessie a haussé les épaules et a répondu :

— D'accord.

Pammy est arrivée et elles ont décidé de jouer un set et Jessie a gagné, six jeux à deux. Pammy l'a invitée à dormir chez elle – elle lui avait dit qu'elle venait d'avoir le nouvel album des Beatles, *Abbey Road*, si Jessie voulait l'écouter – et Jessie a répondu :

— Faisons ça la semaine prochaine. J'ai quelque chose de prévu ce soir.

Ce devait être la bonne réponse parce que Pammy a ajouté :

— D'accord, alors on se voit sans faute le week-end prochain.

Elle s'est éloignée sur son vélo et Andy s'est approché, son ballon de foot sous le bras, sa frange foncée un peu humide sur son front, ce qui lui donnait un air plutôt mignon.

— Qui a gagné ? a demandé Andy.

Jessie refermait la housse de sa raquette.

— On ne comptait pas vraiment les points. Pammy est une bonne joueuse.

— Vraiment ? a répondu Andy. Parce qu'on aurait dit que tu lui mettais la pâtée.

— Oh, a ajouté Jessie. Tu regardais ?

Comme miss Flowers, j'ai eu une seconde chance de trouver l'amour.

Jessie barre cette ligne. Elle ne veut pas que Pick sache qu'il était son premier amour ; il deviendrait prétentieux.

J'ai un nouveau petit ami. Il s'appelle Andy. Il joue au foot et aime les Beatles. Il m'a emmenée voir Goodbye, Mr. Chips *et le week-end prochain, ses parents nous emmènent à un match de football américain, l'équipe du Boston College contre celle de l'Académie navale et on fera un pique-nique avec la voiture. Tu me manques aussi. Écris vite.*

Ton amie, Jessie.

David ralentit quand la route vire à gauche et Jessie aperçoit une grange en ruines dont le toit s'effondre.

— Cette route s'appelle Red Barn Road, annonce Kate. Et voilà la grange.

C'est ça, la surprise ? songe Jessie. Si c'est le cas, c'est nul.

— Je continue ? demande David.

Il semble sur ses gardes. Qu'est-ce qu'ils fabriquent ici ?

— Continue, répond Kate. Prends cette allée.

David se tourne vers elle.

— Katie Nichols, qu'est-ce que tu as fait ?

— Bienvenue à la maison.

Il y a une autre maison devant. Elle est énorme – plus grande qu'All's Fair et Little Fair réunies, plus grande que leur maison à Brookline, plus grande que celle d'Exalta sur Mount-Vernon Street.

— Nom d'un chien ! s'exclame Kirby. Tu l'as achetée ? Elle est à nous ?

— Oui, répond Kate. Elle est à nous.

Kirby pousse Jessie au-dehors.

— Allez, allez !

Jessie sort de la voiture et se tient devant la maison pour la contempler. Elle commence une nouvelle lettre dans sa tête, pour Tiger cette fois.

On a une nouvelle maison à Nantucket. Attends un peu de la voir.

— Nom d'un chien ! s'exclame Kirby. Tu l'as achetée ? Elle est à nous ?

— Oui, répond Kate. Elle est à nous.

Blair et Angus s'arrêtent derrière eux dans la Galaxie. Blair sort de la voiture et ferme doucement la portière pour ne pas réveiller les bébés.

— Qu'est-ce que c'est ?

— Ça, répond Kate, c'est notre nouvelle maison.

— Quoi ? Notre nouvelle maison ?

David regarde Kate exactement de la même manière que la première fois qu'il l'a vue – quand Kate, nouvellement veuve, a ouvert la porte pour accueillir l'avocat qui allait défendre le cas de feu son mari auprès de la compagnie d'assurances. David a plus tard avoué que ses jambes avaient faibli à l'instant où il l'avait aperçue. *J'ignorais que Dieu faisait des femmes aussi belles que toi.*

— Katie ? dit-il.

— Je l'ai achetée, répond-elle.

C'est grisant de savoir qu'elle a pris la bonne décision – non seulement pour elle, mais pour David, pour les enfants, pour ses petits-enfants.

— Est-ce que je peux choisir ma chambre ? demande Jessie.

— Vas-y, répond Kate.

Son cœur se gonfle ; elle a du mal à respirer.

— Attends, dit David.

Il mène Kate par la main jusqu'au bout de l'allée

puis la soulève dans ses bras et la porte par-dessus le seuil, comme s'ils étaient de jeunes mariés. Un nouveau départ.

Combien en a-t-on dans une seule vie ? songe Kate.

David l'embrasse sur la joue.

— Merci, murmure-t-il.

Les dynamiques de la famille de Tiger sont compliquées à apprendre, mais quand vient le moment du dîner de Thanksgiving, Magee les a comprises. Elle en est presque sûre.

Dans la cuisine, Kate prépare la dinde et affecte des postes à Kirby, à Jessie et à Magee, mais tout le monde est sur un pied d'égalité parce que personne ne sait dans quel placard sont rangées les assiettes, s'il y a ou non un presse-purée ou dans quel tiroir se trouvent les couverts. Kate a acheté la maison meublée, mais, si tout se passe bien, ils auront tout remplacé d'ici l'été.

Quand ils sont arrivés, Kate a emmené Magee à l'étage et lui a dit que la grande chambre claire et spacieuse avec deux fenêtres surplombant l'eau serait la sienne et celle de Tiger.

— Pense à une couleur qui te ferait envie pour les murs, a dit Kate.

Magee s'est sentie comme une princesse tout juste couronnée. Elle s'est allongée sur le grand lit blanc et a imaginé dormir ici avec Tiger, peut-être même y concevoir un enfant. Tiger et Magee veulent tous les deux une ribambelle d'enfants – quatre ou cinq.

Le menu du dîner de Thanksgiving :

Dinde, accompagnée d'une farce préparée avec du

pain portugais de la veille, que Kate a acheté dans une boulangerie du centre-ville.

Purée. Kate ajoute de la crème aigre et des petits oignons émincés. Magee devra se souvenir d'en parler à sa mère. La cuisine de sa mère pourrait être remise au goût du jour.

Gratin de maïs à la crème.

Carottes bouillies dans du jus d'orange et badigeonnées de beurre noisette et cannelle.

Choux de Bruxelles rôtis au four.

Sauce aux canneberges en conserve, comme chez Magee. Les tartes, citrouille et pomme, ont été achetées à la boulangerie. Elles seront recouvertes avec de la crème glacée de chez Brigham's – vanille et caramel chocolat, la préférée de Tiger.

Kate a emporté du linge de la maison, ainsi que des chandeliers en argent et des chandelles couleur ivoire. Jessie confectionne un centre de table avec des coloquintes et des pommes. Kate met la radio sur WBUR, qui passe de la musique classique. On est bien loin de Thanksgiving chez Magee. Jean Johnson fait des patates douces recouvertes de guimauve, des haricots verts en cocotte et, parce que personne n'aime la tarte, elle sert un gâteau au chocolat Sara Lee. Les frères de Magee se plaignent toujours des haricots verts et ils enlèvent la guimauve sur le dessus des patates douces. Les Johnson mangent attablés dans la cuisine, comme pour n'importe quel autre repas, et le père de Magee, Al Johnson, boit son habituelle Budweiser à même la canette. Elle ne dirait pas qu'elle redoute Thanksgiving, mais ça ne ressemble pas à une fête, pas comme ici. Avec trois petits garçons à la maison, c'est Noël qui est plus festif chez elle.

Kate demande à Magee de mettre la table pour dix et elle a peur de faire une erreur. Lors de ses études pour devenir assistante dentaire, elle a fait preuve d'une très bonne mémoire – incisives, canines, molaires – et maintenant elle regrette de ne pas avoir emprunté à la bibliothèque un livre sur comment dresser une table. Verre à vin, verre à eau, fourchette, couteau, cuillère, fourchette à dessert – ça, Magee maîtrise. (Elle n'est pas certaine de bien différencier les verres, alors elle demande discrètement à Kirby, qui répond: «Le verre à eau est le plus gros. Il va là.» Elle le met à côté du verre à vin. «C'est ridicule que je sache ça, mais Nonny fait partie des vieilles familles de Boston.») Magee est contente qu'il n'y ait pas de fourchettes à poisson, de cuillères à soupe ou de verres à liqueur.

Il y a tout de même un moment de confusion parce que Magee ne compte que neuf personnes au dîner et pourtant Kate lui a clairement demandé de mettre la table pour dix. Y a-t-il un invité dont Magee ignore la venue? Un membre de la famille qu'elle a oublié?

Elle pose la question à Kate, qui répond:

— On met une place pour Tiger, la chaise à côté de toi sera vide. Et regarde ce que j'ai trouvé.

Elle montre à Magee un petit drapeau américain sur un mât, comme ceux qui étaient sur les bureaux des instituteurs quand Magee était à l'école primaire.

— Sa place sera à gauche, à deux chaises du bout.

Magee a une boule dans la gorge quand elle pose le drapeau là où Kate lui a indiqué.

À cinq heures, Exalta Nichols – « Nonny », la grand-mère de Tiger – arrive avec un homme que Kate appelle Bill. Magee ne sait pas vraiment qui il est ; elle sait que le grand-père de Tiger est mort et Tiger lui a dit qu'Exalta n'a pas de nouveau mari ou de compagnon, « sauf si tu comptes Rod Laver ». Mais c'est assez évident qu'Exalta et Bill sont en couple. Il lui donne le bras quand ils entrent, l'aide à enlever son manteau et lui propose d'aller lui chercher un cocktail. Magee elle-même a droit à un verre de champagne dans la cuisine puisqu'elle a aidé à tout installer ; Kate a fait sauter le bouchon et rempli des verres pour Magee, Kirby et Blair.

On a bu du champagne en préparant le dîner, s'imagine-t-elle raconter à sa mère.

Le champagne a aussi calmé ses nerfs en prévision de sa rencontre avec Exalta. Une fois qu'Exalta a été débarrassée de son manteau et qu'elle a reçu son cocktail – un gin tonic servi dans un grand verre avec un joli zeste de citron –, on pousse Magee pour les présentations.

Ma Nonny, avait dit Tiger avant son départ, *peut être intimidante.*

Mais la femme que Magee rencontre est de petite stature, avec une coupe au carré argentée retenue par un bandeau en velours noir. Elle porte un col roulé d'un rouge doux et des perles aux oreilles. Ses yeux s'écarquillent alors qu'elle examine Magee.

— N'êtes-vous pas ravissante ? dit Exalta en prenant la main de Magee. Et vous portez la bague de Harvard de Penn. Comme c'est formidable qu'elle vous aille.

Elle ne lui va pas : Magee a enroulé du scotch dessous, mais elle ne le montrera pas à Exalta.

— Je suis ravie de vous rencontrer, répond-elle.

Exalta se tourne vers Bill.

— N'est-elle pas magnifique ?

Ce qui intéresse Magee à ce moment-là, ce n'est pas la réponse de Bill (il acquiesce avec bienveillance, bien sûr, que peut-il faire d'autre ?) mais l'expression resplendissante sur le visage d'Exalta quand elle se tourne vers lui. Magee comprend qu'Exalta et elle appartiennent à la même tribu. Elles sont des femmes amoureuses.

Ils s'assoient tous pour manger. La dinde est d'un brun doré, odorante et fumante au centre de la table, comme dans un tableau de Norman Rockwell. David est à un bout de la table, Exalta à l'autre. Magee est au milieu, entre Kirby et la chaise vide, et de l'autre côté de la chaise se trouve Jessie. C'est la place de Magee. Elle fait partie de cette histoire. Pennington Nichols a rencontré Exalta à un bal de débutantes en 1917, juste après son retour de la Première Guerre mondiale. Cinquante-deux ans plus tard, Magee Johnson a pris des leçons de conduite parce que sa mère trouvait que ça valait les trente dollars si elle pouvait l'aider à transporter les garçons. Elle a mis un pied hors du bureau de l'auto-école de Walden Pond et là, appuyé contre la voiture garée devant, se trouvait son professeur.

Il a tendu la main avec un sourire malicieux. Malicieux, lui a-t-il dit plus tard, parce qu'après douze semaines en tant qu'instructeur dans cette école, il avait enfin une jolie fille de son âge pour élève.

— Bonjour, a-t-il dit. Je m'appelle Tiger.

Elle a tout de suite remarqué son œil – félin, sauvage, hypnotisant.

David se redresse pour porter un toast et lève son verre. Magee lève son verre, rempli d'un délicieux vin rouge. La seule chose qui pourrait rendre cet instant encore plus parfait, pense-t-elle, c'est si Tiger entrait dans la pièce, dans son treillis, une expression épuisée mais heureuse sur le visage.

Mais ça n'arrive que dans les films et les romans.

Pourtant…

Alors que tous les adultes des clans Levin-Foley et Whalen lèvent leurs verres et disent «Santé!» et que le bébé Genevieve lance un cri de joie depuis sa balançoire en mouvement, la porte d'entrée de la maison s'ouvre. Ils se tournent tous. Le cœur de Magee s'envole; un colibri, les ailes battant si vite qu'elles sont invisibles.

Kate se lève d'un bond.

Tiger!

Mais il n'y a personne à la porte.

Ce n'est que le vent du large qui souffle.

Fortunate Son (Reprise)

Le sergent Richard «Tiger» Foley est à quatorze mille kilomètres de Nantucket sur la Zone d'atterrissage Saint-George, au sud-est de Pleiku, dans les Montagnes centrales du Vietnam. Pour faire une surprise aux troupes, l'armée américaine a fait venir des dindes, de la purée et des conserves pleines de sauce. Ce n'est pas parfait – il n'y a pas de patates douces caramélisées, de courge poivrée ou de gombo mariné, ni de petits pains, ni de ziti pour les soldats qui ont grandi avec des grands-mères italiennes, et ils ont tous du jus de canneberge à la place de la sauce aux canneberges – mais c'est tout de même festif.

Le commandant Freeland – qui porte bien son nom, «terre libre» – se lève pour dire le bénédicité et tous les hommes courbent la tête.

— Merci, Seigneur, pour ce repas que nous allons recevoir. Nous prions pour que tu nous protèges sur le champ de bataille et que tu donnes courage, force, endurance, détermination, patience et confiance à nos frères d'armes, pour que nous puissions continuer nos efforts pour ramener la paix dans ce pays déchiré par la guerre.

Il s'arrête assez longtemps pour que Tiger lève la tête. Le commandant, il le voit, parle avec difficulté.

— Nous te demandons de tenir dans ta paume les hommes courageux que nous avons perdus...

Puppy, pense Tiger. *Frog*. Tant d'autres. À quoi peut bien ressembler le Thanksgiving de leur famille aujourd'hui ? Puis il songe à Luck, le petit garçon vietnamien qu'il a sauvé de ce village en feu. La vie qu'il a sauvée.

— ... et dis-leur qu'ils nous manquent, que nous continuerons, en leur honneur et en celui de tous les bons citoyens des États-Unis d'Amérique. Nous prions en ton nom, Seigneur. Amen.

Magee, pense Tiger. Blair, Kirby, Jessie-Cracra, David, Exalta, Angus, les jumeaux qu'il n'a pas encore rencontrés... et sa mère.

Sa mère, Kate, qui l'aime plus que toutes ces autres personnes réunies. Parce que... eh bien, c'est sa mère.

Certains sont nés pour porter le drapeau, dit la chanson. Et il en fait partie. D'autres soldats à cette table souhaiteraient peut-être retrouver le confort de leur maison, avec leur famille, mais Tiger sait que, maintenant, il est là où il doit être. Et il verra sa famille bien assez tôt. De ça, il est sûr.

— Amen, dit-il.

NOTE DE L'AUTRICE

On me demande souvent d'où je tire les idées pour mes livres. La plupart du temps, je n'ai pas vraiment de réponse satisfaisante, à part « qu'elles me sont venues dans la nuit ». Mais le roman que vous venez de lire a une genèse très précise.

Mon frère jumeau, Eric Hilderbrand, et moi sommes nés à la maternité de Boston le 17 juillet 1969. La semaine de notre naissance est l'une des plus chargées d'histoire du vingtième siècle. Le lancement de la mission Appolo 11 a eu lieu la veille de notre lancement, à mon frère et moi. (Mon intention a toujours été d'inclure ma propre naissance dans ce livre, mais en fin de compte, j'ai décidé que je voulais que les jumeaux naissent le jour du lancement ; les jumeaux Whalen, Genevieve et George, ont donc un jour de plus qu'Eric et moi.) Le week-end suivant notre naissance fut celui de l'accident de Chappaquiddick qui a secoué tout le pays, mais encore plus les habitants du Massachusetts. L'atmosphère du pays durant l'été 1969 était tumultueuse : Nixon était le nouveau président, la guerre au Vietnam battait son plein en même temps que les manifestations contre la guerre, les droits civiques et la libération des femmes étaient des sujets brûlants et Woodstock était organisé comme un hommage à la jeunesse du pays, qui voulait la paix, l'amour et le rock'n'roll.

Au sein de ma propre famille, il y avait de l'incertitude, de l'agitation et de l'excitation. Ma mère n'a su qu'elle attendait des jumeaux qu'à son septième mois de grossesse. Comme Blair, ma mère ne parvenait pas à comprendre pourquoi elle était « si énorme ». Il n'y avait qu'une robe qui lui allait, une robe jaune, que j'ai donnée à Blair dans le roman.

À l'époque, ma mère enseignait en CE1 à l'école primaire Mason-Rice à Newton dans le Massachusetts et mon père finissait ses études de droit au Boston College. Mon père est tombé gravement malade et a dû être opéré à Mass General mi-juillet. Son état était grave, mais tout le monde était certain qu'il serait rentré chez lui et en voie de guérison pour l'arrivée des jumeaux. Il est sorti sans encombre de l'opération… mais parce que, comme beaucoup de jumeaux, Eric et moi sommes arrivés en avance, il n'était pas à la maison pour notre naissance. Heureusement, quand il est entré à l'hôpital, ma grand-mère – qui avait à l'époque quarante-neuf ans, l'âge que j'ai maintenant – a quitté sa maison dans les environs de Philadelphie pour venir prêter main-forte à Boston.

Ma grand-mère (qu'on appelle parfois, dans ma famille, le « Général ») est une femme forte, capable et enjouée qui a été mariée à mon grand-père pendant cinquante-neuf ans. (Mon roman *Beautiful Day* leur est dédié.) Elle était une présence plus que nécessaire à Boston, mais son absence s'est fait ressentir chez elle. Mon grand-père et ma tante Ruthann, seize ans à l'époque, ont dû se débrouiller seuls. Parce que c'était ma grand-mère qui faisait la cuisine, mon grand-père et ma tante racontent que pendant les trois semaines de cette absence, ils n'ont rien mangé d'autre que des courgettes, des concombres et des haricots verts du luxuriant potager à l'arrière de la maison.

L'accouchement a commencé à trois heures du matin le 17 juillet et la légende veut que ma grand-mère ait grillé chaque feu rouge du centre-ville de Boston pour amener ma mère à l'hôpital. L'obstétricien de ma mère avait la gueule de bois (il avait fêté le lancement de la fusée) et parce que les jumeaux sont rares, il avait demandé si une classe de quarante élèves infirmières pouvait assister à l'accouchement. (Ma mère était dans une demi-sédation et pas vraiment en état de s'y opposer.)

Je suis née la première, à 10 h 04 du matin, et toutes les élèves infirmières ont parié sur une deuxième fille. Quand mon frère est né à 10 h 10, c'était sous une salve d'applaudissements enthousiastes. Et vous savez quoi ? C'est un homme bien, un père formidable et mon meilleur ami. Il a mérité ces applaudissements maintes et maintes fois tout au long de sa vie. Ce roman est mon cadeau d'anniversaire pour lui. C'est Eric qui m'a suggéré d'écrire un jour sur l'année et les circonstances de notre naissance.

Eric et moi avons vécu avec nos parents dans leur petit appartement sur Commonwealth Avenue à Brookline pendant deux semaines, où nous avons dormi dans des tiroirs de commode, puis nous avons pris l'avion direction Philadelphie pour passer le reste de l'été dans la maison de nos grands-parents à Collegeville. Mon grand-père et ma tante étaient très, très soulagés quand ma grand-mère est rentrée et tout le monde a mis la main à la pâte pour s'occuper d'Eric et moi. Tante Ruthann m'a raconté qu'elle me chantait des chansons contestataires à l'oreille en me berçant, tout comme Kirby le fait pour George et Genevieve.

Comme vous le savez maintenant, je me suis en partie inspirée de la vraie vie pour mon roman, mais comme je le dis toujours à mes lecteurs, pour que la fiction soit vraisemblable et captivante, la vie réelle doit être changée et façonnée. Je suis partie de la naissance de jumeaux la semaine du lancement de la fusée vers la Lune, d'une robe de maternité jaune et d'une jeune sœur qui avait trouvé sa voix dans celles de Bob Dylan et de Peter, Paul & Mary, et j'ai tressé ces détails dans un roman. Il y a beaucoup d'aspects de la vie à Nantucket et Martha's Vineyard en 1969 que j'ai dû modifier pour correspondre à l'histoire. Mon intention était de vous donner non pas la vérité empirique, mais une vérité émotionnelle, plus profonde. J'aime penser que Jessie aurait été d'accord.

— Elin Hilderbrand, Nantucket, Massachusetts, 11 avril 2019.

REMERCIEMENTS

La seule différence entre moi et tous les autres écrivains (à l'exception de quelques-uns) c'est que mon éditrice est Reagan Arthur. Reagan améliore chacun de mes livres d'une manière que je ne peux pas complètement expliquer. Je pourrais dire que notre relation de travail est magique, mais aucune de nous deux ne croit vraiment à la magie. Nous croyons à l'intelligence, à la générosité d'âme et au travail. Mon premier remerciement lui revient de droit, elle est la meilleure éditrice que j'aurais pu espérer.

Merci à Michael Carlisle et à David Forrer de Inkwell Management, mes héros, mes protecteurs, mes fervents soutiens et chers amis.

Comme je le disais dans les notes, les détails au sujet de Nantucket et de Martha's Vineyard en 1969 ne sont pas tous historiquement précis, mais j'ai fait bon nombre de recherches pour tenter de rendre l'esprit de ces îles cette année-là aussi minutieusement que possible. J'ai lu beaucoup, beaucoup de livres ; les plus utiles ont été *Nantucket Only Yesterday: An Island View of the Twentieth Century* de la légende de Nantucket, Robert Mooney, et *1969: The Year Everything Changed* de Rob Kirkpatrick. Je dois beaucoup aux anciens numéros de *The Inquirer and Mirror*, l'hebdomadaire de l'île, ainsi qu'au film de John Stanton *Last Call*, un documentaire sur l'illustre bar de Nantucket, le Bosun's Locker. J'ai passé de nombreuses heures à regarder et re-regarder *The Vietnam War*, le formidable documentaire de Ken Burns et Lynn Novick.

Bien entendu, les meilleures histoires et informations viennent des gens à qui j'ai parlé directement. Je veux commencer par remercier Charles Marino (la moitié du « couple parfait »), qui servit comme sergent-chef au Vietnam en 1967 et 1968 dans la 1re division de Marine, compagnie Hotel, 2e bataillon, 5e régiment de Marine (aussi connue sous le nom Hotel 2/5). Il a reçu deux Purple Hearts, une Bronze Star, la croix de la galanterie du Vietnam et son unité de marines a reçu une *Presidential Unit Citation* en tant qu'unité la plus décorée au Vietnam. (Oui, Chuck est formidable ! Merci d'avoir servi sous les drapeaux, Chuck !) Jane Silva, de Galley Beach, a gentiment passé une soirée formidable à me raconter les histoires non seulement du Galley, mais également du très glamour Opera House et du Straight Wharf Theater. Jay Riggs – la seule personne qu'il soit absolument nécessaire de connaître à Nantucket – m'a fourni plus d'informations qu'il est possible d'en mettre dans un livre et m'a ensuite dit qu'elle ne m'avait révélé aucune de ses histoires vraiment scandaleuses ! Brian Davis a patiemment répondu à mes SMS au sujet de tous les détails du centre-ville que je voulais bien saisir. Michael May, le directeur du Nantucket Preservation Trust, m'a fourni des informations historiques sur plusieurs des maisons de Fair Street qui m'ont beaucoup aidée pour mes descriptions d'All's Fair et Little Fair. Les âmes généreuses des pages Facebook Nantucket Years of Yore et Islanders Talk (Martha's Vineyard) ont partagé avec beaucoup d'enthousiasme leur histoire avec moi (merci beaucoup, Linda Herrick ; tu as une mémoire si vive et détaillée). Jeanne Casey Miller, qui a été serveuse au North Shore Restaurant (mais pas en 1969), m'a fourni des détails au sujet du lieu de travail de Pick. Des remerciements chaleureux à Susan Lister Lock, à Jeannie Diamond et à tant d'autres qui m'ont mis au parfum de trésors tels que le Mad Hatter, le Skipper et le Susie's Snack Bar.

Je suis redevable aux autres œuvres de littérature qui ont inspiré ce livre. *Le Journal d'Anne Frank*, bien entendu, mais aussi *Dieu, tu es là ? C'est moi Margaret* de Judy Blume, la nouvelle emblématique de Tim O'Brien *À propos de courage* et le magnifique et bouleversant poème d'Anne Sexton « Letter Written on a Ferry While Crossing Long Island Sound ».

Mes chaleureux remerciements à mes acolytes de l'édition : Jenny Schaffer, Sareena Kamath, Ashley Marudas, Peggy Freudenthal, Jayne Yaffe Kemp, Tracy Roe, Brandon Kelly, Craig Young, Terry Adams, Michael Pietsch et ma remarquable attachée de presse, Katharine Myers.

Et à mes acolytes de la vie, qui rendent ma vie plus belle et plus facile, dans les petites comme dans les grandes choses : Chuck et Margie Marino, Rebecca Bartlett, Debbie Briggs, Wendy Hudson, Wendy Rouillard, Elizabeth et Beau Almodobar, Matthew et Evelyn MacEachern, Linda Holliday, Sue Decoste, Melissa Long, John et Martha Sargent, Richard Congdon, Manda Riggs, David Rattner et Andrew Law, West Riggs, Helaina Jones, Gwenn et Mark Snider, Anne et Whitney Gifford, Mark et Eithne Yelle, Marty et Holly McGowan, Mary Haft, Sara Underwood, Rocky Fox, Jimmy Jaksic, Jessica Hicks, Elizabeth Harris, Melissa et Angus MacVicar, Michelle Birmingham, Ali Lubin, Christina Schwefel, Eric et Lisa Hilderbrand, Randy et Steph Osteen, Doug et Jen Hilderbrand, Todd Thorpe, Heather Thorpe – ma sœur et ma meilleure amie, celle qui prend soin de mon esprit – et, pour son amour et sa patience, Timothy Field.

Enfin, à mes enfants, Maxwell, Dawson et Shelby : tout commence et finit avec vous – mes superstars, mes lumières, mes chéris. Je vous aime.

ELIN HILDERBRAND

est au Livre de Poche

Le Livre de Poche s'engage pour l'environnement en réduisant l'empreinte carbone de ses livres. Celle de cet exemplaire est de : **600 g éq. CO$_2$**. Rendez-vous sur www.livredepoche-durable.fr

Composition réalisée par Soft Office

Achevé d'imprimer en avril 2023 en Espagne par
Liberdúplex
Dépôt légal 1re publication : juin 2023
LIBRAIRIE GÉNÉRALE FRANÇAISE
21, rue du Montparnasse – 75298 Paris Cedex 06